你好！国家公园

Hello, National Park

人民文学出版社

图书在版编目（CIP）数据

你好！国家公园 / 温亚军等著. —北京：人民文学出版社，2024
ISBN 978-7-02-018547-4

Ⅰ.①你… Ⅱ.①温… Ⅲ.①中国文学-当代文学-作品综合集
Ⅳ.①I217.1

中国国家版本馆 CIP 数据核字（2024）第 054754 号

策划编辑　脚　印
责任编辑　张梦瑶
装帧设计　李思安
责任印制　王重艺

出版发行　人民文学出版社
社　　址　北京市朝内大街 166 号
邮政编码　100705

印　　刷　河北盛世彩捷印刷有限公司
经　　销　全国新华书店等

字　　数　309 千字
开　　本　680 毫米×960 毫米　1/16
印　　张　25.5　插页 14
版　　次　2024 年 4 月北京第 1 版
印　　次　2024 年 4 月第 1 次印刷

书　　号　978-7-02-018547-4
定　　价　68.00 元

· 春山晓雾，瓦屋山国家森林公园雾绕山间，宛如仙境

尹霜林 / 摄

· 等饭中的明星棕色大熊猫　由陕西省林业和草原局提供

· 秦岭大熊猫　雍严格 / 摄

· 国家一级保护动物川金丝猴　黄徐 / 摄

· 水晶兰　汤开成 / 摄

· 温带针阔叶混交林

由东北虎豹国家公园管理局提供

• 东北虎豹国家公园天桥岭　陈华鑫 / 摄

· 东北豹　由东北虎豹国家公园管理局提供

· 东北虎　由东北虎豹国家公园管理局提供

· 霸王岭——因差异分化形成多指连体的奇形峰峦，北面山体柔和清秀，
东西赤壁如削，南面细如龙尾，在阳光和大广坝水库水面的映衬下，整个山体就像一条腾飞的巨龙
由海南热带雨林国家公园提供

· 海南热带雨林国家公园吊罗山小妹水库风光　刘洋 / 摄

· 海南长臂猿　陈辈乐 / 摄

· 海南热带雨林国家公园的坡鹿

· 三江源国家公园长江源园区

李晓东 / 摄

· 年保玉则仙女湖　登华旦 / 摄

· 三江源国家公园　由国家林业和草原局国家公园中心提供

· 三江源藏羚羊　马福江 / 摄

· 在三江源国家公园内，报春花科的柔小粉报春是典型的垫状植物　张胜邦 / 摄

· 武夷山国家公园玉女峰

张彩霞 / 摄

· 武夷山国家公园九曲溪　由武夷山国家公园提供

· 国家一级保护鸟类黄腹角雉　由武夷山国家公园提供

·藏酋猴　黄海 / 摄

·红豆杉——武夷山国家公园完好保留了未受人类活动破坏的原生性森林植被，有“天然植物园”之称，生长有红豆杉等国家一级重点保护野生植物

程林 / 摄

目　录

报告文学

散文

诗歌

报告文学

三江源走笔

王海滨

青海省南部的三江源地区是长江、黄河、澜沧江的发源地，也是亚洲最重要的生态安全屏障和全球最敏感的气候启动区之一。2016 年，中国拉开了建立国家公园体制实践探索的序幕。三江源国家公园是首批五个国家公园之一，也是第一个开始实施建设的国家公园。

今年 8 月，我们走进了这片神奇的土地。

——题记

一、三江源的动物们

· 鼠兔 ·

在三江源到处都可以见到鼠兔。

关于鼠兔，百度百科这样介绍：虽属兔形目动物，但与普通兔科不同，属鼠兔科。外形酷似兔子，身材和神态又很像鼠类。

在玉树自治州曲麻莱县、治多县和杂多县诸多的草甸和草场上，随处可见一个个拳头大小的洞穴。同行的三江源国家公园的工作人员介绍说，洞里就是鼠兔。在三江源的草场和草甸上，大概每公顷都会有远超 150 个的鼠洞。

开车行驶在公路上, 随时可看到它们的身影, 比老鼠大比兔子小, 毛色沙黄——鼠兔的毛色很丰富，有沙黄、灰褐、茶褐、浅红、红棕和棕褐色，看上去非常呆萌，它们不惧怕车辆，在草地上蹦蹦跳跳，你追我赶。会支棱起小耳朵，瞪着圆溜溜的小眼睛，谨慎地观察着路况，倘若哪辆车停在路边，有人下来，它们会以最快的速度藏到就近的洞里去。

我们到达治多县的时候，正赶上他们建县七十年大庆，人们都聚集到县城两公里以外的草地上，搭建起近千座帐篷。每一座帐篷下都会有鼠洞。老人们坐在帐篷门口的草地上，转动着经筒，无忧的孩子们在帐篷外追逐打闹，踢球嬉戏；在犄角旮旯的草地上也会有鼠兔探头探脑，似乎是在观察情况，也似乎是在凑热闹。

我从没见过鼠兔，抱着极大的好奇心抓拍了几张照片发到了微信朋友圈，曾经在青藏地区当过兵的一位老友就留言说，当年他们部队都会集体出动灭鼠，轰轰烈烈。当然，那是以前，现在对鼠兔是不允许伤害的。因为鼠兔是三江源生态系统的关键物种，至少有雪豹、棕熊、狼、赤狐、金雕等 32 个物种依靠鼠兔，鼠兔们打出的洞为许多小型鸟和蜥蜴提供了藏身之所，而且由于鼠兔们的干扰和改造，使得当地微生境的植物多样性和水源涵养能力大大提高。

在三江源，鼠兔和云雀是最要好的朋友。云雀是称职的警卫员，它们机警地站在鼠兔洞口，有任何风吹草动都会报警给鼠兔，即便翱翔在空中，也会及时给鼠兔们提供警情预警，而鼠兔们也会把草皮下的微生物带出来堆积到洞口，拱手相送给云雀当食物。所以，只要看见有云雀起起落落，那一定不要去打扰。

是不是很有趣?

· 棕熊 ·

从玉树自治州的治多县到杂多县的途中，在茫茫的草甸上会看到很多顶帐篷，有黑有白。黑色的是用牦牛毛经过烦琐的传统工艺做成，质地精良，防腐防虫；白色的则是现代工业布匹做成，装饰着传统而精美的藏式图案，看上去绮丽华彩。在帐篷外的草地上山坡上，远远近近地有很多牦牛和马匹，在悠闲地吃草。

三江源国家公园的工作人员告诉我们这些帐篷是藏民们方便夏天放牧而搭建的，俗称“夏窝子”。为了寻找水源和丰盛的牧草，牧民们会随时搬动居住点，所以夏窝子不固定；等到了冬天，气温下降，畜草枯萎，牧民们则赶着牲畜回到固定的房子里，那些固定的房屋俗称“冬窝子”。

沿途我们就经过很多座冬窝子。

三江源国家公园的工作人员问，有没有看出冬窝子有什么特点？我们七嘴八舌说了许多答案，都被否定，她告诉我们，三江源很多牧民冬窝子的门和窗是大敞四开的。

问，这是为什么？

因为熊，主要是棕熊。据说熊的智商都非常高，一般相当于人类六岁孩童的智商，而三江源的熊的智商绝对超过七岁。近年来，保护野生动物维护生态链已成为三江源人们的共识，群策群力，上下一心。于是，熊就“敏锐”地捕捉到了大家对它们的保护，进而得寸进尺，不愿意再去捕捉旱獭、狐狸等消耗体力的食物，而是肆无忌惮有恃无恐地直接光顾人们的住所，去吃面食、肉食、糖和水果，甚至是方便面。如果门窗开着，它们大摇大摆地进入，吃完后再大摇大摆地离开，人兽两相无害；倘若门窗关闭，熊则会大打出手，随着大掌起落，门窗、墙壁甚至整个房屋都会面目全非，被损坏殆尽。

三江源的熊聪明到什么程度？它们闯入人们的住家后会找出米、面和酥油，把它们全倾倒在地上，然后开始搅拌，甚至还会再去找来白糖加进去，这才开始享受美味。

而人们对熊的对抗却只能是用火警、响声来驱赶。

熊给三江源提出了一个新的问题：熊和人的关系。如何既能保护熊，又不妨碍人类的正常生活。

北京大学一个自然保护组织在杂多县昂塞乡的大峡谷里建立了一家工作站，目的是和当地居民一起保护自然。工作站的屋顶本来是玻璃的，本意是想通过天窗透视昂塞美丽的夜景，谁料想某一天一头棕熊居然从屋顶的玻璃天窗破窗而入。有惊无险历经此劫后，他们把屋顶改成了铁皮。当下，他们着手进行的一项主要工作就是如何缓解人熊冲突，不但帮助当地居民建立了自定义声音红外相机，还开始尝试安装声光超声波一体驱赶器。

相信，在不久的将来，三江源的人熊关系不会再这样尴尬。

·豹·

金钱豹和雪豹同属食肉目猫科豹属动物，但是两者又有不同，雪豹是高原地区的岩栖性动物，常在雪线附近和雪地间活动，故名“雪豹”，它的皮毛为灰白色，有黑色斑点和黑环，尾巴长而粗大，所以又被称作“雪山之王”；金钱豹则生活于山地森林、丘陵灌木丛、荒漠草原等多种环境。按照常规，这两种豹是不会在同一个地域出现的，但是这种常规在三江源被打破了。北京大学一家自然保护机构设在杂多县昂塞大峡谷的保护站，通过红外线照相机就捕捉到了 99 只雪豹和 16 只金钱豹的生活轨迹，也就是说这两种豹在三江源同时存在。

这说明什么呢?

说明这个地区的地形地貌齐备，生物链很完整，物种异常丰富。

在藏语里，夏天被称作亚目，意思是从上天借来的礼物。同样，三江源的居民们认为雪豹这一类的动物也是上天送来的礼物。所以，保护雪豹已经成为他们的共识。玉树州治多县的红旗村就有 10 个藏民自发组织了一个雪豹观察队，定期会上山，去寻找雪豹踪迹，用照相机记录雪豹的动向。

从杂多去昂塞大峡谷的途中，陪同我们的三江源国家公园管理局澜沧江园区管委会的西然江措接到一个牧民打来的电话，说在路边发现了一只雪豹，肚子鼓鼓的，应该是渡江时溺死的。我们注意到西然江措在接电话的时候表情非常难过，好像死掉的是他的一个朋友。

问，对这些自然死亡的雪豹会怎么处理？

西然轻声说，要做成标本，永远地放在管委会里。

问，我们这次三江源之行，能不能看到雪豹？

西然说，幸运的人才能够看到。

时间短暂，我们没有发现雪豹。

不过，相信会有更多的人能够看得见。

· 藏羚羊 ·

相信很多人是通过电影《可可西里》才知道了藏羚羊这个动物品种。

藏羚羊起源于一种绝灭的牛科动物——库羊，主要分布于中国青藏高原，是青藏高原动物区系的典型代表，皮毛非常珍贵，曾被称作软黄金。用藏羚羊底绒制成的披肩称为“沙图什”，是世界公认的最精美最柔软的披肩。据说拿破仑登基时送给皇后的礼物就是一件藏羚羊绒做的披风。经过漫长的自然演替和发展，可可西里的藏羚羊种群也曾达到相对稳定状态，且数量巨大。每年 6 月，它们翻过昆仑山山脉和一道道冰河，历经艰险，在雪后初霁的地平线上涌出。它们身材矫健，奔跑如飞，被称为“高原精灵”。但是人们贪婪的欲望导致了这个物种被疯狂盗杀，从二十世纪八十年代末开始，种群数量急剧下降，到九十年代中期，中国藏羚羊总数已急剧下降至50000—75000只。藏羚羊作为青藏高原动物区系的典型代表，具有难于估量的科学价值，也是构成青藏高原自然生态极为重要的组成部分。国家十分重视藏羚羊的保护，先后成立了六个保护站。到2016年，盗猎已经被杜绝。藏羚羊的数量也已经从几百只恢复到了七万多只。

可可西里索南达杰保护站的队长翟磊峰告诉我们，藏羚羊生性警惕敏感。以前，要和人类保持几百米以外的距离，但是现在可以在两三米外的地方和它们对视。在索南达杰保护站，我们就近距离接触到了五只成年藏羚羊和六只幼崽。成年藏羚羊是生病或者是受伤被救助过来的，正在康复中，不久将被放归可可西里。

藏羚羊种群有一项非常奇怪的行为，就是每年的5月到6月，国家公园内的上万只藏羚羊会纷纷自发前往有“藏羚羊大产房”之称的卓乃湖产崽，到7月，母羊率羊羔返回原栖息地。

为什么非要千里迢迢去卓乃湖产崽呢？迄今为止，还是未解的谜团。最可信的解释是卓乃湖的水质含有一些特殊的物质，有利于藏羚羊母子的存活。在这个迁徙途中，会有一些幼崽被遗落在高原上。如果得不到救助，就会遭遇不测。所以，在盗捕盗猎被杜绝后，保护站队员们的主要工作就是救助这些迁徙途中掉队的幼崽。每天，这些五大三粗的队员，拿着奶瓶，像照顾幼小的孩子一样，定时定量地喂养这几只幼崽，等它们成年后，会被放回大自然去。

无论是成羊还是幼崽，它们对我们的靠近丝毫不慌张，甚至还配合我们拍了几张照片。尤其是那几只幼崽，圆鼓鼓的大眼睛水汪汪地看着你，让你会忍不住伸出手去……

从可可西里到杂多县的途中，我们在陡峭的山崖上发现了岩羊。岩羊的屁股上有一撮白毛，有着很好的辨识度，又被称作白屁股羊。同行的管理人员介绍说，岩羊是羊中的杂技明星，或者说是“专业型奇羊”，因为它们能在悬崖峭壁上奔走如飞，如履平地，再陡峭的悬崖上，都有它们的身影。有时候，它们的天敌棕熊和雪豹会因为猎捕它们而摔下山崖，一命呜呼。

到了昂塞大峡谷，同行的朋友冲着不远处一群动物，欣喜地说岩羊也到地面上来了。

马上，国家公园的管理人员说，那不是岩羊，是白唇鹿。

· 牦牛 ·

在三江源，牦牛随处可见。

三江源的山水草地是寂寞的，是那些牦牛打破了这种寂寞。它们或三三两两，或成群结队，或单枪匹马，点缀在茫茫戈壁滩上、一望无际的草甸上、光秃秃的山坡上，为漫山遍野的枯黄增添了点滴色彩，让无言的草甸焕发了些许生机，让渺无人烟的三江源升腾起了烟火气。

没有了牦牛的三江源会是什么样的景象？

公园的管理人员扑哧一乐，说没有了牦牛，藏民们的生活无法想象。牦牛对藏民来说是最重要的生活物资和最重要的经济产业。牦牛的毛可以制作纺织品，用于搭建帐篷等；牦牛的肉无论是新鲜还是被风干，都是最主要的食品，牦牛的奶不但是极为营养的饮品，还可以做成酸奶、奶皮子、酥油，牦牛的粪都被捡起来，堆放在院中围墙上，或是单独垒垛，待风干晾透后，是最好的燃料，温暖任何一顶帐篷和房间。

没有了牦牛的三江源，将不会被称为“源”。

牦牛经常会出现在道路上，不慌不忙，不急不躁，让行驶的车缓下来。

跑青藏线的老司机说，牦牛就是三江源的交警。

哦，对了，三江源有很多乌鸦，形体像一只鸡那么大。

·治多县的彩虹·

三江源的山有着丰富的色彩。从格尔木到可可西里的群山是枯燥的沙黄色，没有任何的点缀，从上到下都是光秃秃的，一览无余。在这乏味孤寂的黄色之中，又有压抑的铁灰色和铅灰，一抹抹，一道道，协调地融合着。这样的山上寸草不生，全是嶙峋的岩石，偶尔会有岩羊的身影，它们最喜欢在这样的地域活动，一只只都是绝佳的杂技运动员，如履平地。也会有雪豹在其间出没，它们也是攀岩的高手。等到了曲麻莱县境内，山就有了绿色。因为有了植被的点缀，治多县杂多县附近的山色更加丰富，除去黄和绿，还有黑和灰以及砖红，那是因为山上的岩石富含丰富的矿物质。

即便是在江南水乡，也没有见过这么富有层次感的绿。山上山下山脊山背山沟山峦山前山后近山远山，都是绿色，却又完全不一样，墨绿、深绿、浅绿、淡绿、嫩绿，完美地交融在一起，一览无余地铺展在阳光下，坦坦荡荡一马平川。把三江源的大地装点得悦目舒适，扫却了所有的寂寞和荒芜。这些绿色构建了高原特有动物——鼠兔、旱獭以及云雀们的天堂，有了这些动物的点缀，绿也就不再寂寞，而变得灵动且富有生机。

三江源的天真叫一个蓝，感觉所有的词语都无法形容那种蓝。无邪，无瑕，是儿童的心灵，是大地的梦想。有时候，天会被云朵遮挡，蓝色隐约可见，仍然那么纯粹，就像隐匿起来的一块宝石。这种蓝色不但心旷神怡，还会让人产生幻觉，让你忍不住伸出手去想要触摸。

三江源的白色上下呼应。上面的是云朵，白得一尘不染，没有一丝杂质，在山顶在天边，无拘无束，汹涌喷薄成堆成片气势宏大，变幻出各种各样的形状，风都吹不动。阳光灿烂的时候，这些云朵会在山坡上留下倒影，神气极了。与之相对应的是草甸上的白色帐篷。这些帐篷有的是藏民们的夏窝子——为了方便牲畜吃草，藏民们在夏季会建这种可以拆卸的帐篷，在牧草茂盛的地方短暂停居。凡是有夏窝子，就会见到成群的牦牛和马，它们悠闲自在地享受着大地的馈赠。有的是居民出来“浪山”而设。青海的人们非常热爱这项活动，只要有时间，他们就全家外出，在临近水源地的草甸上支起帐篷，休憩玩耍，家人围坐，大地可亲。这些白色的帐篷上都装饰着传统的藏式图案，寓意美好，色彩艳丽。帐篷有大有小，大的可容纳几十人同坐，小的仅能容一人躺卧。这些帐篷让茫茫三江源有了烟火气，让寂寞的群山有了生机。天与地之间也有白色，那是雪。在可可西里、在澜沧江的源头，很多山上积了雪，阳光下夺目耀眼，好像是大山在对着阳光眨眼，又像藏族姑娘脸上扑的水粉。

在可可西里和曲麻莱之间有一条楚玛尔河，水面开阔有五六百米宽，大气纵横，因为河底是新生代古近纪的砖红色、紫红色岩石，远远地望去河流呈现出一种红色，深沉，磅礴，触目。有人称这条河为大地之血，是长江的北源头，蜿蜒流淌 300 多公里后汇入通天河。

楚玛尔河的红不是个例，红色岩石在可可西里分布非常广泛，北至五道梁地区，南至唐古拉山镇南侧，向西可延伸至西金乌兰湖以西地区，向东在通天河沿线仍有出露。红色岩石形成的“红山脉”十分显眼，层层叠叠。

当然，安塞大峡谷的丹霞地貌也是一种蓬勃的红。

在藏民们的脸上，还有一种红——高原红，自然质朴，是劳动的颜色，也是家乡的颜色。这种红在三江源国家公园各级工作人员的脸上，也能见到，他们虽然不是藏民，但是长年累月地奔波在这片空气稀薄紫外线照射强烈的土地上，无声无息地工作着，尽职尽责地守护着，大地山川日月星河给他们的脸上馈赠了这方嘉奖的红。

这些红都是三江源生命底色的红。

三江源也有黑色。从可可西里到曲麻莱再到治多县、杂多县，一路行来山连着山绿接着绿，倘若绵延的绿色中出现了一朵朵夺目的黑色花朵，不要惊奇，那是牦牛。四处可见的牦牛为寂寞的大山和草甸增添了生机和烟火气。牦牛毛纺织成布，会被做成传统的帐篷，防虫防蛀，像黑色的大丽花，绽放在草地上、山坳里和溪水边，构成了三江源最富有地方特色的原生态景观。

在整个三江源国家公园，到处都可以发现很多很多的花。这些花的共性是植株矮，花朵娇小，但是颜色却都一致的亮丽娇艳，紫色的像水晶，蓝色的像玛瑙，白色的像冰雪，粉色的像朝霞，看上去弱不禁风，生长得却那么顽强，密密麻麻，在草甸上一开就是一片，轰轰烈烈，气势如虹，会把成片的绿都给遮盖。在悬崖峭壁上，在戈壁滩上，它们也会存在，即便仅仅是一株，也迎风招展，自强不息，开得咄咄逼人。

这些花的名字连三江源国家公园的工作人员都说不出来。他们说，当地的人们把所有开在高原上的花都叫格桑花。

就像歌中唱的那样：

盛开在雪山脚下……绽放出坚韧与挺拔，映衬出火红的朝霞，天边的白云追随着她的步伐……

格桑花，格桑花，开在高原的花……香飘天涯，踏着你的芳踪，就能找到家……

勤劳的母亲，清晨摘下它，身背摇篮，轻轻地哼唱，康巴的汉子，悄悄摘下它，留给心中美丽的卓玛……

这些小花，可能从来没有想到过正名，只想安安静静地绽放，一生安静，祥和，平淡，默默地为三江源的水土保持和生态平衡做着贡献，它们的色彩让这片土地变得五彩斑斓。

在治多县的大草原上，忽然升起了一道彩虹，五颜六色，绚烂多姿，横跨在草地和大山之间，迷幻如梦。于是，很多人纷纷拍照留念。待我从车里出来，彩虹已经不见了。

我一点都不后悔。

三江源的山山水水不已经编织了一道彩虹吗？

我已经看到了。

世界也看到了。

· 一片草 ·

索南达杰保护站是三江源国家公园在可可西里保护区建立的第一个保护站，以为保护藏羚羊，一人同 18 名盗猎者枪战而英勇牺牲的索南达杰命名。这个地方的平均海拔为 4479 米。一到站上，我们同行的几人就都出现了胸闷气短头疼欲裂的状况，寸步难移。陪同我们来的景淑媛先是熟练地拿来了氧气瓶，接着又去其他房间拿来了毯子，同时还给我们每个人倒上了一杯热热的酥油茶。之所以对保护站如此熟悉，是因为她每个月要来站上三四次。最多的一次是一周到站上五次。有一年冬天，还在站上连续住了五天。保护站的供给全部来自 200 多公里外的格尔木。队员们要轮流当厨师做饭。他们对水的珍惜超乎你的想象。他们每十五天轮换一次岗，这期间都无法洗澡。

我们问景淑媛在站上适应吗？

她开朗地笑着说，当然，她做的饭菜大家都喜欢。

那怎么洗漱呢？

随随便便抹一把就行了。她说。

景淑媛是三江源国家公园管理局生态展览陈列中心的一名普通汉族干部，身材高挑，略显瘦削，爱笑，一路上都笑声朗朗。同来的北京朋友说，景淑媛如果生活在大都市一定皮肤白皙，因为她总在外奔波所以现在看上去和藏民无异。从格尔木出发，经过可可西里和曲麻莱，再到治多、杂多，一直到玉树，每一个保护战的工作人员都和她很熟悉，一见面就直呼她大美女。沿途的一些民族特色的饮食，我们有些不适应，她却全能接受，大快朵颐，吃得津津有味，而且熟悉每一道菜的制作手法和流程。每到景色优美的地方，景淑媛都要拍照，她对那些美景的狂热甚至远超我们。在杂多县外的一个山口，她匍匐在草甸上，给一株蓝盈盈的花朵拍照。照片中那朵花在大山的映衬下，娇媚无比。在治多县的草甸上，一个迎面奔跑的藏族小男孩被她抓拍成功，照片中的孩子笑得像蓝天白云一样清爽自然。一路上，她告诉我们鼠兔和云雀是好朋友，还告诉我们旱獭喝最干净的水吃最嫩的草。在治多县城外的草甸上，她带着我们去采蘑菇，让我们认识了一种青海特有的黄蘑菇。

景淑媛的丈夫在孩子三岁的时候去西宁的海西自治州挂职，夫妻两地分居，平时都是景淑媛一个人带孩子，每每遇到外出，儿子只好托付给老人照看。说起儿子和家庭，景淑媛幸福感满满。

一路上，像景淑媛这样夫妻分居两地的情况不是个例，长江源区国家公园曲麻莱管理处综合部部长马元庆、可可西里管理处宣教科普通科员王宝云等都是夫妻分居两地。索南达杰保护站的西然永平更是和妻子孩子分属三地，只有在重大节假日的时候，才能一家团聚，共享天伦。

景淑媛说，在整个三江源国家公园管理局，夫妻长相厮守是一种渴望。

澜沧江国家公园生态环境和自然资源执法部门的王一兵，是一位来自湖南的小伙子，2013 年底参加青海“青南计划”招考入职杂多县，十多年来，他扎根在澜沧江边，兢兢业业。妻子不满意他的工作现状，希望他变换工作，但是他却百般不舍，最终和妻子离婚。他说，自己已经适应了这片土地，喜欢上了三江源的生活，以后也不打算离开。

三江源作为我国首批国家公园第一个进行规划建立的保护区，如何保护又如何开发？如何在保护的基础上实现部分领域的科学开发？如何真正实现人与自然和谐共处？……这些问题一直困扰着杂多县的尼尕局长。这位从村支书一路走来的藏族汉子，为此一直长期处于一种焦虑状态。一见到我们，他就真诚地和我们讨论。他曾去其他国家公园实地考察，还让读大学的儿子通过网络查看国外国家公园的管理经验……儿子大学毕业后，在他的要求下又回到了杂多，因为他觉得自己老了，而脚下这片土地正年轻，他认为儿子有了知识的储备，就应该回来为这片土地效力，无论做什么工作，都会为这片土地植入新鲜的血液。

陪同我们去昂塞的西然是杂多管理处的员工。一路上，他如数家珍地给我们介绍道路两旁的植被和树木以及动物。说到盘山路的狭窄和简陋，他马上肯定地说路不可以再拓宽。每拓宽一寸，都会破坏两侧的树木和植被，要知道那些松柏几乎都有千年的树龄。他说，的确也希望这里的美景能被世人熟知，能为当地带来经济效益，但是如果和生态环境相比，宁可不要经济效益。他说得非常平静，非常中肯。

雪豹是三江源的稀有物种。曲麻莱县红旗村的十多位藏民自发成立了一支雪豹观察队，自掏腰包购买了拍摄器材和观察设备，定期到周边山上去巡视，并认真记录雪豹的行踪。

我问，为什么做这些事？

他们的队长是一位地道的康巴汉子，身材魁梧，人高马大，一脸不解，说没有为什么。这些动物是上天送来的礼物，不就应该被保护吗？

在无人区的可可西里，很多藏民会自发地沿着道路去捡拾收集垃圾，然后自己花费几百元的车费，把垃圾送到垃圾清运点。为了制止游客乱扔垃圾的行为，几乎三江源每个保护站的员工都遭到过嘲笑和嘲讽，但看到不文明的行为，他们还是会走上前去……

很多年前看过一部老电影，叫《昆仑山上一棵草》，讲的是一位大学生刚刚来到高原工作，经受不住高原反应的折磨，产生了回家的念头，却在昆仑山口的一个宿食站上遇到了同样来自内地的女主人惠嫂。惠嫂给大学生讲述了昆仑草的典故，这种草虽然渺小却经得起雨雪冰霜，在高山屹立不倒。那些前来建设大西北的工人包括她的丈夫都愿意做昆仑山上的一棵草，为这片神奇的土地奉献力量。当初，惠嫂也遇到了和大学生一样的情形，正是“昆仑草”的典故激励了她，才让她扎根在了大西北……这位大学生后来也立志要成为昆仑山上一棵草……

这次三江源的采风，我非常幸运认识了那么多的“草”。他们平凡却坚韧，普通却不渺小，对那片土地的热爱如此赤诚。

我知道，还有很多很多“草”被覆盖在那片土地之上。正因为他们的存在，这片神秘古老的土地既固守着纯洁和洁净，又书写着现代的华章。

治多县县城外高高地竖立着一块宣传牌，上面写着：“为了一江清水向东流。”

我问同行的治多管理处的仁增多杰：这是口号吗？

仁增多杰简单而纯粹地一笑，说不是口号吧，我们一直都这样做的。

二、走，去浪一浪

每年的七八月是青海最美的时候，气温适宜，阳光灿烂，草长莺飞。我们从玉树自治州的曲麻莱到治多县再到杂多县的途中，凡是有水流经过的地方，经常看到岸边有一顶或几顶帐篷，有黑有白，黑色的是用牦牛毛经过烦琐的传统手艺做成，质地精良，防虫防蛀；白色的则是现代工业布匹做成，装饰着传统而精美的藏式图案，看上去绮丽华彩。这些帐篷有的是藏民们的夏窝子——为了方便放牧而临时搭建的住处，周围有成群的牦牛和马匹。有的帐篷周围则没有牲畜，只有人出出进进，旁边停靠着一辆或两辆车，那些人一看就不是藏民，他们有的提了一只小马扎坐在水边垂钓，有的就在帐篷底下喝喝茶聊着天，还有的拿了一张单人的折叠床，仰面躺在上面闭目养神，可能是风有点凉，身上还盖了毯子，神情惬意得很。

治多县正举办隆重的建县七十周年庆，在离县城两公里远的草甸上，至少搭建起了近千个帐篷，远近的来客举家住在里面。虽然只是几天时间，但是，帐篷里却配备得很齐全，麻雀虽小五脏俱全，从成套的厚重桌椅、笨重的炉灶燃具到锅碗瓢盆，一应俱全，完全是一派长久居住的架势。你根本不会想到几天后这些七七八八过日子的家产还得原原本本地被运回家里去。无论是什么民族，人们都是拖家带口，老少一起，在帐篷里吃刚刚煮好的羊头、大块的牦牛肉，吃风干的肉条肉干和酥油糌粑，喝传统的酥油茶，彼此聊聊天。有些老人则坐在帐篷口上专心致志地转动着手中的经筒；帐篷外则是孩子们的天堂，他们在空地上打闹、追逐、踢球，欢声笑语此起彼伏。

在玉树自治州外的一条溪流旁，孤零零地支了一个伞盖，下面是两个喇嘛，一中年，一青年，一坐一卧，目光都投向远方，嘴中念念有词，途经的人们见怪不怪，但我真是好奇：这么独树一帜的相处是为了什么？

原来这是一条唐蕃古道，前方一个峡谷里有一千三百多年历史的文成公主庙。在出口处有溪水淙淙，岸边也搭建了一个华美的帐篷。气温升高，帐篷四面的窗帘都被打开，看得见里面坐着一位年轻的藏族母亲和三个幼童。听不到母亲说了句什么，只见那三个孩子笑得东倒西歪，笑声爆棚。

不由得想起汪曾祺先生写过的那篇美文《冬天》：

> 天冷了，堂屋里上了槅子。槅子，是春暖时卸下来的，一直在厢屋里放着。现在，搬出来，刷洗干净了，换了新的粉连纸，雪白的纸。上了槅子，显得严紧，安适，好像生活中多了一层保护。家人闲坐，灯火可亲……

草地上，帐篷里，家人闲坐，时光也是可亲。

三江源国家公园管理处的景淑媛因为陪同我们，错过了一项重要聚会：在陕西工作的哥哥回西宁探亲，马上就要返回，全家人在离西宁不远的地方找到一家民宿，老老少少近二十口人齐聚，她的父亲要亲手宰杀一只羊，炖肉、烤串、灌羊肠，隆重得很。

景淑媛说，在青海这叫“浪山”。

在我们山东老家，“浪”的意思是浪荡放纵，不守本分，多形容女性。谁家的女孩要是被冠以“浪”这个字，那就意味着这个女孩的品行有问题，是极大的贬义。但是，这个字在东北的意思则是开朗活泼，无拘无束，有一首歌就是这样唱的：“大姑娘美来大姑娘浪……”在这里，这个字则是褒义。中国京剧有举世闻名的“四大名旦”：梅兰芳、尚小云、程砚秋和荀慧生，当时在北京城对这几位大师分别有一个字的评价。那就是梅派的“样”，尚派的“棒”，程派的“唱”，荀派的“浪”。具体怎么讲呢？梅派的服装头面讲究华美名贵，所以人物造型模样最靓；程派的唱腔低回哀婉深沉有力，唱功最有特点；尚派是“唱念做打”样样俱佳；荀派专攻丫鬟行当，角色年龄小，活泼俏媚灵动，所以用一个“浪”字来形容，这里也是褒义。

景淑媛说，在青海的文化语境中，浪就是出游，打开家门接近大自然的意思。

哦，原来如此。

三江源是长江、黄河、澜沧江的源头，是我们大中国的水塔，为人们提供了一片神奇而美好的土地，为人们打造了大美的生态环境，人们可不就要去享受吗?

从生存到生活，再到享受生活，是一种追求和时尚，也是一种态度和方式。

就想起有一年去西藏讲学，闲暇时间被朋友带去了罗布林卡。那是一座典型的藏式风格园林，以前是历代达赖喇嘛消夏理政的地方，现在被辟为人民公园。行走在其间，发现最多的是很多藏民朋友或扎帐篷或三两成群地坐在草地上或随便一块毡布上，吃着风干的牛羊肉、油炸麻花和酥油糌粑，喝着酥油茶，边吃边聊天，每个人的脸上都洋溢着幸福的表情。

这种情形，在其他地方我真的没有见过。

写到这里，忽然萌生了一个想法，回到北京，一定喊上几个朋友找个地方去“浪”一“浪”。

三、从格尔木出发

早上 8 点钟，车驶出格尔木，沿 109 国道往西往上，目的地第一站是可可西里的索南达杰保护站。

1994 年，时任青海省玉树藏族自治州治多县西部工委书记的索南达杰为保护藏羚羊，一个人同 18 名盗猎者枪战，英勇牺牲，震惊全国。十年后，导演陆川把这个素材拍摄成了电影《可可西里》，让索南达杰和可可西里走进了大众视野。2016 年，三江源国家公园可可西里保护区建立第一个保护站，就以索南达杰的名字命名。现在，索南达杰保护站已经成为可可西里的代名词。

一路上，只有寂寞。

没有任何风景。

道路两旁是寸草不生的戈壁滩，荒无人烟，广袤但无生趣。沿途没有见到一棵树，有些矮小的蓬蓬草，偶尔会看见一两株红荆，哆哆嗦嗦地摇曳着小小的花冠，远不如内地的粗壮和高大，矮矮小小，瘦瘦弱弱，好像营养不良的弃儿。道路两旁有时会有丝丝缕缕的水迹。司机说那是山上的积水，可是，并不见水流，不闻淙淙水响。仿佛流经戈壁滩是一件错误的事情，让泉水们都小心翼翼屏气凝神。行驶了一个多小时，没有见到天空飞过一只鸟。

天阴沉沉，厚重的云层冷森森地挂在山巅，遮挡了山色——其实，山上也没有任何色彩，因为没有任何植被和树木，不是粗糙的沙黄就是压抑的铅灰，光秃秃的，满山都透露着孤寂和荒凉。

沿途只看见一辆接着一辆的大货车。可可西里管理处的工作人员告诉我们，大货车跑的都是长途，在西宁或者格尔木和拉萨之间来回运输货物，来回一趟少则十五天，多则月余。日日奔波在荒原上，该是多么枯燥乏味。想象不出。

车过昆仑神泉开始下起雨来。打开车窗，雨滴打到脸上，凉沁沁的，风也是阴冷冰凉。开车的司机是一位藏族小伙子，他用很标准的“青普”说我们是贵人，因为可可西里周边很少落雨，我们带来了雨水，不就是贵人吗？

可可西里在蒙语里是“美丽的少女”，在藏语里是“美丽的青山”。但真心看不到任何风景，更谈不上美丽。

一路上除去颠簸，除去连绵起伏的山峦，除去一望无际的戈壁滩，没有任何惊喜。

看不到蓝天的蓝，也看不到绿树的绿。山在山之外，无穷无尽，云在山之巅，躲躲闪闪。上下一体天地一色的混沌状态。

倒是三次见到了野驴。第一次一只，孤零零地站在旷野里，向过往的车辆投来麻木无助的神情；第二次三只，应该是一家子，不慌不忙地在路边行走；第三次是六只。野驴的躯干是土黄色，四肢则是乳白色，眼神看上去有些许的呆萌，和家养的无异。

行进了两个半小时的时候，前面出现了车祸：一辆大货车不知道为什么横亘在了道路中央，恰到好处地堵截住了两边来往的车辆，两边都堵出了三四公里，几乎全部是大货车。从货厢看，拉的有气、沙石等建筑材料以及一些生活物资。发生车祸的大货车上拉了 10 辆小轿车。司机师傅们纷纷下车来站在马路边上眺望，这让寂静的 109 国道出现了短暂的躁动和热闹。

在车里坐着无聊，走下来，低头看时才发现道路两旁有一小丛一小丛的矮小植被，花朵很小，但色彩极其艳丽。

很快，就有心急的司机心急火燎地驾着一辆 SUV，另辟蹊径地从车祸旁边的戈壁滩上绕了过去。戈壁滩不是路，沙石堆积，刮掉了车的后挡车板，引来围观者们一阵惊呼。待那辆车一骑扬尘顺利而去，众多司机开始纷纷效仿，他们急急忙忙地钻进各自的驾驶舱，把车一辆接着一辆地绕行而过。

司机说 109 国道青藏段也被称作死亡之路，经常会有大货车出事故。

五个半小时后，行程 216 公里，我们到达了索南达杰保护站。藏式风格的建筑很显眼地矗立在国道旁，房前旗杆上的五星红旗迎风招展，飒飒作响。接待我们的屋子也是藏式风格的陈设。在靠窗的茶几上整整齐齐地摆放着六只奶瓶。

很好奇地问这是做什么？

回答说是喂藏羚羊幼崽的。

随着保护站的建立和人们保护意识的普遍增强，藏羚羊的盗猎盗捕已经杜绝。保护站人员目前的主要任务之一就是救助藏羚羊幼崽。保护站现在有

12 名队员，最大的四十岁出头，最小的二十一岁，他们分为两组，每十五天轮换一次。在站上的十五天里，他们会定期上山巡护，捡拾垃圾，救助老弱病残的藏羚羊。在保护站后面的房子里，养着十一只被救助的藏羚羊，其中六只是幼崽。每天给幼崽定量喂奶是这些小伙子重要的工作职能之一。喂养到一年左右，这些幼崽就会被放归大自然。

保护站的翟磊峰说，藏羚羊生性警惕敏感，之前对人类是非常警觉，几百米之外就会跑得远远的，现在不同了，它们会在几米远之外和人类对视。

保护站上的所有供给包括饮用水都是从格尔木运来。这些队员要轮流当厨师做饭，他们彼此熟悉每个人的手艺和口味。他们对水的珍惜超乎你的想象，十五天里无法洗澡。

近几年，熊的数量增多，时不时会在深夜来“串门”，队员们就会把所有能敲响的物件拿在手里，一阵猛敲，才能把熊吓走。

队员们日常工作之一就是巡山，短则一天，长则时间不定。和我们交流的翟磊峰有过在山上被困三十三天的经历。问怎么熬过来的呢？对方表情平静地说，每天吃一包方便面。另外一位队员插话说，队上的才仁多杰曾在山里被困七十天。

和这些队员交谈，你会发现他们表情平静，言语淡然，多么惊心动魄的事情似乎都是过往云烟。

索南达杰保护站的平均海拔 4479 米。多问几句话，多走几步路就让我有了高反，头疼欲裂同时恶心，同行的一位内地朋友感觉不舒服，一测体温，已经是低烧状态，于是，我们只好仓促离开，驶往下一个目的地——曲麻莱国家公园保护站。

曲麻莱县距可可西里 340 公里，驱车行驶要六个多小时。“高反”让我昏昏欲睡，抱着吸氧瓶没松手。脑海里还在想着索南达杰保护站，想着守护在我们国家整个生态环境的咽喉部位的那群人，如果不来可可西里，可能我真的永远都无法想象他们的生活状态。当年《可可西里》反响强烈。导演陆川在接受一次访谈时说，其实他不仅仅是想向英勇的索南达杰表达敬意，同时，还想向大家展现一群普通人的日常生活，一种远离繁华和喧嚣远离色彩的生命状态，向这一群寂寞的人致敬。

偶尔睁眼看向车窗外，仍旧是寂寞。寂寞的路（比 109 国道上的车少得多，总共看见过四辆），寂寞的群山（依旧没有任何植被），道路旁连红荆都不见了，全是茫茫戈壁滩。路面不平，颠簸得五脏六腑都要颠倒了，还不能开窗，因为沙土飞扬。车到楚玛尔河，国家公园管理处的工作人员告诉我们，这是长江的北源。河面的开阔纵横和砖红色的颜色让人叹为观止，同行的其他人纷纷下车拍照，我则继续留在车里吸氧。

车再上路，道路两旁才开始出现草甸，绵延不绝，无穷无尽，一直到远处的山上。

广袤衔接着广袤，荒芜滋生着荒芜。只有和孤寂同行。

草甸上和山坡上偶尔出现的牦牛群，都会让时间瞬间生动一下。

六个多小时后，晚上 7 点 45 分，我们到达了目的地。

按照出行规划，接下来我们还要去治多县和杂多县，最后到达玉树。同行的当地朋友说，接下来沿路风景很美，会让我们不虚此行。

经历一路的寂寞一天的跋涉，但凡有点色彩都会给人莫大的惊喜和满足。美景如果轻而易举地就来到眼前，可能我们还不会珍惜。这种大反差的对比，才会让喜悦和幸福加倍。

或者也可以说，不经历风雨，怎能见到彩虹。

“高反”让我没有胃口，简单吃了一点，早早上床欲睡。迷迷糊糊之际，突然想到生命历程不就是如此吗？一路走来，有喧嚣繁华热闹和轰轰烈烈，也要有沉寂孤独和寂寞，缺一不可，共融共生，一起完成人生的旅程。

感谢这一路走来的寂寞。

期待接下来的行程。

作者简介

王海滨，中国作家协会会员，爱奇艺签约作家，曾担任中央电视台电影频道纪录片导演。出版有散文集《清水无香》《北京人》，长篇小说《朝花夕拾 1990》。在《中国作家》《北京文学》《山花》《时代文学》等报刊发表文学作品。曾获“长河文艺奖”、中国徐霞客诗歌散文奖二等奖、西部文学奖、“绿宝杯”自然文学奖二等奖等。

只此青绿

——三江源国家公园纪行

张　力

有幸参加国家林业和草原局组织的“著名作家走进国家公园”采风活动。上次参加这样的采风活动还是在疫情前的2019年，可谓收获满满，不但撰写的文学作品收入作家出版社出版的《绿水青山看中国》，以采风为素材发表的两篇小说还获了奖，其中一篇被《海外文摘》转载。故而对此次采风活动充满期待，满怀对三江源国家公园的憧憬和向往踏上了行程。

2023年8月4日将从北京出发，头一晚查询天气预报时得知第二天将有暴雨，这让我陷入深深的担忧，因为北京刚刚遭遇过洪灾。第二天早早起来，只见阴天不见雨来，忙打点行装，抢在雷雨到来之前到达机场，一直待到中午登机，不仅没有下雨，还现出明媚的阳光，真是天公作美，为我们的旅程铺设了良好的开端。

我没去过青海，作为铁路员工，一直期盼青藏铁路正式通车后走上一趟，没想到第一次去竟然是从空中抵达。在西宁机场换票时，便迫切要求得到窗口座位，从飞机起飞那一刻起，便一直将渴望的目光投向窗外，途中从空中眺望，见到了中国最大的内陆湖泊——青海湖，湛蓝色的湖水碧波万顷，颇为壮观。带着一路兴奋到达格尔木，开始了三江源国家公园的采风活动。

从资料中获知，三江源为长江、黄河、澜沧江的发源地，是我国淡水资源的重要补给，每年向下游输送超过 600 亿立方米的清洁水，素有“中华水塔”之称。这里平均海拔 4000 米以上，保持了最原始湿地生物的多样性状态，是高原生物最集中的地区，是许多野生动物的栖息地。曾经有一段时间，由于经济利益的驱动，自然生态环境遭到了严重破坏，自三江源国家公园体制试点启动以来，三江源地区生态环境状况明显好转，农牧民生产生活水平稳步提高。

三江源地区作为中国首个国家公园体制试点，三江源国家公园试点区域总面积 12.31 万平方公里，整合设立三江源国家公园管理局，下设长江源、黄河源、澜沧江源三个园区管委会，对源头所在的治多县、曲麻莱县、玛多县、杂多县四县进行部门体制改革，将国土、环保、水利、林业等县级主管部门一体纳入管委会，并将可可西里自然保护区管辖区域，整合成立生态环境和自然资源管理局，涉及 12 个乡镇 53 个行政村。

在秉承“国家所有，全民共享，世代传承”的原则下，三江源国家公园实施了生态奖补、民生改善等政策措施。在保护生态环境和生物多样性的同时，实施“一户一岗”的办法，设立生态管护员，为每户牧民提供一个生态公益性岗位，使牧民成为三江源国家公园的生态管护员，增加了牧民的就业，改善了他们的生产生活条件。仅此一项，牧民家庭年增收 2.16 万元，牧民从草原利用者变为生态守护者和获益者，他们与山水相融、与生灵共处、与草木共生。

我们盼望着，三江源的绿水青山，为我们呈现出最绚丽的底色。

8 月 5 日，可可西里索南达杰保护站

我们一行按照计划乘车前往可可西里索南达杰保护站，经过 216 公里的

行程后，我们见识了那首脍炙人口的歌曲《天路》中歌唱的青藏铁路，并一路伴着天路前行。寒冷的高原气候，造就了可可西里得天独厚的自然环境，高山、冰川、湖泊交织在一起，成片的荒野一望无垠，美不胜收。我们沉浸式感受到了蒙语中“青色的山梁”——可可西里的魅力。

途中，我们在海拔 4768 米处做了短暂停留，为索南达杰纪念碑献上了哈达，以表我们对这位为自然保护献身的英雄的崇高敬意。

对于可可西里，我还是从陆川执导的同名电影上了解的，主角日泰便是以索南达杰为原型，讲述了他在 1992 年到 1994 年带领队员为了保护藏羚羊献出生命的感人故事。

通过电影《可可西里》才知道了藏羚羊的珍贵，藏羚羊皮毛被称作软黄金。用藏羚羊底绒可制成最精美最柔软的披肩，据说拿破仑登基时送给皇后的礼物就是一件藏羚羊绒做的披风，正因它高昂的价值，才会被盗猎者疯狂地猎杀。到了二十世纪九十年代中期，藏羚羊总数已急剧下降，成了濒危物种。国家对此十分重视，先后成立了六个保护站，到 2016 年，盗猎已经被杜绝，藏羚羊的数量也恢复到了 70000 多只。

我们历经五个小时后抵达以英雄的名字命名的可可西里索南达杰保护站。这个工作站由十几个人组成，他们多是小于四十岁的年轻人，其中几人还是大学毕业生。就是这样的一群年轻人，在这高海拔艰苦的环境下，扛起了公园保护者的重任。虽比当年《可可西里》电影中的环境有所改善，可那种艰苦依然难以想象。在交流中，他们十分乐观，对一切都是淡然处之，苦中作乐。

翟磊峰，我感觉这个名字本身就与高原有着难解之缘，他毕业于青海大学草原专业，2018 年考入这里工作。其实他学的专业与保护站主要的巡查工作有些距离，但涉及土壤退化或沙化，还算得上学有所用。在三江源公园成立之前这里有矿区，对环境的破坏很大，这份改善土壤环境的工作给他提供了发挥的空间。他根据该地的实际情况，推动人工种草，恢复植被，也算得上人尽其才。

这里的环境恶劣。翟磊峰说自己刚到这里上班时，晚上睡不着觉，肺里呼噜呼噜地响，下去到格尔木医院检查，人家说主要是工作地点的海拔太高了，是高原反应。他开始也产生过退却的想法，但为了来之不易的工作，也只能克服困难坚持下去。随着时间的推移，他开始慢慢适应，身体也好转起来。

他对我们述说得云淡风轻，可看到与我同来的伙伴，正被高原反应折磨得痛苦万分，无法自持，就能体会到当时对他的那种折磨的严酷。

不过，我还好，基本没有什么高原反应。

他说上级领导体察民情，为了让他们能够得到足够的休养生息，工作采取两个组轮班制，十五天一个班，另一拨人去格尔木，那也并非让他们到低海拔处休息，而是要集中参加理论学习培训，还要出去巡逻巡防，这种方式只是对体能的调配。

言语中还透着他的满足，他说来这里的五年前，照明还要靠太阳能发电，通过一整天太阳照射充电，到了晚上最多也只够一个小时的发电，其他时间都是在黑暗中度过。他到来不久，线路就通了电，虽然无线信号不算太好，但总能勉强看上电视节目，还可以使用手机打游戏。虽然生活依旧枯燥单调，但网络却填充了很多的业余时间。

说起保护站的困难，第一项当数用水困难。可可西里能见到的水泊不在少数，可都是不能饮用的咸水，每次要到三十里开外的不冻泉去拉可用水。听到这个名称就应该知道，不冻泉常年不冻，泉水清澈见底，恒温在 20℃左右。可可西里地区平均海拔 4600 米以上，除了夏季几个月之外，一遇到雨雪就会冰封大地，去往不冻泉的道路便布满了艰辛，取来的水弥足珍贵。在站里工作期间，他们多是露天作业，哪怕身上再脏，也舍不得用水洗澡洗衣服，哪怕洗手和淘洗米菜用过的水也要留下，用来洗拖把搞卫生。

比起封冻的路况，他们去藏羚羊栖息地卓乃湖的路径更为艰难，去那里是他们的主要任务，是为了防止有人盗猎盗杀藏羚羊。从保护站到卓乃湖有142公里的距离，为了保护环境，没有现成的道路，经过的地方全都是沼泽地，开车过去最长时间有过十七八天。他们的工作又要在高海拔地区干体力活，很多时候还会遇到雨天，常常窝在泥泞水潭里面，关节腰椎的炎症就成了他们的职业病。

在这里，汽车如同他们的生命，他们每个人都有娴熟的驾驶技术和修理经验，要是遇到汽车故障或是陷入沼泽，没有通信信号根本无法求救，只能等待外面的人发现这拨人超过预定回来的时间，才能过去救援，可往往是外面的人又进不来，里面的人只能坚守岗位，他们被困在里面最长时间达七十七天，带来的食品节省到一人一天只能吃一包方便面充饥，忍饥挨饿地等待救援。

这就是我感受到的林草人的自我牺牲的奉献精神。

凶猛动物的威胁对他们来说是家常便饭，狼几乎每天晚上都要光顾保护站，随便转转，它主要是在垃圾桶里找吃的，轻易不会找人麻烦。如果白天遇到狼，只要弯腰捡石头，它就会逃离。

狼只要你不伤害它，威胁并不大，可野牦牛对人的危害特别强，它可以轻而易举地将越野车撞翻。工作人员说自己驾驶的车辆就遭遇过野牦牛的袭击。当发现野牦牛向他们冲来时，他们迅速地发动了车，可没想到竟然陷入泥潭中，看到冲上来的野牦牛，情急之下，猛加油门往后倒车，窜出泥潭后，掉头快速开了出去，野牦牛角擦着车尾灯滑过，倘若躲避不及时，就会车毁人亡。这种惊险侥幸逃生的经历，至今还让幸运者们心惊肉跳。

最让人头疼讨厌的当数棕熊，它来保护站不仅为了寻找吃食，还会对设施进行破坏，可气的是它们不惧怕人，因为知道人对它的保护，不用费尽力气去捕食那些小动物，而是直接侵入人类居住地。棕熊是杂食动物，更愿意从人类这里不劳而获得到喜欢的食品，如果讨要不到食物，就会大发雷霆，甚至要把防盗门扒破。即使它明知道保护站有人值班，也会过来，工作人员只好敲盆敲碗搞些动静，吓退它的骚扰。时间一长，这种做法对它失灵了。工作人员只好预备一些药量大的粗炮仗，关键时候点燃还能起点作用。

令工作人员烦恼的是那些素质不高的游客，在公路行驶或驻停期间乱扔垃圾，对环境造成污染，大风还会将这些垃圾吹进公园保护区，也会给误食的动物造成伤害。保护站投入大量精力，在巡护中发现下车顺手扔垃圾的游客，除了制止和教育，还让他们把垃圾带走。可随手从车窗扔出的垃圾，就需要工作人员捡拾，垃圾量极大，收集来的成堆垃圾无法处置，还要用车拉到不冻泉专门的垃圾压缩站处理，垃圾处理产生的废气要做到无烟无色达标排放，以免造成空气污染。

采访期间，我们关注了保护站工作人员的个人恋爱婚姻家庭问题，我们认为这对于远在城市之外的保护站员工，是无法回避的问题。在场的三位受访者，只有翟磊峰没有结婚成家，他今年有二十六岁了，也到了谈婚论嫁的年龄，可因为常年在保护站上，他说要找个能理解自己工作的女朋友，其实很难。他是湖北人，父亲开出租车，母亲在一家商务公司工作，老人只有他这么一个独生子，当然希望他工作在离家近一点的地方，能够早点结婚生子，老人也可尽享天伦之乐。他在远离人烟的高原工作，这种愿望怎么可能那么容易地实现。从他的话语中，能感受到他对未来生活的迷惘，也许这就是林草人要经受的痛苦磨砺和无私的奉献吧。

另外两人的婚姻状况还好，其中一人的爱人同在一个系统工作，是格尔木的可可西里管理处的会计，他们俩以前是同学，志同道合走进了婚姻殿堂，夫妻二人虽聚少离多，但同在一个单位工作，能够互相理解，可以一起来克服生活上的困难，爱人将大儿子带在身边上学，小儿子先送到父母那里帮助照顾。另一个是跟随舅舅到这里来工作，舅舅是第一代林草人，他对自己所从事的工作十分知足，谈到了工资待遇，谈到了父母牧养的一百多头牦牛，为他解决了后顾之忧，让他可以安心地工作。

随着人们对生态环境的认识和保护意识的提高，经过林草人几代的不懈努力，对盗猎盗采进行了有效的防护和管控，保护区工作从救护为主转为预防为主。2009 年以来保护区再也没有发生盗猎动物案件，如今，接近路边的动物多了起来。2017 年 7 月 7 日，可可西里成功进入《世界遗产名录》，成为世界上荒野景观保存最为完美、最为典型的地区。

采访结束后，我们从索南达杰保护站出来，乘车前往曲麻莱县，行程 340 公里近六个小时过程中，一路上我们少言寡语，身体上虽有些高原反应的影响，但多是怀有一种复杂的心情，我们被保护站的工作人员的奉献精神所感染，更为坚守在中国最大、最高的世界自然遗产地的可可西里的这些新一代的年轻人而赞叹！

8 月 6 日，曲麻莱县开展采风活动

青海省玉树藏族自治州曲麻莱县位于青海省西南部、玉树州北部，是三江源国家公园的核心区，平均海拔 4550 米，素有“江河源头第一县”美称，也是国家公园体制的试点区域，我们将在这里采访该县基层的村主任和村民，近距离地了解三江源国家公园成立之后，为他们带来怎样的新气象，聆听他们的真实感受。

我们采访了玉树州曲麻莱县叶格乡红旗村党支部书记闹布才让及牧民代

表，他们村距离县城上百公里，他们在头一晚上便到县城入住，等待我们。

他们一行三人，书记闹布才让三十九岁，毕业于兰州大学藏学专业，是全县村主任中唯一的大学生，精通汉藏双语，深谙民风民情，在与藏族村民的沟通中不可或缺。另外两个人，一个是忠尕加，二十七岁的副书记兼副主任，另一个是昂罗，五十七岁的雪豹摄影队队长。我们面前的三个采访对象，是妥妥的老中青“三结合”。

以前由于盗猎，在这里活动的雪豹一类量级的动物数量急剧减少，加上过度放牧等，导致 90% 以上的湖泊干涸甚至消失，加上缺乏管理，游客随处扔垃圾，严重污染了自然环境。自国家公园体制试点后，实行行政区划调整，乡、村设立生态保护站，落实生态管护岗，真正解决了政出多门、职能交叉、合力不强等问题，形成以管理局为龙头、管委会为支撑、保护站为基点、辐射到村的管理体制。

红旗村书记闹布才让带着村里的一班人，强化自然保护政策教育，加之当地有藏传佛教传统，藏族的传统信仰中提倡众生平等，牧民从小就与自然界和谐共生，他们对环境有着纯朴的认识，很容易构建起生态保护的坚强防线，加上设立有一户一岗的生态管护员，每户的家庭便有联动的责任，其他成员也会自觉地参与到管护工作中来。

有着 568 户共 1478 人的红旗村，人人都成为保护三江源生态系统的重要力量，巡山监测、捡拾垃圾成了他们主要的日常任务。在他们的精心呵护下，天蓝地阔，绿草青青，昔日难得一见的雪豹、野牦牛、黑颈鹤等珍奇动物频繁出现，生态开始强劲复苏。建立保护区之后，国家加大了帮扶的力度，缩小了村民的贫富差距，实现了生态、生产、生活共赢。

采访中，我们对声名在外的雪豹摄影队十分感兴趣。

2016 年红旗村成立了雪豹摄影队，他们队由 10 个人组成，最小年龄二十五岁，被采访人阿诺年龄最大，是队里名副其实的老大哥，理所当然成为雪豹摄影队的队长。他们成立雪豹摄影队的初衷，是想将环境资源保护与兴趣爱好结合起来，在生态保护工作之外，顺便兼顾生态摄影。

村委会支持了他们的建议，还给他们发放了设备，当初村委会考虑对他们的设备投入，也有利于对雪豹的监控，如果有了这个摄影队，能够更好地促进雪豹的保护工作。村干部想不到的是他们将这种兴趣爱好不断地升华，他们拍出的照片，迅速引起了各方面的关注。

国家公园成立后，不允许外部游人进入，雪豹的照片外人很难获得，尤其是这些照片可以为科研单位提供研究依据，还具有很高的科研价值。开始有很多人无偿使用他们的照片，有些人还使用他们提供的照片，以个人名义参展获奖，并获得经济奖励，这显然是对他们的侵权行为。

照片毕竟是靠他们辛勤的劳动获得的成果，他们要想拍到一张好的雪豹照片也实属不易。雪豹是非常聪明的动物，基本生活在远离人类活动的高山区域，主要的食物就是岩羊，雪豹生性胆小，只要遇到人就会躲藏起来。人也很难遭遇雪豹，就是遭遇雪豹，它也从不伤人，而是悄悄地逃到隐蔽的地方。这对于拍摄者而言难度很大，只能在远距离拍摄，而雪豹白天很少出来活动，如果晚上拍摄就要增加夜视摄影设备，只能自己掏腰包增加资金投入，他们专门购买了先进的专业摄影设备，提前开车到能拍摄雪豹活动的地方潜伏下来，等待最佳时机。对其他动物的拍摄，也只是“搂草打兔子——捎带着”，由此他们拍摄了大量的摄影作品，还登上过中央电视台的专题节目。

他们担任生态管护员的工作，在发挥村级社区生态管护主体前哨作用的同时，还坚持着业余爱好，他们由原来简单的“照相”，变成了摄影作品，并转化成有价值的产品，推动牧民从生态利用者，成为生态守护者和获益者，使牧民不仅多了一份收入，也丰富了生活色彩，摄影队因此成为保护自然、分享自然成果的成功案例。

在采访中，我们还关注了牧民在公园成立后的生活状态，从而找到了三个关键词：影响、搬迁和子女。

讲到影响，主要涉及了动物。保护动物是天经地义，1822 年英国《马丁法案》就出台了，该立法算是现代动物保护法的先驱，藏民天然就对动物有敬畏心理，绝不去伤害动物。要说其他动物对人类生活的影响并不大，可熊这个动物经常进入人类活动的区域，它们意识到人类禁止对它们进行捕杀，胆子便越来越大。牧民放牧期间，一般居住的房子空闲下来，熊就会大模大样地闯进房子找吃的，还会毁损家具破坏房子。有时熊就睡在房间里，人若是贸然进屋，它就会对人发起攻击。

朋友圈最近有个很火的视频，就是发生在这里驱赶棕熊的事件。他们不但没有撵走棕熊，反倒让棕熊从房上追到房下，就连叫过来援助的派出所民警，都险些被棕熊用熊掌拍倒，他们持枪也不敢“自卫”反击。有时，牧民放牧牛羊时遇到熊，都会非常紧张，只能眼睁睁地看着熊对牛羊攻击，没有一点办法。他们呼吁国家要对动物与人的冲突进行研究，拿出相应有效的对策。

我们提出如果搬迁的假设，也许会解决人与熊的矛盾。他们听到后，现出了笑意，让我们觉得这种假设肯定唐突且无知。他们说国家公园建起来后，涉及搬迁，这个政策是为牧民着想，想改善牧民的生活条件。他们一代一代祖辈都生活在这个高原牧区，最了解周边的山川、河流、野生动物，如果他们搬进城里，也会造成自然环境链条的破坏。因为羊是老鼠的天敌，一旦没有了放牧的牛羊，老鼠就会泛滥成灾，牧草场随之遭到破坏，打乱高原上的生物链条。搬迁竟会带来这么严重的后果，这是我们未能预料的。

从这里走出去又回来的大学生村主任闹布才让，让我联想到这里的教育问题。牧民居住的地域分布很广，他们的子女入学就是个大问题。政府为了解决教育这个难题，将孩子们集中在一起，从小学开始就寄宿到了学校，老师除了教书育人之外，还要充当父母的角色，十分辛苦，非常有爱心，而从这里考出去的大学生，却很难再回到这里工作，因为多是学习科学技术或人文历史专业，真正像闹布才让上的兰州大学开设藏学专业的并不多，其实他从事的工作与这个专业也不完全对口，这也是教育部门需要研究的课题——如何培养对应专业留住高原人才。有针对性地培养人才，才能让闹布才让这样的村主任、乡领导在这个地区多起来，来回报生于兹长于兹的大美家园。

采访结束后，我们一行人专门去看县里的歌舞排练，从藏族兄弟的欢歌笑语中，我看得出他们迸发出的幸福感，那种安康享乐的气氛，感染着我们真想留下来，观看他们的演出。可惜日程已有安排，只好放弃了这个念头，在午餐后，乘车前往治多县。

长江之水与公路相邻，伴随我们一路前行。长江在这里还有另一个名字，就是《西游记》里的通天河。在路经长江第一湾时，我们停车登上位于“娇儿垭口”的观景台，俯瞰千里江水自青藏高原奔腾而下，在高山深谷穿行而来，与青山碰撞出的一道完美的弧线。江水宛如一条丝带环绕着青山，形成了罕见的“V”字形大弯，人们称之为“万里长江第一湾”，这里，你能感受到山与水的融合，动与静的和谐，我们看得心潮澎湃，热血沸腾。

我们赶到治多县时，得知治多县正在举办建县七十周年的纪念活动，我们马上前往庆祝会场。可惜，当我们到达时，庆祝活动已经结束，我们感到十分遗憾，但看到的现场仍然十分壮观，各种彩色帐篷在大地绵延，一眼望不到头。我们饶有兴趣地参观了那些民族特色的住宿和生活用具，吃着待客的食品，分享着藏民的喜悦。由于时差的关系，直至 22 时才看到天色渐暗，我们虽意犹未尽，但还是离开了会场。

8 月 7 日，澜沧江源园区国家公园管委会

吃过早餐，我们乘车出发，行至半路，引导我们的领导说到这里看一看，他还说了一些话，因他的汉语略显生硬，我难得要领，只好随他下车。顺着他的手指方向，看到路牌上标明：日阿东拉垭口，海拔 5002 米。我才醒悟，他要向我们说明，这里是我们行程中海拔最高处。我有些激动，这是我一生中到过的最高的海拔，顿有豪气冲天之感，忙朝四处张望，可眼前叠加的山峰，挡住了我“一览众山小”的豪情。

出发不久再次停车，看到坡下水域成 V 形交汇，两路来水分呈红白两色泾渭分明般聚集一处，有人笑称这是“鸳鸯火锅”，说这是长江流域与澜沧江流域在源头地带的重要分水岭，两水交汇后逐渐融成一色，共同奔赴万里江河，这就像多民族融合的血脉，凝聚起国家的繁荣进步。

我们来到澜沧江源园区国家公园管委会，采访生态环境和自然资源管理局尼尕局长。在他办公室的书柜中，看到两个荣誉证书，一是抗雪救灾工作模范个人称号，另一个是精准扶贫第一书记先进个人。

在车上，从青海省林草宣传部门领导那里了解到，三江源国家公园在稳定草原承包经营基本经济制度、保证园区农牧民草原承包经营权不变、充分尊重农牧民意愿的基础上，省里通过发展生态畜牧业合作社，大胆尝试将草场承包经营逐步转向特许经营，鼓励、引导并扶持农牧民从事公园生态体验、环境教育服务以及生态保护工程劳务、生态监测等工作，使农牧民在参与生态保护、公园管理中获得稳定长效收益。

这正是我们采访五十三岁的尼尕局长的重点问题。

尼尕局长从 2016 年到公园管理部门工作开始，见证了三江源国家公园的成立和发展，经历了特别艰难的过程。三江源国家公园是中国的第一大公园，

没有可以借鉴的经验，只能摸着石头过河，而且常常会碰到瓶颈，只能摸索着一步一步地往前走。

公园管委会深知自己肩负的责任，既要考虑如何去保护自然资源，还要考虑怎么给那些失去利益的牧民带来一定的经济效益。这是中国国家公园的特色，绝不能像美国的黄石国家公园那样，只留下原住民曾经居住过的房子，而将人安置到公园以外的地方居住。这不符合人与自然和谐共生的理念。

三江源国家公园资源丰富，如若利用这里的江河建一些小型的水电站，或是开发各种矿产，可以获得可观的经济效益，但这些建设和开采肯定会造成对自然环境的破坏。

公园的领导层并没有看重这种经济利益，而是心甘情愿地放弃了这种考虑，并达成了一致的共识，他们清楚自己所负的责任，不仅仅是保护自己的家园，更重要的是保护整个中国的生态，保护中国的国际形象。

牧民对自然保护也很理解，虽然野生的肉食动物要吃牧民的牛羊，他们一直认为牛羊即使是上天赐予，也该野生动物享有，对野生动物没有实施报复性的猎杀。

野生动物的保护可以说是上下齐心，可需要决策者们考虑的是：如何解决保护与发展之间的矛盾？

这种发展就是让当地的老百姓提高生活质量，享受到生态变化给他们带来的实实在在的收益。

这不仅要维护牧民的传统文化，还要与现代文明发展进程同步。游牧民族文化有生态传承，他们知道哪里有草，哪里有河，他们最懂得自然生存法则对他们的意义。

在研讨过程中，大家都觉得不能简单地把一个企业拉进来投资经营，把国家公园项目弄成旅游景点。实践证明，只要以经济商业化为中心的景点，为了经济利益就会出现市场化操作，难免会越过自然保护的红线，破坏生态环境。很快大家达成了共识——“取自于民，用之于民”，一个生态体验的特许经营方案便应运而生。

这个特许经营的“雪豹自然体验项目”，有别于传统旅游，国家公园建设需要实现“良好的生态产品是普惠的民生福祉”目标，通过在昂赛大峡谷雪豹自然体验项目中的科学研究，北京大学将研究成果整理成科学知识以及解说手册，让该项自然体验的生态产品更加科学化、丰富化、本土化，也让这块特许经营的“试验田”更好助力高原牧民增收。

公园管理局批准了特许经营，在澜沧江园区选择了 22 户家庭进行特许经营的试点，北京大学山水自然保护中心给这些特许经营户的接待员，也就是原居住户的牧民们进行服务技能上的指导培训，他们不是简单将被接待人定义为游客，而是自然体验者，要求接待自然体验者时，开车充当司机，同时还要兼做讲解员，可以随时做起管护员的工作，可谓是一职多能。

自然体验者都是通过“大猫谷”的网站进行预约，网名中的大猫是当地人对雪豹的称呼，谷是指澜沧江大峡谷。

在自然体验者到来之前，就让他们知道在三江源公园的规定，不允许自己随意旅游，接待员从玉树机场接机开始，到特许经营户家庭的体验期间，全都由接待员照顾自然体验者的生活起居，并引导他们去规定的线路参观体验。特许户的接待员最了解野生动物的活动规律，常会给自然体验者带来不一样的惊喜，也能充分地满足他们的愿望，让他们用相机拍下值得回忆的美好瞬间。如果运气好的话，还能与难得一见的雪豹邂逅。

特许经营试点十分成功，22 个特许经营户收入得到极大的提高，虽然近几年有疫情的因素，总收入还是超过了 200 万元。政策规定将其中的 45% 收入交给社区，作为村里集体的运行资金，接待家庭可以拿到 45% 的劳务费。

如果加上各户管护员的工资，家庭的总收入是笔可观的数字。剩下 10% 作为保护基金，用在救助野生动物和自然保护宣传上面。特许经营通过打造生态产品，将“绿水青山”转化为“金山银山”，提升了当地牧民参与国家公园建设的动力，试点成功以后，下一步将在其他乡逐渐推广。

公园还开展了第二个特许经营项目，就是大峡谷漂流，这是与国外机构的合作项目，已完成了漂流“船长”的培训，但因三年的疫情，项目有所拖延，现正在积极地运作中。

这些都是全民共建共享、生态价值产品转换的案例，这种实践与美国黄石公园管理模式不同，极具中国特色的人与自然共存理念，同时还为原住牧民创造了财富。

尼尕局长是个藏族汉子，性情直爽，喜欢直来直去，实话实说。

曾经有个上级领导来检查生态工作，看见园区有人放牧，发了脾气，指责保护区里面怎么能放牧，还批评他们说国家把这么好的资源交给你们，现在却污染成这个样子。尼尕局长知道这个领导不了解情况，跟领导拍了桌子，激动地说：“国家公园成立之前，人家就在这儿放牛啊，那是这个民族的第一产业，他们要靠这个吃饭呀。”

他抱怨说一些领导和专家高高在上不食人间烟火，只会坐在办公室里画圈圈，画出他们认定的核心区，严格不允许有人类的活动，难道让老百姓在房子里吃喝拉撒。所以他建议，顶层设计者们应该实地调研，而不是凭空考虑怎样走入现代化。当然，他也认为，牧民们也不愿意停留在原始的游牧生活中，但工作中特别要尊重藏民的文化，既要保护自然生态，也要保护老百姓的生活生存空间。

前不久，全国人大的一位首长来检查工作，听了尼尕局长的汇报后，让他提出来还存在什么困难。尼尕也没客气，首先提出修路的问题，说现在沿澜沧江的道路都是那种顺山边拓出的路，陡峭险峻。

他直截了当地说："你只要去亲自体验一下，就知道什么是行路艰险了。我们不需要什么扩建，不需要提速的公路设计，也没那必要，现在这种行车难走的道路都处在国家公园的核心区域，只需要再投资就能提升一下，固化一下边坡以保护路面，对防护人员开车行驶起到安全保证就可以了。"

第二个困难，尼尔提到了熊对人类活动的骚扰，"自从这个国家公园成立以后，就不让人们袭击熊，致使它们变得胆大妄为，总是大模大样地跑到学校，窜去寺院捣乱。报警后，森林公安拿着枪过去也不敢射击，常常被熊撵着到处跑，熊知道人类不敢对它们进行伤害。"

首长好奇地问："我听说熊有六岁儿童的智商？"

"何止呀！我们从红外相机里看到一只熊想闯进一户无人居住的人家，因为建筑及门窗防护坚固而无懈可击，谁承想熊居然会搬来石头放到墙根，并且一块块地堆放上去，然后登在上面爬到房顶，房顶是最薄弱的地方，一般都不会用水泥钢筋构造，捣开个洞跳了下去。"

首长听了，笑着问："那你觉得应该怎么解决这个问题？"

尼尔毫不犹豫地说："打呀！"

首长惊讶，说："这可是保护动物啊。"

尼尔不卑不亢地说："在没有成立这个国家公园之前，我还在乡里当领导，采取过一些办法，也做过多种试验，但是对熊都没有多大效果，真拿它们无可奈何，现在只剩下一个办法了，就是打掉几只，可以对它们起到警示作用。"

首长饶有兴趣地问："打掉几只，它们就能安静？"

尼尔半开玩笑地说："熊具有六岁以上儿童的智商，只要打掉几只，它们就会开会，互相传递消息，凭着它们这么高的智商，绝对能研究对策，对于它们来说，只有一个办法，就是逃避人类的打击。"

首长听了，开心地夸他讲得有道理，并指示随行人员，把这两个问题一定要写到调查报告里面，带回去认真研究。

尼尔从小在这里生长，他的祖祖辈辈也都在这里生活。他从小学到初中，亲眼看到环境如何被破坏造成了草场的退化，体会到气候发生的变化，最清楚有多少座雪山融化了。从而他意识到林草是不可再生的资源，再不保护就会亲手毁掉自己的家园。

尼尔认为做的这些工作及自己对林草事业的付出都是值得的。国家公园建立后，对生态环境的保护和恢复工作有目共睹，现在人工种植的草地长势喜人，可要想恢复成真正的高原，还有很长的路要走，自然环境只能靠自然的变化慢慢恢复，不能单靠人为的干预，这是自然规律，破坏环境很容易，但要恢复起来却很难，他只希望人类不要或是尽可能不去制造新的破坏。

尼尔说："公园里所有的野生动物，它们的唯一监护人就是国家，如果不是公园里的老百姓全心全意去参与自然保护工作，仅凭国家的几个机构，仅凭我们这些单位，不可能管理 12 万多平方公里的三江源国家公园，这也是民族团结的象征，他们认识到国家给了这么好的一个生存环境，他们始终会以感恩的心态去生活，也会自觉地保护赖以生存的环境。"

尼尔用他朴实无华的语言，表达了三江源国家公园保护者的心声。

8 月 8 日，昂赛科研保护工作站

我们吃过早餐，便乘车开始了新一天的采风行程。

在越野车行进到一处有民族特色的彩虹门——"杂多人民欢迎您"前停了下来，当地的领导在门前迎接着我们，为我们献上了哈达，随后便陪同我们前往昂赛乡。我们参观了头一天尼尔局长讲述中的特许经营户，那种建筑极

具民族特色，外墙用横向圆木垒排，房前檐靠五个红颜色木柱支撑，檐边有多彩吉祥的图案，还有一圈大理石铺地的长廊。进屋后，屋内更是别有洞天，墙上除了挂着民族饰物，还有各种动物的照片，形成一种人与自然和谐相处的氛围。厅堂靠墙位置设有一张铺着羊皮的座椅，墙边一张长沙发，还有几个木墩围绕着茶几，卧室厨房卫生间等生活服务设施一应俱全，甚至比内地一些宾馆的条件还好一些，这让我们有了更加直观的了解，对特许经营户的服务有了感性的认识。

随后，我们一行人来到了昂赛科研保护工作站。

这是北京大学生命科学学院吕植教授创建的山水自然保护中心与合作伙伴一起在杂多县昂赛乡共同建立的科研保护工作站，是三江源国家公园第一座科研工作站，肩负在地保护、科学研究、公众参与和环境教育等功能。

令我们意外的是科研保护工作站负责人秦璇是一个娇小的女孩子，经介绍得知她还是留学墨尔本大学的环境学硕士，这让我们更加震惊。这也触动了我写小说的欲望，回家后，我便以《山水自然》为标题创作了小说。

这样的女孩子，请原谅我称呼秦璇为女孩子，其实她的年龄才二十八岁，称她为女孩子并不为过，只是她肩负的职责，与她的年龄形成了巨大的反差，才让我们诧异。

面对我们的质疑，她对我们娓娓道来。

她对自己所从事的工作感兴趣，应归功于从小喜欢动物，说得直接些，是喜欢宠物。因为这种爱好，她不愿意天天待在房子里工作，而是梦想着能到非洲大草原看狮子看雨林，这就触发了她在高考时选择了相应的生物专业，仅仅出于她对生物界的好奇，她自嘲这是叶公好龙。

谁会想到她这么高的学历，还这么小的年纪，来这里工作竟有三年多了。这个来自湖北的年轻人，需要长期面对多少困难？对于长期在高原工作的她来说，高原反应肯定对她的身体心肺功能都有影响。面对我们提出的问题，她蛮乐观地说："只要自己提出调离这里的要求，上面便可以安排我交流到其他地方，什么云南、四川去工作都不是难事。"

她说这里还是对她有吸引力，藏族传统文化的特色鲜明，与她从小接受的汉文化大不一样，研究的项目极具诱惑力，对她是挑战，也是机遇。为此，她放弃舒适的生活，劝慰父母对自己少担心，忍受着与男朋友距离遥远的相思之苦，毅然决然地来到这里工作。

我们觉得这样的挑战，多该由男人来承担，怎么能让这样一个弱小的女孩子来承受，可她却笑着对我们说："你们没有注意到吧，什么支教支边，野外防护，现在不都是女生居多吗？就在我们玉树范围内，相应工作的女同志就占了一半。"

我们感到奇怪，问其原因，她想了想，面带顽皮地说："也许男人的生活压力太大，他们要去赚钱，要去养家糊口啊，而我们女人可以按着自己的想法去做事，而不必顾及其他。"

她把我们逗笑了，细细琢磨，她的话还颇有几分道理。她虽这么说，但这样的女孩子身处高原之上，天天做着与飞禽走兽打交道的工作，确实存在着极强的反差，尽管她说得轻描淡写，可为了事业而舍弃了很多优渥的生活物质条件来这里工作，确实令人敬佩。

我们从墙上挂着的"人兽冲突"的图板上，看到上面明确地标注着肇事物种、牧民态度，以及具体到对熊的应对方法，知道这是她及工作人员的工作范畴。针对她的工作，我们进行了采访，她便向我们娓娓道来。

人类的充分活动，使自然环境遭到破坏，动物栖息地受到威胁，乱捕乱猎严重，很多物种已经灭绝或处在灭绝过程中。虽然人们已经意识到危机所在，但做这种保护工作的人并不多，总要有人主动站出来，承担关乎地球命运的事。

她觉得自己应该尝试一下，加之与自己所学专业相符，自己又喜欢动物，可以做环境保护宏观一点的工作。

她认为要在这里真正做自然保护工作，就要考虑两个问题，一是能否对这项工作始终有热情？二是愿不愿意放弃比较舒适的物质生活？

这里的工作条件十分艰苦，还要接受很多不确定的东西，大大小小的事情都要自己动手，什么洗衣做饭，到河边打水，就是去野外监控作业还经常会陷车，这些困难都要自己去克服。这里自然保护工作更注重实践，它不像哪一学科有着一套完整的理论，这项自然保护工作只能靠不断摸索梳理才能得出结论。尤其在国内还无先例经验可言，无法进行对照比较，况且，这还不是特别完善的一个行业，如果研究人员只待个一两年就离开，如同跑马观花一般，哪能积累出一定的经验。因此她才会一直在这里坚持三年多时间来做研究工作。

工作站重点研究的项目就是动物保护，在其他地方做动物保护的也会有人向她问询，保护动物会对他们有什么好处？这个地方却没有这样的问题，当地的牧民祖祖辈辈生长在这里，对山山水水有感情，他们从不猎杀野生动物，保护工作也很容易开展。她的重点工作就是监测这个地方到底有哪些野生动物，它们的分布情况，从而才能相应地开展保护工作。珍禽异兽数量的增多或者减少，生存的情况变好或者变差，都是他们研究的重点。

比如，从持续的监测中可以识别出有 99 只雪豹、16 只金钱豹，虽然它们同属猫科，而同时分布在相同的区域还是比较少见的。研究分析后，还是可以区别它们的活动区域，雪豹和金钱豹分别生活在海拔比较高和低的地方，互相基本不打扰对方，这种发现对它们的研究保护有着重要的价值。

雪豹其实就是那种大猫，这里的人这么称呼它。它长着毛茸茸的长尾巴，其实战斗力并不很强，食物以岩羊为主，偶尔也会偷袭牦牛，但也只能选择那种弱小的牦牛，上去直接咬脖子，它一下吃不完，只好守在不远处，等待天黑后或者第二天继续吃，可这中间总会被秃鹫一类的动物抢走，雪豹只能眼巴巴地看着，无可奈何。

北大的机构与杂多县联合建站重在科学研究，北大的博士生每年都会来做课题，有研究雪豹、金钱豹、熊等兽类，还有研究有蹄类，并研究旱獭与草地的关系，以及各个物种之间的关系，这样才能基于科学研究，制订有效的方案保护它们。在此工作站，已有 20 多个博士生完成了毕业课题。

在这里的研究，重要的一项是当地人和野生动物的关系，也就是人兽冲突，其中狼会吃当地牧民的家畜，熊会到人的房子里来找吃的，这两个问题在现实中比较严重，是造成当地人对野生动物最主要的负面情感因素。牧民对狼和熊的负面态度是最高的。山水自然保护中心和政府各出一部分钱，建立了补偿基金，牧民每家投保几块钱，由村里负责管理，因动物造成了经济损失的家庭，可以得到相应的补偿。

“单说人熊冲突，”秦璇对我们说，“牧民背着一个帐篷放牧，冬季才会回到定居点的房屋居住，熊知道定居点的房屋无人居住，就来扒房子扒门，进去寻找吃食，过去它们在野外抓旱獭或其他野生动物耗时费力，而获取房屋里的食物，还是那些酥油酸奶热量很高的食物不费吹灰之力，逐渐养成了习惯，而且大熊教小熊，这样便愈演愈烈。特别是出现了伤人的恶性事件，多是在人不知道熊已经在屋里，贸然进去，熊也相当害怕，便会出掌伤人，当然会有恶果出现了。

“工作站还曾有过熊从屋顶掉下来的经历。屋内因安装取暖的炉子，烟囱得从屋顶伸出去，这样就要将屋顶的采光防爆玻璃拆下重修，哪知这当口被它抓住了机会，便从后面的阳台栅栏爬上房顶，正在维修的建材哪里能经得住它身体的重量，瞬间垮塌，把它跌落下来，受伤流血。它也很害怕，工作站的建筑多为铁皮，十分坚固，它被囚禁其中，发狂地破坏屋内设施。多亏当时大家去野外工作，逃过一劫。牧民发现房内的异常，忙给我打电话，我们赶回来后，打开洗手间的那个窗户，放它出去，才避免了人财损失。”

她用一副淡然的表情向我们述说，我们仍感到惊悚万分。

她说，我们了解到，因为这些事件的发生，更能说明加强熊闯入人类活动区域的防护预警的重要性。随即与相关单位研究，设计制造可以在房屋周围装置上实时回传的红外相机，如果有熊过来，可以自动识别，给当事人发出一个熊闯入的短信提醒，要求你不要靠近，同时启动驱赶的装置。

秦璇告诉我们，这种装置还处于实验阶段，在观察中识别出什么样的动物，发出相应可以对付到来动物天敌的音频，恫吓它离开。要是熊过来，就会发出老虎、大象、狼一类的声音，在实验中，分析这种办法对熊到底有没有作用，熊是非常聪明的动物，过一段时间要是适应了，发现没有什么威胁，也许会“涛声依旧”。

他们也尝试着一些其他的防护类的措施，比如说给房子圈上围栏垫，通上电会造成扎手电击感，还有把装有食物的铁皮箱预先放置到门口，它本来就是来找食物，这是投其所好，它们只要吃饱了就会离开。

工作站除了开展专门技术型的工作，还开展了哲学、社会学、商科、传播等各种多门类的研究。跟社区及牧民打交道的工作需要技巧，这不仅是社会性的，也需要其他学科的支撑，这里的工作人员都是具有综合素质的多面手，能应付各种“疑难杂症”。工作站与公园管理机构虽是合作关系，但项目需要向对方报备，还要汇报进展，才能得到支持。

经过多方参考，专家论证，山水自然保护中心与三江源国家公园管理局合作，启动昂赛大峡谷雪豹自然体验项目，选出牧民成为接待家庭，承担自然体验项目的向导、司机和接待任务，并带领自然体验者在昂赛大峡谷内观察雪豹等珍稀野生动物，欣赏自然和文化景观，游览并体验牧区生活。

我们清楚这就是尼尕局长所说的特许经营，秦璇所在的工作站主要负责具体实施指导和培训，他们与公园管理机构分属两个体系，从而避免经营市场化。

秦璇说其他公园也搞过特许经营项目，只是简单地交给一个公司企业去管理，人家更看重的是市场收入，特许经营户成了打工仔，没有积极性，矛盾重重，最后不了了之。这里的特许经营由工作站协助当地成立了合作社，由村民向村集体经济组织提出申请，经严格审核，最后才确定出 22 个特许经营户。工作站虽与村委会工作有一些交叉，但分工明确，管理属于村行政单位，工作站负责提供培训考核。

培训工作不似内地人员培训那么容易，藏族牧民天然形成自然属性，习惯放牧时那种自由散漫随意的生活，他们常常是答应过来参加培训，却一再要求往后推迟。刚开始从事这项工作时，难免有些不适应，这就需要与牧民更多的沟通，在他们心目中建立起一定的信任，跟他们交心做朋友，不停地去跟他交谈，慢慢才使他们的习惯发生改变，才会开会培训准时而不迟到，才会将产品设计得更加细致，他们才会严格按照规定的要求标准去实施。工作站组织他们走出公园去开阔眼界见世面，学习人家怎么做旅游民宿的，从而转变他们的认知，达到较好的服务效果。

再就是改变经营户的思想观念，提高当地女性的地位。男女平等在内地不是什么问题，而在这里，牧民还是强调男主外女主内，女人只能干家务，吃饭的时候也不会上桌。自从来了外地自然体验者后，这些外来人总会质疑女性为什么不能在一个桌上吃饭？无形中促进了当地人的思想转变，让女性明白自己可以跟大家在一块儿吃饭，一起开心地聊天，平等地交流，还可以给自然体验者拍照当模特。一开始上了年纪的人表示反对，觉得女人抛头露面很丢人，但与自然体验者接触时，无法用汉语沟通，只能喊出自己的女儿帮忙翻译，从而转变了观念。有些女人看到自然体验者拍摄的照片，也买了高档的相机，加入对动物和自然拍摄的队伍当中。

离开昂赛科研保护工作站，我们满怀着对特许经营美好前景的期待，虽然现在还只是他们的尝试，但这样的经验将在国家公园内进行推广，以点带面，可以协调推行这样的保护发展工作，从而释放出更大的生态红利。

我们到澜沧江大峡谷开展采风活动，观赏到了青藏高原发育最为完整的白垩纪丹霞地质景观，看了那些科普中的动物标本，还与那些动物标本照了相。尤其是与采访中提过的闯入牧民家的棕熊的标本合了影，我挥动拳头对它恫吓，似乎在表达一种不满。

参观结束后，我们乘车赶往玉树市，中途越野车发生了故障，抛锚在途中，玉树方面专门派车来接我们，抵达玉树时，天色已黑了下来，但这丝毫没有减弱我们一路上积蓄起来的热情。

8 月 9 日，三江源国家公园采风活动圆满收官

即将完成三江源国家公园采风活动，午后我们准备乘坐飞机返回北京。

上午，在玉树林草领导陪同下，我们参观了面积最大的新寨嘉那玛尼石堆，领略到藏传佛教文化的博大精深，神奇的祈福许愿经文凿刻在一块块石头上，堆成集宗教与民间艺术为一体的石堆巨阵，让人叹为观止。从新寨嘉那玛尼石堆出来，我们又去了文成公主庙，这是藏汉团结的象征，也是来玉树的人必到的“打卡地”。

我们依依不舍登上了飞机，几天采风对这片神奇的土地产生了浓重的感情，人都说要想看山看水看日出，看大山大江大湖集一体的大美净土，世界

上只能到青海三江源，这里才是独一无二的风景，这里确实让人流连忘返。

可是就在二十世纪八十年代，由于盗猎，三江源境内的雪豹及野生动物数量急剧减少，加上过度放牧等因素，曾一度使这里 90% 以上的湖泊干涸甚至消失，自然环境遭到严重的破坏。随着决策层的高度重视生态环境保护与建设工作，采取了一系列战略措施，加大了生态环境保护与建设力度，社会保护参与度明显地提升，生态环境得到了有效保护和改善，林草资源逐步在恢复，动物种群数量不断地增加。

2016 年 4 月 13 日，国家启动了三江源国家公园体制试点工作，2016 年 8 月，习近平总书记亲临青海视察，并严肃地强调："保护好三江源，保护好'中华水塔'是青海义不容辞的重大责任，来不得半点闪失。"

在总书记的指示下，三江源国家公园管理局先后实施园区基础设施建设和生态保护修复项目，将三江源全部区域纳入生态红线管控范围，建成三江源国家公园生态大数据中心和覆盖三江源地区重点生态区域"天空地一体化"监测网络体系，提升草地的生态系统，修复荒漠生态系统，保护湖河生态系统，加强雪山冰川系统保护，强化湿地的保护与恢复。加强野生动植物特别是珍稀濒危物种的保护恢复，首次形成三江源国家公园陆生脊椎动物物种名录，推动生态系统多样性、遗传多样性、物种多样性、景观多样性保护。

经过三江源国家公园林草人不懈努力，青藏高原暖湿化方向发展和保护力度的加大，2020 年三江源地区每年为我国及周边东南亚国家输送了 954.98 亿立方米的清洁水源，与 2016 年相比，年均增长 92 亿立方米。国家发改委中期评估资料表明，草地覆盖率、产草量分别比十年前提高 11%、30% 以上；野生动物明显增多，藏羚羊由保护初期不足 2 万只恢复到 7 万多只，过去难得一见的雪豹、金钱豹、欧亚水獭频频亮相，兔狲、藏狐、白唇鹿、野牦牛、黑颈鹤争相出镜。

从飞机舷窗向外眺望，星罗棋布的湖泊波光粼粼，三江源水蜿蜒曲折，如一条条血脉，滋润着动植物的生长发育，蔚为壮观的景色，显示着美丽的高原画卷。习近平总书记强调青海地处青藏高原，“生态就像水晶一样，弥足珍贵而又非常脆弱”，他告诫我们要珍惜来之不易的“绿水青山”，万物相互联系，彼此依存，自然生态的保护工作任重而道远，更需人类共同努力奋斗，让“中华水塔”更加坚固丰沛。

作者简介

张力，中国作家协会会员，锦州市作协副主席，一级作家。在《人民文学》《当代》《中国作家》《十月》等报刊上发表中短篇小说四百万字，作品被《小说月报》《小说选刊》《中篇小说选刊》《中华文学选刊》《作品与争鸣》等报刊转载，多次入选年度文学选本。著有长篇小说《世纪大提速》《官殇》、小说集《两个人的车站》《家在远方》等，获国内各种文学奖三十余次。

走进三江源
——三江源国家公园巡礼

史佳丽

三江源国家公园总面积 19.07 万平方公里，占第一批设立的 5 个国家公园保护面积的 83%。未来，国家规划，将最终设立 49 个国家公园，面积 110 万平方公里，三江源国家公园占全部的五分之一。如果用最简洁的语言表述三江源国家公园，可以用这样六句话来概括：三江源国家公园是万山之宗，是众水之源，是野生动物的天堂，是人间的净土，是寻找诗与远方的圣地，也是摄影家心往神往的殿堂。

——摘自《三江源国家公园建设工作情况汇报》

去可可西里

从格尔木出发前往三江源国家公园的时候，天正在下着小雨，阴沉沉的天让人心中又多了一丝担忧：第一站是 216 公里外、海拔 4479 米的可可西里索南达杰保护站，按照我们的经验，200 多公里的国道四小时之内一定可以到达，行程单上居然写着五个小时，想必是非常艰难坎坷的路途了。来自平原的我们，本来就面临高原反应，还在雨中走青藏高原的输血之路、最繁忙的 109 国道，这是太大的挑战了！果然，一路见到两起车祸，因事故还造成半小时的拥堵。还有一次，一辆庞大的货车开到我们对面时突然打滑，要不是给我们开车的藏族小伙子反应机敏，速打方向躲到对面车道，后果不堪设想。

路过海拔 3700 米的昆仑圣泉的时候，雨还在下。从西宁过来陪同我们的三江源国家公园管理局的景姑娘兴致勃勃地介绍：传说当年文成公主进藏因受风沙阻碍无法前行，只好下辇将随带的佛像请出祭拜，正在拜祭之时突然一股清泉从佛像前喷涌而出，就是这昆仑神泉。这泉冬夏恒温七度，已经开发出的昆仑泉矿泉水就是这里生产的。我们不约而同地把手伸进泉水里——还真冰手！眼下正是三伏天，实在没想到居然这么凉。

举目四望，远处的昆仑山在乌云翻滚的天际下，苍苍茫茫，灰褐色的山脉半山腰以下才有薄薄的深绿色，阴沉沉的，本是草长莺飞的酷暑季节尚且如此，其他季节基本就是白雪覆盖。如果没有云彩的移动变换，就是很枯燥乏味的景色了。

索南达杰保护站因那部著名的《可可西里》电影而被人知晓。藏羚羊是青藏高原独有的国家一级保护动物，1994 年治多县工委书记索南达杰为了保护藏羚羊，一人与 18 个偷猎者枪战英勇牺牲。我们比预计的时间提前了一个小时到达索站时，同行的人已经有了不同程度的高反。

站里的工作人员出去执行任务了，只留下一个在给我们做午饭。这可忙坏了景姑娘，她给这个拿来氧气瓶，给那个抱来毯子，然后一边给我们沏奶茶一边告诉我们高反的注意事项，如同这里的女主人一样熟门熟路。原来，她每个月都要来三到四次，最多一周来过五次，甚至还住过这里！她指着我们坐着的藏式沙发说：“就睡在那儿！”幸运的是她天然对高原反应“免疫”，说话间她又跑进了厨房，端来了新出锅的饭菜。

可可西里是人迹罕至的无人区，所有的供给都要从格尔木运来，索站连水都要从30公里外的地方打回来，所以，水在这里极其宝贵，一次用水都要经几种用途才倒掉，站上的人根本不舍得用水洗澡。

保护站的工作艰苦而乏味：救助国家保护的野生动物，捡拾过路人扔下的垃圾，观测各种生态数据……好在国际组织的呼吁和对盗杀藏羚羊者的打击，近些年偷猎者已经绝迹，不用持枪战偷猎者了。站里十几个人分两组，每半个月从格尔木轮岗一次，上来的时候带好蔬菜和生活用品，也要适应几天高海拔带来的高反，回到格尔木后依然要适应几天突然氧气充足造成的醉氧。因为艰苦和不便，站上清一色的男士，最小的是个藏族小伙子，十六岁就来这里工作了，已经在这里工作了八年，最大的四十多岁。他们轮流当厨师负责全站人的伙食，所以每个人都练出了好厨艺。我们见到的四个工作人员有三个已经成家，都是夫妻两地分居，两个孩子的西然永平甚至还一家三地，孩子放在老家父母给带。没成家的小翟在西宁的大学毕业考入三江源国家公园管理局就被派到这里工作，已经五年了，条件限制不方便谈女朋友，父母着急也没办法。他拿着钥匙，打开后院大门带我们看被救助的藏羚羊。

特别难解的是，每年五六月来自各栖息地的成千上万的母藏羚羊奔赴可可西里的卓乃湖产崽，多时能达两万余只，为什么它们会不惧千里迢迢的路途聚集卓乃湖集中生产，至今还是未解之谜。产后回家的途中，那些体质差的藏羚羊会掉队，救助它们是那段时间索站主要的工作任务。六只还在喝奶的幼崽被锁在房子里，单纯、天真，小翟成了它们的“奶爸”，每天用奶瓶给它们喂奶，小藏羚羊看见他以为又是送吃的，马上围拢过来。其他五只成年的藏羚羊在房后距我们三米开外警觉地注视我们。小翟说，藏羚羊生性警觉敏感，对人类怀有警惕之心。体力恢复好的马上就被放生了。在可可西里无人区，通常，这些藏羚羊是索站人每天见到的唯一种类的活物。当然，也有意外情况，偶尔会有出来寻食的国家二级保护动物棕熊来拍门，由于三江源国家公园这几年生态保护措施得力，保护动物的数量大幅度增加。好像知道不能伤害它们，聪明的棕熊更加有恃无恐，站里人只能门窗紧闭，或者给棕熊备些吃食，让它们吃饱喝足自行离去。

尽管七八月是青海最好的季节，也是最暖和的季节，我们到访为 8 月上旬，穿着薄羽绒袄一点也没有热的感觉，保护站火炉上的大水壶烧着的水还在呼呼冒着热气，屋子弥漫着暖意，我下意识看了一眼天气预报——9℃。据说冬天这里的气温达到过 -40℃多，保暖是头等大事。

保护站小伙子的手艺真不错，做了四菜一汤，味道好极了，可惜因为我们高原反应严重，不能多吃。简单采访了一下，我们还要赶 340 公里的路到曲麻莱县。一个“高反”严重的战友，只能遗憾地返回格尔木了。

“有去无回的曲麻莱”

也许可可西里的名气太大，也许是我的认知有限，以为此行过了可可西里，就过了最艰难的路程了。我们在头重脚轻的飘飘忽忽中挥手与站上的小伙子们道别，仿佛这令人惶恐的高反也在挥手之间挥去。因了这心理暗示，感觉轻松了许多，天空也配合着逐渐晴朗，行车路线在不冻泉从 109 国道转到了 S308 省道，道路开阔，平展，与拥挤繁忙的 109 国道有了天壤之别，车辆极少，仍旧是无人区，车子撒了欢向三江源国家公园腹地深入。

翻越了昆仑山口，随着温度逐渐升高，草原植被越来越好，视野中的绿色越来越多。越野车在宽阔无垠的草原奔驰，有了想张开双臂拥抱大自然的冲动。下午 3 点 20 分我们的车开上了楚玛尔河大桥，景姑娘让司机停车，“我们去拍红色的河。”她兴奋地说。

楚玛尔河又名曲麻河，是长江源流。“曲麻莱”藏语的意思就是“红色的河，广阔的滩”。因为河底是新生代古近纪的砖红色、紫红色岩石，河流呈现出一种红色，所以又被称作大地之血，楚玛尔河大桥长590米，越往中间走颜色越发红，砖红色的河在光和云的变幻中散发着迷人的景致。它是我们进入到三江源国家公园见到的第一个“源”，每个人的相机里都收获了数十张不同角度的照片。宽展、深沉、磅礴的楚玛尔河让我们暂时忘却了高反的不适，快活起来。看到我们有些得意忘形，景姑娘赶紧提醒：这里是高原，走慢点，走慢点。知道吗，有个说法，“曲麻莱，曲麻莱，进去出不来”。啊？听闻此言，顿时让人大惊失色，就是说，曲麻莱比可可西里还要艰险！可是，现在回格尔木也来不及了，我下意识感觉一下，除了头微疼好像没有其他的不适。继续前行吧，反正车上有景姑娘备好的氧气瓶呢！

终于晚上8点左右到达了长江源园区国家公园曲麻莱管委会，食堂备好了晚餐。作为国家公园的派驻机构，管委会的员工大部分家都在西宁或者玉树，吃食堂住宿舍是他们的日常，景姑娘就在这里与她在西宁的同事、刚刚来此上任三天的管委会赵主任重逢了。我们到的时候是个星期六，从办公楼到食堂，也没有个休息日的样子。负责接待我们的马主任说，他几个月没回他在西宁的家了，夏季最忙，平时就是回西宁开会时回家看看。国家公园成立他就到了这个处，已经干了七年。听说有了新文件：在高原工作，一年的工龄相当于一年半，他盘算了一下自己哪年能退休回家享受天伦之乐。高原对人体伤害还是超出想象的，时间长了，心肿大、肺肿大、高血压等高原基础病给每个在这里工作的人都打上了标记。“到基层是苦，把我派到这里来，就是带个头吧！”五十多岁的老党员、老公安赵主任认真地说。与大部分机构臃肿不堪相比，管委会一共有45个编制，但只有42人，居然还有空缺！可想而知，在这些年公务员如此火爆的当下，要不是条件艰苦，哪个机构不早就挤满了人？！问他们：想没想过离开这里？回答：说不想是假的，可这工作总要有人来干吧？是的，此行下来，我们接触到的三江源国家公园的每一位员工，都对自己的工作充满了使命感，保护三江源的生态、守护好“中华水塔”是他们神圣的责任。望着他们沉稳、坚毅的黑脸膛，不禁令人肃然起敬。

在曲麻莱管委会，我们还见到了红旗村的几个藏族村民。国家公园成立以来，实施的“一户一岗”的管护员制度给藏族牧民们带来了巨大的实惠，也调动起了他们保护家园、创造美好生活的积极性。园区 2867 户，每户一名管护员。牧民们对于成为管护员感到特别光荣，发他们的制服得意地穿在身上，积极参加各种培训。我们见到的一个不会说汉语的管护员就是村里雪豹监测队的组长，用园区发他们的红外照相机拍下雪豹的照片，传给公园管理局作为监测资料。当然这些都是他们的村支书、全县唯一一个大学生村主任翻译给我们的。

村支书是土生土长的当地藏族牧民，虽然是西北民族大学毕业生，但学的是藏文学专业，接触汉语机会不多，听力没问题，表达不流畅。他从自己成长的经历说到国家公园成立后的变化，“2016 年以后生态环境明显变好了”“得力于好政策，和老百姓的愿望是一致的。从小父母就教育他们神山、圣水不能弄脏”。园区的牧民们环保意识非常强，自愿捡垃圾，出钱拉到 300 多公里外的格尔木垃圾场去，一车垃圾还要自掏腰包付 300 元处理费。可见，藏族牧民对三江源的爱护已经视为自己的生命。马主任讲起来还称赞了牧民的保护意识：“了不得，这在其他地方是不可想象的事！”上下同心，其利断金。有了国家的战略部署、政策支持，有了园区这些抛家舍业、不畏艰苦的干部职工，有了园区内这些可敬可爱的同胞百姓，三江源国家公园一定会保护得好好的。

离开曲麻莱的这天上午，在县城边看到了“黄河源生态文化旅游系列活动”搭建的临时露天会场，中心舞台上县歌舞团的演员们正在为“江源玉树天上曲麻莱”文艺晚会彩排。他们跳着欢快的庆丰收藏族舞蹈，在导演的调度下有序地舞动着，会场周围五颜六色的帐篷以及摆动的彩色经幡，这些在三江源国家公园核心区的一切都在兴高采烈地展示着自己，仿佛在诉说着美好与幸福。

“中华水塔”里的黄蘑菇

离开曲麻莱继续往三江源国家公园的纵深处行进，前往“中华水塔”的核心区域治多。之所以称为三江源，是因为这里发源了长江、黄河、澜沧江等大江大河，是中国乃至亚洲的重要水源涵养地，也被誉为“中华水塔”。由于其独特的气候特征、特殊的地理位置和丰富的物种基因，占有不可替代的生态战略地位。三江源国家公园每年为中国及缅甸、老挝、泰国、柬埔寨、越南这五个东南亚国家输送600多亿立方米的清洁水源，是10多亿人口的生命之水，2022年更是达到了900亿立方米。三江所经过的流域面积接近我国总面积的三分之一，域内生活着7亿人之多！

治多管委会域内平均海拔4500米，有“长江之源、百川之祖、牦牛之地、歌舞之乡、生态之源、动物王国、唐蕃古道”和“一江九河十大难”之称。还有丰富的矿产资源，因为要保护自然生态，不能开采。

从曲麻莱管委会到长江源园区治多管委会只有47公里，出发没多久就见到手捧哈达在两个管委会交界处迎接我们的治多管委会仁增多杰主任一行了。仁主任是不到五十岁的康巴汉子，浓眉大眼，黑脸膛，亲自为我们当司机，驾驶技术无比高超，经常把我们一起的另一辆车甩很远，他说一般司机的技术都比不过他。这都是多年在他们地界内崎岖不平的山路上练出来的，因为这几天都下乡，所以晒黑了许多，今天特意戴了帽子，“要不晒太黑了。”他是土生土长的本地人，玉树师范毕业就回家乡工作了，至今家里的许多亲戚还在放牧。从 2005 年开始生态移民，很多牧民已经搬到县里或者玉树州，由于牧民的生活方式以及维护生态平衡和环保的需要，许多老人和上学的孩子常住县城，青壮年还是以放牧为生。

说着，指着路旁正在吃草的牦牛群说：“一头牦牛一万多元，这家是百万元户呢！而且，牲畜的数量直接影响土质，畜牧业发达，草木越繁盛，大自然的平衡法则。”

这一路从北往南，气温越来越高，景色也逐渐色彩丰富，青山环绕，我们在山峦之间穿行，好像在纯净的绿色的地毯上奔驰，远远近近的牦牛群多了起来，可爱的鼠兔也频繁出现在视野中，牧民们夏季放牧搭建的“夏窝子”时隐时现，偶尔也有提着袋子的妇女在草甸子上弯腰在寻找什么。这引起了我们一行人的极大好奇：如果是捡垃圾，这地广人稀的高原，车都少见，途中见到的动物都比人多，没有制造垃圾的人，哪有垃圾可捡？！难道是像挖田鼠的洞一样挖鼠兔的洞？可这里根本不种农作物，洞里哪有可缴获的“宝贝”？看我们七嘴八舌猜半天，仁主任笑着告诉我们，她们在采蘑菇，一种青海高原独有的黄蘑菇。近几年，随着环保质量的提高，三江源国家公园的生态越来越好，虫草和蘑菇的产量也大幅增加，通过培训引导，牧民也懂得了利用大自然赐予的特有的物种提高经济收入，改善生活水平。在这里，虫草和黄蘑菇是藏民夏季的一大笔进账呢。可惜你们来得有点晚，虫草五六月是采摘季节，现在基本看不到了。黄蘑菇倒是有机会遇到呢！

车子在“长江第一湾”处停下来，没有高反的景姑娘欢快地爬到几百米高的观景台去拍照。她太爱这个工作了，路边的花草，飘动的云朵都能激发出拍摄的激情。没有专业摄影设备，她四下踅摸，找来两块石头当支架，趴在栈道尽头的山顶上，不停调整角度，最后固定手机倾斜 30°放在悬崖边上，为了制作几分钟白云移动的视频，要连续拍摄二十几分钟，之后合成。

景色是真的美！土黄色的水把一座泛着翠绿的山温柔地环抱起来，如同母亲的臂弯怀抱着婴儿。这水是长江源头通天河的水，她环绕山体形成了一个完美的弧度，色彩鲜明，四周是连绵不绝的绿茸茸的群山，山野寂静，万物和谐，棉花般的白云在湛蓝的天上飘荡，令人心醉。一只觅食的山鹰看见我们以为能觅到食物盘旋过来，在我们头上抖动着翅膀翱翔，飞去又飞回。

到达治多县县城时，赶上建县七十年大庆，县上的赛马场是主会场，治多的居民中藏民占 90% 多，一切都是藏族的风俗特色。全县的各个单位、部门都在赛马场搭建自己的帐篷，颜色不一的帐篷布满了赛马场，星罗棋布。仁主任带我们走进了最气派的三江源国家公园治多管委会的帐篷，茶几上摆满了年节才摆放的果盘、炸好的麻花、馓子、奶酪、牛肉干等各种小吃，煮熟的羊头、牛肉、牛舌盘里还分别放了藏刀，我们一落座，就招呼我们动手吃。看我们有些不知所措，景姑娘说这相当于汉族的干果零食，直接拿刀子割吃就行。仁主任拿起一个羊头边和我们聊天边用藏刀片着肉吃，看着他吃得陶醉的样子，我们也忍不住笨拙地学着操作起来。景姑娘说别多吃，马上就开饭了。

时间不长，几道热气腾腾的饭菜摆了上来。原来，因为庆祝活动延续几天，每天管委会的人至少都有六七个在这里参加活动，伙食也直接搬到了这里。

这顿饭，我们被一道鲜美的蘑菇汤征服了！如此的美味，人间太难得了！这种生长在三江源的无污染、纯天然的黄蘑菇彻底打败了我们挑剔的味蕾，不大一会儿，一大锅奶黄色的蘑菇鸡汤就被盛得见底了。鲜得醉人的黄蘑菇汤给我们留下了难以磨灭的印记，以至于随后几天的行程中，我们都心心念念这道美食。善解人意的仁主任说，一定带你们亲手采到黄蘑菇。

在一个清澈、澄明的早上，在蓝天白云见证下，我们的愿望达成了！一直沿着土路车辙前行的越野车突然就被仁主任开上了草甸，在草坡上奔行200米，一个急刹车停了下来，“采蘑菇去！”果然，不远处的绿草里隐约可见小小的黄蘑菇，顶着露珠悄然生长。作家阿来的中篇小说《蘑菇圈》里说，蘑菇都是扎堆生长的，发现了一个周围必定还有若干个。在这里土生土长的仁主任早就练出了牧民的本事，说火眼金睛、千里眼都不为过。我们还是来晚了，采到的九个蘑菇是牧民采过遗落的“漏网之鱼”，这大小不一的黄蘑菇对于我们来说本就是意外的惊喜，我和景姑娘把它们宝贝似的装在袋子里放入背包。景姑娘说新鲜的黄蘑菇不能存放，很快就会生虫，晚上就让管委会的厨师为我们加一道蘑菇菜。到了晚上却因为采访的丰厚收获把黄蘑菇彻底遗忘了。

“既要考虑（环境）保护又要考虑当地居民的利益”

没想到，从治多到杂多的路如此艰难！都是坑坑洼洼的山野土路，依然渺无人烟，400公里的距离，预计行程六个半小时，一个服务区都没有，翻越一个垭口又一个垭口。山风劲吹，无遮无拦，路上带的干粮，踅摸半天也没找到停车用餐的合适地方。风景倒是十分迷人，连绵不断的山峦，形体、外观大大不同，或俊朗，或奇俏，或挺拔，或陡峭，或巍峨，一瞬即逝，目不暇接，这在一定程度上减轻了颠簸的烦恼。好大的国家公园啊！

在海拔5002米的日阿东拉垭口，澜沧江源园区国家公园管理委员会的工作人员已经手捧哈达在迎接我们了。

澜沧江源园区国家公园管理委员会设立在杂多县。“杂多”为藏语译音，意为扎曲河源头，我们就是在扎曲河的陪伴下进入县城到管委会驻地的。杂多在治多的南面，随着纬度的降低，温度更高了点，植被也渐多，还有了柏树！与公园的北部相比，这里丰饶了许多。陪同我们的才仁文南主任操着浓重的藏族口音自豪地说：“我们杂多是这几个县里最富的！我们是冬虫夏草第一县、中国雪豹之乡，还是藏族山歌之乡呢。”怪不得路上他还跟着车上音乐情不自禁地哼唱呢。我问他：“你是本地人？”“几代人都生长在这里。”又指着开车的藏族小伙子说，“这是我表弟。”“那你们都爱唱歌喽？”“都唱啊。”气氛顿时欢快起来。生态环境改善了，虫草的产量也大幅增加，这两年冬虫夏草价格不断上涨，加上新冠疫情，对呼吸系统有疗效的冬虫夏草需求更大，所以园区里的牧民们都大赚了一笔。

为了落实“建设国家生态安全屏障、发挥大江大河水源涵养和调节气候功能作为完善青藏高原生态屏障安全格局”的任务，严控河湖、林草、湿地、荒漠、戈壁生态空间用途管制，将三江源全部区域纳入生态红线管控范围。先后实施园区基础设施建设和生态保护修复项目，提升草地生态系统，修复荒漠生态系统，保护湖河生态系统，拆除黄河源水电站并恢复植被，完成三江源区域内 49 宗矿业权全面清查、注销和退出，并开展了退出矿产遗址恢复治理工作。“恢复”就说明要打破现有的秩序，势必使园区内牧民生活方式改变，经济收入变化，园区百姓们牺牲很多。如何建立一个人与自然和谐的国家公园，在兼顾生态保护的同时改善民生是一个亟待破解的难题。高大挺拔的生态环境和自然资源管理局尼尕局长连用了两个“特别辛苦”来形容国家公园设立以来的工作历程。因为设立国家公园，是在一块白纸上画蓝图，全世界都没有任何经验可借鉴，考察完国外的国家公园，他认为，中国的国家公园应该有自己的特色，三江源国家公园应该有高原特色，公园的文化也应该有自己的特色。这个做过乡长的五十三岁康巴汉子，十分了解当地的民生状况，对公园文化的建设也有更深的思考，所以他说，每一个决策都要反复斟酌、掂量，“既要考虑（环境）保护又要考虑当地居民的利益，让老百姓吃上生态饭”。从 2016 年三江源国家公园筹备他就来管委会工作，了解国家公园的发展历程，感慨地诙谐道：“国家公园跟我一块成长的，我老了，它长大了。”如今，为了园区居民的生活，三江源国家公园批准了两个特许经营项目：一个是昂赛大峡谷漂流项目，一个是雪豹观察自然体验监测，都是以当地老百姓为主导利用本地资源。前一个船长培训已经完成，因为新冠疫情还没大规模展开；后一个，选择了有条件的 22 家牧户接待体验者，既当向导，又开民宿，也做环境监管，平均年收入在四万以上，牧民吃上了生态饭。

经过几年的努力，藏羚羊由最初的两万多只发展到现在的七万多只，白唇鹿、棕熊、雪豹、野牦牛、岩羊等野生动物数量都大幅增加。新的问题又在尼尕局长的考虑中了：食草动物增多与牧民的牲畜争食草场，而草地资源有限；路况危险，沿峡谷边的路雪天雨天险象环生；还有迫在眉睫的棕熊问题。棕熊智商非常高，相当于六七岁孩子，比其他动物难对付，数量的增多对人畜的危害越来越大。

棕熊真的很厉害呢！我们这一路就见到不少牧民的冬窝子（牧民冬天的住房，是固定的，一般建得结实；夏窝子就是夏天放牧需要临时搭建的比较简易的能移动的帐篷，通常在草木茂盛的地方）或门窗大开，或门和窗都卸掉，只保留门框和窗框，为的是方便棕熊进来觅食。如果门窗关闭，就会被棕熊拍烂，回来住还要重新修理。棕熊摸透人不会伤害它，越来越放肆。景姑娘还瞪大眼睛告诉我们：你们想象得到吗？棕熊跑到牧民家，找到青稞粉自己做糌粑不说，还知道加上糖！这是什么智商！尼尕局长也讲了一台红外相机拍到的画面：一只棕熊到一户门窗非常坚固的牧民家，发现无法进入，搬来两块石头，摞起来，站上去，爬到房顶，牧区的房子可不是钢筋水泥做的，熊爬上之后几巴掌打烂房顶，跳进屋里。在国家公园自然教育基地，有一只做攻击状的棕熊标本，当年这只成年雄性棕熊闯入了一户牧民家，牧民处境危险，报警后，警察赶到现场，几番驱赶激怒了棕熊，暴怒的棕熊扑倒一名警察把其咬伤，危急关头只能把熊击毙。警察是配有枪的啊，才能熊口脱险。

同样的事情也发生在北京大学三江源昂赛工作站上。2017 年成立的工作站是三江源国家公园内的第一个科研工作站，工作内容包括科研监测、公众力量参与、探索人与自然和谐相处。棕熊光顾工作站时，恰巧那段时间人都没在，它爬上屋顶从烟囱进到屋里，转了一圈，没发现食物，搞坏了客厅的一个椅背，因为门窗都是铁皮的，棕熊没能打开，最后把厕所的窗子拍烂钻出去了。“满地都是血脚印。”墨尔本大学毕业的秦站长说，这里最危险的物种就是熊，每年都有人被熊拍死。解决熊的威胁，自然是她们重要的课题。

看来棕熊数量的快速增长实在让尼尕局长等管理者头疼。不管多苦多累，尼尕毫无怨言地肩负起为家乡也就是三江源发展的使命，甚至影响教育他参加工作走向社会的儿子，他所思所想，所作所为都渗透着睿智和大格局。他同所有康巴汉子一样有清澈明亮的眼眸，说起三江源时的真诚、深情、豪气具有强大的感染力。

晚上 6 点是澜沧江源园区食堂开饭的时间。和曲麻莱管理处的情况相似，园区的员工们也是一日三餐吃食堂。在这里我们遇到了被尼尕局长称为土地专家的小王。不到四十岁的小王，已经在这里工作了十年，以藏族人为主的地区，他这个外来人特别显眼。当年杂多招考，在西宁当兵的他，考到了这里，几年过去，在西宁当老师的妻子终于忍受不了两地分居之苦，离开了他。从此，他心无牵挂，除了每年探亲假回湖南老家探望父母，其余时间一心钻研业务。一个外来人成了藏地的土地专家，可想而知付出了多少努力。问他是否适应了高原气候，他说早就适应了，入乡随俗，连高原病都有了。说得如此轻松自嘲，好像说的不是得了病而是得了宝。

告别了尼尕局长，前往昂赛大峡谷的路上，才真正体验到了路的艰难。越野车在崎岖不平的峡谷边悬崖上蹦蹦跳跳，右边一米开外的悬崖下就是奔腾不息的澜沧江，左面峭壁嶙峋。同行的男士紧张得不敢睁眼，我的手心里也捏了一把汗，幸亏外界车辆不能随意进入国家公园，园区内车辆极少，偶有会车也让人提心吊胆。开车的藏族小伙子倒是神态自若，一副胸有成竹的样子。也是，祖祖辈辈生长在这里，这里就是他们的生活，他们的家啊，哪有在自己家里紧张的道理？！牧民把自然看作神灵的赐予，爱护大自然、保护大自然就是保护自己的家园。他们从草原利用者变为生态守护者和获益者，他们与山水相融、与生灵共处、与草木共生，成为民众参与保护、分享成果、基于自然解决方案的最佳实践。2019 年，美国保尔森基金会组织的第三方独立评估报告认为，让世代居住在国家公园的牧民成为生态管护的主体，并使传统文化的传承在生态保护中发挥积极作用，这是三江源国家公园建设中的一大亮点。

我们结束三江源国家公园采访时，是在一个阳光明媚的下午。瓦蓝瓦蓝的天空上白云飘飘，在高原上的国家公园一片祥和，山川壮丽，江水汤汤，碧草连天，景色宜人。这美景源于大自然的馈赠，也得益于园区员工克服了常人难以想象的恶劣气候辛勤工作、无私奉献，还有园区内牧民像爱惜眼睛一样爱惜着“中华水塔”里的万物生灵。

一个个我们在三江源国家公园中接触到的人在我的脑海里闪回，作为七亿受益人之中的一员，我被他们深深地感动着，他们平凡而伟大，质朴而高贵。

壮阔的三江源有了他们，有了政策的保障，生态环保意识的提高，科学研究机构的加持，三江源国家公园一定会因其独特的中华文化特色而屹立于世界公园之林！

作者简介

史佳丽，中国作家协会会员，中国散文学会理事，文学编辑、编审。从事文学编辑工作三十余年，曾任编辑部主任、副主编、主编，电视剧、电影制片人。策划、主持、责编的作品多次获得国家、省、市级各类文学奖项，入选中宣部“主题出版重点出版物”、国家出版基金资助项目，以及长篇小说年度金榜、《中华读书报》等年度好书和年度优秀畅销书排行榜。在《求是》《作品与争鸣》《新闻出版报》等报刊发表评论若干。

大熊猫的前世今生

——秦岭自然保护区考察笔记

王　蓬

笔者久居秦岭南麓，历三十年之久考察秦岭山区古道、驿镇、生态与环境变迁。多涉大熊猫、羚牛、金丝猴等珍稀动物，还有幸参加过潘文石、吕植等专家对大熊猫的科研活动，故笔记成文，以助人们了解秦岭自然保护与大熊猫的前世今生。

秦岭位于中华版图腹地，西起甘肃临洮，东至河南伏牛山地，延绵千里，横卧陕甘，是我国南方北方与长江黄河两大水域的界岭。秦岭并非一道孤岭，而是多道东西走向的山峰总称。其中仅是海拔超过 2000 米的山岭自北向南就有大散岭、秦岭、牛岭、凤岭、兴隆岭、老君岭、马道岭、土地岭等九道之多，形成宽达 200 多公里的巨大屏障，能够有效阻挡来自北方的风沙，滞留南方的雨云，故方成为我国区划南北、界定江河的重要山脉。

由于秦岭高耸雄浑，地域广阔，又为多种珍稀动植物提供优良的生长栖息环境，森林覆盖率高达 90%。青松遍布，植被葱茏，资源富集，爬柏凌霄、木本绣球、杪椤、银杏、柴柏、红叶等珍稀植物都有发现。各种珍禽异兽：大熊猫、金丝猴、羚牛、梅花鹿、盘羊、林麝、蓝马鸡、长尾鸡、红腹角雉在秦岭悠然生息。更兼秦岭峰峦纵横、绝崖遍布、云缠雾绕，构成赏心悦目的自然景观，亦是耸立于中华大地一轴雄浑无比的山水长卷。

值得探寻了解、认识和研究，这也是笔者历三十年之久考察秦岭的因由。以下为几则考察笔记。

一、首次探访大熊猫

第一次目的明确地探访大熊猫是1984年7月。其时我正在北京中央文讲所学习，利用暑假与省作协驻会作家韩起，正读西北大学的李勇（著名作家李若冰之子，现在已是新华社西安分社社长）结伴同行。岂料，出师不利，刚进山林就大雨倾盆。松子大的密集的雨点，布起一张奇大无比的雨幕，唰唰地落在山崖、坡岭、涧谷；落向密匝匝的混交林肥阔的绿叶；落在漫坡的野花草丛以及潺湲叮咚的溪水。四周尽是一片蓬蓬毕剥的声息，整个山林呈出一片白茫茫的雨雾，构成一派神奇迷幻的景象。

这片莽莽的大山丛林，位于陕南佛坪县境内。这是一个仅有四万人口的小县。十九世纪初才有县制，县城仅有十几户人家。山偏水远、刁野蛮荒，在不到一个世纪当中，有两位县太爷在赴任途中失足落崖跌死。又有两位县太爷死于土匪刀棍之下。直到新中国成立初期，这儿仍被列入全国最闭塞落后的县份。

多年不通公路，县长、县委书记外出办公开会，全需骑马像古代驿卒一般在奇险的山道上奔驰。目下在县政府工作的几位大学生，“文革”后期分来佛坪时，也全是背着行李，穿着麻耳草鞋，步行几百里山路进来的。全县分布在大山深沟里的几万群众，所需油盐布匹、日用百货，全指靠近乎原始的马帮驮运。直到1970年，贯穿秦岭的周（关中周至县）洋（陕南洋县）公路修通，这片封闭多年的山水，才与外界沟通，日渐开化发展起来。

任何事物都有其二重性，正是由于这儿交通不便，偏远闭塞，减少了许多人为的破坏践踏，这片山水近乎原始的自然形态才得以保存下来。

眼前的山岭，全都密密麻麻地生长着阔叶混交林，挺拔的白桦，枝丫纵横的柞树，有着银日晕圈的漆树，缀着肥阔绿叶的泡桐……全都挺拔茁壮，叶枝繁茂，盘蔽着天日。山道就在丛林中蜿蜒，脚下遍布半尺厚的腐叶青苔能踩出水来，整个林间弥漫着一种湿漉漉的、潮腐又清新的气息。

这会儿落雨，林间雨雾茫茫，神奇迷幻。“呼啦啦”头顶忽然惊飞起一只拖着美丽长尾的野鸡，路边草丛又倏地窜出一只肥大的野兔，让人眼花缭乱，应接不暇。末了，却又是一种遗憾的怅然，因为这儿的一切动物都是禁捕禁猎的。

大约山顶适才落了暴雨，小溪的水猛然涨了许多，冲击着山石，发出惊心的涛声。但山洪却不混浊，仅是泛白而已。“这是佛坪山林一大特色。”给我们做向导的自然保护局技术员小王告诉我们，正是由于这一带植被保护完整，有效地控制着水土流失，佛坪多年不曾发生水灾。

但山道却委实难走，一会儿在没膝的草丛中穿过，裤腿被雨露打得精湿，大腿根的皮肉都被水浸泡得泛白，一会儿山道又垂藤般地悬挂于崖壁之上，让人两腿发抖，头晕目眩。天又落雨，不时打滑，可同行的六人全都一路谈笑，兴致蛮高，这不光是沿途罕见的新鲜景致吸引，更要紧的是：心里还都为“国宝”大熊猫所牵动。

当时，中国保护野生动物的各种法令法规刚起始不久，尤其是大熊猫被誉为“国宝”。从联合国的野生动物保护机关到刚背上书包的乡村小学学生，从权威的《人民日报》到标用熊猫商标的商品制造行业，不同国家、地区、民族，不分老人、青年、儿童都在关心、议论、呼吁抢救“国宝”大熊猫！

这到底是怎么回事？大熊猫遇到了什么灾难？人类怎样抢救它们？采取了什么措施？大熊猫目下究竟生活得怎样？

考察之前，我查询资料得知大熊猫之所以珍稀，是因早在三百万年的更新世初期它就生存在地球上，在华北、西北、华东、西南都发现过熊猫化石。和它同时代的很多动物都已灭绝，但大熊猫因适应亚热带气候，依赖竹子存活下来。故而有“活化石”美誉。中国人对熊猫的发现很早,《书经》称貔,《峨眉山志》称貔貅,《兽经》称貉，李时珍的《本草纲目》称貘等。

1869 年 3 月，法国博物学家阿尔芒·戴维（1826 年 9 月 7 日—1900 年 11 月 10 日），在四川雅安宝兴县的邓池沟（穆坪）教堂附近科学考察时，发现了当地人称为“花熊”的踪迹。在当地猎人的帮助下，戴维捕到一只花熊。后来，戴维把这只憨态可掬、滑稽可笑的“黑白熊”做成世界上第一只大熊猫标本，送到法国国家博物馆展出。博物馆主任米勒·爱德华兹研究后正式给它定名为“大猫熊”。在西方世界引起巨大轰动。无数的探险家、游猎家和标本采集者来到中国，试图猎获大熊猫。包括美国罗斯福总统的两个儿子，他们甚至在大凉山开枪打死过一只大熊猫，做成标本带回美国。以后西方大国纷纷为捕大熊猫来到中国，美国成功弄走了九只大熊猫。在四川山区一待二十年、有“熊猫王”之称的英国人丹吉尔·史密斯从当地人手中收购九只活大熊猫，其中六只带到了英国。在大熊猫被发现的百年中，围绕大熊猫发生了许多惊险曲折又让国人叹息不已的故事。

这一切都吸引着我们。正是怀了要了解这些情况的目的，盛夏酷暑，我们来到了全国大熊猫三大保护区之一的秦岭自然保护区。一听说我们是采写大熊猫的，设在佛坪县城的保护局机关和佛坪县政府竟派出两部小车把我们送到简易公路的尽头，并派出一名技术员和干事为我们做向导和介绍情况。不巧，正要弃车步行爬山时，山巅罩了乌云，转眼工夫，大雨就唰唰地落下，等了个把小时，雨略小些，为坚定决心，我们破釜沉舟，让小车返回了。摆出一副不见熊猫非好汉的姿态冒雨上路了。

幸喜来时听了保护局技术员小王建议，全都带了雨伞，这会儿支撑开来，若在山巅鸟瞰，很可能像一串小小的蘑菇在山林间蠕动。而我们要去的最近一个观测站，也需攀登五十余里艰辛的山道。

翻过一道险峻的山梁，林愈茂密，树愈粗大，竟有成排的，数人合围不住的大树挺立道旁。成片的毛竹林也出现了，枝叶青翠，婀娜摇曳，恰似团团绿雾飘浮在山岭。技术员小王提醒我们：注意，这已是大熊猫活动的区域了！

恰在这时，雨渐渐停了。一阵山风吹过，满天乌云尽向大山背后退去。日光从薄薄的云层中射下几束光彩，照得满山青绿，水珠闪亮，连空气都甜丝丝地沁人肺腑。脚下轻快了许多，心里却紧张起来，眼睛全都警惕地扫描着山林，略有点草木蠕动，竹叶窸窣，便以为有了熊猫，闹了不少虚惊和笑话。

“发现大熊猫的偶然性很大，这和它们生活习性有关，单独活动，也没有固定窝穴，走到哪儿，吃到哪儿，活动范围极大。有时专门跟踪，十天半月也不见踪迹，有时却又常意外发现。”小王这么说了，大家才正常地走路。

但一路仍发现不少大熊猫活动的踪迹。不少竹林被啃吃得枝叶狼藉，密密的草丛有宽大的掌印，路边也不时留着大熊猫的粪便，证实这一带是常有大熊猫活动的。

“你们看，那个崖洞，”小王指着路边山崖下一个黑乎乎的岩洞说，“那洞就待过熊猫，你们在保护局办公楼见到的照片就是在这儿拍的。”

对了，确有这么一张照片，就是这个崖洞口，一只呆头呆脑、憨态可掬的大熊猫，抬起身子，伸着脑袋，吞吃两个青年递上去的春笋竹叶。

“那次是当地两个青年农民发现的。我有一次，也在这路上发现过，还是一只母熊猫，带着一只小狗般大小的小熊猫，在路上蹒跚着吞吃竹叶。我走得剩几丈远了，母熊猫听见响声，才慌忙带着小熊猫一溜儿跑了。这主要是怕人伤害幼崽。一般情况，它遇见人，不会跑的，若再喂它些春笋竹叶，还会摇头晃脑地和人游戏。”

一路上的话题全围绕着熊猫，小王不时回答着各种发问。陪我们前来的佛坪县政府干事小黄也讲了一段关于大熊猫的悲喜剧。

原来，佛坪县境内的大山丛林中，历史上就生长繁衍着大熊猫。只是多年来，当地群众根本不知道这就是举世闻名的“国宝”，都把大熊猫称为花熊，在狩猎护秋中也不知误杀过多少！

直到 1976 年，距佛坪县城一百多里的大山丛中，长角坝生产队的一个社员，在溪水边发现了一只饮水的大熊猫。这只熊猫年岁大了，本身行动就困难，加上喝饱了水，就懒洋洋地在溪边打起了瞌睡，引得许多群众围着看热闹。

这时生产队上最有学问的队会计，忽然记起，哪张报纸上登过一张照片，就是这么个模样，叫什么大熊猫，值钱得不得了，听说一只能在日本换 20 辆汽车……

队会计立刻在头脑中拨拉起了算盘珠儿：这玩意儿要真是大熊猫，弄到日本，不说换 20 辆汽车，就换 10 辆，生产队也发大财了。他一讲，把全队人的心思都拨拉活了，全说这是好主意。生产队长更是高兴，像呼喊出坡干活一样，吆喝到了七八个小伙儿，用绳索把大熊猫捆了个结结实实，用木杠抬了。生产队长好不得意，自己领队，看热闹的群众前呼后拥，一行人浩浩荡荡、喜气洋洋，到公社联系如何去日本换汽车！

当时，大山深沟里那些公社干部的全部本事就在于如何动员群众学大寨、督催公购粮及毛猪鸡蛋任务。一听有这么好的事情，也全动了心思：这玩意儿要真能从日本换回汽车，是不是先考虑给公社留上两部好一点的。但他们谁也不敢断定这花熊就是报纸上介绍的那种值钱的熊猫。不过，他们组织观念挺强，马上向县上做了汇报。县上来人看了，也没人能发表权威的观点。

于是又反映到省林业厅，那儿当然有能人，而且也早知道秦岭一带有大熊猫活动，但佛坪的花熊是否就属于大熊猫，又缺乏资料。他们认为鉴定一种珍贵动物是非同小可的事情，为稳妥起见，又向林业部做了汇报，待到林业部派专家鉴定出陕西佛坪境内的花熊就是举世闻名的大熊猫时，已经历时一年。那只年老体弱的熊猫已经不堪折磨，含着遗恨，委屈地死掉了。

不过，这只大熊猫却用它最昂贵的代价，为它的父老兄妹，为它的整个家族赢得了幸福。主要是当时已粉碎了“四人帮”，随着人们认识的提高，各种动物，尤其是珍贵动物也就备受重视了。

秦岭山区，先是向群众宣传：花熊就是那种能换 20 辆汽车的大熊猫，是国家的宝贝，打不得的，禁捕，禁猎。而后，1979 年，国家把佛坪境内一带有大熊猫的山林划为野生动物自然保护区，被保护的不光是大熊猫了，单是划归国家一二类珍贵动物的就有金丝猴、苏门羚、金钱豹、梅花鹿、长尾鸡、日天鹅、野牛、香獐、大鲵、岩鹰等几十种。

国家还调拨资金，配备人才，在佛坪县城修起一座大楼，建立一个县团级单位的自然保护局，全单位 70 多人中，就有 50 多人是大学、中专毕业。对自然保护区的各种珍贵动物分门别类地进行考察、研究。同时，又在海拔 1500 米以上的深山密林里，修建了三座相当规模的观察站，以便对野生动物的生活习性进行最直接的观察。

“早该这么做的，再像早先那样放任自流，有些珍贵动物就要濒于灭绝的。就这么抢救着，还有两只大熊猫死于非命！”保护局的技术员小王说。

“真的？”我们都感到惊讶。

“还有假，报纸上都登过的。”

“是真的！”县政府小黄也证实。

事情是这么发生的：距佛坪县城 190 里的岳坝公社，这儿山大林茂，已属于自然保护区范围。有个社员头天下午听见山沟里有狗熊叫，第二天便提枪前去狩猎，他刚穿过一片密林，就看见一只花熊正趴在漆树上吞食漆果。

“哪门搞的，咋是个背时花熊吵！”他显然听过保护花熊的宣传，犹豫了一下，但随即猎手特有的胆大彪悍便占了上风，加之多年法制观念淡漠。“尿，撂倒再说！”他举起自制的火枪，上了最大的一根钢条，瞄准了大熊猫。这家伙贼胆大，枪法也蛮好，手都没抖一下。扳机一扣，一道火光，一声巨响，那只被称为“国宝”十足珍贵的大熊猫哼都没哼一声，就这么轻而易举、平白无故地丧生了。岂不知道，就这么几秒钟，这种已经非常稀少的珍贵动物就又减少了一只，中国人民就又少了一位对外建立友好关系的使者，会使中国有数的几个大城市里某个熊猫馆“人去楼空”，使千万个本来欢笑的儿童变得失望，同时也使国家保护野生动物的声誉蒙受损失！

当时，这家伙奔过去一看：花熊死了。他到底有些害怕，没敢像过去那样，采取狩猎人的老规矩，撂倒一只野牲口，便要呼唤人来帮着搬运，既是一种“武功”的炫耀，也分些肉给大家，显出山里人的浑厚义气。

这次，他悄没声儿地把重达200多斤的花熊拖进一个崖洞，偷偷地剥了皮，没敢往回拿，藏匿起来；单把肉弄回家，准备熏成腊肉，慢慢地消受。

可“美梦”还没做醒，事情就爆发了。宣传工作毕竟起了作用，有觉悟的群众还是大有人在。再说，麻雀飞过也有个影儿呢，何况是偌大一只熊猫！

这个“知法犯法”的猎手被揭发，人赃俱在，他亦供认不讳，鉴于他认罪态度较好，被判处有期徒刑三年。为惩一儆百，全国有几十家报纸曾登载了这一消息。

但谁想到又发生了第二起熊猫案件。

这次虽属误会，亦算违法，因为他根本就不该在自然保护区设什么网套。在大熊猫活动核心区域的三宫庙有个农民，从蹄印上辨出有野牲口在树林出没，便弄了副机关设在那儿，任何野兽只要踩上，越挣扎越紧，直至被活活套死。他本来是要套其他野牲口的，不想，一只憨头憨脑的大熊猫却入了罗网，待到他赶来时，大熊猫的鼻孔已没了气息。

他吓昏了头，本来熊猫被套死在人迹罕至的密林之中，他却很费了把牛力气，硬把一二百斤重的熊猫从密林中背出来，扔在路边一个挺显眼的水沟里。事情第二天就发作了，他被检举出来，情节虽没上案严重，但为严禁这类事情继续发生，他亦被判处有期徒刑三年。

“现在这类事情还发生吗？”

“再发生还得了！去年有只熊猫生病，县委、地委领导亲自赶来看望，连国务院总理都在百忙之中批示，要全力抢救！”

“救活没有？”

“当然救活了，只是这只熊猫年岁大了，也活不了多久，自然淘汰是没办法的事情。”

“现在到处都在呼吁抢救大熊猫是怎么回事？”

“你们看，就是这种情况，”小王指着道边一片枯黄的竹子说：“近几年竹节竹梢普遍开花，接着竹子便枯黄坏死，这就给吃竹叶春笋的大熊猫造成了致命的威胁。”

“很严重吗？”

“够严重的。这秦岭山地海拔 1600 米以下主要生长毛竹，毛竹的情况稍好一点，是块状开花、块状死亡，就是一小片、一小片的。海拔 1600 米以上是大熊猫最喜欢吃的箭竹，也就是此地群众叫的松花竹，它是带状开花、带状死亡，整个几公里长的一带竹林全部毁掉，这对大熊猫的威胁就相当致命了！”

“现在怎么抢救呢？”

“最好的办法是像四川卧龙保护区那样，把熊猫捕捉到一片圈起来的山林里喂养。但那谈何容易，消耗巨资不说，单是建筑材料靠人工往进背就几年，何况要捕捉一只活的大熊猫也不是很容易的事！不过，现在采取的办法还是挺积极的，比如加强监测、跟踪，对生病的熊猫及时治疗，对体弱的熊猫人工投食，前几天还往观测站运了一批甘蔗、苹果呢。最要紧的是防火，要一烧起来，什么全完。这一点现在做得特别好，检查巡逻十分严格及时，自从保护区建立以来，这片山林基本消灭了火灾。”

“这灾难还要持续多久？”

“现在发现高山地区的箭竹开始萌出新芽了，这是好的预兆，但要生长成林，能供熊猫践踏食用，还需相当长的时间，所以对大熊猫的抢救工作还不敢懈怠。总之，我们是竭尽全力，保护每一只熊猫度过这场灾难。”

“这次要能见着一只大熊猫就好了。”我们全这么希望。

“那要去观测站才能看有无希望。”

啊，观测站，我们的心又一下飞往那里。可山道好崎岖，好惊险，早年是属于那种上有打山子（猎手）下有割漆匠才走的所谓“七十二道狗钻洞，四十九道脚不平”的偏径茅路，现经保护区多次维修，架桥砌石，才稍显好走一些，但就这也无法和平川的阡陌小道相比。

爬上那座高耸云天的白马梁，我们已累得通身流汗了，好在下来就是一溜斜坡，再转几个山弯，整个秦岭自然保护区最前沿的一座哨所——三宫庙观测站已呈于眼前了。

啊，真想不到，观测站竟建在这么一处神话般的境地，四周全是青绿滴翠的秀峰峻岭，半腰升腾浮动着长长一带轻轻的、薄薄的云雾，又给即将落下山崖的夕阳镀上一层淡淡的粉红，使那些突出的青山秀峰恰像一个个美丽的少女披上了霓彩轻纱般妩媚动人。观测站便修建在这片山窝的中间，临近是一条哗哗流窜的溪水，四周是密密匝匝的竹林、青树林、白桦林。虽然时值酷暑，这儿却异常凉爽，加之刚落过雨，空气无比清新，让人脚步轻快，疲劳顿消，几乎是跑着向观测站奔去。

真没想到，在这交通如此不便的深山丛林中竟修建着这么一座漂亮、气派的观测站。当面十几间一长溜青灰瓦屋，墙壁全是就地取材，由相当漂亮的青石玉料开凿砌成，两侧建有厢房，同样规格，踏步台阶也一律青石砌就，美观大方，浑厚凝重，颇有古代城堡风味。一支浙江的修建队正在建造围墙、水塔，并有一架“突突”响着的柴油机发电，日后规模当更为可观。

观测站的王站长是个热心人，快五十岁了。自愿放弃省城工作，来这深山陪伴熊猫。听说我们专为大熊猫而来，热心地安排好食宿后，当晚就召集几个熟悉情况的同志座谈，为我们介绍情况。

这座三宫庙观测站，位于海拔1600米的深山，根据他们几年的调查，这儿有可能是世界上大熊猫分布最密集的地方，三四平方公里的丛林中，就可能分布一只大熊猫。这主要是从发现熊猫的机会多少来判断，这一带不但经常能遇见熊猫，单是观测站建好后，大熊猫就多次光顾过。

最初，这些憨头憨脑的家伙，怎么也不明白，早先那片生满丛草、它们嬉游打滚的地方，怎么突然冒出一座宫殿？它们害怕，单是老远地蹲在山峦上张望。遇着观测站同志跟踪，听见脚步，便吓得扭头就跑。别看它们肥壮得像只圆球，但毛皮挺厚，脚掌宽大，不怕竹茬柴刺，在密匝匝的丛林中跑得挺快，转眼就没了踪影。

后来观测站的同志发现熊猫后，就预先抱着嫩竹，慢慢接近它。熊猫看见嫩嫩的竹叶，就不跑了。这时再用竹叶喂它。它见没什么威胁就开始吃竹叶，开始还客气，一边吃一边看人，后来见主人很殷勤，便会不客气地大嚼大咽。

一次，王站长清晨打水，刚转到屋后，就见一只大熊猫在水池丈把远的地方转悠。王站长没惊动它，轻脚轻步走过去，但打水的声音惊动了它。它抬头望了王站长一眼，王站长原地未动，它也不再惊慌，蹒跚着走进丛林去了。

还有一次，冬天，高寒山区落了厚雪，吃食少了，一只饿慌了的大熊猫，竟转悠到观测站的院子里来了。大家赶紧拿出甘蔗、苹果、蔬菜招待这位光临的“贵客”。这只大熊猫高兴得手舞足蹈，边吃边得意地哼哼着，竟把一大堆蔬菜和十几斤甘蔗、苹果吃了个一干二净。吃完了，它舔舔嘴角，用脚掌挠挠腮边在地上打了个滚，伸伸懒腰，便在冬日温暖的阳光照射下，憨睡起来，一觉整整睡了三个小时，直到天近黄昏，才摇摇摆摆返回丛林安歇去了。

“最近能见着大熊猫吗？”百闻不如一见，我们还是希望能亲眼见到。

“你们来得不是时候，春冬季节来最好。春天，观测站附近竹笋破土，大熊猫便都在附近活动；冬天，高寒山区落了雪，它便又下来觅食，可一到夏秋酷暑，大熊猫便全都上了 2500 米以上的高山去避暑。那儿竹笋破土得晚，枝叶正嫩，正好食用。这样下面就不容易见到了。”

王站长还介绍说，国家动物研究所为了拍珍贵野生动物活动的影片，前后来过三次，前两次来都没见着大熊猫。第三次他们下了功夫，带了帐篷行李，爬上了 2500 米以上的丛林，住了二十多天，不但拍到了五六只大熊猫的活动，还拍了 20 多只一群的野牛，和近百只一群的金丝猴，收获挺大，满意极了，就在我们来前一星期才下了山。

“那我们这次是见不上大熊猫了。”

“也不一定。”王站长见我们失望的劲儿，又说事情也有例外。去年也是酷暑盛夏，《陕西日报》来了两名记者，刚到第二天，就有几个当地的小学生跑来报告，在距观测站不到三里地的山坡上发现了熊猫。观测站的同志陪记者赶去，见到一只从未露过面的成年雄性熊猫，特别肥憨，见人亦不害怕。他们喂它竹叶、鸡蛋、饼干和罐头，它立刻尝出这东西好吃，吃得津津有味，完了还看着人，伸出前掌，又向人要。有个同志恶作剧地递它一支香烟，它以为像罐头一样好吃，放进嘴里便大嚼起来，这下可上了当，苦涩得直摇头，发脾气了，吼了一声，吓得围观的人都退了几步。它却又没更多的行动，只是觉着这些人太不友好了，站起来，走了，可没走二三丈远就又躺在了那儿。两位记者给这只熊猫取名“山山”，照片曾在报纸上登过。

“但愿我们也有这么好的运气。”可但愿只能是但愿。我们又扯起别的：“大熊猫这么珍贵，不能多繁殖些吗？”

“不太可能，至少在目下是这样，能把现存的保护好，让它们安全地繁殖后代就很不错了。”

“为什么呢？”

“这问题目下还在研究。”在座的几位观测站同志解释，大熊猫属于远古遗传下来的动物，在进化的过程中，估计有些器官的进化还不适应现在的生态环境，比如熊猫本身就肥滚圆实，交配困难。可雄性熊猫生殖器却又偏小，雌性熊猫发情期较短，熊猫又总是单独活动，这就给繁殖带来困难。加之熊猫幼崽太小，刚产下来仅二三百克，像一只老鼠那么大，常容易被其他肉食动物伤害。此外，雌熊猫转移，把幼崽含在嘴里，也有咬伤、咬死的危险。这多种原因，都造成了熊猫繁殖缓慢。

“现在没办法促使它进化吗？”

“这谈何容易，不过许多方面都在研究，联合国野生动物保护部门曾用600万美元的高价征求一张野生大熊猫交配照片，至今还不可得。”

“你们这儿也没见过吧？”

“很不容易，这儿山大林深，蒿草没顶，钻进去丈把远就不见影儿，熊猫交配又总是在人迹罕至的隐秘去处，很难发现的。再说追踪野兽的那种艰苦性，不身临其境，是绝对想象不出的。有一次，我们在白马梁下遇见一群金丝猴，想拍几张它们活动的照片，硬跟着金丝猴钻茅坡，爬刺架，翻了几座大山，追了四五个小时，待到返回时，浑身衣服撕挂得没一处浑全，人累得站不起来，返回后整整睡了两天。”

“不过，以后还是有希望的。”王站长又介绍说，“按照发展规划，是要把后面一大片山峦丛林都用钢筋水泥板墙围起来，使大熊猫既保持野生习性，又便于保护、管理、繁殖和研究。那时，你们来看大熊猫也就容易多了。”

“那什么时候能建好呢？”

“时间不会太久吧。”王站长这么估计。

“是的，时间不应该太久！”我们也这么希望。

之后，我们又去了另外两座观测站，尽管又了解到不少关于大熊猫的趣闻逸事，但却仍然没有见到大熊猫，满足之余，又有点儿小小的遗憾，只好把希望寄托在下一次。而下一次来，又当是另一样景象，另一番感受，另一种收获了。

二、目睹大熊猫育崽

第二次探访大熊猫是 1992 年，我应汉中市委宣传部安排，承担大型纪录片《栈道之乡行》撰稿，由此开启我历时十年的秦蜀古道探访。有了多次与大熊猫交集的机会，尤其是目睹了大熊猫育崽。

大熊猫之所以成为世界珍稀动物，除植被减少、生态破坏、食物单一原因外，关键是繁殖困难，幼崽成活率低，尤其人工繁殖不易。前几年箭竹开花死亡时，拯救大熊猫的呼声响彻全世界。地球上大概没有哪种动物能享此殊荣。

在保护研究大熊猫的种种课题中，研究其发情、交配、繁殖、哺育便成为一个个十分重要的环节。但野生大熊猫生活在人迹罕至的高山密林，发情、交配、生育时期，为防不测与骚扰，更躲藏得十分隐蔽。凡此种种，都增添了这一研究课题的艰难。

北京大学生物系教授潘文石是全国最早研究熊猫的专家之一。曾在四川卧龙自然保护区考察过四年，又独自带着研究生在秦岭南麓跟踪考察大熊猫达八年之久，积累了大量第一手资料，与他带出的博士研究生吕植合著了《秦岭大熊猫的自然庇护所》，洋洋 35 万字，对秦岭山脉形成、气候特征、植物分布以及大熊猫的生存现状做了科学详尽的阐述，荣获国家科研成果一等奖，是国内外公认的权威著作。1991 年，潘文石和吕植应邀去美国参加野生动物保护会议，当潘文石宣读论文时，美国总统布什原准备亲自到会，恰逢海湾战争胜利，美举国狂欢，布什没能到会，足见其影响。

但就是这样一位权威，在他跋涉山林的十二年间，也是第二次见到野生熊猫在山林产崽。这只大熊猫叫“娇娇”。潘教授领导的科研小组已经跟踪观察了将近四年。当时，这只大熊猫产下一只雄性幼崽“雪虎”。母子俩都被戴上了价值万元的无线电项圈，科研小组随时都掌握着它们觅食、歇息、活动的情况。但绝不打扰它们，一切随其野性，以便掌握规律。

今春，“雪虎”已七八十公斤，个头和母亲差不多了。“娇娇”再次发情，躁动不安，疯狂地奔跑，在竹林中绕圈旋转，在溪水中撩拨，爬上大树翘首张望，并痴情地涂抹自己的气味。

有三四只雄性大熊猫响应了“娇娇”的召唤，几乎同时到达了“娇娇”的领地。科研组捕捉到了这极珍贵隐秘精彩的一章。

每一只雄性大熊猫在发现了“娇娇”的同时，也发现了对手。于是一场求偶对抗角逐赛不可避免地发生了。几只大熊猫互相仇视，喘着粗气示威，继而便发出沉闷的怒吼，咆哮着互相冲撞，站立起来，用尖利的前掌猛抓对方的毛发耳朵。几只大熊猫来往冲撞厮杀，直把偌大一片竹林践踏得东倒西歪，枝折叶落，满地狼藉。寂静的山林成为惊心动魄的战场。

这是“娇娇”最得意的时候，她坐在高高的树杈上，像一位裁判，态度安详公允，不时伸出舌头兴奋地舔着，等待着最后的决胜者。

最忐忑不安、不知所措的是“娇娇”已经长大的孩子“雪虎”，它前后跑动，不知该帮助谁才好。最后，它终于醒悟到这是应该离开母亲的最后时刻了。于是，一步三回头，蹒跚着离开了母亲，离开了激战犹酣的是非之地，向高山密林走去。

最后，一只最坚强雄壮的角逐者取得了胜利，它继续示威着怒吼，直到几位失败者落荒离开，才扬扬得意地走向“娇娇”，把她带进密密的竹林。

“蜜月”仅仅几天，它们便回到各自的领地，过着孤独、饶有兴味又充满希望的生活。

“娇娇”做了孕妇。8 月，临产期到了，当整个熊猫家族都躲到海拔 3000 米左右的兴隆岭竹林去度过酷暑时，“娇娇”独自溜回自己的领地，在海拔 1990 米的一处极为隐蔽的石崖寻找到了产房——一个天然三角形的石洞。这儿距几年前“雪虎”的出生地有一公里左右。

这一切都没有瞒过科研小组，1992 年 8 月 15 日，“娇娇”安然产下一只幼崽。16 日科研组便获得信息。潘文石教授和刚得到出国护照将去美国攻读博士后学位的吕植便由北京赶到了现场。

幸运的是笔者同学郑松峰是华阳林场场长，也是科研组成员，承他迅速通报，使我有幸目睹“娇娇”和她的婴儿。

那天与潘教授领导的科研组一起行动，到了林区公路尽头，弃车步行。开始还有当地群众踩出的小道，后来便完全无路可循。事情很清楚，人类的开发活动始终是对野生动物的最大威胁。几乎任何野生动物都躲避着人类，何况正生崽养育的“娇娇”，自然专拣山陡林密、人迹罕至的去处。

几乎是垂直的坡度，林木遮天蔽日，竹子密密麻麻，石崖上生满厚厚的苔藓，脚下则是腐竹枯叶，流着淙淙细流，踩得出泥浆，尽管酷暑，山林深处仍有股浸肤的阴森。

攀登极为艰辛，我们满头大汗，气喘吁吁，年过半百的潘教授和年轻的女博士吕植却身手矫健，一直走在前面。树林越来越密，密到人无法穿行的地步，相隔咫尺，人互相就看不清楚，行走益发艰难。幸而就在这时，潘教授摆摆手，示意不要吱声，“娇娇”就在这儿。

绕过一处山崖，一只大熊猫猛然出现在眼前。天然石洞呈三角形，很浅，洞外坡很陡，没有场地，所以我们离她只有一米多远，几乎就在跟前，最初一瞬真有点不相信这是大熊猫。她是那么平静安详，坐着，用宽大的手掌搂抱着初生的幼崽，保护得严严实实，开头根本看不见小家伙。“娇娇”的毛色黑白分明，比动物园中的熊猫还干净，也没什么气味。她见着身穿迷彩服的潘教授和吕植，眼睛忽闪了两下，像表示欢迎。我穿着白衬衫，刚要接近她时，她猛地抬起头，睁圆了眼睛，警觉地望着我。抓着机会，我拍下了她的神态。大家感兴趣的是熊猫幼崽，可小家伙被那双毛茸茸的巨掌遮挡，只能等待熊猫翻身或移位的时候才能看见幼崽。

研究工作委实是科学严谨的，潘教授和女博士吕植静静地待在“娇娇”面前，压根不去惊动她，只是用树枝轻轻扫着牛蝇。“娇娇”则半个或一个小时才换个姿势又去酣睡。已经十天了，没有离开洞，也不吃不喝。科研一切顺其自然，只有在她翻身移动时，几台摄像机、照相机才开始操作。前一天，他们便在洞口守护了七八个小时，黄昏才下山。

静等的当儿，教授讲了几则熊猫故事。

一次林场工人看露天电影，一个工人听到后边有鼻息声，回头看时，一只大熊猫正襟危坐，大模大样也在看电影呢。大家也随她看。散场后，人都歇息了，她挨着敲宿舍门，后来又摸进伙房，把蒸馒头的一盆面吃光，一桶30斤菜油喝光，又搬起一袋面粉，坐在上面，撕开面袋双掌捧着吞咽，弄得满头满脑面粉。第二天清晨，炊事员看着狼藉不堪的伙房，哭笑不得又无可奈何。谁惹得起“国宝”呢！还得用架子车把她送进深山放掉！

“‘娇娇’也闯过祸的。”潘教授指指眼前的“产妇”说，“‘娇娇’曾下山钻进民工棚，偷喝了不少清油，还捉走了一只鸡。”

酣睡的“娇娇”终于来了个大翻身，幼崽暴露出来，仅20厘米，毛茸茸的，像只老鼠，这才是长了十天呢，刚生下来，仅250克。正是幼崽太小，易遭伤害，不易成活，这也是大熊猫珍稀的重要原因。

这只幼崽却很健康，“娇娇”爱抚地用舌头舔着她的周身。“这起消毒作用，也促使生长。我们希望这小家伙也像她哥哥‘雪虎’那般健壮。”

整整几个小时后，我们才恋恋不舍地离开“产房”下山了。回首望时，秦岭这大熊猫的庇护所，暮色中，一片神秘，充满希望。

附记。事隔两年，1994年，大熊猫“娇娇”再次怀孕，又产下了一只幼崽。地址仍在华阳山区的杉树坪。这一带已成为以“娇娇”为中心的大熊猫活动较为频繁的地带。因为“娇娇”每次发情，都要吸引少则三四只、多则五六只雄性大熊猫光顾这片山林。一时间，大熊猫叫声此起彼伏，格斗现场草木狼藉。最后，失败者纷纷逃离，唯留下了胜利者与“娇娇”共度蜜月。

这次“娇娇”产下的幼崽，被起名“小三”，北京大学的研究生朱健和王大军一直坚守在附近，从降生到四个月龄，“娇娇”和幼崽之间的叫声全被录了下来，并被送到美国华盛顿桑宁研究所进行声谱分析。后来，研究生甚至能用模仿的声音同大熊猫母子进行简单的“对话”呢！

在十年左右的时间中，大熊猫“娇娇”先后产下雪虎、希望、小三、繁星四只小熊猫，形成一个熊猫家族。这个家族的繁衍成长故事多次被各种媒体报道，成为国内外都知晓的大熊猫明星家庭。

三、秦岭保护区记趣

秦岭南麓洋县境内华阳镇自被划秦岭保护区后我曾多次光顾。盖因老同学郑松峰是华阳林场场长，日后又任长青林保局副局长，有这层关系和他提供的方便，了解到保护区许多趣事，记载如下。

· 云海奇观 ·

晴日，在华阳远眺，一线黛苍，山岭直耸云雾。这便是秦岭南麓最高山峰——兴隆岭，有简易公路直达岭下。若欲攀登梁顶，还有 40 里羊肠小道。无所谓路，仅是早年猎手、割漆匠、采药汉踏出的竹茅山径，垂藤般悬挂于陡立的山峦。攀登甚为艰辛，收获却颇丰富，沿途等于观赏动植物园。兴隆岭海拔 3071 米，动植物垂直分布，谷底为亚热带混交林，遍生浓郁茂密的桦、栎、榆、漆等高大乔木。画眉、斑鸠、水雀、竹鸡婉啼其间，随处可见。恰似墨线划分般齐整，千米之上，则是青、板栗、油松、核桃之类的树木，有五颜六色的雉鸡在草坪追逐觅食，拖着长尾巴的松鼠跳跃枝头。再往上时便只见云杉、冷杉和雪松了，枝干笔挺，顶着团团黛苍的枝叶，宛如出征将士般肃杀，令人起敬。待到爬得满头大汗，接近山顶时，眼前豁然一亮，各类高大树木皆不见了，平缓的梁顶布满高寒草甸，风化沙石掺杂其间。还生长着大片野葱，整齐茂密，宛若人工栽培，蔚为奇观。

“会当凌绝顶，一览众山小。”站在兴隆岭梁顶，四下重重叠叠的山峦尽在眼底，像大海波涛般铺向天边，原始般沉寂。远远近近似有山风山泉呜咽，恍然之间，仿佛捕捉到天籁地籁的声息。极目远眺，秦岭主峰太白山 40 里跑马梁依稀可见。最叫绝则为雾姿岚态，云海奇景。

山地气候多变。一路登山本为晴日，登上山顶，只见天空蔚蓝，明净欲透，日光朗耀灿烂夺目，无一丝杂染，连空气都新鲜无比，沁人肺腑。眼底的山峦涧谷浴满金晖，一览无余。倏地，一处涧谷明白无误地飘起缕缕氤氲水汽，转瞬之间，千山万岭都浮动起山岚，滚动起团团灰白的云雾，宛如移动的羊群。随着乍起的山风，迅速扯开，忽似奔马，忽如游龙，瞬息万变，千姿万态，直让人想起“烽火戏诸侯”的典故，看得眼花缭乱。

末了，云团连接成片，像煮沸的牛奶般迅速漫溢，填平许多涧谷，吞没无数山峦，停止于兴隆岭半腰不动，构成茫茫一派云海，露出些尖尖的山峰，像大海上的礁石。

此刻，兴隆岭梁顶，依然天空蔚蓝，日光朗耀，万道金晖洒于云海，一片光亮晃若明镜，清晰地映出山梁及人影，老郑举起猎枪高喊，“云镜”中人便也做举枪呐喊状。于是人人作姿弄态，“云镜”都立显图像，屡试不爽，仿佛进了“哈哈镜”室，个个高兴得手舞足蹈，恰像回到无忧无虑的童年时代。

· 巧遇熊猫 ·

华阳一带是大熊猫分布的密集去处，但密集也是相对而言。北大生物系教授潘文石曾带研究生在华阳山林搞过三个冬春考察，给四只熊猫戴上联合国野生动物基金会提供的微波项圈，能够随时掌握熊猫栖息、饮食及活动范围。最后得出大约三平方公里分布一只熊猫的结论。与四川王朗自然保护区平均五至九平方公里分布一只熊猫相比，密集多了。

但真要在茫茫林海竹海寻找熊猫也真“踏破铁鞋无觅处”，钻进竹林，丈把开外便什么都看不清楚。调研人员有时循踪觅迹，一个星期见不上熊猫也是常事。

但在林区工作的采伐队员、普通百姓发现熊猫的机会却比较多，大都是巧遇。华阳林场场长郑松峰几次发现熊猫的经历就十分有趣。

有天，他下队检查工作，突然发现一群拖着美丽长尾的五颜六色的锦鸡在林间空地追逐觅食。他想看个究竟，便拨拉开竹林悄悄接近。进竹林后却听见一阵一阵微微的喘息呻吟声，凭多年林区经验，他断定附近准有负伤的野兽，说不定还是只熊猫。第六感官提醒他。

果真，一只成年熊猫卧在竹丛中，瘦削憔悴，显然已病倒多时，见到人后，呻吟变成哀号，但已无力行动。老郑立即组织工人把病倒的熊猫抬进场部，并报上级进行抢救，后来连国务院都惊动了。遗憾的是熊猫还是因病得太久，抢救无效死去。后把毛皮做成了标本。

熊猫的毛色大都黑白相间。1985 年潘文石教授在华阳发现一只棕色的熊猫，取名“丹丹”，这是目前科学记载中唯一的棕色熊猫，独特的毛色使之成为宝中之宝。熊猫憨态可掬，惹人喜爱，黑白相间反差强烈的毛色起作用不小。但熊猫上了年纪，毛皮就显得肮脏，任凭洗刷，也无法变得鲜净。小熊猫则不然，黑处油黑，白处洁白，无一丝杂染，十分可爱。采伐工人曾在山林捉到一只小熊猫，用麻袋装了，送到场长郑松峰处。解开麻袋，小熊猫像只纸球般滚动出来，黑白分明，煞是喜人。老郑想喂养下来，无奈小熊猫仅 17 公斤，整日小狗一样“汪汪”直叫，只好又放回山林中去了。

熊猫憨头憨脑，举步蹒跚，但在关键时刻，也有惊人之举。有次老郑与场部工程师乘吉普车去林区，惊动一只在简易公路上散步的熊猫，听见汽车轰鸣，熊猫开始逃窜。碰巧此段公路一边危崖高耸，一边临近河谷，只好沿着公路没命地飞跑，黑白相间的脊背一起一落，恰似匹骏马在草原上驰骋。

其速度之快，让老郑两人深感吃惊，他们一边让驾驶员开足马力追赶，一边拿出照相机拍下一张张精彩绝妙的图画。后来，他们有意放弃追赶，让熊猫从容进了丛林。这时才发现一卷彩卷拍完，镜头盖还未打开，兴奋至极又懊悔不已。

华阳成为保护区后，老百姓再也没人去猎花熊了，还主动提供保护，熊猫十分灵敏，察觉到人类的友好，冬季缺食，竟大摇大摆跑进农家吃胡萝卜，甚至吞吃过一户农家给小学生留的饭菜呢。

一个冬日，老郑和一伙工人坐卡车返回场部，路经溪水边一块荒地时，突然有人喊："熊猫！"大家顺声看去，荒地早先种过庄稼，如今又长起竹林，并不茂密，不过二亩地光景，竟有四只熊猫分头在啃食竹子。听见汽车轰鸣，依旧不慌不忙地大嚼大咽。老郑摆摆手，让车开走，不再惊动它们的美餐。

·人牛拔河·

羚牛，又叫金毛扭角羚，家牛般大小，毛色银白泛金，犄角盘卷，四肢茁壮，貌颇威风，俗称野牛，在华阳一带时有发现。

一次，林区拉料的驾驶员开着卡车，见头小野牛在路边蹒跚，便把它抱进了驾驶室。车刚要开动，一头母野牛箭一般地冲下山，直奔汽车。司机存心与它开开玩笑，开车便跑，野牛紧追不舍，车开多快它跑多快。后来司机停车，小野牛箭一般冲到母亲怀下，撒娇吃奶。母野牛则恬静安详地任牛犊吸乳，惹得好大一群人围观热闹。

采伐队工人有次小憩，猛地有人喊："野牛！"大家看时，只见偌大雄性羚牛在丛林中跳跃。小伙子们尽管知道羚牛是保护动物，这会儿也要与它嬉戏一番了。一声呐喊，便用拉木料的钢丝绳套住了野牛，而且恰恰套住的是那对两尺多长威风无比的盘形犄角。

“啊哈！”小伙们乐了，纷纷拉着钢丝绳拖曳，要把野牛拉到跟前。野牛哪肯就范，四蹄撑地，头颅高昂，拼命相搏。

伐木工人何等彪悍，20 个小伙多大力气？恐怕大卡车也能推翻。但任凭怎么拉，那野牛竟四蹄如柱纹丝不动。羞煞了小伙们，喊声“一二”！一起用劲，竟把羚牛盘角拽断一截。钢丝绳滑脱，羚牛一溜烟跑进了丛林，小伙们全呆愣了，没人追，追也白搭。

事隔几年的冬日，大雪封山。在山地施工的采伐队发现了羚牛的踪迹，却几天没有寻见，后来在一处废弃的工棚见到已经病死的野牛。缺着半只犄角，正是几年前逃脱的那只。虽死，仍头颅昂扬威风不减。好事的小伙拖去过磅，竟达 300 公斤。

· 巧捉雉鸡 ·

雉鸡也叫锦鸡，羽毛五颜六色，尤其雄性拖着长长的尾羽，更为漂亮。那尾常被用来做装饰品，旧戏古装中常见。华阳一带，常有成群的雉鸡出没，当地群众称为野鸡。

野鸡以杂草谷物为食，喜群居。荞麦、小麦成熟季节常成群结队飞来，大片庄稼转瞬便被糟践。当地老人曾见过几百只野鸡，彩云般铺天盖地地飞来，落在荞麦地里，一季庄稼便白扔了。

早先猎手都用装有铁砂的土枪对付，开枪后，铁砂散开一片，总能击中几只。只是野鸡因活动量大，太瘦，油水少，但味鲜美。这当然是“那二年”的事了。

如今，华阳划为保护区，境内兽禽都在保护之列。野鸡不能随意捕杀了。但也不能由着它们随意糟害庄稼呀！于是，当地群众便想出些巧妙的办法对付，在地里插“稻草人”，安排老人孩子照看。

最妙的是让它们“梦”中迁徙了。

野鸡善飞，白日不易捕捉，但到了晚间，却如家鸡般栖于枝头，挤成一团，合眼歇息。脑瓜灵活的人白日瞅准地方，晚上背条麻袋，带上电筒，摸到野鸡栖息处，电筒一照，野鸡全呆头呆脑，一手一只两手一双，只消往麻袋里装。

但绝不是背回去美餐，而是送到远远的山林，远得它们再不可能回来糟践庄稼。山林里则有取之不尽的嫩草和昆虫，供其美餐。

2023 年 6 月 27 日于汉水之滨无为居

众里寻他千百度
——关于拯救与保护朱鹮的故事

韩红艳

秦岭巍巍，是南北地理的分界线，有着“生物基因库”的美誉，蕴藏着大量珍贵野生动植物资源。朱鹮、大熊猫、金丝猴、羚牛被誉为“秦岭四宝”，很多人好奇，在陕西秦岭，朱鹮的排名竟然在大熊猫的前面。而且，大概每一个久闻洋县大名的人，都是因为珍稀鸟类朱鹮才知道这个地方的。如今，洋县成了“朱鹮之乡”，这里青山叠翠，河流交错，以良好的生态吸引了众多的动植物在此栖息繁衍。

朱鹮古称朱鹭，俗名红鹤，是亚洲东部特有鸟种。我只在影视、杂志报纸中，看到过朱鹮翩翩飞舞的身影，它神秘、高贵和优雅的模样，让人倾慕已久。只是从来没有与它面对面地相望，我就一直保持了一种期盼，在某一天会与这只优雅的鸟邂逅。没有想到的是，我不仅可以近距离地靠近它，而且还可以和莫伸、齐安瑾一起合写一部关于拯救它的报告文学《重现的翅膀——中国朱鹮保护纪实》。那些采访中听到的关于拯救朱鹮的精彩故事，那些我看到的朱鹮，经常在脑海中不住地浮现。

一、万水千山的寻觅

2020 年 8 月，我们去洋县采访“朱鹮发现者”刘荫增先生。他已经八十四岁了，在耄耋之年，他从北京搬到了洋县颐养天年。他回忆起自己寻找朱鹮的经历，仿佛穿越了时空，又回到了那段激情燃烧的岁月。

二十世纪初期，朱鹮曾经在我国大部分地区和朝鲜半岛、俄罗斯、日本等很常见，但是到二十世纪七十年代濒于灭绝，日本仅存的朱鹮也被圈养在笼中，没能繁殖出后代。朱鹮的拉丁学名为“Nipponia Nippon”，直译为“日本的日本”，从名字上足见朱鹮对日本的重要性。日本朱鹮面临着灭绝的威胁，这成为其国民心中挥之不去的哀伤。他们寄希望于中国能够寻找到朱鹮，就这样来自日本的推力开启了中国寻找朱鹮的行动。

寻找朱鹮的任务自然落到了中国科学院动物研究所，由著名鸟类学家郑作新具体负责。动物研究所的野外调查员刘荫增和同事经过一年的调查，没有找到野生朱鹮的踪迹，于是他们写了报告，结论是“中国没有找到野生朱鹮”。

1977 年，日本环境厅派一个代表团访华，中日环境合作正式开启。更可喜的是，1978 年召开了全国科学大会，意味着我国科技工作在“十年动乱”后终于迎来了属于自己的春天。朱鹮的“春天”也随之到来。国务院指示中国科学院，用三年的时间，在全国范围内展开对朱鹮的调查。郑作新作为“中国鹤鹮课题组”的负责人，让刘荫增具体负责寻找朱鹮的任务。于是，刘荫增和五个人组成了“中国朱鹮专题考察队”，负责在野外寻找朱鹮。

他们起早贪黑，在朱鹮曾经出现的 14 个省份寻找，走了五万公里，历时三年多，最大的收获是在甘肃找到了五根朱鹮的羽毛。而且，他的调研报告已经写好，上面的结论是“中国没有找到野生朱鹮”。当时大家都要放弃寻找时，刘荫增坚持再走一次秦岭进行调研，如果找不到再宣布这一结果。

刘荫增第三次来到洋县，也将是最后一次来。他之所以固执地要来，是因为动物研究所标本室的朱鹮是从秦岭山区捕获而来的，而且前两次来到洋县，发现这里稻田纵横，气候湿润，山林茂密，河流众多，很合适朱鹮的栖息繁殖。

这一次刘荫增做好了充分准备，决定广泛地宣传，发动广大群众，进行大范围的寻找。他在北京做了朱鹮的幻灯片，来了洋县之后，就和县政府的人商量，让洋县电影院给放映幻灯片，每场电影前必放。他本准备给电影放映队一些钱，结果县政府的人说免费放映，他就不用给钱了。

每一场电影放映之前，放映员将幻灯片一张张地播放，播放结束之后，放映员说："如果谁能提供朱鹮的线索，可以得到 100 元的奖励。" 100 元在当时可是一笔不小的钱，一些人看完幻灯片之后，就来林业局汇报情况，说自己看到过这种鸟。

听了他们报告的消息后，刘荫增就让司机开车跑到农民说的地方查看，一看都不是朱鹮，基本都是白鹭和苍鹭，这两种鸟只是和朱鹮长得有点像而已，但是农民分不清楚。

在洋县寻找朱鹮无果，他想起在甘肃找到五根朱鹮羽毛的地方，于是打算收拾行李，去那里再碰碰运气。

不料事情突然有了转机。

1981 年 5 月初，村民何丑旦来报告，说自己在洋县马道梁的金家河一带发现了"红鹤"，这是当地人对朱鹮的称呼。第二天，刘荫增在洋县林业局姚德山的陪同下，由村民何丑旦、何天顺带路，一起去找"红鹤"。

一直到下午 5 点多的时候，天色将要暗淡下来，一行人走在金家河下坡的路上，刘荫增看到西边飞来一只鸟。一开始，他没有在意，因为这一带的鹭鸟很多。待到鸟儿飞得越来越近的时候，他感觉这只鸟比较奇怪。一般鹭鸟飞行的时候，脖子是弯的，就像是甲乙丙丁的乙字，然后把脖子再缩回来，如此这样地飞行着。可是这只鸟飞的时候却把脖子伸出来，就像丹顶鹤鹤类鸟的脖子一样，直着飞行。鸟儿飞到刘荫增的头顶，他仔细一看，它翅膀底下的颜色不是白颜色，而是绯红色。不可能是别的鸟儿了，这就是朱鹮！

“众里寻他千百度”，三年多艰辛的寻找，五万公里的行程，突然在这一刻实现了梦想，刘荫增在一瞬间惊呆了！等他回过神的时候，鸟儿已经飞走了。

等他回过神仔细琢磨，发现朱鹮的喜悦随之被不安代替，因为他看到学术资料上写着，朱鹮生活在低海拔的地方，而自己以前调研的地方，也是在低海拔的地区进行。而现在，自己发现朱鹮出现在上千米的高海拔地方，这让他精神高度紧张，寝食难安。

最终，刘荫增找到了那只朱鹮营巢的地方，却被告知，树的主人为了给自己做寿棺，已经砍伐了这棵树，营巢已毁，小鸟已死，只剩下一对成年朱鹮。这让他很沮丧，也很痛苦。

到金家河第四天早上，刘荫增又惊喜地看到那只朱鹮。朱鹮一直往北飞去，他决定跟过去观察。姚德山告诉他，这只鸟飞去的地方，山后就是姚家沟。

他决定去姚家沟寻找朱鹮。到了姚家沟，他问村民这里有没有红鹤，村民告诉他有。在村民的指引下，刘荫增走到了一片水田，水田里正站着一只他朝思暮想的朱鹮。他高兴地屏住了呼吸，赶紧趴在地下，拿着相机对着鸟拍照。他需要朱鹮照片作为凭据，没有凭据回去就没有办法说清楚。

村里有个七八岁的孩子，叫王明娃。这个孩子瞧着刘荫增背着猎枪，又拿着相机到处拍照，觉得很稀奇，就一直跟着刘荫增。听到他们大人之间的谈话，孩子知道这个人是北京来的刘老师。

这个孩子告诉刘荫增，红鹤在坟前头的青冈树上抱娃呢。

刘荫增喜出望外。这个孩子说鸟在“抱娃”，那就是孵出小鸟了。他跟着孩子来到山坡上，看到两座坟的前后左右，生长着十几棵高大的青冈树。他到小孩说的树下用望远镜观察，看到树上有个鸟窝。窝里面有一只老鸟，还有三只小鸟露出了脑袋。不久，稻田里的那只老鸟回到了鸟窝，给三只雏鸟喂食。算下来，这只鸟窝里一共有五只朱鹮。

一下子找到了五只朱鹮，这一刻人生妙不可言。刘荫增正沉浸在幸福当中，突然又听到了鸟的叫声。不远处的天空，又飞来了两只朱鹮，停在了这对朱鹮巢树旁边的青冈树上。一阵喧闹过后，它们绕树盘旋，又飞走了。

一共有七只朱鹮，这份喜悦来得太突然了，让他难以言表。

他赶紧下山，写了一份报告发给了科学院动物所，说中国还有七只野生朱鹮。这一消息需要经过中科院学术委员会老师的核查，才能上报国务院，这中间自然需要一段时间。因此，中国对外报道发现野生朱鹮的消息时，将 1981 年 5 月 23 日确立为发现朱鹮的时间。

几乎一夜之间，各大通讯社、中央人民广播电台都播发了这条消息，国际生物界听了沸腾不已，世界为之震惊，尤其是日本。

这一消息改变了朱鹮即将灭绝的命运，也开启了保护朱鹮的历程。

二、“朱鹮圣地”没有朱鹮

刘荫增发现朱鹮的姚家沟，一直被称为“朱鹮圣地”。我们想实地走访一趟，刘荫增很遗憾地告诉我们，现在“朱鹮圣地”已经没有朱鹮了。这句话乍听之下，让人感到无比震惊。

刘荫增给我们解释，本来朱鹮生活在低海拔的地方，只是因为人为的猎杀、乱砍滥伐、炸山修库、使用化肥农药等，逼得朱鹮为了自保，只能飞到更高的人烟稀少的地方去生存，即使这地方本来就不是它生存的地方。姚家沟当年有七户人家，种植着水稻，朱鹮可以觅食。它的营巢树在坟地，一般人也不会去砍伐这里的树木，朱鹮才得以艰难地生存下来。

而现在，生态环境逐渐变好，民众的环保意识加强，朱鹮不用再担惊受怕，就回到了祖辈曾经栖息的地方，从海拔高的山区飞到了丘陵和平川地方。它们在农民房前屋后的大树里营巢，在水田河湖里觅食。有的甚至在县城的大树上安家落户，也不害怕喧闹。如今，民众将它们视为吉祥鸟，自发地保护着。它们与人相邻，又和人保持着若即若离的距离。

这番解释让我们恍然大悟。

虽然知道姚家沟已经没有了朱鹮，但我们还是打算去一趟。不去实地探访姚家沟，又怎么能写出真实感和现场感！看不到朱鹮，看看它们栖息过的地方也不错。

我们去姚家沟之前，朱鹮管理局的人一再建议我们不要去，说最好过一两天再去，因为前天刚下过雨，山里路面非常湿滑泥泞，害怕发生意外事情。但是我们执意要去，一再说会倍加小心，无奈之下，他们只好任由我们“恣意行事”。

给我们带路的是巡护员小薛，他个子高皮肤黑，一说话就满脸微笑着。想去姚家沟没有大路，要自己走上去。山脚下平整的一块地上并排盖着三座两层的楼房，贴着瓷砖，粉刷得干净。门口晒着粮食和药材，房前台阶上整齐地摆放着削砍好的柴火，一个孩子在门口独自玩耍。小薛介绍说，当年姚家沟住的七户人家现在都搬迁下来，有的在山脚下落户，有的搬迁到镇上或者其他交通更便利的地方了。

小薛在前面带路，我们五个人跟在后面，顺着山间的小路往前走。走了一会儿，看到几块小小的稻田，在缓缓的山坡上绿莹莹地长着，稻谷已经抽出嫩黄嫩黄的穗子，空气中弥漫着稻香的味道。山中静谧幽深让蛙声更加响亮，让溪水声更加清脆。山路曲曲折折，高低起伏不定，路上的小道被荒草覆盖着，显示出荒无人烟的迹象。山中已然成了动植物的地盘，不过还能看到保护朱鹮曾经留下的痕迹，路边竖立着“爱护林木保护朱鹮”宣传牌子，崖边青石上刻着“牧鹮路上”字样，显示着这里曾经有过的“光辉岁月”。

我们拿着棍子拨动着侵占在道路上的草，提防着有蛇突然来袭击。两个半小时徒步，终于走到了姚家沟。在一块平坦的地方上，矗立了一栋挂着“陕西省洋县朱鹮保护站姚家沟观察点”的房子，旁边是厨房和杂物间等。此时房子大门紧锁，拿着钥匙的村民庞朝贵不在。庞朝贵住在这里养蜂，房前台阶上摆着几只蜂箱，屋子前空地周围种着一排水杉，直溜挺拔地伸向天际。

一座“保护朱鹮纪念碑”立在房子的右边，上面写了朱鹮发现和保护的过程，写了姚家沟里朱鹮增长的数量：“1981 年至 1990 年，朱鹮在姚家沟成功繁育 10 窝，产卵 31 枚，孵化雏鸟 20 只，成功出飞幼鸟 19 只。”

往纪念碑的后边走几十米，就看到发现朱鹮的那棵青冈树了。树上写着标记，树干粗壮坚硬，密密麻麻的枝丫伸向天空，让人心生敬仰。做巢的树旁边还有十几棵青冈树，长在两座道光年间和光绪年间的坟墓旁边。这些树之所以能长到百年的树龄，是因为坟上的树不能随意砍伐才得以保留下来。也正因为这样，姚家沟的朱鹮才有了不受打搅的栖身之处。因为平川和丘陵地带不停地砍树，把水田变成耕地，再加上狩猎等，就把朱鹮逼到姚家沟海拔 1200 米的地方了。

姚家沟发现朱鹮之后，由路宝忠、赵志厚、陈有平、王跃进组成了一支“护鹮四人组”，跟随着刘荫增，落户在姚家沟，成了“第八户人家”，他们称自己是“牧鹮人”。他们在坟前的大树下搭着帐篷，日夜观察着朱鹮的一举一动，记录着它们的生活习性，默默地守护着它们。为了防止幼鸟掉下巢而摔伤，还在巢树下悬挂了尼龙网，保护着幼鸟的安全。

他们救助了一只掉落的小朱鹮，之后送到了北京动物园。在食物匮乏的时候，他们要为朱鹮寻找泥鳅、田螺和青蛙等。他们还办起了小学，给学生教书；给沟里修小水电站、拉电灯；帮助村民种植木耳、黄连等，让村民能多点收入。毕竟改革开放的初期，致富过好日子是每个人的梦想，各地都在大开发，为了保护朱鹮让村民损失不少，应该给当地农民相应补偿。不能为了保护朱鹮，而不顾老百姓的生活。

当时，有些人很不理解，人都吃不好还要去管一只鸟的死活。不理解归不理解，在深入地宣传保护朱鹮之后，洋县民众积极配合着保护朱鹮的命令。

护鹮四人组在姚家沟守护了十年，把朱鹮当成孩子一样看护。

巢树上的每一只鸟，鸟产下的每一枚卵，卵孵出的每一只幼鸟，都让他们紧张和欢喜。鸟飞到哪里，他们就跟踪到哪里。在他们精心的呵护下，鸟儿渐渐地增多，营巢渐渐地分散，他们看顾不过来，就发动周围的群众，选拔青年农民当巡护员，让住在朱鹮营巢旁的村民承包看护朱鹮任务，像实行“联产承包责任制”一样，用奖励机制调动着每个人的积极性。

站在姚家沟这块空寂无人的土地上，我内心感慨，感叹保护朱鹮真是一个壮举，是一个奇迹，拯救了一个濒危的物种。仅剩的七只朱鹮从姚家沟一带丛发，四十年间已经繁殖到 7000 只了。它们从陕西飞出去，飞到了河南、浙江和上海成家生子，飞到了日本和韩国落户。世界上所有的朱鹮，都是这七只朱鹮的后代。这不仅仅是拯救濒危鸟类的故事，从中可以看到中国人环保意识的觉醒，看到中国环保历程的进展，也见证了国与国之间的“朱鹮外交”。

在姚家沟没有看到朱鹮，虽有遗憾，却让人产生欣慰的联想：有一天人不再去保护朱鹮，它们不用担惊受怕去躲避人类的袭击，可以自由自在地飞翔在天空，那一天才是人与自然和谐相处的时候。

三、自由的飞翔

第一次近距离地看到朱鹮，真实地说，是有些失落的。

在“朱鹮生态园”参观，一进入园区，首先看到的是一座展翅飞翔的朱鹮雕塑，其底座上有宋健题写的“中国朱鹮”四个字。进入朱鹮宣教馆，先观看了关于朱鹮的纪录片，楼上可以看到朱鹮和各类鸟儿的标本，其中有一只曾出借给日本的朱鹮“龙龙”的标本。1994 年 9 月，中国出借给日本一对朱鹮“龙龙”和“凤凤”，不幸的是，“龙龙”在日本朱鹮之乡佐渡饲养中心突然死亡。之后，“凤凤”和制成标本的“龙龙”先后由日本派专人送回洋县。

生态园的院子里面遍植着各种花草树木，以及水塘，各种鸟儿不停地在院子里飞来飞去，时而鸣叫着，更衬得院子里幽静。隔着笼子的铁丝网，近距离地看到了朱鹮。它们全身白色羽毛，安静地在栖木上休息，一动不动时，真是呆若木鸡，甚至都不如孔雀和锦鸡看着漂亮，和在视频中看到的灵动轻盈的朱鹮完全不一样。

没有感受到它们的美丽与魅力，这让人感到了些许的失望。这是心心念念的仙鸟吗？怎么和想象中的不一样，和别人拍摄的朱鹮不一样？我不停地在心里默问。

工作人员告诉我们，这里有些朱鹮是残疾的，或者受到伤害的，朱鹮管理局对它们进行了救助。当年，在保护野外朱鹮的同时，还不断进行人工繁育，这些人工饲养出来的朱鹮缺乏鸟类的野性。还有一些需要野化放飞的朱鹮，就在这里进行野外生存训练。

来到一个巨大的网笼前，心情才得到了些许的安慰。大网笼里面有水塘、树木、水草，模拟朱鹮野外生存的环境而建，一些要野外放飞的朱鹮就在里面适应环境。它们有的振翅起飞，虽飞不高，但长翅善动，蹁跹起舞；有的在滑行俯冲，时而轻盈时而力量满身；有的在水塘里觅食，优雅自在，散发着遗世独立的清冷感。

此刻我才发现，它们的翅膀是隐藏的利器，一旦找到自己的舞台，就会散发出绚烂夺目的光芒。只是笼子再高，也没有天空的高度，或者等到它们真正回归自然的时候，才会找到自己的存在之美。

很想拍下它们在网中飞翔的英姿，但当按下手机快门时，它们却已经飞走了，反复几次，拍出来的效果都不大令人满意。那些戏水或觅食的朱鹮，也拍不出它们的灵气。随行的摄影人，拍了多张照片，但是很遗憾地发现，没有能拍到令人满意的照片。大概要拍摄鸟类的好照片，需要长年累月地蹲守，好技术再加上运气才行。

后来，当看到野外朱鹮在天空飞翔，才明白为什么它被称为“美人鸟”，为什么被称为“东方宝石”，真是美得不可方物。

2020 年 11 月的时候，我们去采访朱鹮保护区刘庄村任万枝老人。他是第一户承包监护朱鹮的人。七十八岁的任万枝坐在房前的院子里，给我们讲述了他承包保护朱鹮的过程。

接受了承包监护朱鹮的任务后，任万枝和母亲、老婆一起轮流看护朱鹮。白天的时候，七十多岁的母亲端来板凳坐在院场上看护朱鹮，他在地里干活，老婆去放牛。他和母亲回家吃饭休息，他老婆就顶替上去继续看护。天黑了，他从地里早点回来，吃完晚饭，上山住在监护棚继续看护。

白天看护朱鹮相对容易些，可是到了晚上，任万枝一个人觉得害怕，就把老婆叫过去，两个人说一些话壮胆。下雨的时候，他们依然要守在监护棚里，如果棚子漏雨了，白天割一些草进行修补，然后继续住在里面看护。

最重要的是要千方百计地防蛇，害怕蛇上树把小朱鹮吃掉。如果监护不力，小鸟死了，承包监护费会全部扣除。任万枝赶过爬到朱鹮窝的蛇，拾过掉落在防护网上的小鸟。为了给繁殖期的朱鹮补充食物，他把泥鳅倒在自家田里，秧苗都损失了不少，好在当时的朱鹮保护站给予了补偿。

任万枝承包监护朱鹮工作，做得特别好，成了朱鹮保护站宣传的一面旗帜。2001 年，洋县召开野生动物保护的表彰会，他被评为朱鹮保护先进个人，受到县政府的表彰。任万枝先后多次接待过中央电视台、陕西电视台等媒体的采访。新闻媒体频繁采访，耽搁了他做活，因此他不太愿意接受采访。

任万枝说，截止到现在，大概有 60 多只小鸟成功出飞。

我们正谈话间，不经意抬头，看到天空飞过一只朱鹮，距离我们越来越近。此刻天空湛蓝，阳光正盛，山中层林尽染。这只朱鹮展开翅膀，其他地方雪白莹透，唯有翅膀下露出绯红色，在阳光映照下，白中透着红，红中晕染着白。而且，朱鹮的翅膀变换着色彩，流光溢彩，简直妙不可言。它像箭一样在空中飞翔着，模样优雅又充满了力量感，神秘中带着高贵。它飞翔的气势有着王者的风范，有着侠者的洒脱，有着美人的骨相，轻盈中仿佛不带一丝尘埃，是一只名副其实的"美人鸟"。

它朝着我们所在的地方飞了过来，从我们的头顶一掠而过。如此之近，如此清晰，我抬着头，甚至不由自主地伸出手去，与它隔空打招呼。就这样与它在天空不期而遇，让我觉得缘分妙不可言。这只朱鹮高高地飞在天空，它应该没有看到我在向它打招呼。明媚的阳光洒在它的身上，越发显得风姿无双。

我们发出了惊呼声，为它的美丽喝彩！

而它不带一丝徘徊，向远方飞去，彻底消失在了天空。

直到它飞得没有了身影，我还久久地望着它飞过的天空，可惜空中没有一丝痕迹。这一切都太短暂，我还来不及细品，恍惚间觉得像做梦一样。

美可以征服人心，我第一次被朱鹮的美丽所征服了。只有在大自然中，朱鹮才能展现出自己野性的神秘面。这种美让人一眼万年，和我在"朱鹮生态园"中看到的朱鹮完全不一样。即使是在大网笼里飞翔的朱鹮，因为有限的自由，还是缺乏那种与生俱来的自在灵动。

任万枝听到我们发出了惊呼之声，看到我们惊奇的表情，就笑着说，过去这里的朱鹮比现在多得多，下午聚在一起时可以看到五六十只朱鹮。只是现在农民进城打工，冬水田好多荒芜了，缺乏觅食的地方，朱鹮飞来得就少了，一般能看到五六只。

这一只朱鹮出现在天空，对我而言就已经足够了，它让我看到了鸟儿的天性，看到了自由飞翔的意义何为。我也明白了朱鹮成为“秦岭四宝”之首的原因：它的珍稀程度，曾经超过了大熊猫，而且它独一无二，只在陕西洋县发现过，其他地方没有，它的美丽也是独一无二的。拯救朱鹮被称为是“世界拯救濒危物种的成功典范”，是具有科学精神和人文趣味的一部传奇历史。鸟儿的归宿是天空，能自由飞翔的地方才是鸟儿真正的天堂。

我想起了唐朝张籍的那首《朱鹭》：

翩翩兮朱鹭，来泛春塘栖绿树。羽毛如翦色如染，远飞欲下双翅敛。避人引子入深堑，动处水纹开滟滟。谁知豪家网尔躯，不如饮啄江海隅。

或许，未来朱鹮将会重现历史分布地，在天空自由地飞翔，不再需要人的保护，这才是拯救朱鹮的终极意义。

四、爱的防护网

如果乘坐高铁经过洋县路段时候，有人就会发现，有一段防护网立在高铁线两旁。这个防护网是为了保护朱鹮而建，可见洋县对朱鹮的爱意有多浓烈。

在经济建设和生态保护之间如何进行平衡？这一问题值得人们深思。陕西经济要发展，交通首先要发展，四通八达的铁路网线必不可少。规划中的西成高铁，从西安出发，斜穿了秦岭南麓各支脉，经过佛坪、洋县、城固、汉中，然后进入四川省境内，经广元至江油与绵阳专线相接到成都。

由此可见，西成高铁的建设区域要经过“秦岭四宝”栖息地，必然会对它们的生存产生影响，那么如何去保护这些珍贵的野生动物？在“生态优先”的理念之下，这一问题得到各方面的重视。

高铁项目建设前，项目方和相关部门进行了听证会、座谈会，又进行了环评报告，提出反馈意见后，再进行专家论证会。这样反复了多次之后，才完成了项目建设前要解决的问题。

西成高铁穿越洋县的地段有 29.8 公里，其中穿越朱鹮保护区有 16 公里，涉及朱鹮保护区的“实验区”，影响朱鹮的三处主要觅食地和两处主要夜宿地，主要是何家村、老庙村、洋县和城固相交接的湑水河地区。

为此，省林业厅举行了听证会，由政府办、林业厅、朱鹮局、高铁项目方等组成。当时省林业厅打电话让朱鹮局去一位懂技术的领导，翟天庆正在省厅参加“引汉济渭”征询会，刚好让他一起参加了听证会。

翟天庆在西成高铁的听证会上，详细地说出了自己的意见和建议。西成高铁中涉及朱鹮夜宿地的建设部分，主要是噪声以及鸟类与列车碰撞问题。因为下午 5 点到 7 点，朱鹮要从四面八方回到夜宿地，大概有 100 只，火车通过的时候，发出的噪声一定会对朱鹮形成影响。于是他提出，能不能在 5 点到 7 点的时间点控制通车，或者直接避开这个时间点？

高铁项目的人说：“我们可以做到 7 点以后恢复通车，但不是所有的鸟都在这一时间段回到夜宿地，通车之后还是会影响朱鹮，该怎么办呢？而且停车两小时，经济损失巨大，这个提议有待商榷。”西成高铁是国家重大建设项目，高铁运营讲究经济效益，在时间上做不到停开两小时。

最后，双方本着“高铁要通、朱鹮要保护”的原则，决定进行防护措施补救，比如加上隔音防护罩措施，将噪声减到最低。还有一个是如何防止朱鹮和高铁相撞。在朱鹮保护中，曾经发生过鸟撞上高压线而死的情况。为了避免发生朱鹮碰上高铁死亡的事件，要加上防护措施。

项目方的人听了之后，说会考虑防护措施，技术问题会请相关部门来做。他们委托中铁第一勘察设计院承担了朱鹮防护措施研究课题。从2011年开始，陕西动物研究所、朱鹮管理局、设计院等部门进行了多次协商。

当时有人提出，可否以隧道形式通过保护区？这样即可以避免噪声，又可以防止鸟类碰撞高铁。

这个想法很好，但在技术上难以实现。为此，陕西省动物所的吴晓民、张洪峰等人翻阅了大量的国外文献，还到国外实地调研，但得到的经验还是太少，他们放弃了建设隧道的想法。

依据以往鸟类保护的经验，他们在此地区设计了以高架桥的形式通过，同时在高铁两侧装上防护网，下方设置宽大的桥洞，鸟兽可以自由通过。

方案敲定之后，就是具体的技术设计了。比如防护网要采用什么材质，用什么颜色，建设的高度，网格的大小等。要最终确定方案，他们还需要进行试验和监测才能完成。

工程采用了10米以上的高架桥，主要防护朱鹮碰撞10米以上的高度。防护网长约16公里，高4米，采用蓝色金属防护网，因为朱鹮对蓝色很敏感，看到了会自动避让。依据朱鹮的体形，每个网格大小为30毫米×30毫米，具有一定的弹性和伸展性。如果朱鹮踩上网，脑袋可以伸进去，但是不会卡住。它的脚站了上去，还可以飞走。防护网内侧安装了黄色反光条，警示鸟这里有危险，朱鹮等大部分鸟类都能选择主动避让防护网。

防护网设计好后进行测试，他们通过安装的红外相机和视频拍摄设备显示，至今为止没有发生过一例朱鹮撞上防护网的现象。防护网保护了朱鹮的安全，也确保鸟类不会给列车造成损伤。

高铁线为保护一种鸟类特设如此规格的防护网，世界上属首次。参与合作的吴晓民认为：“西成高铁对鸟类保护在世界都属于一流水平，是一条非常重视环保、重视生态环境的‘绿色高铁’。”

在高铁通过大熊猫等其他珍稀动物的栖息地时，主要是以增加桥梁、设置隧道的方式通过这些区域，减少对动物生存的侵扰，减少对环境的影响。

其实，修建西成高铁和当年建设青藏线时遇到的问题是一致的。青藏线上有藏羚羊和其他动物，但青藏线必须建设，但也要留给藏羚羊等动物活动的通道，于是项目方修建了野生动物通道。吴晓民研究藏羚羊十多年，他的团队承担了“青藏铁路野生动物通道监测、评估”课题，他们设计的“野生动物通道”保障了藏羚羊等野生动物的迁徙和繁衍。

但这只是一个补救性的措施，在一定程度上改变了藏羚羊的一些生活习性，和藏羚羊在大自然里自由自在的活动是不一样的。不过，它们会慢慢适应这种变化。

同样，当高铁经过洋县时，朱鹮一开始难免会有所惊吓，但是时间久了，它们发现没有危险，也会适应这一变化。

二十世纪八十年代之前，人们看到鸟兽的第一反应是，皮可不可以用？肉可不可以吃？四十年后，人们为了保护它们大费周折，不惜花费人力、财力进行保护，这充分说明了一点，人们对环保的重视程度，人们生态意识的提高，也展现了人类与野生动物之间的生命呼应。

作者简介

韩红艳，陕西西安人，陕西省社会科学院助理研究员。在《光明日报》《文艺报》等报刊发表论文。出版有《和亲之路——从长安出发》(唐上卷)，长篇报告文学《重现的翅膀——中国朱鹮保护纪实》(合著)，中篇小说《三十而立》。曾获第33届全国城市出版社优秀图书一等奖。

你好！国宝大熊猫

航 宇

在地球存活了八百万年，被誉为动物界“活化石”的大熊猫，演绎了生命的传奇。而中国在保护野生大熊猫方面取得的辉煌成就，令世界瞩目。作为中国的国宝，憨态可掬的大熊猫，架起了中国和世界友谊的桥梁。

一

秦岭是一座神奇而伟大的山。

巍巍秦岭，博大、厚重、雄伟。西起甘肃、青海，东到河南西部，长约1600 公里，主体位于陕西南部与四川北部，呈东西走向，是中国南北分界线，长江流域和黄河流域的分水岭。

陕西境内秦岭气势磅礴、巍峨高大、色彩斑斓。山套着山，岭连着岭，层峦叠嶂，云雾缭绕，山涧河谷和盆地构成了秀丽风光。因有天然的气候屏障和水源滋养，才有了八百里秦川的地肥物美，有了周、秦、汉、唐的绝代风华。

时光倒回到三十多年前，我就在秦岭山脚下的西安生活，常在夜幕降临时，爬上西安古城墙，仰望那郁郁葱葱的秦岭，感受秦岭的神奇雄伟和与众不同。也就在那段时期，我会时常跟朋友一起潜入秦岭腹地的华山、终南山、王顺山、太白山和骊山……近距离观赏秦岭的秀丽山水，树木花草，人文景观。

秦岭巍然屹立，秦岭生龙活虎。

我在想，横躺在黄河与长江间的秦岭，怎么在平展展的八百里秦川，会猛然耸立起这么一座大山呢？而且排列得那么规整，一点过渡和缓冲都没有，它到底承载着怎样的历史和文化内涵，贮藏着多少神秘的野生动植物？

原来，秦岭是经过几亿年的地壳运动而形成的一处由万千山峰组成的山系。这地壳运动该是多么猛烈啊！怎能排山倒海地涌起巍峨绵延 1000 多公里的庞大山系呢？那需要多大的能量啊！

在距今 3.75 亿年前的加里东运动中，秦岭南坡逐渐抬起，露出了海面，在距今 2.3 亿年前的海西运动中，秦岭北坡也开始抬起，露出了海面，在距今 1.95 亿年前的印支运动中，秦岭与海完全隔绝，雄伟的身姿基本成型，又经过约 8000 万年前的燕山运动和喜马拉雅山运动的强烈改造，才形成现在这样完整的秦岭。

秦岭，是中华民族的“父亲山”，是中国大地的脊梁。

那么，秦岭过去是什么样子，也叫秦岭吗？秦岭是哪位高人起的名字呢？

有史料记载，在秦、西汉时期，秦岭确实不叫秦岭，而被称为南山。司马迁《史记》中《秦始皇本纪》曾写到阿房宫，其中“周驰为阁道，自殿下直抵南山。表南山之巅以为阙”的“南山”，该是咸阳之南的山脉。司马迁在《司马相如列传》中引用司马相如《上林赋》《哀秦二世赋》时，亦有“南山巍峨”“望南山之参差”的记述。在司马迁的《史记》里，并没有提及“秦岭”。

横亘在秦地的巨大山脉到底何时被称为“秦岭”？东汉班固所写《两都赋》，在《西都赋》中有“睎秦岭，睋北阜”，而《东都赋》中也有“秦岭、九嵕，泾、渭之川”的描述。可以说，在先秦以至西汉，还没有“秦岭”这样的称谓，而是把秦岭称为“南山”，直到班固所写《两都赋》，才让秦岭最早出现在历史的记载中。

巍峨的大秦岭，是一道壮丽的天然屏障。

西安以南的秦岭，一抹青黛山色，葱茏叠翠，云雾缭绕，若隐若现，沟沟壑壑充盈着壮丽。而最壮观的自然景观，首数杜鹃了。

杜鹃分布在秦岭太白山、王顺山、牛背梁及秦楚古道。

“日射血珠将滴地，风翻火焰欲烧人。”白居易《山石榴寄元九》中脍炙人口的诗句，描述的就是秦岭杜鹃。

在秦岭，绵延10公里的杜鹃岭，是观赏杜鹃最好的地方，那一树树鲜红，一簇簇粉红，一丛丛紫红，像火焰般在山峁、沟壑间尽情地燃烧……

秦岭，拥有世界上规模最大的国家植物园，规划面积为639平方公里，其中生物就地保护区面积575.31平方公里，还有10平方公里的植物迁地保护区、16平方公里动物迁地保护区及37.69平方公里复合生态功能区。单从面积看，就知道秦岭有多大。植物园收集、保护、展示了秦巴山区特色植物及珍稀、濒危、极小种群国家重点保护植物5000余种，动物154种，昆虫465种，堪称动植物的王国。

秦岭大熊猫、金丝猴、朱鹮、羚牛……各领风骚，构成人与自然和谐相处的美好画卷；郁金香、虞美人、杜鹃、牡丹……山花烂漫，形成花的世界、花的海洋。

一座秦岭山，半部华夏史。

辽阔的大秦岭，承载了中华民族的辉煌历史，彰显了国家公园的自然之美。

二

秦岭美在一山一屏障，一岭一画卷。

清代淡文远在《秦岭云屏》这样描述秦岭："屏峙青山翠色新，晴岚一带横斜曛。寻幽远出潼川上，几处烟村锁白云。"

我沿着秦岭的山脚而行，来到风景秀丽的楼观台，历史记载这里曾是老子讲经的道场。楼观台有秦岭大熊猫研究中心，也是野生动物救护站，可以近距离观察被称为"秦岭四宝"的大熊猫、金丝猴、羚牛、朱鹮。这些野生动物非常聪明，若是生病或受伤了，又或者幼崽期被遗弃后，就纷纷来到有人的地方求救。

到秦岭不看羚牛，可是一生的遗憾。被美国著名动物学家乔治·夏勒称为"六不像"的羚牛，其脊背似棕熊，后腿像鬣狗，脸如驼鹿，尾似山羊，角像角马。栖息在秦岭的羚牛，身体粗壮，性情粗暴。楼观台为数不多的羚牛，都是救护来的，它们仿佛忘了自己是称霸一方的动物，显得乖顺而沮丧，不像在野外时那么狂野。

羚牛喜欢高海拔群居，每群 20 头到 30 头不等，也有 50 头甚至上百头的，来势凶猛，浩浩荡荡。羚牛在秦岭牛背梁居多，成群结队。如果去踏青观景，有可能还会遇到。但不要担心，羚牛有原则、讲规矩，只要不侵占它们的地盘或伤害它们，它们是轻易不会发起攻击的。

在秦岭的金丝猴也非常可爱，毛发很漂亮，闪闪放光。据说它们从四川而来，故称川金丝猴。机灵、活泼、淘气是它们的秉性，且有些人来疯，喜欢高翘着尾巴，灵巧地在树枝上荡秋千，小眼睛一闪一闪，冷不防做几个鹞子翻身的动作，或扮一下鬼脸，逗得来此研学的小朋友们想搂一搂抱一抱它们。

国宝朱鹮，有着鸟中"东方宝石"之称，洁白的羽毛、鲜红的头冠、黝黑的长嘴、细长的双脚。陕西汉中洋县是它们的主要栖息地。1981 年被发现时种群数量只有 7 只，而到 2023 年已繁衍到 9000 多只。朱鹮的保护成为世界拯救濒危物种的成功案例。

这里最受青睐的当数国宝大熊猫了，在秦岭遇到野生大熊猫不是什么稀罕事，我就有这样的经历。那是去太白山国家森林公园游玩回程的路上，突然从树林里蹿出一只大熊猫，摇摆着胖嘟嘟的身子穿过马路，等我停下车再看时，它已经钻进茂密的树林中看不见了。

我想，大熊猫定是跑下山到沟里去喝水。

在秦岭大熊猫研究中心，“秦岭四宝”可一次看全，而一只棕色大熊猫深深吸引了我的目光，也颠覆了我的认知——怎会有棕色大熊猫呢？怎么跟别的大熊猫不一样？它跟黑眼圈穿“黑马甲”的大熊猫是不是同一物种？

其实，棕色大熊猫也是大熊猫家族的成员，至于它如何成为棕色的，还没有一个科学合理的解释，有待动物学家进一步研究探讨。在四川卧龙国家级自然保护区还发现了白色野生大熊猫，被人戏称是“卸了妆”的国宝。

这只棕色大熊猫出生两个月就被母亲遗弃。2009 年 11 月 1 日，被遗弃的棕色熊猫幼崽在佛坪被发现，取名“七仔”。这是世界上唯一被圈养的棕色大熊猫，人们亲切地称它为“巧克力熊”。棕色大熊猫不仅毛色特别，口味也很特别，相比于竹子，它更喜欢吃胡萝卜。

乍一看，圈养在秦岭大熊猫研究中心的棕色大熊猫除毛色外，形态跟一般的大熊猫一模一样。我好奇地喊了声 ：“七仔，过来！”

棕色大熊猫好像能听懂我的话，漫不经心朝我走来，还轻轻地叫了两声。它在说什么呢？

三

脉承秦岭，泽被天下。

翻过巍巍秦岭，走进地处秦岭腹地的佛坪。

仅有四万人口的佛坪，可能是中国唯一没有红绿灯的县城。县城两侧是高大威猛的山，绿茵茵的，顶天立地。山脚下，排列着不规则的楼房，或高或低，或新或旧。一条清椒溪把县城一分为二。

佛坪是美丽的，梦幻的，迷人的。湛蓝的天，翠绿的山，清澈的水，柔和的风，纯朴的人。在这里，可以尽情享受天然氧吧的滋润，领略大自然的秀丽美景。

佛坪最美的地方是凉风垭。凉风垭，名字便富含诗意。站在凉风垭，感受风的轻柔。突然一块木牌引起我的注意，走近一看才知，凉风垭是陕西观音山国家级自然保护区的一个入口，北靠周至国家级自然保护区，东接天华山国家级自然保护区，面积 13534 公顷，是大熊猫保护区群的连接纽带，内有红豆杉、连香树、水青树……高等植物 1569 种，国家重点保护野生动物大熊猫、羚牛、金丝猴、豹等 31 种……

凉风垭有大熊猫，那是上帝赐给大自然的神灵。

登上凉风垭的瞭望塔，我举目四望，上百年上千年的冷杉、老榆树、箭竹……层层叠叠，遮天盖地。我在想，此时会不会有胖嘟嘟的大熊猫神灵般地出现呢？哪怕是能看到一群威风凛凛的羚牛，或扮着鬼脸活蹦乱跳的金丝猴，我也算不枉来此一趟。

在凉风垭完全有可能偶遇大熊猫。《佛坪等你来》这本书里记录了这样的故事：一对恋人来凉风垭游玩，攀上瞭望塔，面对眼前美景，激动得手舞足蹈。观赏了凉风垭山山峁峁的风景，他们兴奋地从瞭望塔上往下走时，一幕动人的画面悄然映入眼帘。一只幼年大熊猫正在塔下旁若无人地翻着姑娘的小包，以为包里有好吃的东西。然而姑娘的小包里只有化妆品，幼年大熊猫用舌头舔，用牙咬，但觉得一点儿也不好吃，还不如山林里的竹子好吃，就失望地摆动着胖嘟嘟的身子，一摇一摆地钻进了茂密的树林。

这是凉风垭馈赠这对恋人的最好礼物。

那，它会送我什么样的见面礼呢？我也会偶遇大熊猫吗？

据说在凉风垭，有人一天能见到好几次大熊猫。可我运气太差，除了看到一棵又一棵高耸入云的冷杉、老榆树以及围绕着花草翩翩起舞的蝴蝶，什么也没看到。

在凉风垭没有遇到大熊猫，我有点心灰意冷。突然，三四甩着尾巴的骡子吸引了我，我不明白这里怎会有骡子。用骡子干什么？听保护区工作人员介绍才知道，骡子像大熊猫一样，是保护区的宝贝。特别是在冬天，皑皑白雪覆盖了凉风垭，道路不通，车上不去，供给中断，全靠骡子踩着厚厚的积雪，一步一打滑，一步一趔趄，钻沟爬坡把物资源源不断地送到保护区，使常年值守保护区一线的弟兄们工作生活有了保障，免除了后顾之忧。

我向保护区一线弟兄们致敬的同时，也向骡子致敬！

翻过凉风垭，不远处就是熊猫谷。顾名思义，熊猫谷是秦岭野生大熊猫的密集栖息地，据说保护区核心地带，平均每 1.5 平方公里就有一只野生大熊猫，是大熊猫野外分布密度最大、可遇见概率最高的地方。

1985 年，世界上首只棕色大熊猫“丹丹”就是在佛坪发现的，引起海内外人士的高度关注。在秦岭，保护区用红外相机相继拍摄到五只棕色大熊猫，其中四只就在佛坪，一只在紧邻佛坪的洋县。那么，秦岭会不会有棕色大熊猫种群存在呢？

四

在地球存活了八百万年，被誉为动物界“活化石”的大熊猫，演绎了生命的传奇。它的祖先是始熊猫，经过漫长而复杂的过程演化为小种大熊猫和巴氏大熊猫，艰难曲折地走到现在，才形成现在这样黑白分明、憨态可掬、胖嘟嘟的模样。

大熊猫比较懒散，喜欢独自行动，都有自己的领地，而且活动范围较大。它们通过特殊的气味标志领地、宣示主权。大熊猫擅长爬树，喜欢在树上舒舒服服地睡觉，且有着锋利的牙齿，专门用来啃竹子，它们是名副其实的“吃货”，一只成年大熊猫一天可吃掉40公斤竹子，而且消化时间非常短，几乎吃进去就拉出来，粪便无臭，有竹子的清香。科研人员通过熊猫排泄出的竹茎咬节，进行个体识别，能调查出熊猫种群数量，称为“有味道的科研”。

众所周知，大熊猫是中国国宝，是土生土长的中国物种。

在中国神奇的土地上，大熊猫集中分布在陕西、四川、甘肃三省的秦岭、邛崃山、岷山、凉山、大相岭、小相岭六个狭长地带，共有33个局域种群。野生大熊猫有两个亚种，一个集中分布在陕西和甘肃，称为秦岭大熊猫；另一个集中分布在四川，称为四川大熊猫，两个大熊猫亚种区别在于：秦岭大熊猫头小牙大，而四川大熊猫头大牙小。

2017年，中国启动大熊猫国家公园体制试点，经过五年协同作战，于2021年10月正式设立大熊猫国家公园，为大熊猫建起2.7万平方公里的生态走廊，将人为分界的高山峡谷及原始森林连成片，串联起涉及的82个大熊猫保护区，给大熊猫提供了自然流动的空间，也为世界野生动物保护提供了可资借鉴的中国经验。

大熊猫是世界稀有物种，繁殖非常不易，一般在每年4月至5月发情、交配，只要两三个月就生下熊猫幼崽。100多公斤的大熊猫，怀孕两三个月生下像老鼠大小的熊猫幼崽，母幼体重比例1000 ∶ 1，超乎人的想象。况且大熊猫是不称职的妈妈，没有育儿经验，幼崽基本上是自生自灭，成活率很低。然而，大熊猫没有灭绝，仍活跃在地球上，并且有增无减，这与它生命力顽强、保护区建立、栖息地改善、避免近亲繁殖、进行科学人工繁育、野外放归等都有很大关系。

2021 年 7 月 7 日，国务院新闻办举行新闻发布会，宣布中国大熊猫野外种群数量超过 1800 只，受威胁等级由濒危降为易危。而从大熊猫中心监测数据来看，野生大熊猫种群数量为 1864 只。可以说，中国在保护野生大熊猫方面，取得了令世界瞩目的辉煌成就。

五

事实上，中国发现和认识大熊猫，只有一百多年的历史。

据史料记载，法国博物学家、神父戴维曾在中国传教十年，他是第一位到中国青藏高原边缘山区的博物学家，并以法国远东教会在四川雅安邓池沟秘密修建的天主教堂为据点，大量收集动植物标本和活体。1869 年 2 月，戴维开启中国内陆第二次考察之旅，他在宝兴红山顶考察时，意外地在一个姓李的地主家墙上发现一张黑白相间的动物毛皮，这种动物毛皮在传统博物学上从没有记录和描述，他尤为好奇。据当地老乡讲，这种动物经常在丛林出没，时不时还能碰到。戴维认为，这种动物将会成为科学上的新发现。于是，他费尽心思地雇用村民在深山老林收集到两成一幼熊猫标本，还有动物头盖骨，将它们运往欧洲，轰动了西方国家，成为巴黎自然历史博物馆的镇馆之宝。

中国大熊猫的“横空出世”，让全球沸腾。

然而，不幸的是，从那时起到 1946 年的七十八年间，中国动物王国的大门，被贪婪的国外不法分子数次粗暴地踏开，在全球掀起数轮狂热的“熊猫热”，有 200 多人次的外国人来到四川西部疯狂捕捉猎杀大熊猫，16 只大熊猫活体被明目张胆地运往国外，有 70 具大熊猫标本被堂而皇之地陈列在外国博物馆。

这是中国乃至世界动物史上的最大悲哀。

六

四川省雅安市宝兴县，是中国第一只大熊猫发现地，堪称“熊猫老家”。

地处四川盆地和青藏高原过渡地带的雅安，素有“天府之肺”“动植物基因库”之称，有野生大熊猫 340 只，是中国野生大熊猫密集栖息地和主要产区，也是出产“明星”大熊猫的地方。

中国是礼仪之邦，从 1957 年以“国礼”名义向苏联赠送第一只大熊猫起到 1982 年，共有 24 只大熊猫被作为“国礼”赠送给美国和法国等九个国家，让外国友人近距离目睹中国大熊猫的风采。这些“国礼”大熊猫有 18 只来自雅安，其中 17 只来自宝兴。

走在宝兴县城，仿佛走进熊猫的世界。街道胡同用熊猫命名，就连公路两侧电线杆、路标，还有宾馆大厅、走廊、会议室、房间，都贴满了形态各异的大熊猫靓照。就连我住的宾馆也别出心裁地叫作熊猫宾馆。可想而知，大熊猫在宝兴人心目中的位置有多重要。

在宝兴，我又不由得想起了秦岭大熊猫。我寻思：秦岭大熊猫和四川大熊猫到底有哪些不同呢？为什么秦岭大熊猫没有四川大熊猫名气大，能走出国门的，少之又少？

不得不说，在大熊猫宣传、研究和繁育方面，四川走在全国前列，建有众多研究和繁育基地，像卧龙中华大熊猫苑神树坪基地，成都大熊猫繁育基地，都江堰中华大熊猫苑，雅安碧峰峡基地……繁育出的一只只大熊猫都是精品。

然而，无论是四川大熊猫还是秦岭大熊猫，都是国家公园中的重要成员。可爱、卖萌、通人性，圆嘟嘟的身子，走路一扭一扭，憨态可掬……是上天赐给中国的美丽而独有的珍稀国宝。1990 年第 11 届北京亚运会吉祥物“盼盼”，2008 年第 29 届北京夏季奥运会吉祥物“福娃”，2022 年第 24 届北京冬季奥运会吉祥物“冰墩墩”，2023 年成都第 31 届世界大学生运动会吉祥物“蓉宝”……这些国际赛事吉祥物，都是生龙活虎、憨态可掬的中国大熊猫，它们架起了中国和世界友谊的桥梁。

致敬，我可亲可敬的国宝大熊猫！

虎啸长白山

航　宇

去东北，要看一座神奇的山。

那山到底是什么样子？跟黄土高原有什么区别？在神奇的大山里，究竟隐藏着怎样不为人知的神秘故事，而大自然又是如何鬼斧神工造就那些人间美景？

将要抵达那座神奇的山旁了，远远望去，巍峨的大山齐刷刷地蹿上云霄，神秘而诡异，分不清是褐色还是黄色，像灌了泥浆，又像是刷过白漆，灰白灰白的。

那山的山脊，也是千奇百怪，光秃秃的，似乎有皑皑白雪覆盖。一条白龙似的瀑布，突然腾云驾雾般从山腰间冒出来，吼叫着，顺着弯弯曲曲的沟壑，绕过林立乱石，钻进茂密草丛，一路狂奔。沿着溪流缓缓而上，群峰间突似被一张无形大口吞噬掉数座山峰，山间穹隆之处像镶嵌了一面巨大的映射天空的神镜。

啊，这山太奇特、太震撼了！

在山脚，可不是这样，绿茵茵的，有树也有草。那树一棵连一棵，排列整齐，像傲然伫立的士兵。树下是密密麻麻的草，厚厚的，绿毯似的。从山脚到山顶，一会儿是一个模样，没走几步，树变少了，草也逐渐稀疏。再往上，干脆就没树没草了，显得很荒凉。

在路旁，零星几棵小草匍匐在砂石缝间，身形渺小，可生命力顽强，不卑不亢、不争不抢地在砂石间绽放出一两朵黄的或紫的花，山风一吹，随风摇曳。

通往山顶并没有路，只有搭建的木质便道，像在山中架起的云梯，曲里拐弯，摇摇晃晃，时不时发出一连串咯吱咯吱的声响，时高时低，时紧时慢。

空气越来越稀薄，喉咙里时断时续地发出一声声“呶呶、呶呶”声响，像辆动力不足的破车。群山险峻，喘口气，再仰望那陡峭的山，巨大的山峰半个身躯躲在云雾中，云雾在山腰间慢悠悠地缭绕、升腾。

忽然，有只鹰，在空中展翅盘旋……

这，就是神奇长白山。

一

奇特长白山，绵延1300多公里，可分广义和狭义。广义指长白山脉，是吉林、辽宁和黑龙江三省东部山地以及俄罗斯远东和朝鲜半岛诸岛余脉总称。北起三江平原南侧，南至辽宁半岛与千山相连，由完达山、窝集岭、老爷岭、张广才岭、哈达岭、老岭等山岭组成。主峰长白山多白色浮石与积雪，素有“千年积雪万年松，直上人间第一峰”美誉。

印象中，长白山风光秀丽，层林尽染，花香鸟语。可它怎么是白色呢？大约在六亿年前，长白山并没有山，而是一片汪洋。从远古到中生代，经历加里东、海西和喜马拉雅造山运动，地壳发生一系列断裂和抬升，地下岩浆沿着断裂的裂隙大量喷出，堆积在火山口周围，山体高耸成峰，形成同心圆状锥体。史料记载，长白山曾发生过三次大的火山喷发：一次是1597年8月，一次是1688年4月，还有一次是1702年4月。其实，最大一次是宋庆元五年至宋嘉泰元年，即1199年至1201年间，是全球近两千年来最大的一次火山喷发。火山喷出的火山灰降落到远至日本海及日本北部，喷发出的灰色玻璃质浮石堆积在山顶，加上海拔高、气候异常、常年积雪，远远望去银装素裹，故称长白山。

长白山是“东北屋脊”，也是中华民族的圣山。

而长白山天池，是中国和朝鲜界湖，也是中国最高最大的高山湖泊，南北长4400米，东西宽3370米，池水海拔高度2189.1米，最深处373米，平均池深204米，水面面积9.82平方公里，周长13.1公里。长白山天池也是松花江、鸭绿江及图们江发源地，素有“三江之源”雅称。

独特的长白山天池，是长白山的眼睛。

因天池奇特，就有各种各样的传说。相传天池是上天仙子的一面宝镜，梳妆时不小心掉落凡间，宝镜沾了地气，再也回不去，像一块瑰丽的碧玉镶嵌在群峰中，形成天池湖。还传说每逢农历七月十五日，长白山的山峰就会喷火，火光冲天，浓烟滚滚，一喷就是七七四十九天。等烟消云散，花草树木被烧死，山林里鸟兽也无踪影。山火肆无忌惮地祸害黎民百姓，一位十七岁的美丽姑娘日吉纳，决意求神相助，除掉火魔。她请了雨神、雷神、风神，都无济于事，便借仙鹤翅膀上天找玉帝。玉帝见日吉纳勇敢，便赐了世上最冷的冰，要她在火魔张嘴喷火时，跳进火魔肚子，把火魔的心脏冻住，火魔就没法喷火了。日吉纳得到玉帝宝贝，在雨神、雷神、风神协助下，降服了火魔。雷神用雷劈火魔时砸出大坑，而雨神在灭火时在大坑灌满了雨水，便形成天池。

玉帝欣赏日吉纳，收她为仙女。长白山的天池，就是日吉纳守护的一个神池……

事实上，长白山是典型的休眠活火山，因火山喷发形成16座海拔在

2500 米的奇峰，还有峡谷、地裂带……罗列火山口四周，千姿百怪，雄浑壮丽。有状如金鸡的，酷似骆驼的，宛如观世音的；有姑娘依偎着情人，母亲怀抱着爱子……而我觉得，长白山的山峰，像一面锅，稳稳地置在那些山顶，那锅中是一棵棵直冲云霄的树，一丛丛密密麻麻的草，把长白山装扮得多姿多彩。

险峻的天池，是旅游打卡地，拥有“神山、圣水、奇林、仙果”胜景。我曾两次登临天池，欣赏天池奇观。可去时还艳阳高照，不一会儿就下起雨，雨雾在山间弥漫，渐渐看不清山的轮廓，唯有风一阵紧似一阵。

随行人怕我扫兴，便说，看天池凭运气，真能看到天池真面目的人没几个。

是啊，日吉纳已是天宫仙女，时不时带仙女来天池游玩沐浴，雾气弥漫，凡人怎能看到仙女在天池沐浴呢？

可我已来到天池山脚，岂能半途而废。

此时长白山是静谧的，看不见山腰间人影晃动，鸟经不住山风折腾，躲丛林去了。我爬到天池半山腰，一团又一团乌云在头顶盘旋、翻滚，紧接着，惊天动地的雷声，一声又一声。霎时，电闪雷鸣，狂风大作，呼呼的山风像披头散发的妖怪，疯癫癫地从山顶蹿向沟底，再从沟底蹿向山顶，粗粝的沙石摔打在人脸上，生疼生疼。

这雾霭风雨，变幻莫测，虚无缥缈，绘出“水光潋滟晴方好，山色空蒙雨亦奇”的绝妙美景。

到山顶，站在陡峭的山脊上，远远望去，明镜湖面，瓦蓝瓦蓝；神秘天池，翻起浪花，一浪高过一浪。突然有人说看到水怪，在宽广的湖面滑动身躯，泛起道道涟漪。

传说天池水怪，有上百年历史。我在资料中看到，所谓水怪，可能是一种叫“翻车鱼”的海洋鱼类，体形巨大，身长三至六米，体重两吨半，游泳速度较慢，天气晴好时，将背鳍露出湖面，作风帆随水漂流；天气变坏时，会侧扁身子平浮水面，以背鳍和臀鳍划水并控制方向，翻着筋斗潜入湖底，溅起滔天浪花，人们以为是水怪……天池有没有水怪不好说，可很神奇，水位一直不高不低，不增不减。据说天池底部有一隧道，可通日本海，有人看到的水怪，也许是“翻车鱼”从日本海经隧道而来到长白山天池。

巍峨的长白山，最早地理学著作《山海经》称其为神仙山，保存极为丰富的温带森林植物物种，有2639种高等植物，如红豆杉、杓兰、刺人参等；1586种野生动物，如东北虎豹、梅花鹿、棕熊、斑羚、紫貂、鼠兔等；280多种鸟类，鸡云雀、花尾榛鸡、三宝鸟、蓝翡翠、赤翡翠、灰山椒鸟、黑枕等，被誉为“物种基因库”和“天然博物馆”。

长白山，吸引无数文人墨客，金代著名文人赵秉文，曾著称绝于一时的长诗《长白山行》：

> 长白山雄天北极，白衣仙人常出没。
>
> 玉龙垂爪落苍崖，四江飞下天绅白。
>
> …………

二

神奇长白山，山套着山，岭连着岭，处处是人间美景。

漫步在长白山，眼睛从沟底移向山顶，再从山顶滑入沟底。那一峁又一峁，一坡又一坡，一梁又一梁，一沟又一沟，或高大低矮的树，或平坦陡峭的山，或蜿蜒曲折的河，或神出鬼没的动物……郁郁葱葱，多姿多彩，那红的、黄的、粉的、紫的、绿的花，把长白山装扮得五彩斑斓。

到了长白山，会突然感到远不止神奇天池那样奇特和震撼，这里的一山一水，一草一木，让你流连忘返，惊叹不止。

是啊，那个规划面积 1.41 万平方公里的东北虎豹国家公园，不奇特和震撼吗？跨越吉林和黑龙江两省，吉林面积 9557 平方公里，黑龙江面积 4508 平方公里。不同的是，虎豹公园与朝鲜和俄罗斯接壤，共享边界线 280 余公里，是中国规划建设唯一与其他国家公园接壤，森林覆盖率 93%，分布着东北亚海拔最高的原始森林，是北半球温带少有的天然林区，生态系统完整，数千人庇护着数以万计生灵……

濒临灭绝的东北虎豹就在这个国家公园。

东北虎豹，是长白山的神灵。

在长白山麓的汪清县，四周群山环绕，中间河谷平地，峰峦叠嶂，林海莽莽，风景如画，距俄罗斯 40 公里、朝鲜 18 公里，紧靠图们、珲春、东宁、绥芬河几个开放口岸。

奇特的位置，茂密的森林，那些野生动物像梅花鹿、狍子、野猪……随处可见，数只濒临灭绝的东北虎、东北豹，就在茫茫林海中定居、繁衍。

我在想，濒临灭绝的东北虎豹能像大熊猫一样温柔可爱吗？当然不是。东北虎高大凶猛，跟大熊猫不是一个级别的珍稀野生动物。那么，在汪清、珲春、穆棱……那些有虎豹的深山里，能见到野生东北虎豹吗？这样想着，耳边突然传来《东北东北》的歌，热情奔放，激昂澎湃：

一过那山海关，全都是赵本山。

就算兜里没有钱，也不要把心担。

这里男人像团火，这里女人不好惹。

看了那二人转，再把那小酒干。

踏上了黑土地，眼泪就断了线。

无论你走多远，也逃不过思念……

从延吉坐车一路朝北，走进莽莽林海汪清，探访威风凛凛的东北虎豹，会是一种什么心情，是害怕还是好奇？其实，东北虎不可怕，只是名声不太好，六十年代后，没有吃人的范例，倒是吃过一些牛羊，也属无奈。在自然界，人最可怕，不讲规矩，急功近利，乱砍滥伐。过去福建、湖南、江西、黑龙江、吉林、辽宁、新疆……老虎不少，品种也多，华南虎、孟加拉虎、印支虎、东北虎和新疆虎五个亚种，中国都有。五十年代，湖南实行“土改”，农民拥有属于自己的土地，但人的贪婪无止境，拥有土地后想占有更多，使动物栖息地缩小，食物匮乏，老虎疯狂“报复”人类，吃了人和牲畜。据说1957年9月，湖南出现百虎围村的惊险场面。为什么会这样？因有些人手段残忍，见虎就杀，还把虎崽抓走，老虎能不愤怒吗？所以就有了百虎围村的事，直至虎崽送回山林，事态才算平息。由此，湖南一些地方组织民间打虎队，十年时间，猎杀了647只野生华南虎，是有赶尽杀绝的架势。到二十世纪九十年代，中国野生华南虎只剩20—30只。现在，在野外很难看到华南虎的踪迹了。

据有关资料显示，十九世纪末，中国有野生东北虎2000—3000只，占世界总数二分之一。到1999年，中国只有12—16只，几乎濒临灭绝。

一个物种的消失，意味着生物多样性又一次减少。

中国政府采取行动，禁止猎杀野生动物，全面禁伐森林资源，生态环境渐渐好转。从2012年到2014年，东北虎恢复到27只。中国政府设立东北虎豹国家公园，加强同国际组织合作，拉开了保护野生动物序幕。

“东北虎的世界，世界的东北虎。”

是啊，保护野生东北虎，就是保护人类……

三

曲丽，在汪清林草局从事野生动物保护十余年。

见面后，她给我的印象很干练，快言快语，总是一副笑眯眯模样。她熟悉东北虎豹的习性，是虎豹的好朋友。

曲丽说，汪清森林资源丰富，食物链充足，是野生动物的美好家园，东北虎豹的重要栖息地。从监测看，东北虎豹数量在汪清有明显增多，已知有东北虎 10—12 只，东北豹 23—25 只……

一个汪清县，有这么多虎豹，是喜是忧？在汪清见到东北虎豹，也不是稀罕事。曲丽告诉我，她在巡逻时，曾亲眼看到一只东北虎把狍子吃得只剩脑袋和四肢的场景。

我问：“看到东北虎，你不害怕吗？”

曲丽说：“东北虎虽威猛，但聪明，通人性。那天，我巡逻的车快走近东北虎时，东北虎只抬头看了看，便不慌不忙走进茂密树林，一副王者风范。”

因正下雨，没法进入汪清保护区一探究竟，不能像曲丽一样偶遇东北虎了，对我来说，多少有些遗憾。可善解人意的曲丽，带我走进林草局的监测中心。面对宽大屏幕，就能看到不同时间、不同地点东北虎出现的画面。

在汪清密林里，关键位置都装有红外相机，只要有动物出现，就会全程拍下来，同步传回监测中心，进行识别，跟踪监测。此时，屏幕上一只威猛的东北虎悄然走来，一副漫不经心的样子，突然发现树干小红点闪烁，把它吓了一跳，不知是啥玩意，没见过，猛地往后一退，偏转头，左看一下，再朝右看，然后匍匐在地，仰起头，做各种攻击姿势。可红点仍一闪一闪，东北虎觉得没危险，在红外相机不远处，摆了几个优雅的调皮动作，慢悠悠走进树林……

长白山有多美丽，动物就有多聪明。曾经，这里的生态环境不尽如人意，修路架桥，城市扩展，草地被毁，树木被伐，野生动物栖息地缩小，食物匮乏。怎么办？聪明的东北虎不会坐以待毙，冒着生命危险，从乌苏里江或图们江过去，投靠朝鲜和俄罗斯的“好友”去了，东北虎豹在长白山，所剩无几。经过几年治理，长白山的生态环境好了，食物也很丰富，狍子、紫貂、鹿、野猪、棕熊……漫山遍野，跨江跑到俄罗斯或朝鲜的东北虎，又跑回来了，在美丽的长白山密林定居，繁衍后代。

这是一条无限美好的重要国际生态走廊。

在冬季，是东北虎发情期，雌虎会在树林中每隔 200 米做一个记号，邀请雄虎参加“舞会”。有时夜深人静，东北雄虎还会站在江岸，呼唤“好友”远东雌虎来长白山约会。可隔一条江，约会多不易，江面上没封冻，一块一块的浮冰，前拥后挤，远东雌虎过不去，焦急地踩上一块浮冰，因太重，掉到江里。幸亏毛厚，不碍大事，爬上岸告知东北雄虎，别着急，再等一等。又过几天，江面冻结实了，远东雌虎踩着厚厚冰面，飞奔到对岸，缠缠绵绵地跟东北雄虎搂抱一起，然后钻进茂密树林……可也有不幸的时候，一只远东雌虎，跨江约会东北虎，跳上一块浮冰，行至江中，遭两块浮冰相撞，被撞身亡，标本就放在穆棱林业局展馆。

国际廊道的畅通，使野生东北虎再不受国界影响，可以自由往来，想去国外就去；而国外老虎，不再扭扭捏捏，想找东北虎，可大大方方来长白山，避免了近亲繁育。从 2012 年 5 月到 2022 年 5 月，红外相机在虎豹国家公园，拍到四只东北虎四次繁殖记录，繁殖幼崽十只，活动范围集中在中俄边境区域，并向中国内陆扩散。

有“鸡鸣闻三国，犬吠惊三疆”的珲春，森林茂密，生物多样性丰富，是东北虎理想栖息地。代号为T3的东北雌虎，是位英雄母亲，创造了繁育奇迹，从2013年至今，持续活动在马滴答至杨泡一带。2014年5月27日，红外相机拍到T3带一只幼崽出现；时隔两年的2016年，拍到T3又带两只幼崽出现的画面；2018年10月5日清晨，拍到T3带四只幼崽出现场景；2022年5月，再次拍到T3怀孕了……

东北虎，是中国独有的猫科动物，体形巨大，独来独往，对环境要求严格，活动范围广，一般夜间寻食。一只雄性东北虎活动范围1000多平方公里，雌虎活动范围稍小，450—500平方公里。东北虎领地意识强，除雌虎或虎崽，雄虎不许其他老虎进入领地，不时在领地巡察，防止别的老虎侵占，用身体在固定点蹭树，在树根或树叶喷射尿液，留下气味，宣示领地。东北虎智商高，距人10公里就可嗅到人体气味，会远远躲开，不轻易招惹人，除非受到威胁才会自卫。不像狍子，虽可爱却傻乎乎，防范意识不强，遇见人或猛兽，愣愣地站在原地，是虎豹最好的猎物。

初秋的晚上，我来到黑龙江穆棱林业局，见到救护的小狍子，小羊般大，可爱淘气，追着人乱窜，林业局人都是它的奶爸奶妈，宁肯自己不吃，也要提袋奶给它。胖乎乎的小狍子见人就往上凑，要吃要喝，跟人很亲近。

凶猛的东北虎，是伏击型猛兽，黑色条纹图案是它的“身份证”，通过花纹可识别身份，四肢矫健灵活，奔跑速度快，时速达60公里；牙齿尖锐而长，咬合力450公斤，一天要吃25公斤肉，捕猎时隐藏起来，可一口封喉。但体形比不上棕熊，一般不跟棕熊抗衡。自然界，动物也恃强凌弱，雄虎会捕食母棕熊，而公棕熊会欺负母虎。老虎是棕熊天敌，棕熊总是压制老虎种群发展。而领地意识很强的东北虎，可将领地馈赠女儿，却将性成熟雄崽赶走，让其另辟领地。

东北虎的聪明，我在老猎人于贵臣处得到证实。

老于已七十一岁，十三岁开始打猎，一辈子以打猎为生，有三次接触东北虎经历。一次是东北虎追一群野猪，他跟在东北虎身后，也一个山头接一个山头地追。对气势汹汹的野猪，东北虎像对棕熊那样，不轻易攻击，等野猪跑不动落单了，才去捕猎。

老虎用的是智慧，而老于耍的是小聪明。

老于想，等老虎捕获野猪藏起来，他顺手捡回去。有经验的老猎人觉得他是玩命，老虎把猎物藏起来并没走，而是躲在隐蔽地方看着，怎么会让他捡走呢，怕他没到猎物跟前，就没命了。

另外一次，那时老于年轻狂傲，带五六条猎狗打猎，突遇一群野猪，猎狗把野猪围住，厮杀一起。顿时，血染密林，难解难分。野猪用尖锐獠牙把两条猎狗挑向半空，狗肠子霎时露出体外，死了。猎狗是老于生命的一部分，举着猎刀要跟野猪拼命。可他不是野猪对手，追着他在树林乱窜，并发出“呼呼”吼叫。老于看阵势不妙，害怕野猪“咔嚓”一声咬掉他的腿，“嗖”地爬上一棵树，以为安全了。抬头一看，哎哟妈呀，旁边树上，一只东北虎盯着他，眼睛一眨一眨，吓得他要死。

野猪没逮着老于，哼哼着钻进丛林。而东北虎觉得爬树上也没意思，不跟老于一般见识，跳下来走进树丛。

在深山老林，可怕的不是虎豹，而是野猪，非常凶猛。老于说，他打猎几十年，不能再这样了，无数条鲜活生命从他手里结束，他有愧于美丽的长白山。特别是看到一只被打死的母熊身边，熊崽不停用舌头舔、用头拱母熊，可怜地嚎叫，他就觉得是造孽，主动把猎枪上缴政府，成为义务护林员。

老于说，我是老猎人，熟悉山里情况，知道猎人哪里下套，动物喜欢走怎样的路，帮助清理猎套容易一些。保护野生动物，我也该尽份责任。

我问老于，你怎么突然有这样的想法？

老于说，动物有灵性，善待野生动物，就是善待人类。

长白山的人，现在都这么想。

四

刚下了一场雨，面包车在树林一跳一跳的。

太阳快落山时，我来到黑龙江省东宁林草局的朝阳沟林场，见到东北虎豹国家公园第一支女子巡护队。

史晔，是林草局科普宣教科负责人。她告诉我，女子巡护队人员不多，不简单，都是“80后”和“90后”，年轻漂亮，最大四十岁，是“林二代”和“林三代”女孩子，对林业情有独钟，也是野生动物忠诚卫士。

女子巡护队成立四年，克服了女性柔弱和胆怯的困难，爬山坡、钻树丛、蹚河蹚雪，每天步行六七公里，巡山林，清猎套，给动物投放饲料，更换红外相机电池，勇敢与东北虎豹同行……

我问巡护队长邱时，巡山不感到害怕吗？

邱时说，怎不害怕，有时在树林巡察，草丛“唰”地窜出条蛇，昂着头从身旁溜过，能不怕吗？山林鸟多，各式各样，叫声不同，不知是哭是笑，猛不防“哇”一声，吓死人了。丛林没路，有也是动物走的，崴脚是常有的事，胳膊和腿上，被树枝划出一道道血口子。姑娘们爱美，细皮嫩肉的脸上，常被蚊虫叮了一个个大包。女子们巡山辛苦，渴了就喝冰凉的矿泉水，饿了啃口干粮。可当拆开安装在深山的红外相机，看见有虎豹出现的画面，觉得所有付出都值得。

女子巡护队巡察山林，还参与救助野生动物，已救助 3 只赤狐，17 头野猪，13 只狍子，1 只貉，5 只鸮，6 只梅花鹿，1 只豹猫和 1 只苍鹭……看着被救助的野生动物回归山林的快活样子，很有成就感。

巡护山林，是一项崇高而神圣的职业，女子巡护队一边巡护，一边参与修复野生动物栖息地，栽种红松、蒙古栎、水曲柳、山荆子等树木，并承担科普宣传，呼吁人们保护野生动物，爱护长白山一草一木。

是啊，女子巡护队给东北虎豹国家公园树了榜样，输入新鲜血液，在长白山形成一道亮丽风景，被誉为“山林里行走的玫瑰”。

在 1.4 万平方公里的虎豹国家公园，默默奉献的何止女子巡护队，6800 多位“巡山人”，担负着国家公园野生动物守护神。有了他们默默守护，东北虎豹幼崽成活率从 30%提升至 50%，种群数量不断增加。

致敬，那些默默为东北虎豹国家公园奉献的人……

五

长白山，是中国大陆最先看到“新世纪第一缕阳光”的地方，每一座山，每一道岭，都有一段传奇故事。

神奇长白山，有座独特的四方山，山势峻秀，生长着茂盛的针阔混交林，是虎豹钟情的栖息地，也是黑熊、野猪、狍子、梅花鹿、狗獾、鹿麂等的天堂。山中，1200 多个红外相机，全天候网格化无死角监测着野生动物，10 多次拍到东北虎，300 多次拍到黑熊在这里活动的画面。令人惊奇的是，2020 年 4 月 5 日，红外相机拍到一只全身白色的野生动物，经动物专家反复鉴定，是野生白化狍子。

历史上，长白山发现野生白狍子的记录少之又少，仅 1981 年在内蒙古发现过一次。文献记载，发现白狍子要追溯到清代乾隆年间，称白狍子是神物……

2012 年，世界自然保护联盟监测评估，全球东北虎种群数量仅 360 只，在东北虎豹国家公园，野生东北虎豹种群数量由2015年的27只和42只，增长至现在的50只和60只以上。

秋日的清晨，太阳以永恒之光照耀着神奇的长白山，青草凝绿，繁茂葳蕤。此时，一只东北虎伫立老爷岭峰顶，透过婆娑树影，一副王者威仪，慑人气场，凝视远方，发出天籁般一声虎啸……

作者简介

航宇，陕西清涧人，中国作家协会会员。现供职国家林业和草原局。出版有散文报告文学集《你说黄河几道道弯》、中篇小说集《他妈的，男人！》、长篇纪实文学《路遥在最后的日子》《路遥的时间》、散文报告文学集《永远的路遥》、长篇小说《生命河》《市长不在家》《新县长》《麻六的城》等。

有你在的地方春暖花开

尹红芳

天地与我并生，而万物与我为一。
——《庄子·内篇·齐物论》

从大熊猫国家公园回来后，一种浓郁的情愫始终萦绕于心间。那些天，一处处美景，一个个身影，一段段场景，如电影般在她的脑海不时回放……

她犹记得夹金山上的冰雪融化的圣洁，千亩高山杜鹃竞相开放的绚烂。这次，她感受着“亚洲第一大、世界第二大平顶桌山”之瓦屋山原始森林的神秘与辽阔，体验着炎炎夏日里蜂桶寨里沁人心脾的丝丝清凉和惬意，体悟着林木葱郁的观音山绝美的云海和陡峭的山壁……

每当登上一座座山顶，她总喜欢盘腿坐于长着青苔的青石上，望着眼前的绿波碧海，听着鸟唱虫鸣，她被大自然的奇美，深深感动了。而更让她内心悸动并时时牵挂的，是与这神奇的大自然相关的那些事，那些人。

梦想的种子

她一直记得，付明霞那张秀美却异常坚定的脸。

付明霞告诉她，2013 年那次和盘羊的相遇，便种下了人生梦想的种子。

那时付明霞正攻读硕士，第一次跟着师兄做野生动物调查，前往内蒙古。到了内蒙古，付明霞发现，草原上一片荒凉，没有车辆，只能借用当地牧民的摩托车，一行四人，轮流一个个接，前往驻地。停驻下来，付明霞发现，被风沙吹痛的脸，又干又脏。他们准备找水洗脸，可是，这个季节的河道，已然干涸，转了很久，才发现一些小水湾。付明霞捧起一抔水，没有洗脸，而是迫切地放入口中，她太渴了，好几个小时的曝晒，她感觉喉咙快冒烟了。继而，她才用矿泉水瓶装一瓶水上岸，整整用完一瓶水，才觉得脸上清爽一些。

身后，师兄蓦地打趣道：你可知道，刚才喝的，是动物喝过的水？付明霞下意识地“啊”了一声，不觉有些赧然，转而又淡定下来。是啊，在这个缺水的地方，动物和人，在同一处地方喝水，是再正常不过的事了。

同去的师兄有经验，叮嘱着大家多装几瓶水，要知道，奔波在那辽阔的草原，有时候会长期找不到水的。来路中的一周多时间里，付明霞记得，只洗了两次脸。

在那里，付明霞经历了人生中第一次异常艰难的时光。风沙大，环境恶劣，缺水，人尚如此，动物怎么生存？付明霞有些不可思议，觉得这些生灵，实在是太顽强了。付明霞不免对这种环境下的动物有些羡慕和景仰了。而更让其震撼的，是那几只从未见过的公盘羊。在直线距离不到两公里的地方，付明霞清晰地看着它们，毛色和沙土是何其相似，跑起来如飞箭一般，硕大的双角，蕴藏着一种原始与狂野的力量。见付明霞如此惊喜，师兄更是兴奋地告诉说：他毕业论文就是作这个，可来了多次，也才第一次见着，你看你运气多好！

师兄还向付明霞介绍道，雄性盘羊为了获得生存和配偶的权利，它们的犄角会越长越粗壮，久而久之，犄角又大又长的个体能将自身的基因遗传给下一代，犄角相对较小的个体则慢慢淘汰。“但是，你知道吗？”师兄语气沉郁地说，“公盘羊的角生长速度特别快，体积比较大，之后可能戳到自己的身体，然后慢慢就把自己刺死了。”

付明霞深深地震撼了。这种对力量的极致追求，这种大自然的残酷进化，这种惨烈的自戕，是其在现实生活中所不曾见的。这让付明霞想起了希腊神话中的安泰俄斯，那名可以从大地汲取无穷力量的、不可战胜的巨人，最终因为离开地面而失去了生命。力的极致便是终结，自然界的神秘让人敬畏并且着迷，故而，在研究生毕业后，付明霞毅然决然地选择了野生动物探索的相关工作，这份工作很苦很累，但即使再苦，她也昂然无悔。

2017 年炎夏，付明霞选择在四川荥经县大相岭自然保护区工作。付明霞出生于 1990 年，老家在青海，一个女生，离家数千里，又长期在野外工作，父母自然是极为不舍，但终究是拗不过女儿的坚持。“我热爱它，坚定地选择了，但对父母还是有歉意的。”付明霞对她说这话时，眼神坚定又柔和。从 2017 年至此，七年时间里，每年就是春节和雨水特别多的汛期公休日回一次家。

付明霞每天的工作，简单说就是野外监测。每天在山里走，被蚂蟥、蚊子咬伤是经常的事，最害怕的是被蜱虫咬伤，因为其体内诸多寄生虫，处理不当很易引起感染发烧。山里的钉钉竹（方竹）特别多，它的竹笋是熊猫最喜欢的食物，但它的竹节上长着一圈硬竹刺，常常冷不防地将人刺得如刀割般疼痛。为了避免刺伤，付明霞每次进山都会把自己裹得严实，即使炎夏也会穿一条打底秋裤，加一条外裤，可即使这样，付明霞的小腿还是好几次被竹刺刮出一道道血痕。

荥经县大相岭常年潮湿，经常进山回程，衣服都是湿的，日积月累，付明霞得了严重的风湿。

“七年时间里，大伤没有，小伤不断。”付明霞对她说这话时，脸上带着微笑，她从付明霞的微笑里，看到了一种无惧的释然。

可有一件事，付明霞却一直释然不起来。

那是2019年的一天，正在野外监测的一位工作人员打电话给付明霞，告诉说，巡护途中发现了一只被套死在猎套的动物，付明霞当时在忙，应和了一声。十分钟过去，付明霞忙完想起来，又赶紧打电话给来电者，委托他们把动物带回来，想着用其头骨做标本。付明霞一心想着研究，却忘了问他们当时离驻地多远，直到晚上六点，付明霞发现监测队的两位工作人员还没回，心才有些慌了。

有工作经验的野外工作者都遵循一个工作规则，若中午还没到目的地，就一定得返程，因为回程时间晚了，危险系数很高。付明霞知道，下午四点多，森林里的路就不好走了，到六点还没回，诸多不测都可能发生。付明霞当时可谓是“细思极恐”。

虽然时近盛夏，但荥经山里，夜间温度只有几度，而且荥经经常下雨，只要下雨，就容易起雾，到那个时候还没回，监测队工作人员的衣服肯定都湿透了，体感温度特别低，并且，在雾气缭绕中，他们根本看不清路。付明霞知道，他们出去一般就带着红外相机、电池卡、干粮，没有合适的装备，他们在野外是不能安全过夜的。

自然保护区野外工作经验颇丰的宋心强去寻找了，付明霞的心七上八下，坐立不安。她懊悔极了，心里把自己骂了一千遍：为什么就不多问一句他们走多远了呢?

好在只是虚惊一场。晚间8点左右，监测队的工作人员平安回来了。付明霞看到他们的一瞬间，眼泪唰地流了下来。久抑的情绪让付明霞又哭又笑：你们终于回来了！两位工作人员看着付明霞，却是有些不知所措，只好平淡地说：真不好意思，走错路了。

付明霞知道，深山老林中平安回来，途中要吃多少苦，当初同事们却并不愿提起。直到两年后，才偶然听到其中一人，在酒后吐了真言：他俩历尽艰辛，才终是走了出来，若出不来，说不定真的性命难保呢！因为这件事，付明霞后悔自责了许久。

除了这件事，只要不是大伤，其他真不算什么。付明霞说这话时，真诚地笑着。记忆中最严重的一次受伤，是 2022 年 8 月，彼时，在一次野外考察徒步三小时返程的途中，付明霞下坡时，一不留神，绊在一块小石头上，滑了下去。忍着剧烈疼痛，又跟着队伍迅速下了山。吃完晚饭，付明霞感觉疼痛难忍，前往医院拍片，被查出骨裂。

面对眼前这个柔美的女子，她有些担忧地问：这样的生活，你不觉得苦吗？付明霞直言道：他们长年累月野外跑，要苦，也习惯了。比如我们的宋心强老师，有次野外考察耳膜刺伤，现在听起话来，耳朵还一片嗡嗡声。

付明霞还讲了一件事。那是 2018 年的夏天，付明霞连同野外监测队的 12 个成员，连续八天在野外考察，夜间睡在搭着的花油布帐篷里。几年后，付明霞依然忘不了 12 人并列睡在一起的状态，夜深人静的时候，她听到了一旁“勇哥”海浪般的鼾声，稍远处胡老爷子水车般的鼾声，还有人说梦话、磨牙……声音此起彼伏，着实让人有些难以合眼。然而，付明霞却并不觉得烦躁，反而有些温暖，因为她知道，这是她亲密的队友，这是一个融洽美好的团队，为了共同的目标，肩并肩坚定地站在了一起。

“心不清则无以见道，志不确则无以立功。”在付明霞的带领下，近些年，荥经县大相岭自然保护区这个新生团队的科研能力实现了从无到有的突破，保护区野外调查监测更加规范科学，野外大熊猫调查监测取得成效，大熊猫栖息地恢复模式探索稳步推进。2019 年，付明霞被四川省林草局评为四川“最美巡护员”。

万籁俱寂的夜晚，付明霞常抬头看苍穹的群星，它们闪耀得如此明亮。付明霞想起了这些年，她的努力没有白费，欣慰和自豪之情洋溢心间。

像保护眼睛一样保护自然和生态环境

蔡琼热情地拿出一张照片给她看，欢欣而又动容地指着照片介绍：你看，它对我很友好，吃我给的竹子，然后，非常配合地让我给它拍照。蔡琼说的它，便是陕西观音山国家级自然保护区里的一只大熊猫。蔡琼经常能拍到很多宝贵的动植物特写照片，他认为万物皆有灵，只有真正地融入自然，热爱动物，才能让那些可爱的精灵放下戒备，亲近自己。这些珍贵的照片，就是大自然的厚赐。

蔡琼为能拍到这只熊猫，整整蹲守等待了三天。“三天的等待与陪伴，它终于给了我三秒的机会。”蔡琼轻抚着这张来之不易的与熊猫的合影，欣喜之情溢于言表！

蔡琼记得那些天，观音山雪厚三尺，蔡琼凭借多年的探索经验判断，熊猫要去喝水，就会前往深山的溪涧。蔡琼就这样蹲守在那里，手冻僵了，脚冻麻了，带去充饥的馒头，也冻成了石头，连一条条的榨菜丝，也冻成了硬条。带的水喝完了，他便喝雪水。一个大馒头，一小包榨菜，就是他一天的食物。

那太苦了！她对蔡琼感叹道。“是的，确实很苦，但是，当你拍出满意的照片，然后带着满足的心情返程，看着周围美得让人陶醉的美景，你就觉得，值！”

“人不负青山，青山定不负人。”当蔡琼向她展示那 14 个 G 的动植物美照时，她惊呆了。她以为他是观音山的职业摄影师，因为以她的经验判断，那些美得让人惊叹的照片，一定出自一个有着多年拍摄经历的职业摄影师。

可后来她知道，摄影，只是蔡琼的爱好，蔡琼的真正职业，是在观音山国家级自然保护区从事科研工作。

蔡琼是陕西洋县人，1974 年出生，1999 年从部队复员后，就一直从事林业保护相关工作。二十余年的生态保护工作，每天穿梭在大山里，森林中，日复一日，他深深爱上了山里的一草一木，飞禽走兽，他觉得，它们是那么美，这些深深触动他心灵的美，让他觉得，自己有责任将这些自然的大美长留下来，记录下来。他更想做的，是让人们，都能真正感受着自然美，热爱着美，因为热爱，才会保护，才会珍惜。

曾经，物质条件的简陋，生活朝不保夕，常常侵蚀着蔡琼那颗敏感而孤独的心，可靠着这份热爱，蔡琼学会了在苦中作乐。

蔡琼记得，1999 年左右，是生活上最艰苦的时日。彼时，通不了电话；山里建的小型发电站前半夜电压不够，都通不了电，到后半夜，才看见灯光。一到下雪天，山上路封了，无法下山。寒冷的冬日，房子到处漏风，仅凭一个小柴炉取暖。

当时，禁止采伐造林政策开始实施，除了一个月 300 多元的工资，蔡琼和工作人员们都没有任何其他的收入。“唉，几个月回一次家。”蔡琼叹息道，1999 年到 2009 年，十年间，一个月的薪水就几百元，那时妻子没有工作，家庭经济拮据，加上两地分居，生活苦不堪言。

在护林途中摄影，成了蔡琼抵御这份孤苦的最大慰藉。为了这份慰藉，2008 年，蔡琼向朋友借了 8000 元，买了台专业相机，这可足足抵上他两年的工资。“山里的动植物那么美，我是多么想把它们最美的姿态表现出来。”蔡琼陷入了短暂沉思，继而，向她诉说了这样一个故事。

那是一个春天的凌晨，为了早早地赶到目的地拍摄大熊猫，三时许，他急匆匆地出门。眼前雾蒙蒙一片，他踩着沾满露水的野草地，一不小心，踏了个空，掉到水沟里。那一瞬间，他的应激反应是，赶紧保护好珍贵的相机。他两手用力高举着相机，没有任何东西支撑起倒下的身体，以致腿上软组织严重破损，在家休整了三个月，才能正常行走。“你别看我拍摄这么多美照，其实，美好的事物背后，往往隐藏着无尽的辛酸和难以想象的痛苦。”蔡琼拍了拍他受过伤的腿，淡淡地笑着说。

而护林监测工作，也苦。这种苦，除了身体上忍受一些不适，还要面临一些潜在的生存隐患。有两件事情，深深地印记在蔡琼的记忆里。

那是 2005 年，蔡琼带队三人野外监测，因为监测线路较远，到了晚上，必须夜宿露营。半夜时分，被声响惊醒的蔡琼睁开迷糊的眼，定睛一看，只见一只羚羊站立在帐篷外，正窥视着里面的一切。顿时，他只觉毛骨悚然。陆陆续续，其他三人也被惊醒了，四人屏住呼吸，不敢动弹。后来，又来了一只，两只羚羊并列着，立于帐篷外，向里窥视了半个多小时，丝毫没有离开的意思。羚羊个头大，且具攻击性，如何躲过这一劫，大家在紧张的气氛中绞尽脑汁。突然，蔡琼急中生智，他想起了包里的打火机和布条，匆匆忙忙拿出来，用卫生纸缠着布条，点燃，然后往羚羊站立的方向扔去。两只羚羊惊慌失措，其中一只在逃跑中，重重地踩在帐篷侧面，压伤一工作人员的腿。

另一件事便是关于营救雪山中的大熊猫。

那是 2018 年 12 月的一天，天空下着大雪。一位工作人员在巡逻途中发现了一只后腿受伤的大熊猫。随即，蔡琼带着观察团，开启了观察保护工作。每天清晨，观察团顶着雪花出发，沿着陡峭的山路前行，走到大熊猫的栖息地，给它喂食、用药、观察。夜幕降临，蔡琼带领着队伍返程，在零下四五摄氏度的寒冷中，历经一个多小时的艰难跋涉，才回到住处，这样周而复始的日子，观察团坚持了半个月，直至受伤的大熊猫基本痊愈。“那时啊，又苦又累，但心里真是开心。”蔡琼对她说这话时，咧着嘴笑了，“一般人是经受不了这种折磨的，我当过兵，身体硬朗得很。”而让他开心的，是享受近距离观察大熊猫的乐趣和看到它转危为安的欣慰。

从外表和行事来看，蔡琼是铁骨铮铮的七尺汉子，然而，在他的内心深处，却有着不为人知的柔软和低回。

对于自己的老母亲，蔡琼总有些愧疚。这么多年在山林里巡护，最让他心疼的是忽略了对母亲的照顾。蔡琼记得一天半夜里，母亲打电话给蔡琼，说突然肚子疼，疼得直打滚。蔡琼心急如焚，可是山高路远，蔡琼无法第一时间赶到母亲的身边。蔡琼只能委托战友用摩托车搭母亲去看病，去医院检测，查出急性肠梗阻。蔡琼就这样一边带着愧疚之心上班，一边惦记着老母亲的病情。直到二十多天后母亲出院，也没有等来儿子的身影。“山路崎岖遥远，每天都有忙不完的工作，当时就没有急匆匆回去了。”蔡琼说这话时，眼里闪烁着泪花。

转而，他又说起了自己的一件事。几年前的一个晚上，他心脏疼得厉害，那时，山上还没有医院，到外面医院，得开车四十多分钟。一个多小时，他就忍受着剧痛在床上打滚，硬是这么熬过来了。

2016 年，蔡琼转至教育科科长职位，主要工作围绕自然教育、传播自然保护生态理念。如往常一样，每天清晨五点不到，当别人还在睡梦中，他便早早地穿梭于山林，沿着小山沟，拍鸟，拍植物，到七点半，他又带着望远镜，前往保护区开展监测保护工作。

近些年，随着工资的增长，蔡琼也给自己配置了更好的相机设备，拍了更多更美的照片。他再次拿起手机，用手指滑动一张张照片，轻声地诉说自己的心声：如今，已零零散散发表了 3000 多幅照片，我最大的愿望，就是将这些照片印刷结集成册，供大家欣赏。我想把这些最美的东西分享给大家，让这些美打动大家，告诉大家：我们要保护这些自然之美，要像保护眼睛一样，保护我们的自然和生态环境。

蔡琼的眼中，闪烁着希望之光。

撒向青山的爱

“三十年了！”康贵儒陪着她坐上高空缆车，指着眼下郁郁葱葱的大片翠绿，感慨道。

这里是瓦屋山，位于四川省眉山市洪雅县境内，是亚洲第一大、世界第二大平顶桌山，被《中国国家地理》授予“最美桌山”称号。早在隋唐时代，瓦屋山便以“山奇、水美、林深、景异”闻名于世，与峨眉山并称“蜀中二绝”。雨后的山间，翻滚的云霭、翠绿的森林、飞溅的瀑布、蔚蓝的湖面、嶙峋的山石，构成了一幅幅秀美壮观的图画。她正坐于缆车，沉浸于瓦屋山的美，突然听闻康贵儒一声感叹。

康贵儒告诉她，在这里，他工作生活了整整三十年。

1993 年从西南林业大学森工系采伐运输专业毕业后，康贵儒便来到了瓦屋山，最开始，是参与工程施工，两条上山的高空索道建成后，他便投入了巡护和管理工作。

最初对这份工作的感受是，危险。康贵儒坦言。继而，又向她讲起了瓦屋山中迷魂凼的凶险。那里是旅游禁地，人是不能进去的，其所处的纬度与骇人听闻的百慕大三角、神秘的古埃及金字塔一致，被那些喜爱探险的人称为“死亡纬度线”。康贵儒尊重自然规律，从未靠近迷魂凼，但是，“也曾在死亡线上跋涉，幸运地存活了下来”。

康贵儒到瓦屋山工作初期，那里还是一片茫茫的原始森林，只有零星的几条小径，没有上山腰和山顶的路。

作为业主代表，负责两代索道的施工建设。一边是宛若仙境，一边是悬崖峭壁。康贵儒看着眼前的美景，回忆当初修建索道的场景，依然心有余悸。

康贵儒回忆 1995 年到 1998 年第一代高空索道的修建，那时，山里没通电，住的是牛毛毡临时帐篷，潮湿得很。在主路铲平之前，他们只能将自己吊在捆扎的树藤上，一步步爬上山。中间，要过一个山涧，坡很陡，往下看，只见万丈深渊。每次出行，康贵儒都紧紧地抓住树藤，这是他们的救命稻草。“这些令人震撼的美景背后，是汗水、鲜血、伤痕，乃至生命。”时光逝去已久，康贵儒说这话时很平静，有如讲述别人的故事。

1996 年的一天，康贵儒坐着小型农业车前往施工地，在一处陡坡，驾驶员刹车失灵导致翻车，车上的三个人全被擦伤。整整一个月，康贵儒的身体才恢复正常。那时才二十出头，也没休息，在卫生站开了药，继续带伤坚持工作。“虽然受过不少伤，但还是感觉很自豪。”康贵儒笑了起来，对她说，作为开发瓦屋山的第一代创业者，尽管受过不少伤，但很自豪。

最让他幸福的，是他在大山里的爱情。正是走进了瓦屋山，才与他现在的妻子相遇、相知、相恋。

康贵儒和爱人相识，正值第一代高山索道修建期间。那时，康贵儒一个月工作二十九天，只有一两天的假期。双方均为亲戚介绍，虽然听说个大概，彼此比较中意，但一直未相见。就这样，女孩在期待中等了三个月，便毅然决然地独自踏进了瓦屋山，亲自寻康贵儒来了。

这一寻，便寻成了千里姻缘。康贵儒回忆那些时日，露出了灿烂的笑容。

“这里真是太美了！我从未见过如此美妙的地方！”女孩一边啧啧赞叹，一边欣喜地看着康贵儒。康贵儒心中突然滋生浓郁的温暖，这种温暖，瞬间消解了埋藏他内心深处的酸苦。

在女孩欣喜的眼神里，康贵儒读到了一种深沉的爱，这种爱，与这里的美景有关，也与他有关。

“我爱人第一次来，对这里可以说是一见钟情。与其说她选择了我，不如说她选择了瓦屋山。”康贵儒调侃道，脸上洋溢着幸福。

正是对这份美的热爱和期盼，才有对这份情感的笃定和坚守。

相见后，因为康贵儒实在是忙，两人的联络，只能靠一个月的两三封信件。但即使如此，这个对瓦屋山如此深爱的女子，还是迅速选择了康贵儒，作为自己一生的伴侣。1997 年 10 月 18 日，两人迅速结婚，而从结婚起，两人便迫不得已过起了分居的日子。妻子留在乡里教书，康贵儒回到了瓦屋山继续巡护。

时间长了，思念久了，加上生活的不易，妻子偶尔也开始了抱怨。这时，康贵儒会想方设法拍一些山里的美照，隔三岔五地寄给妻子。就这样，两人以如此朴素的方式，维持着内心深深的爱。

妻子特别想念康贵儒的时候，也会到瓦屋山来探亲，可往返一次，诸多艰辛。从妻子学校到中巴车车站，只能步行，这之间，还需走五六个小时的路程。从车站坐车到瓦屋山，又得几个小时。最让人难受的是，妻子每次来了，康贵儒只能下山，和她见个面，又得匆匆前往海拔 2000 多米的高处工作。那时索道还未修好，妻子想到康贵儒的工作地，也是有心无力。见不到面，每天还要提心吊胆。对于妻子和后来出生的孩子，康贵儒几乎没有时间陪伴他们，对此，他一直心怀歉意。

每次和妻子通话，康贵儒都只报喜不报忧。康贵儒觉得已经对不住妻儿，常将苦忧藏在心中。

在原始森林深处巡逻期间，好几次，康贵儒遇到老熊和野猪，每次都吓出一身冷汗，每次又都侥幸脱险。三十年里，十余次处在生死边缘，让康贵儒这个铁汉子，养成了处事不惊、遇事不慌的性情。

“很苦，可也很快乐。”高空缆车载着他们到达原始森林海拔最高处，康贵儒带着丝丝微笑，总结自己三十年来的生活感受。

“尽其心者，知其性也。知其性，则知天矣。”康贵儒一直坚信并笃行“坚持在发展中保护、在保护中发展”，他俯瞰眼前一座座如奔腾骏马的绵延起伏的山峰，感叹道：瓦屋山开发以来，极大程度地推动了当地经济发展，我们既守护了这片绿水青山，又追梦了“绿水青山就是金山银山”。

“人与自然是生命共同体”，在大熊猫国家公园行走的这些天，她跨越秦岭、岷山、邛崃山，途经陕西、四川，看山高水长，闻千古绝唱。绵延的山脉，潺潺的水流，可爱的生灵，让她的灵魂，被清澈洗涤。她惊喜地发现，祖国的大好河山，是如此壮丽，而他们，这些守护绿水青山的人，亦是何其的可亲可敬！回程途中，有一个声音，一直荡漾在她的心间。那是付明霞爱人结婚时对其说的话：有你在的地方，春暖花开。

爱人如斯，自然也如斯。

作者简介

尹红芳，中国作家协会会员，湖南省“三百工程”文艺人才。在《中国作家》《文艺报》《中国文化报》等报刊发表报告文学、散文、评论一百余万字。作品入选多种选本，并多次获文学奖项。出版有长篇报告文学《杜鹃红》《凤舞寿岳》《公安英模·官同生》《教育之光》等多部作品。2020年，被中国作家协会授予“深入生活、扎根人民”主题实践先进个人。

树上的朱鹮

赵　侠

有一段时间，我总是在微信朋友圈里看到张军风。有人发她的照片，也有人发她的故事。先是3月，省妇联宣传部副部长发的“巾帼风采”朋友圈，把获得“三八红旗手”标兵请到照相馆，拍摄了风格统一的优秀女性风采照。在这里我看到张军风的照片，看起来非常优雅、知性、沉着、稳重，和我记忆中的那个风风火火、不修边幅的她完全不一样。随后又在媒体朋友发的朋友圈中看到张军风，她穿着工作服，穿梭在秦岭大熊猫研究中心各个区域，查看监测记录，朱鹮繁育情况，和饲养员进行交流，头发还是乱蓬蓬的，不说话不起眼，一说起朱鹮保护工作就头头是道，有问必答，有理有据，原来秦岭大熊猫研究中心大熊猫管理部荣获全国工人先锋号，张军风和她的同事们代表单位接受媒体采访。

作为和张军风曾经一起奋战过十一年的同事，作为她三年的舍友，看到她取得的荣誉，我从内心赞叹这是实至名归。1996年，我们俩在楼观台工作，那时候楼观台林场场部只有一部手摇电话，每晚11点会停电，水是定时供应，路也是简易石子路面。距离林场最近的两个县城乘车都需要一个多小时，一天只发一次车。我们俩作为舍友，一起休息，一块上班，我知道她内心一直有个心结，就是丈夫和孩子的呼唤，呼唤她能够回到渭南市，过上夫妻团聚、家人相伴的生活。可是她舍不得她的专业，她的工作，她那些大熊猫、金丝猴和野生动物朋友。

夜深人静我们聊天的时候，她经常说，我也想我的女儿，想和家人团聚。可是咱们这个野生动物救护中心是全国首批建设的中心之一，是刚刚建成的野生动物 120，是一项全新的事业，这方面的人太缺了，这里更需要我。

1999 年，她的孩子已经五岁，为了孩子能受到好的教育，她在亲人的劝说下调到渭南市临渭区工作。虽然回到城里，可是她仍然忘不了她在楼观台的工作。她是东北林业大学野生动物保护专业的，毕业时候恰逢陕西省珍稀野生动物抢救中心筹建，比她高两届的校友召唤她，她来到楼观台参与筹建工作。这期间她和同事们一起，当过泥瓦匠，盖起简易的动物食堂（存储竹子、胡萝卜的地方）；当过急救队员，去野外抢救伤病野生动物；当过医生，给动物做接骨手术、驱虫疗伤；当过保育员，给老弱病残不能回归野外的野生动物准备容易消化的食物；当过奶妈，给失去母亲的野生动物用奶瓶喂奶；当过专家，研究各种关于野生动物抢救治疗饲养的论文；当过园林工人，为新建好的大熊猫和金丝猴舍美化环境，拔草植树。人生最美的年华都奉献给了楼观台，突然离开，怎么能不想念？所以每周通信，我都会把楼观台点点滴滴的变化告诉她。

2002 年，陕西朱鹮保护工作需要迈出更大的步伐。当时的情况是，1981 年在陕西洋县发现七只朱鹮，通过划定保护区就地保护，自然繁育与人工繁育相结合等措施，朱鹮的数量稳定增长。为了扩大朱鹮活动范围，防止单一种群遭受自然灾害或疾病的毁灭性伤害，经原国家林业局同意，原陕西省林业厅计划引入 30 对朱鹮到秦岭北麓，让朱鹮能够适应秦岭以北的寒冷冬天，地点就选在位于楼观台的陕西省珍稀野生动物抢救饲养研究中心。

当时媒体报道后，在全国引起广泛关注。张军风看到这个消息以后，激动得夜不能寐，主动给时任楼观台林场场长赵斌建写信，表示愿意回楼观台承担这个任务。赵斌建对张军风的工作态度、业务能力非常清楚，朱鹮异地保护也需要这样一位懂专业、责任心强的同志，收到信后第一时间安排人给她办理调回手续，请她回来上班。张军风不顾正在上幼儿园的孩子需要妈妈的陪伴和照顾，不顾亲人的劝说和挽留，立即返回楼观台，加入迎接朱鹮的队伍。

为了尽可能地了解朱鹮，张军风拿出高考时候的劲头学习朱鹮相关知识，她把当时市场上可以买到的关于朱鹮、鹭鸟类书籍看个遍，以最快速度熟悉朱鹮的生活习性。朱鹮到了楼观台后，为了熟悉每一只鸟，防止它们应激反应太过强烈，她和洋县来的朱鹮饲养员一起，轻轻松开每一只朱鹮的飞羽，尽可能找出每只朱鹮脸上或者身上的特点，记住它们的特征；同时将检查出有问题的朱鹮进行单独饲养，特别护理。为了减少朱鹮的“水土不服”，她和饲养员一起，研究朱鹮的饮食特点和规律，为它们准备合适的食物配方。

2002 年的冬天特别冷。这 60 只朱鹮能不能顺利、安全过冬，直接关系到能不能在秦岭北麓建立朱鹮的人工种群。张军风根据这批朱鹮在洋县时候生活的气象数据比对，了解到洋县冬天相对温暖，地面结冰情况少，秦岭北麓气温较低，地面不仅结冰，并且结冰时间还很长的实际情况，提出给楼观台朱鹮笼舍的地面铺上草垫子，放置树枝，栖架上悬挂热源的方案，解决了朱鹮进食时候直接踩踏在冰面上和在巢穴休息时候局部保暖的问题。食物配比方面，增加朱鹮的蛋白质和碳水化合物饲料，增加体内热源。设施方面，专门给一间办公室安装了空调，装一层塑料布封闭，以备对不能耐受寒冷的朱鹮进行紧急处理。人员配备方面，安排责任心强的工作人员饲养朱鹮，昼夜值班，随时掌握环境温度，观察记录朱鹮的行为变化。

在以张军风为组长的朱鹮小组辛勤努力下，朱鹮度过了最艰难的一个月。从秦岭南麓来到秦岭北麓的朱鹮们，从开始的惊慌和不适应，到逐渐适应，几只出现特别强烈应激反应的朱鹮，也逐步恢复了健康和平静。可是更大的挑战来了，转眼间到了春节长假，老天下了好几天的雪，夜间温度更低，达到零下 17℃。为了防止朱鹮骨折、摔伤，张军风和她的队友们白天扫雪，除冰，用汽油喷灯烘烤冻住的水龙头，或者提开水化开水龙头。

那几天每天晚上都有朱鹮冻得不能耐受，张军风和同事们每天晚上不间断地在各个笼舍巡逻，一旦发现异样朱鹮立即抱起来送到空调房保暖。有一天张军风的女儿实在太想妈妈了，从渭南来到楼观台，要陪妈妈一起工作。张军风把女儿带到值班室和自己一起休息，等女儿睡着后悄悄地又去朱鹮圈舍巡逻。当她把一只冻僵的朱鹮送到空调房，看到朱鹮渐渐暖和后才放下心，又悄悄回到值班室，突然发现女儿的羽绒服还在床头，女儿却不见了。

当时的抢救中心距离家属区有一段距离，女儿也不熟悉这里环境，这么冷的天，女儿会去哪里？张军风惊出一身冷汗，吓得转身就往外跑。顺着昏暗的灯光走到办公楼，就听到女儿的哭声。她看到惨淡的灯光下，雪花飞舞得分外殷勤，女儿在雪花包围中一遍遍喊着 :“妈妈，你在哪里？”心急的张军风接连摔倒了好几次，才走到女儿身边，扑过去搂着女儿说 :“妈妈在这里。”此时女儿已经哭了很久，张军风发现只穿着秋衣裤的女儿泪水是冰凉的，鼻涕快结成了冰，耳朵几乎变硬。她紧紧搂着女儿，感觉女儿也几乎冻僵了，雪花没过了女儿的小腿。她把女儿带回值班室，用手把女儿脚掌手心脸蛋一点点搓热，女儿停止抽泣后的第一句话就是 :“妈妈，我也能抱朱鹮，你去看朱鹮的时候带上我一起，我和你一起带朱鹮去暖房。”

正是因为有了这样的一批工作人员，这批从秦岭以南来到秦岭以北的朱鹮，顺利度过了寒冬。

2002 年朱鹮到楼观台后，很快就迎来朱鹮的繁殖期。经历了秦岭北麓寒冬考验的朱鹮，能不能顺利繁殖出“楼一代”，才是朱鹮异地饲养繁殖是否成功的关键指标。张军风和技术人员一起研究对策，了解到朱鹮是一夫一妻制，抚育后代方式是雌雄朱鹮共同承担，轮流孵化，轮流喂食雏鸟。根据这 30 对朱鹮的基本情况，了解到有两对朱鹮情侣感情很深，就大胆提出建立两个自然繁殖舍，用这两对朱鹮夫妻作为自然繁殖对照实验组，另外安排 13 对朱鹮作为人工繁殖组，尽快促成它们配对、进入繁殖状态。通过调整饲养环境、保持绝对安静、人工辅助筑巢等措施，朱鹮们如期“谈情说爱”，羽毛涂色，进入繁殖程序。辛苦没有白费，朱鹮到楼观台后的第四十四天，朱鹮在楼观台顺利度过寒冬后的第一个春天，就有朱鹮产下第一枚卵，当年繁殖成活 33 只，其中自然繁殖成活了七只，创造了朱鹮人工饲养繁育的奇迹。

之后几年，张军风团队又创造了一对朱鹮自然繁育四只小朱鹮的历史性记录，取得朱鹮“亲鸟代育”实验成功，楼观台的朱鹮数量逐年增加，一度成为全世界最大的朱鹮人工饲养基地。2007 年朱鹮在宁陕开展野化放飞，2014 年朱鹮在铜川野化放归，2008 年朱鹮在浙江建设基地，2018 年朱鹮启动秦岭北麓朱鹮放归计划，朱鹮重返栖息地计划，楼观台都提供了珍贵的朱鹮种源。

朱鹮从秦岭起飞，飞向世界。朱鹮保护是野生动物保护的成功典范。这些成功的背后，是一代代林业人的付出。如今，曾经的楼观台林场分化出了秦岭国家植物园、秦岭四宝科学公园，是全国和全省的科普教育基地、自然教育基地，是大家认识秦岭、了解秦岭的窗口。我曾经的同事，抢救中心第一代兽医，西北农林科技大学兽医系毕业，曾经被大熊猫咬伤至今肘关节不能自如活动的马清义快退休了，新一代年轻人正在快速成长，成为各方面专家。

每当我看到他们出现在媒体前介绍经验，每当我看到他们为研学团队讲解，每当我看到他们研究出一个个新的科研成果，每当我听到他们被赞誉，内心就感到无比自豪和骄傲。我为我曾经在楼观台工作而自豪，为我曾经和这些专家是同事自豪，为我是一名林业人，见证过、记录过生态保护变迁的历史自豪。

作者简介

赵侠，陕西安康人，高级工程师。作品多次荣获全国新闻奖二等奖、陕西新闻奖一等奖等。主编出版《秦岭里的森林公园》《陕西省自然教育课程设计指南》《陕西省自然体验师解说指导手册》等。策划《我们的绿水青山》先后荣获国家广电总局优秀少儿节目一等奖、陕西金鹰奖优秀节目一等奖；参与策划的纪录片《守望秦岭》在中央电视台多次播出，并荣获最佳国产纪录片奖。

黄河口有了一个美丽的家

李恒昌

“我国暖温带保存最完整的湿地。”这是说的哪里？答案是黄河三角洲湿地。

“湿地里面有城市，城市里面有湿地。”这又是说的哪里？答案是我国第一批国际湿地城市山东省东营市。

从卫星拍摄的地球图像中可以看到，在黄河入海处有一块七彩斑斓的土地，经过测算对比，这块土地总面积达到 15.3 万公顷。有关专家研究考证，确定这里有“三最”：世界上“最广阔”的湿地、保存“最完整”的湿地、形成时间“最年轻”的湿地。

这是一块“大美之地”。航拍黄河三角洲，大自然的杰作顿时呈现眼前，引黄灌溉工程串联起的 658 座湖泊，像一块块晶莹剔透的翡翠，镶嵌在这片土地上。其中的天鹅湖，是亚洲最大的平原水库。百万亩天然草场，一望无际。20 万亩的人造防护林，郁郁葱葱，向天际延展。当然，这里还有像艺术大师绘就的广阔巨大的“红地毯”景观，有世界上独一无二的黄河与大海紧紧拥抱在一起的“蓝黄之吻”。

著名社会学家费孝通先生，对这块土地情有独钟。经过多次深入考察，他得出这样一个结论：“黄河龙口，风水宝地。”踏上这片土地，真切感受到，此言果真完全不虚。

这片特殊的土地，对笔者具有极强的吸引力。十年前，笔者曾经因为工作关系，“到此一游”，但那时只是走马观花，留下的印象并不特别深刻。2023 年初秋时节，专程踏上这片土地采访，不仅看得更加仔细，了解得更为全面，而且印象也更为深刻。

最让人欣慰的是，这里正在建设山东省境内的第一个国家公园，也是我国第一处陆海统筹型国家公园，一个极其重要的自然保护区。在第一批国家公园建设名单中，有青海省的三江源国家公园，那里号称“中华水塔”，建设三江源国家公园，既是保护“中华水塔”，也是保护黄河巨龙的“龙头”；在这里建设的黄河口国家公园，则是保护黄河巨龙的“龙尾”，保护广阔的三角洲湿地，实质上也是在保护“地球之肺”。

建设国家公园，是一个崭新的课题，是党的十八届三中全会提出的一项重要战略性任务，也是我国生态文明制度建设的一个创新之举。

正在建设中的黄河口国家公园，位于现行黄河入海口和 1976 年黄河口故道附近，总面积达到 3518 平方公里。到底有多大？按照国际足联的规定，一个 11 人制标准足球场，面积是 7140 平方米，据此测算，黄河口国家公园相当于 214000 个标准足球场那么大。

建设黄河口国家公园，有地理自然环境的优势，概括起来有“三占”——占据河流、海洋和陆地三大优势。这里虽然没有山，但是“河、湖、海、林、草、沙”，各项要素齐全，属于当之无愧的“天选之地”。

采访下来，笔者深深地感到，建设黄河口国家公园，同时蕴含着山东人的积极争取和不懈努力。毕竟，国家公园设立标准非常之高，要求非常之严，措施非常之细。

2022 年 8 月 30 日，这里获得一项殊荣。创建工作专班，获得一个特殊称号——“全国人民满意的公务员集体”。这是一项最高级别的荣誉，是党中央、国务院授予的。早在 2021 年 6 月，他们还被中共中央授予全国先进基层党组织称号。仅此两项荣誉，就足以说明这一问题。何况，在他们的接待室里，还悬挂着诸多其他奖牌。

行走在这里，能欣赏到著名的天鹅湖、芦苇文化乐园、万亩槐林森林公园、黄河雕塑公园，可以游芦苇荡，观芦花飞雪，赏万鸟翔集。还可以登观光塔，欣赏黄河入海的瑰丽奇观，也可以乘游船沿黄河入海漂流，赏长河落日的壮美景色。一切的一切，都让人流连忘返。

然而此前，这里却是另一番景象——“大孤岛，人烟少，年年洪水撵着跑。人过不停步，鸟来不搭巢。”

在黄河口稳定之前，这里到处是荒草滩地，一片荒凉。而今，感受最深的还是东营人创造的那句广告词：“沿着黄河遇见海”。来到这里，就会产生一种回到家乡的踏实感。这里是黄河的归属，也是稳定而又美丽的家园。

建设国家公园，重点不在“建”，而在“保”，而在“护”。因为很多的现代性的建设，可能意味着对生态环境的干扰和破坏。在这里，过度建设绝不被允许。

国家林草局为未来的黄河口国家公园划定了两个区，核心保护区和一般控制区，现在的自然保护区又分三个区，核心区、缓冲区和实验区。保护区总面积约 15.3 万平方公里，核心区面积约 7.9 万平方公里，缓冲区面积 1.1 万平方公里，实验区面积 6.3 万平方公里。三个区域，各自具有不同的功能，也有不同的保护政策。有关部门明确规定，核心保护区内的一草一木也不能动，不能进行“人为”活动，可以治理外来物种入侵和病虫害，最大限度地保持自然生态的自然生长。

缓冲区之内，可以开展适度的旅游项目，对于保持生态环境的安全和卫生，也提出了明确又严格的要求，同时禁止一切生产活动。

实验区之内，可以搞土地开发等相关实验。既有项目，在取得环保手续后可以继续生产。5000 万元以下项目，包括旅游项目，需要报环保部备案。5000 万元以上项目，必须经国家环保局审批。但不允许新建任何生产设施。

对这样的规定，当地有人一度非常不解，本来以为建设国家公园，是一个天大的好事，是一个发展的机遇，想“大干一番”“大建一批”，没想到却不让干。这不“影响和制约经济的发展”吗？随着时间的推移，随着公园建设的日益完善，大家慢慢认识到，这个问题，犹如禁止在中小学院内和门口开设商店一样，是对广大青少年、对未来发展的一种必要保护措施，大家的自觉意识也就逐步增强起来，头脑里真正有了一根自觉保护的“弦”。

建设黄河口国家公园，最重要的任务就是保持和提高“生物多样性”。生物多样性，是个专业性术语，主要有三方面的内涵：基因多样性、物种多样性和生态系统多样性。它们之间，既有区别，也有内在联系。主要是通过系统性的保护，形成一个自然和谐的共生系统，一个自然界的“生命共同体”。

一项极其重要的内容，是对生态环境的清理整治，对既有影响生态保护项目进行清理清除，实现有序退出。最大的一次行动是清理关停保护区内胜利油田的既有油井。

那是一次“壮士断腕”的行动，也是一次“狠心割肉”的行动，学名叫“退油还地”。

地处黄河三角洲的胜利油田，是我国第二大油田，其海上钻井和采油技术，在国际上处于领先水平。在黄河口国家公园的保护区内，建有油井等生产设施 2481 处，其中核心区、缓冲区共有 300 处，实验区 2181 处，规模非常庞大。特别是核心区的油井，多建在近海滩涂湿地区域，对生态保护存在一定的安全隐患和负面作用。

2017 年，中央环保督察组发现了这一问题，并且非常严厉地进行了反馈，责令有关地方和单位进行整改。

“绿水青山就是金山银山”，这是对这一理念认识和执行上的一次大检验。胜利油田曾经做过估算，退出自然保护区核心区和缓冲区内生产设施，每年将减少原油产量近 30 万吨，按油价 40 美元每桶折算，年产值减少超过 5.5 个亿。当地人也说，单给垦利区的税收，一年就将减少一个亿。这都是真金白银，也不是小数目。如此“割肉”，谁不心疼？

但是，大局面前，必须服从，必须拿出“壮士断腕”的气魄。

早在 2016 年底，胜利油田就启动了分类整改工作，提出了逐步退出的方案，准备利用六年时间，完成这一艰巨任务。很快，他们意识到，这样的计划，步伐太慢了，根本跟不上形势的要求。2017 年底，他们进一步优化实施时序和实施时间，将六年实施计划压缩至三年，决心到 2020 年底全部完成。

思想上想通了，执行和落实上很快就“立竿见影”。到了规定的时间节点，该拆除关闭的油井和辅助生产设施全部落实到位。

除了清理整治核心保护区和缓冲区内的设施，油田还主动出击，对实验区和非保护区内的设施，也进行了一番大整治。他们先后投资 6000 万元，对流域内的高速公路、东营至入海口两侧各两千米范围内的油气生产设施，进行改造提升，坚决杜绝溢油风险和生产污染。

湿地自然生态，最关键的有“两怕”：一是怕缺水，导致生物被旱死；二是怕水涝，导致生物被淹死。保护湿地生物多样性，必须努力寻求“水平衡”，做到干旱时能及时补水，过涝时能及时排水。

事实上，在很长一段时间，黄河三角洲湿地，是处于经常性“时旱时涝”

状态的。启动国家公园建设前，湿地补水，主要依靠自然的力量，属于“脉冲式”补水。每到汛期，黄河水流量增大，自动补水。自从调水调沙以来，每年汛期之前，通过小浪底放水，兼顾给湿地补水的目的。但是，由于泥沙量过大，容易对湿地的沟汊造成危害。

国家公园创建专班科技部的王安东主任说，那时候，存在这样一个问题，湿地一般是春天和秋天缺水，利用汛期自然补水，或者利用调水调沙补水，解决不了春季和秋季缺水干旱问题，反而容易造成汛期水量过大，形成水涝水情。

问题来了怎么办？因干旱致死的湿地，首先要通过补水等措施，进行抢救性修复。

自 2019 年以来，山东省加大投资力度，共投资 10.8 亿元，实施了 16 项修复工程，累计修复湿地近 30 万亩。让退化的湿地，重新复活过来。

干什么事情，都要讲究科学。湿地补水，也不例外。经过反复研究，形成了一种“科学补水”模式。一方面，修筑引水渠，请黄河委配合，每年春季，通过小浪底水库调节，保证入海总量达到 30 亿立方米，主河道流量保持在每秒 500 立方米以上，保证补水水源充足。另一方面，利用管道和泵站进行补水，由此克服了单靠自然补水的弊端。2023 年生态补水期间，累计向自然保护区补水 1.62 亿立方米。三年下来，总共补水达到 5 亿立方米。

季节性补水和大规模生态修复完成后，重要的任务是“常态化管控”和“常态化保持”。对此，有关人员继续努力，构建起完整的“河流水系循环连通、原生湿地保育补水”体系，还研究了针对不同湿地类型的不同补水模式，利用水系微循环、微生境改造、水分补给等措施，提升生态保护的科技含量和水平。

为切实解决“过旱”和“过涝”问题，专业人员划定了两条湿地水位警戒线。下线，不低于 70 厘米；上线，不超过 100 厘米。建立监测网络系统，根据自动报警，随时进行调节。一旦低于最低限，就补水；一旦超过最高限，就排水。

这两条警戒线，是依据什么设定的？王安东先生说：主要是适应生态分布规律、生态生长规律和生物繁衍规律。一个是考虑“水里游”的，适合鱼虾生物繁衍生息；一个是考虑“天上飞”的，适宜鸟类觅食筑巢。经过多年努力，保护区湿地，已经进入了“一次恢复、自然演替、逐步稳定”的新境界。对此，王安东先生颇感自豪。

西伯利亚候鸟，主要有两大迁徙线路，一是从西伯利亚到澳大利亚，一是从西伯利亚到新西兰。这两条线路，都经过黄河三角洲。那些候鸟，一般都会在这里停留歇息，补充给养。

工作人员介绍，常年在这里栖息的鸟类数量，已经超过 400 万只。其中仅每年来此栖息、觅食的各类候鸟就超过 100 万只。以百万来计，这是怎样一个概念？因此，这里堪称鸟儿的“王国”“天堂”，不仅仅是一个迁徙的“驿站”“鸟类国际机场”。

判断一个地区的生态，是否环保，是否自然，鸟类往往比人类更加客观公正，也更有“发言权”。同样，鸟儿的生存状况，也是对湿地保护成效的一个最真实的检验。如果湿地得不到有效保护，候鸟就不会在此停留。自然也不会出现万鸟翔集的盛景，更不会让一部分“候鸟”变成“留鸟”，久久不愿离开。

生态环境越来越好，栖息的鸟儿越来越多。据不完全统计，黄河三角洲的鸟类，已由 1992 年的 187 种增加到 371 种。其中国家一级保护鸟类 25 种，包括丹顶鹤、白头鹤、白鹳、中华秋沙鸭、金雕、白尾海雕、大鸨；二级保护鸟类 65 种。还有 38 种鸟类数量，超过全球总量的 1%。这里是丹顶鹤越冬的最北界，也是世界稀有鸟类黑嘴鸥的重要繁殖地。据了解，丹顶鹤全球共有2000多只，全国迁徙700多只，300多只在这里栖息，10多只在这里繁殖生息。

从2021年到现在，人们还首次发现火烈鸟、白鹈鹕、勺嘴鹬。

意外的惊喜，不知道什么时候出现在面前。有一天，研究人员在芦苇丛中发现了一大群小鸟，最初以为是苇莺，仔细一看，直接“亮瞎”了眼睛。只见它们，一个个黄黄的嘴上，长着弯弯的嘴钩，还有黑色的贯眼纹、短短的身子和长长的尾巴。这是什么鸟？以前从来没有见过。

经过仔细比对确认，证明它们是震旦鸦雀！

震旦鸦雀是我国特有鸟种，震旦是古代印度对我国的称呼。此前，震旦鸦雀仅限于黑龙江下游，以及辽宁芦苇地和长江流域，在黄河三角洲保护区还是第一次出现。

保护候鸟，也是保护区建设的一项极为重要的内容。

王安东先生说，保护湿地鸟类，主要面临两大问题，一个是如何为鸟儿提供良好的生存栖息条件，包括食物；第二个是如何帮助鸟儿度过骤变的极端天气，顺利实现迁徙。

“食物供应”，主要是区分不同鸟类，适应不同习性。不同鸟类，喜欢吃不同食物。丹顶鹤，喜欢在滩涂上吃鱼类。朱鹮，喜欢吃泥鳅。大雁和天鹅，结冰之后，有时喜欢到地里吃麦苗等庄稼，不吃鱼类。最初，它们总是到附近农民的地里寻找食物，给农民造成一定损失。针对这一问题，保护区专门选择一定区域，种植庄稼，不是为了收获成果，而是给鸟类提供食粮。

“防寒过冬”，怕就怕突然断崖式降温，候鸟们一点准备也没有。2020年，一夜之间降温18℃，冻死了35只天鹅，让人好不心疼。王安东先生说起来的时候，眼里满含泪水。他说，虽然有不可抗拒因素，但我们也有一定责任，属于“事故”，必须上报，必须防止再度发生。

帮助鸟儿顺利过冬，最关键的是对天气要精准预判，提前做好准备。人们反对“投食引鸟”，平时一般不“人为”为鸟儿“投食”。但是，天气马上要变了，鸟儿却不知晓，也不肯赶紧离开，又不可能将它们硬生生地赶走，怎么办？最好办法是提前给它们撒些食物。经过实践发现，如果鸟儿提前吃饱，胃里有东西，一般都能扛过三五天的极端严寒。相反，如果腹中空空，死亡率则比较高。2023 年再次突然降温，情况就好多了，鸟类基本上能够安全度过寒潮。

有人在全力保护生态环境，也有人总是不自觉地破坏生态环境。如何增强综合执法的效力，也是一个非常重要的问题。这方面，省市非常重视，将公检法海洋渔业等执法权，119 项内容，全部授予保护区管委会，“四位一体”联合执法，一起行动。王安东先生说，这是我们工作的一大特色，走在全国的前头。他的两句话让人记忆犹新，一句是“打通综合执法最后一公里”，另一句是“保持保护区动态清零”。

2022 年 7 月 8 日，管委会联合市海洋发展和渔业局、市公安局海岸警察支队、东营海事局、东营海警局，采取集中统一行动，开展海上联合执法。

他们开展巡逻、取证、查扣，丝毫不留情面，一天下来查扣非法渔船和三无船舶 20 艘。有人找人说情，有人胡搅蛮缠，法律面前一律平等。用他们的话说，这个没商量。

这里还专门安装了渔用雷达系统和电子围栏，也能自动报警。干什么用呢？王安东先生说，主要是为了全方位、无死角观测和发现问题，防止非法船只和人员给执法人员“捉迷藏”，或者打“游击战”。

采访王安东先生时，已经是下午五点半，到了下班时间。他一直在忙，连续约了两天，都没有约上。他说，创建国家公园，责任重大，任务艰巨。

我们基本上每天都在连轴转，工作不是八小时工作制，而是十二小时工作制。谈起近年来的创建工作节点，他掰起手指一一道来。

他说，2021 年 10 月，国家公园管理局批准《黄河口国家公园创建方案》。

年底，省自然资源厅向国家林草局提出评估验收申请。

2022 年 3 月，完成省级自评。

3 月中旬，完成国家林草局组织的第三方评估。

6 月底，省政府向国家林草局提出设立申请。

今年 8 月 19 日，也就是上个月，西宁召开的国家公园建设座谈会上，关志鸥局长明确表示，继第一批国家公园正式设立之后，将稳妥有序推进设立黄河口、钱江源—百山祖、卡拉麦里等新的国家公园。

可以看出，他们的工作，正紧锣密鼓地展开，国家的正式批复也指日可待。

民间有一个说法："黄河上下是一家，唯独河口没有家。"主要说黄河口曾经长期不稳定的问题。二十世纪八十年代，以李殿魁为代表的东营人，借助海动力学说，稳住了黄河口，让黄河口有了一个稳定可靠的家；如今，人们通过国家公园建设，将这个家又建成了一个自然和谐充满生机活力的美丽之家。

不真正走进这个"家"，不能真切体会它的大美。作为一个作家，也完全有理由展开无尽的想象。

当春天来临，进入保护区内，扑入眼底的是几十万亩接天连地、摇曳生姿的湿地草场，还有大片大片的芦苇和红柳林，它们与黄河口的天然植被已浑然连接为一体。伫立在旷野之中，聆听耳畔清脆如歌的鸟语，微风轻抚，仿佛有一曲天籁隐约传自天际，令人更感天高地远、水碧天蓝、心旷神怡。

夏日时节，黄河口湿地植被最为茂盛，景色最为秀丽，犹如置身于绿色的海洋。黄河大堤上种植的栾树、紫叶梨、五角枫、黄金柳、香绿、青桐、速生杨等树种，枝繁叶茂，遮天蔽日。成千上万只黑鹳、白琶鹭、金雕等珍禽鸟类飞翔嬉戏，一派“天上有飞鸟，地上野兽跑，鱼虾水中跃，绿林随风曳，花儿竞相开”的盎然景象，令人叹为观止。

秋冬季节，更显三角洲的魅力所在。数百里的芦苇荡里，苇穗渐渐由淡紫变为粉白，清风吹来，蓬蓬松松的苇絮，随风悠悠飘飞，天地之间，像一片片白花摇曳盛开。芦苇荡的尽头，一片片地毯式黄须菜铺展开来，如火红的烈焰，在绿色的原野上跃动，为壮阔的黄河口涂抹上瑰丽的色彩。

初秋的大地，隆重而热烈，多姿又多彩。

黄河三角洲国家农业高新技术产业示范区内，试验田里的各色农作物到了成熟的季节，一派丰收景象。

棉花田里，花农正在忙于采撷洁白的“云朵”。路边瓜秧之下，一个个大南瓜，像胖娃娃一般躺在地下香睡。

如果不专门介绍，谁也想不到，这里曾经是一片盐碱之地，也是一片“寸草不生”之地，除了芦苇，几乎长不出任何东西。

这里除了农业高新技术产业示范区，还有很多其他牌子，其中最引人关注的是“盐碱地综合利用技术创新中心”。

盐碱地综合利用，是一个世界性难题。这个课题，事关中国人的饭碗，能不能牢牢地端在中国人自己的手里。目前全国共有 15 亿亩盐碱地，其中有 5 亿亩具备开发利用条件。如何把这 5 亿亩盐碱地运用好，是一个不能忽视的课题。

很长时间以来，人们对盐碱地的研究，多数是着眼“改造”或“改良”，就是要“土地适应庄稼”，而在这里，在黄河三角洲，却实现了指导思想上的重大转变，不是单纯地考虑“土地适应庄稼”，而是研究和试验，什么样的种子能在盐碱地上生长，让“种子适应土地”。简单说，就是由“改地”，转变为“改种”，通过科学实验，培育出适合盐碱地生长的“好种子”。这个道理，正如对旱地的开发一样，不是研究如何将旱地变成湿地，而是研究旱地适合什么植物生长。这其实也属于顺其自然和生态保护的范畴。

盐碱地里要种出“金元宝”，这是农高区的使命和职责。他们决心向盐碱地要粮食，发誓在盐碱地上打一场种业翻身仗。这看似不可能的事情，看似不可能的奇迹，如今正在这里被一个个创造出来，把“不可能”变成了“完全能”。

在盐碱地综合利用技术创新中心一楼大厅里，展出了他们的一系列科研实验成果——盐碱地特色产品。其中包括稻花香牌水稻、老广北全脂奶粉、航天大豆、黄河口大豆、燕麦之王——藜麦等，多达几十个品种。

这是一场“盐碱地科技大会战”，中国科学院、中国农科院的专家们参与其中。共有 48 家高等院校的 108 支团队加入会战，吸引 976 名科研人员，建立重点科研平台 15 个，承担 59 个国家和省部级重大科技项目。会战的目标是“见人、见物、见成果”。目前，取得各类科研成果 226 项，孵化技术成果 35 项，突破转化关键技术成果 23 项，制定盐碱地作物栽培技术标准 6 项，创新培育耐盐碱作物新品种 55 个。很多成果都值得称赞。

区分类型，因地制宜，是我们的一大特长和法宝。在盐碱地综合利用上，科研人员用得淋漓尽致。根据盐碱地含盐量的不同，推行“三级利用”。轻度含盐量的土地，重点示范发展粮油和饲料粮产业；中度含盐量的土地，重点发展生态草牧业和中草药；重度含盐量的土地，则开展植被修复，涵养生态。

“齐黄 34”大豆，具有高油脂高蛋白“双高”品质，就是在盐碱地里种出来的。用这种豆子做的豆腐，口感细腻、口齿留香，深受消费者的喜爱。他们还研发了具有自主知识产权的“鸡蛋豆腐”，成为豆腐中的“战斗机”。目前，这种大豆，在盐碱地上种植，亩产达到 329 公斤，在全国已经推广种植 4000 万亩，产生了极大的示范效应。

王安东先生说，《中国国家地理》杂志举办“选美中国”活动，评选“中国最美的六大湿地”，黄河三角洲湿地，名列第四。笔者心中暗想，这毫无疑问是一个实至名归、名副其实的称号，而且具有无限发展潜力。

作者简介

李恒昌，中国作家协会会员，中国散文学会会员，中国报告文学学会会员。曾获山东省精神文明建设“文艺精品工程”奖、中国铁路文学奖、刘勰散文奖、吴伯箫散文奖等。出版有《大地上的血粮——莫言创作评传》等十五部作品。作品散见《中国当代文学研究》《解放军文艺》《清明》《时代文学》《东吴学术》《王蒙研究》《人民日报》《工人日报》《文艺报》《中国艺术报》《文学报》《中华读书报》等报刊。

把论文写在大地上

——武夷山“科特派”廖红的富民为本育茶经

赵晏彪

6 月的福州，让我感受到了什么叫大汗淋漓。当我品一杯武夷肉桂、拜谒过“闽学”大儒朱熹之道后，竟如沐清风，拭汗而赞：此行不虚。

好茶者，寻好茶皆不顾暑天寒地；好知者，寻先贤不畏山高路远。如此暑天，寻茶于武夷山，得益于武夷山被列入第一批国家公园名单，它以“鸟的天堂”“蛇的王国”“昆虫的世界”著名，但我此次造访的武夷山，旨在寻品武夷香茗。

访圣贤于“武夷精舍”，因朱子古圣晚年自称“茶仙”，乃北宋以来理学之集大成者，被尊为古代理学正宗，为中国封建社会后期影响最大的思想家，后人将他视为儒学宗师。其思想学说从元代开始成为中国的官方哲学，不仅深刻地影响了中国的传统思想文化，而且还远播海外，产生相当大的影响，当下恰恰是学习先生思想之时。

骄阳似火，解说员小张脸上淌着晶莹的汗珠，但她的讲解如清风徐来，让我感受到阵阵的清凉。她指着墙上一行字说：“国以民为本，社稷亦为民而立”“平易近民，为政之本”等民本思想和“取信于民”“富民为本”的主张，是朱熹先生提出的爱国治国理念，与我们现在的治国爱国纲领如出一辙。

“茶本苦物，吃过却甘”，我随口一吟，小张听后笑道，看来您也是痴迷于朱熹先生力赞的我们武夷茶呀。武夷山是世界乌龙茶和红茶的发源地，种茶制茶是我们当地人的主要收入来源。随即她神秘地说，喝茶要到武夷山，武夷山茶要看“燕子窠生态茶园”。我问道，“燕子窠生态茶园”有什么奇妙之处？她笑着说，他们不打农药不用化肥，习近平总书记还亲自到那里考察呢。

我心里有了方向，在征求国家林业和草原局宣传中心文化处干部杨希意见时，她说，2021 年 3 月 22 日，习近平总书记在福建南平武夷山市星村镇燕子窠生态茶园，同科技特派员、茶农亲切交流，了解茶园实行无化肥、无农药的种植——“有机肥 + 绿肥”的种植模式，有一个人功不可没，还受到总书记的接见。

小杨自豪地说，此人既可以在实验室，又能够扛上锄头、卷起裤脚，跟农民一块下到地里，把科研种在地里，用科技助力乡村的振兴，而且还有一个非常特别的名字叫作“科技特派员”，简称科特派，她是福建农林大学根系生物学研究中心主任、第十四届全国人大代表、国家级领军人才、国家杰出青年基金获得者廖红教授。

燕子窠名满天下

时光，在茶香中流淌。我从千年朱熹“茶，天下之饮也”的意境中，一跃到了当下“燕子窠生态茶园”，虽跨度有些大，但茶道是一脉相承的。

站在星村镇燕子窠生态茶园的边上，我见到的是一派郁郁葱葱的景象。走在如绿浪般的茶园里，茶吐新蕾，绿色浓浓。举头望山，真乃燕子般形状，让我心升惬意，一句诗涌出脑海：“深山鸟啁啾，云雾哈达绕。溪水潺潺欢，茶农丛间笑。”

接待我的是茶农杨文春。“我们燕子窠茶园最大的特点是在茶树中套种大豆，您看，豆苗已有小半米高了，与绿油油的茶树相得益彰。”我轻轻地抚摸着茶的叶子和豆苗，一股股树木与草香味儿扑鼻而来，尤其是听着那闻所未闻的讲述，感到忘情于碧浪之中是人生难得的惬意与清欢。

“三十年前，我们做出来的茶属于‘柴米油盐酱醋茶’这种档次，现在我们的茶提升到了‘琴棋书画诗酒茶’的位置。”杨文春的话，让我想起历史上蔡襄留下的《茶录》一书。古今知《茶经》者众，知《茶录》者寡。

蔡襄不仅是北宋政治家、文学家、书法家，而且也是茶学家。他在写给宋仁宗皇帝《茶录》的序言中写道，前几天微臣有事向皇上禀报，承蒙陛下指点，说微臣以前任职福建转运使时，向朝廷进献的贡茶中以北苑上品龙茶的品质最为精良。微臣告退回家后，经常想连茶叶这样细微的草木品种，都有幸得到陛下的关照鉴赏，如果再能受到普遍重视，获得适合生长培育的环境，一定会施展它为世间所用的一面。先朝陆羽的《茶经》，没有品福建一带的茶，本朝丁谓的《茶图》，也只是论说了采摘、制茶的方法，至于怎样烹饮、如何鉴别茶茗的道理，从来没听人讲论过。微臣选取了几条这方面的个人见解，简明扼要地写成上下两篇，命名为《茶录》。

蔡襄在福建为政期间，劝农桑，兴农业。身为转运使，他深入茶叶生产过程，精进于北苑茶品质以及花色，创造出品质极佳的“小龙团”，并以极大热情为茶产业著书立说，为福建茶业及茶文化的发展做出了巨大贡献。他在福建转运使任上仅两年，但这短短两年却使他以开明革新的姿态进入了中华茶史，于 1052 年写出了奠定他地位的《茶录》。蔡襄在“色”这一篇章中，将辨茶与识人相结合，辨茶由表及里，识人察之于内，以茶喻人，遵循天道与物性合一的思想，是风雅内敛的体现。在“香”这一篇中，蔡襄盛赞茶之本香，追寻返璞归真。《茶录》是《茶经》后又一部重要的茶叶专著，对后世特别是对福建制茶做人起到了至关重要的作用。

蔡襄为发展福建茶叶，增加福建地方财税收入，亲自负责福建贡茶的监制。

官办北苑御园在建瓯县凤凰山一带，虽然那里山高水寒、浓雾缭绕、湿气很重，蔡襄为了监制贡茶，亲自入山，朝夕与茶农、茶师相处，探询其栽培、采摘、焙制、烹煎技术。蔡襄任职期间改进大团茶制作工艺，研制了“小龙团”茶，选取茶树上顶尖嫩叶采下，水浸后剥去包叶，用中间叶心精制成茶，质量精绝，成为茶中极品，开创了福建茶叶发展的新高度。

宋代的龙凤团茶，有“始于丁谓，成于蔡襄”之说。制小龙凤团茶是蔡襄在茶叶采制上的一个创举，当时赞美之声不绝。

福建好茶，从来没有忘记蔡襄茶评鉴标准：“茶色贵白、茶有真香、茶味主于甘滑。”

2021 年，福建武夷山茶再次声名鹊起。

杨文春指着一张照片自豪地说：“2021 年习近平总书记来到我们燕子窠生态茶园，查看春茶长势。”

照片下有一行文字，我念出声来：“总书记问身边的科技特派员廖红，不施化肥，那植物的养分从哪里来呢？廖红回答，我们冬天种油菜，油菜根系很发达，可以活化土壤中的磷和钾，然后我们夏天种大豆可以高效固氮。总书记笑笑说，氮磷钾都有了，确实可以不用施化肥了。廖红介绍说，茶园里的茶叶营养也足够了，去年茶农们的茶叶产量增加了 10% 左右。”

“你看，茶农在修剪茶树。”我随着杨文春手指的方向走去。只见五六位茶农在地里种着大豆，其中有一位妇女，手拿着锄头，很用力地锄着地，走近一看，她裤角高高卷起，动作有模有样。

“廖教授，您又亲自下茶园干活了。”

啊？眼前这位手拿锄头、挽着裤角的“茶农”就是廖红？

眼见为实。当杨文春向我介绍时，我颇有些感慨地说，如果不是亲眼所见，我一定不会猜出您就是在美国宾州州立大学根系生物学中心的访问学者——

著名的廖教授。

我们的相识竟然是在这样的场景下。

从实验室走向田野

当一名科学家是有志青年的梦想，因为在我们心中，科学家都是伟大的，是令人仰慕的，但看到劳作中的廖红，我觉得她更像一名地地道道的茶农。

我们边走边聊，她说："年轻时候的我觉得在理论前沿取得成就是我的奋斗目标，可是来到武夷山后，我的观念转变了……"

从她沉思的表情里，我似乎读懂了她一路探索、一路寻寻觅觅的艰苦过程。

二十世纪九十年代，廖红被推荐到美国宾州大学根系研究中心学习。植物 90% 以上的养分都是依靠根系吸收的，这类研究当时在美国已成为前沿方向，但在国内还没有人专门从事这方面的相关研究。廖红拿到博士学位回来后，在老师严小龙教授的带领下，建立了中国第一个根系生物学研究中心。根系研究属于基础研究的范畴，那时候她更多的是在实验室做实验。从零开始，从不知开始，日复一日地做实验，让她和团队建立了很多突破性的方法，也发表了很多论文，获得了诸多荣誉，在国际上产生了一定的学术影响力。

廖红在根系研究方面取得了很大的成就，全国各高校纷纷邀请她去做报告。在一个全国性的学术会议上，当廖红热情洋溢地介绍着怎么做到大豆养分高效，如何让大豆根系长得良好，让根瘤高效固氮，几乎可以做到不用施氮肥时，台下有一位老师向她提问："廖红，你做得挺好，但是我想知道，你这套技术在中国的大豆生产中到底有多少老百姓在用？"

廖红当时愣住了，会场鸦雀无声。她的确没有做过这方面的调研，不知道有多少农民用过，她只觉得脸在发烧。这件事让廖红感触很深，那位老师的提问让她自省。是呀，农民不知道我做的这些实验，很少有人知道我们的这项技术在世界范围内有多么领先，不知无过，但不知道就不可能有推广。就在那一刻廖红明白了一个道理：科技与田野的距离对她来说其实非常遥远。

实验与实践，对于科学家应该是如左右手一样，不可顾此失彼。

“做学问的人，如果没有切身的感受，很难意识到技术的壁垒在哪里。”

还有一件事让廖红感到了心痛。

江西是大豆种植大省，2002 年时有两百万亩种植面积。但是最近几年，种得越来越少。廖红是做大豆根系研究的，于是去江西的农村调研。许多农民纷纷诉苦，说他们的大豆早衰，产量很低。廖红有些不相信，她认为不可能，主动到田间察看，结果当她把大豆的根刨出来的那一瞬间，廖红发现了问题的本质：大豆不是早衰，而是根腐病。

此时的廖红心情非常复杂，这时她见到一位八十岁左右的老爷爷，提了个篮子，里面装着满满一篮子碳铵肥料，正蹲在地里，一棵一棵地给大豆施肥。廖红看在眼里，疼在心上。因为老人家越是勤快，越是适得其反，如此辛苦地施肥，他不知道施下去的不是肥料而是“催命毒药”呀。因为这个肥料会让大豆长得更差，会让“根腐病”更严重。肥料一旦施下去，大豆的根系很多就死掉了，根本就没有办法吸收养分。

跟她的同事谈及此事时，廖红好像还处在当时的情景中，心似乎还在滴血。

“我做的科研实验获得了许多荣誉，让世人都觉得我还挺高大上的，可是在老百姓那里，连我认为最基础、最简单的一些方式方法他们都不知道，而且越勤劳的人，地种得越差，土壤越差。因为少有人去指导他们按照科学的规律去施肥呀。”

廖红的话让我理解了这两件事对她的冲击以及她感悟到自己没有把专业知识真正运用到农业上，帮助更多的老百姓而内疚。

这是一次根本性的改变，廖红坚定地从实验室走向了田野，做一个接地气的科学家！

误入“茶”途

“廖教授是研究土壤和大豆的，后来是被我们逼上研究茶叶这条路的。”福莲茶业有限公司总经理何世安的话让我感到，他一定知道廖教授的故事。

“记得是2015年的夏天，山里大风骤起，忽然又雨洒山林。那天廖教授淋着雨在山里走着，我让她进到茶棚里避雨。闲谈时我才知道她是来武夷山做茶园土壤调研的。廖教授说，这茶园的土壤太瘦了。她的话引起了我的兴趣，‘土壤太瘦了’是什么意思？她看看我说，土壤太瘦简单说就是肥力不足，贫瘠的土地不能充分提供作物生长所需要的各类营养。低劣的土壤环境会危害作物的生长，特别是土壤健康出现问题，就会越种越‘病’，导致种植的作物产量和品质下降。她的话解开了我心里的谜团。”

廖教授她们走遍了武夷山大大小小的茶山，普遍存在养分效率低、土壤退化、肥力下降及水土流失的问题。

如何才能让退化的土壤健康起来呢？

“茶农常常用化肥提供茶树所需养分，但我看到你们的茶园没有用农药和化肥，这非常好，但不用化肥有个问题，就是土壤长期耗竭、肥力下降，茶树就会吃不饱，会影响茶树的生长和茶叶的产量。”

廖教授解释道：“我们正在研究利用大豆生物固氮效果作为‘绿肥’，利用油菜开花后就地回田的方法，补给土壤磷和钾，提升土壤肥力。这样套种绿肥作物，不仅可以解决过去过量施用化肥导致的土壤退化问题，也可以解决现在不施化肥使土壤太瘦的问题，通过将农作物改造成‘绿肥’，可以保住土壤的养分，使茶树茁壮成长，达到经济效益、生态效益的统一。”

另外一位科特派团队的成员接着说：“廖教授分析了上百万个茶叶代谢物及土壤数据后，提出了优质高效的茶园土肥管理措施，并通过套种大豆、油菜的方式，达到茶园提质增效、改善生态环境的目的。”

在茶园的土肥管理中，如何平衡生态保护与茶园效益，一直是武夷山茶农的困扰。何世安在廖红团队的指导下，夏天茶园种植大豆，冬天种植油菜。但问题来了，在茶树之间种植大豆和油菜不是件容易的事。武夷山的茶行间距较窄，播种后幼苗矮了晒不到阳光，不容易生长。廖红团队经过多次实验，筛选到一些生长比较快速，能跟茶行高度持平的大豆和油菜品种。

“茶园开油菜花了”，福莲茶园一夜成名，大家都来看茶园，茶叶翠绿，菜花金黄，成了摄影和过路人的打卡地。

土壤改良成功了，茶树也有了亮色，产量增加了，品质口感都优于以前的茶叶。

何世安说着笑得很开心，他告诉我：“对于做茶叶，廖教授说是无心插柳，正是廖教授的无心之举让她与我们茶农结缘，与生态茶结缘，而廖教授也接受了大家的请求，把茶园土壤改良、改善茶叶根系、提升土壤肥力作为重点实验，让土地变得健康、更适宜茶树生长。”

能不能用一个简单明了的例子说明生态茶的确比你们以前的茶要好呢？

“这么说吧。咱们刚刚喝的茶就是用我们的这种方式，改良土壤和茶树根系后采摘的茶叶，您可能没有注意，一般的茶泡三泡最多五泡就没有味道了，今天这茶我已经第六泡了，最多可以泡十泡，您尝一下品得出区别吗？”

不但味道没有减反而有越来越浓的感觉。

“您的感觉是对的。廖教授说，生态茶第一泡并不惊艳，到第三泡以后会越来越浓郁，这种香气浓的是多酚类的物质，它要泡一泡才能够释放出来，所以从第一泡到第十泡差别很小，没有太多的反差，这就是生态茶的好处和魅力。”

福莲茶园试点建成了，成为一个很好的范本。老百姓最实际，只要周边茶园收益很好，他们会积极学习，所以福莲茶园的成功带动了各个产区、各个茶产业的人们。

廖教授觉得是时候可以推广出去了，问何世安还有没有适合种油菜和大豆的茶园？“就在燕子窠。而且那个地方几家茶农跟我们的茶园交界，应该非常适合推广。”

说干就干，廖教授来到了燕子窠。

当时茶农并不理解生态茶园是怎么回事，他们有所担心是正常的。

有茶农提出，这么折腾，茶叶会不会减产？种植大豆和油菜太麻烦了，他们平时用剪草机更省事，现在要除草后还要种大豆和油菜，费时费工。还有，科学种茶或许不是一年就可以成功的，耽误一年就会损失一年的钱，茶农算的是笔经济账。

一个茶厂老板说，我们比较实际，就像自己煮饭，煮一碗面，只烧个开水泡面，简单又方便，能够吃饱就行。用有机肥，种植大豆和油菜，劳心劳力，还不知是否有效果。过去除草洒一些除草剂草就没了，现在为了环保用剪草机，一剪也可以了事，而你们提出还要人工播种，需要劳力，需要多花钱呀。

我听着很有故事性，就问何世安后来怎么解决的。

还是廖教授，她不厌其烦地给大家讲生态茶经，对茶农们说，大豆的根系特别发达，又有固氮的作用，茶树可以源源不断得到氮肥。种油菜可以活化土壤中的磷和钾，“招募”有益微生物，同时可以起到预防病虫害的效果。生态园的好处是一本万利、一劳永逸。我一是保证不会让你减产，不让你们受到经济损失；二是我们团队可以保证，与化肥等量施用茶树专用有机肥，茶的产量不会下降；三是品质口感会更好，有品有质有产量，还怕没钱赚？

“大豆能够防虫害？这怎么可能？！”

面对茶农的质疑，廖红是这样做的。她带着几个小学生到茶园来，对孩子们说，我们这里种植的是茶树和大豆，哪位同学尝一尝两种叶子有什么区别？学生们各自尝了茶叶和大豆叶子后，说，大豆叶是甜甜的，茶叶是苦的。廖红说，对呀。你们是不是爱吃甜甜的叶子呀？是。那虫子是不是跟人类一样也爱吃甜甜的叶子呢？学生异口同声：是的。

在场的茶农们看明白了，听懂了。他们开始积极配合做试验田。许多茶农看到生态茶园确实能够带来效益，也纷纷加入生态茶园的改良中。

打通科技与田地的最后一公里

从 2016 年开始，廖红致力于把科学技术送到田间地头，只有向老百姓多学习，才会进步，要跟他们一起成长，打通科技与田地的最后一公里。

廖红研究“根系”许多年。在研究与实践中得出：茶豆套种是保证绿色养分供给、改良土壤的最佳方案。

“我是在与茶农不断接触中，不断刷新我的认知。”

在茶园一位茶农对廖红说，你们科学家想的跟我们茶农不一样。此话一出，让廖红吃惊不小，她不禁“啊”了一声，心想我这科学家难道还想错了？

茶农看了看廖红说，廖教授，您看看只要跟大豆种在一起的茶树，茶叶上面就没有虫了，虫子都跑去吃大豆不吃茶叶了，这样真的很好，没有虫子了，我们茶树就可以不喷农药啊。

不喷农药，对于茶农来说是最重要的一个方式，绿色、生态、环保、安全、省钱，可以提升茶叶的品质和价格，对茶农很重要。

廖红随着茶农来到茶园，一看，非常壮观：大豆千疮百孔，但茶树完好无损。廖红既喜又惭愧，她的茶豆套种主旨是减少化肥，增加有机肥，保护环境，提升“根系”作用，这是她的本职，“豆”与“茶”联种的这个特性，让她收获许多，但今天这位茶农的一番话，让廖红更加坚定了科技要与田间、与农民相结合，老百姓观察得细致，他们是真正的实践家。

廖红说：“我记得毛泽东同志说过：‘要做人民的老师，先做人民的学生。’人民是个富矿，他们有着你在书本里学不到的知识。老百姓教我的不只是这一件事。以前武夷山大红袍景区，只在半山腰上有六棵茶树（现在已经被围起来了）。现在武夷山漫山遍野都有茶树。大红袍的面积扩大特别快，为什么？因为茶树的扦插技术突飞猛进。为什么这个扦插技术突飞猛进，原来是当地的农民发明的。他们的经验就是一定要找到那种新开垦的土壤（他们叫黄土），在这样的地方搞扦插才会生根。这一下就链接到我的专业——为什么能生根？老百姓的经验让我去思考更深入的科学问题。”

酸性土壤的特性是它的 pH 值很低，导致铝含量增加。对于许多植物来说，土壤或培养液中过量的铝是有害的，出现植物的“铝毒”现象。但茶树在铝多的地方长得好，廖红马上觉得那可能是因为茶树对铝的需求不一样。经过实验后发现，茶树为适应酸性高铝的土壤环境，将对大多数植物有毒的铝，演变为根系生长的必需营养元素。这是老百姓在劳动中取得的实践经验，廖红在理论上进行了深化。结果，这篇文章作为封面文章，发表在国际知名杂志。植物需要 14 种必需的矿质营养元素，而茶需要 15 种。多出来的一种，就是铝。廖红对这个发现有着很深的感受，可以写入教科书。这个理论上的突破确实是来自老百姓的经验。

互帮互助的过程中，廖红这位“科技特派员”不仅打通了科学技术从实验室到田间的最后一公里，也让老百姓用实践经验帮助她们打通了科学理论飞跃的最后一公里。

廖红说，虽然我不是研究茶的专家，是根系专家，但她知道，植物长在土里，只有通过调节根系，才能让茶长得好。茶叶对养分有需求，特别是对氮肥的需求比较多。但是施氮肥过多会污染环境。氮肥最多利用率为 30%，可能有一半跑到水土里去了，就会污染环境。调节根系就是不让氮肥在土壤里太多，解决的办法就是不施用氮肥。

我听着有些绕，说："土壤需要氮肥，却不能施氮肥？"

廖红笑了，说："当时许多人也不理解，茶园怎么能不施用氮肥呢？我说要用氮肥但用植物替代。当然大家又听不懂了，我做的最重要的工作就是大豆养分高效，让它高效固氮。我把大豆种到茶树旁边，大豆固定氮，可以提供给茶树生长。"

茶叶是福建省的重要产业之一，化肥和农药的施用，正是影响茶叶品质的重要因素。近年来，在市场带动下，国内茶园大规模开垦和种植，普遍存在养分效率低、土壤退化、肥力下降及水土流失严重等问题。而土壤肥力不够，农民只好大量施肥，作物吸收不了，就会加剧土壤酸化和水体富营养化。

我听到有种说法，咱们茶园里种油菜花、大豆，就是作秀，为了网红打卡。

一位茶农有些气愤地说，我们按照廖教授的指导种出来的茶，喝到了小时候的味道。

这句话很平常，但我知道它的分量。

"小时候的味道"，这是多么高的赞美呀。我回头看了看站在茶园田间的廖红，第一次将自己积累的理论知识应用到实际中去，而且得到了老百姓的认可，她只是淡淡地说道："大家给我的评价太高了，但我感到此生无憾了。"

在廖红看来，农业科技工作者就应该深入田间地头，强化农业应用基础研究与生产实践的紧密结合，让科研接上“地气”。她在央视《开讲啦》节目里说：“我始终觉得，论文不能只写在纸上，推广生态茶园让我真正把论文写在了大地上，在不减少产量、提升质量的前提下搞科研，必须考虑社会责任：你的科研成果能给人民带来什么好处，会给社会造成什么影响，能给国家做出什么贡献。”

科研也存在着竞争，全国不是只有您研究大豆，当您做出了很多前沿性的科研成果，但是又要拿出一部分精力去做茶叶研究和帮扶茶农的时候，其他研究大豆的同行可能进展的速度比您快了，您会心里着急吗?

着急！廖红看了看她亲手指导下的茶园说，我做了十几年的大豆研究工作，近些年人家论文一下子发出来许多，我是看在眼里，急在心里。但有时候事物就是这样，不可能所有的东西都能完全平衡，我自从做了“科特派”，把自己的精力做到为老百姓能增收，可能会牺牲掉一些基础研究的成果，但我也觉得能够在田间地头真正帮助到老百姓，比如茶园丰收了，果树丰收了，生态改善了，像朱熹大贤所说的“富民为本”，是我最幸福最快乐的事。

我知道廖红做法的背后是一种责任与担当，得失之间方显“科特派”本色。

要让百姓听得懂、看得明、赚得钱

廖红的科研取得现实成果后，不断有茶产区恳请廖红做生态茶园技术指导，但廖红始终没有接受。

廖红婉拒的原因是，如果茶区的生态已经被破坏了，难以短期恢复。就像一个病得比较重的人一样，你要再去救他会比较困难，并非做生态茶那么简单，仅消除影响就需要慢长的过程，这不是一个专业的科学工作者力所能及的。武夷山生态保护得很好，虽然土壤也有一些退化现象，却是可救的，可改善的，他们更需要技术指导。中国的茶有两种，一个是大叶变种，一个是武夷变种，而武夷变种涵盖了几乎所有的小叶种茶。因此，武夷山作为茶的宝贵资源库，有非常多的基因资源，为深入研究茶园土壤、茶叶产量和品质提供了科学支持。

武夷山市茶产业发展中心茶叶科学研究所农艺师徐茂兴谈起与廖红教授认识的经过，很是自得："2019 年 1 月 29 日，只剩五天就过年了。我们来到福建农林大学资源与环境学院，请学院的教授指导武夷山绿色生态茶园'有机肥替代化肥'项目。学院的领导说，我们学院的廖红教授已经在你们武夷山搞土壤测试多年，对你们的土壤问题有很深的了解和独到的见解，种茶离不开土壤，茶与土地息息相关，我把廖教授请来，你们谈。院长的话让我们有些摸不着头脑，当时无论是武夷山政府还是我们武夷山茶业局的工作人员，并不知道有个叫廖红的教授在武夷山已经做实验很久了。

"廖红教授出现在我们面前时，她一身着装朴素大方，没有长江学者、科学家的派头。简明扼要地跟我们讲了提高茶叶的品质乃至岩韵的初步想法和措施。

"听着廖教授的介绍，我们都非常兴奋，决定在武夷山各个茶园走访调查，与廖教授一起开展土壤'提质'增效工作。"

我问，在推广生态茶园的过程当中有没有遇到过什么困难？

"当然有。

"不但害虫喜欢吃大豆叶，野兔也喜欢吃大豆，种好了就会被野兔吃掉，大家束手无策，急不得恼不得，而野猪也会经常来拱大豆苗，辛辛苦苦种下的大豆会被这些野生动物吃掉。武夷山生态条件很好，很多野生动物会经常出没，但又不允许伤害，怎么办？大家很头痛，怎样才能把野兔驱走呢？廖教授研究了野兔的习性，知道它不喜欢异味，所以建议在大豆上喷'大蒜素'，就是有大蒜味道的东西。果然大豆上面有这种气息后，野兔一闻扭头就跑，再也不来了。

“野兔不来了，但野猪不怕大蒜的味道，怎么办呢？大家受到廖教授的启发，也开动脑筋，想了许多方法，比如栽上假人以驱赶野猪，开始是有效果的，但时间一长野猪不怕了，继续侵犯茶园。最后茶农去理发店找来一些头发丝，放在茶园大豆的边上，野猪来拱的时候，头发丝就会钻到野猪的鼻孔里面，它会打喷嚏，很不舒服。无心插柳之举居然成功了，野猪从此再也不来了。”

这故事听得我大笑不止，既智慧接地气又长了知识。

最难是说服茶农们接受搞生态园的决定。景区里正岩茶的代表村叫“天心村”，居住着五六百户人家，是武夷山最早富起来的村子。当周边的茶农一斤茶叶只卖十几元、上百元的时候，他们的茶叶每斤可以卖 1000 元，甚至可以卖到几万块钱一斤，他们是皇帝的女儿不愁嫁。所以听说廖红要他们搞生态茶园，茶农都不看好，理由很简单，他们的茶叶品质好，茶园生态本身很好，用不着什么有机肥替代化肥。

怎么办？武夷山景区里所产的茶叶俗称正岩茶，是武夷山如金字塔顶端的茶叶，品质特别好，价钱卖得高，茶农生活非常富裕，让他们改变观念，改变种茶习惯，非常难。

廖红并没有气馁，她耐心地跟村民们讲，我们不会增加你们的投入，我们由南平市科技局提供项目资金支持，有机肥、大豆和油菜种子以及相关的配料都由政府提供，让大家无偿使用。但是茶农似乎不以为然，这些条件对于一般茶区的茶农是很有吸引力的，然而景区里的村民对这些不感兴趣，因为他们不差钱，无偿使用对他们吸引力不大。反而担心打破茶园的平衡，会让他们减产、减收。

一次没有说服他们，两次还是没有能说服他们。在回福州的路上，廖红对团队的人讲，他们茶叶品质好，是武夷山茶叶中的王者，是岩茶的招牌，价钱也非常可观。如果我们的生态茶不能够保持产量，你说生态茶再好，茶树专用有机肥再好，品质再好，茶农也不一定会认可，因为产量和品质对于茶农而言就是金钱。

当廖红再次走进“天心村”的时候，她用事例向茶农阐述她的理念：施用化肥能增产，但品质会下降。最重要的是，土壤会退化、变得不健康，土壤会变得比较“懒惰”。因为土壤像人类一样，一旦吃饱了肚子，“太胖了”，就会懒，就会消极怠工，茶叶所需的养分就不平衡了，茶叶自然就长不好了。现在因为土壤还没有退化到减产、减质的程度，但三年以后呢？我们不能够坐以待毙，更不能想让马儿跑，又不给马儿草，再壮的马儿也有累瘦、累死的一天。

有村民动心了。

第四次走进“天心村”，廖教授再加了一把火，她特意请来了团队中有着“科普专家”称号的徐茂兴，请他用老百姓更能够听得懂的话，来给茶农们讲讲生态茶的好处。

徐茂兴开门见山，打了三个比喻。我们生态茶园的理念，第一，有机肥替代化肥，可以让土壤“不再懒惰”；第二，有机肥是缓效肥料，可以让茶树“少吃多餐”；第三，叫“私人定制”，茶树专用有机肥是根据茶树生长特性配制的，可以等量替代化肥。施用这样的专用有机肥，不会像传统有机肥那样，因施用量大而造成需要大量的劳动力，省工省时。

三个比喻浅显易懂，把有机肥替代化肥的道理，用这通俗易懂的比喻说明白了，而不是用一大堆术语让茶农们云里雾里听不懂，所以廖红团队不仅仅有科学家，还有像徐茂兴这样懂科普的科普人。

从深层次的角度来说，生态有机肥会让土壤里面的团粒结构更合理、更优化，提高土壤的透气性和疏松度，促进茶树根系伸展。而且茶树根系旁边的“微生物”会更多，同时增加土壤酶的活性。如果说土壤破坏或者环境非常不好，这“酶”的活性就会降低，对茶树“健康”非常不利。

为什么有些茶现在不好卖呢？因为它的茶园生态破坏掉了，农药、化肥超标，而且一年采三至四季，采茶过多，茶树太累了，茶树也要讲究“劳逸结合”。武夷山茶每年只采春茶一季。但是，那些一年采几季的，茶树容易衰弱，品质也无法与一年一季的茶叶相比。茶树跟人一样，你总让他干活却不给他吃饱，他就会有不满情绪，要让他该休息时休息，该工作时工作，要相得益彰。

廖红趁热打铁：“我知道你们的茶叶品质很好，是因为景区的生态环境好。但景区的土壤，我们经过科学检测，许多数据证明，这里的土壤是有一定程度的退化。有些茶农大量施用化肥，造成了景区环境污染。而不施肥，又会造成土壤肥力不足。就像咱们人一样，已经进入亚健康状态了。如果不及时改良土壤、提升土壤健康，就会从亚健康走向生病，从而影响茶叶品质和产量。更重要的是，还会影响武夷景区的生态环境。如果及时调整，让土壤更健康，茶叶的品质会比现在还要好，而且茶树的寿命也会更长，挣钱会更多。”

廖红和他团队的“苦口婆心”终于起到了效果，她的生态茶园的管理方式和先进性，打动了村民。就像路，一通百通，茶农们和廖红教授一起聊天说茶。廖红把“燕子窠生态茶园”的照片给他们看，掏出经过生态改良的茶叶冲泡。都是种茶、制茶的高手，一看、一闻、一品，味道自见。虽然他们有的人文化程度并不高，但他们生来就与茶打交道，都是很有经验的茶农，一看一品，就能“透析”茶的品质。

很快，一部分人不但听懂了生态茶的好处，而且他们都愿意开始合作种植生态茶。

2022 年，武夷山遇到了六十年来未曾有过的大干旱，四个月都没下雨，这对茶山是莫大的考验。

茶农心里嘀咕，担心茶叶减产，他们纷纷找到廖教授。此时的廖红团队也心急如焚，因为从来没有遇到过这样的大旱，心里一样没有把握。村干部说，在如此干旱的情况下，一般的茶叶收成一定会减产，不知道咱们的生态茶园怎样？

让茶农们意外惊喜的是，茶叶产量没有下降，与平常非干旱时的茶叶产量持平。

“奇迹。真是奇迹呀！”茶农们欣喜若狂，却又一百个不解地问廖教授，为什么如此干旱茶叶没有减产呢？

廖教授也是非常激动，她说，以前风调雨顺的时候，产量没有问题，但今年遇到干旱还可以保持产量，说明我们生态茶园的“改土”理念和科学种植的做法是成功的。主要是生态茶园的茶树根系比较发达，而发达的根系是可以抵抗干旱的。专用有机肥是针对茶树根系和茶园土壤特性量身定制的，具有长期效应，它的作用是“改土养根”，不仅提高产量，品质还会更有保障。特别是还能提高茶树抵御干旱、冻害等自然灾害的能力。现在是二十一世纪了，我们要相信科学，相信改良土壤是提高茶叶品质和稳定产量的不二方法。

结　尾

武夷山国家公园管理局办公室宣传干事肖芳奕说，武夷山是世界文化与自然双重遗产，如今，武夷山生态越来越好，生态茶园也遍地开花，种植模式已经遍布闽北大地。2023 年初，燕子窠“国家三茶统筹综合标准化示范区”成功入选国家农业标准化示范区项目。

肖芳奕对我说，廖红教授克服困难的故事，想用两个字来形容，就是“辛苦”。福州到武夷山有 300 公里，她总是一早 5 点多钟就要起床，赶最早一班高铁去武夷山。特别是这三年疫情期间，出地区要各种审批，考察一次手续就很难办理，而且要求当天去当天回，所以她早晨 6 点多从福州坐火车，8 点钟左右到武夷山，就马不停蹄地到茶山考察，上山去看一下实际情况，然后又要跟茶农聊情况，解答他们遇到的实际问题。

廖教授又要爬山，又要考察，中午不休息，她非常辛苦。他们团队年轻的同志，经常都感到吃不消，可廖教授只要一进茶山，总是精神饱满地跟茶农交流、解惑。

我也问过廖教授这么拼，身体可吃得消？她团队的人笑着说：廖教授总说，干我们这一行的，没有身体就没有一切。只要有时间，她就运动，打羽毛球，做瑜伽，所以体质比我们年轻人都好，能扛住累、困、难。跟着廖红教授工作一天，累到想“躺平”，可她回到家马上把这一天的工作总结和下一步的方案写出来，经常要写到一万字左右，完全像个“铁汉子”。

从廖红的工作经历来看，她是躬耕田野，穿梭森林，做农民的好帮手，是与土壤交朋友。科技特派员始于福建南平，现已走向全国，遍地开花。如果每一个科技特派员都像廖红一样，在各自的领域里发挥作用，真正将论文写在田野大地上，必将成为科技创新、助力乡村振兴的中坚力量。

我至今还记得廖红教授那极目远望的神情和她那一番话：“我最大的感触是，‘科特派’是把科学技术送到田间地头，打通了最后一公里，将论文写在大地上；老百姓的实践经验把我们的理论水平也提升了一公里，二者相辅相成。我是做植物营养的，研究怎么给植物提供养分。大豆是我最心爱的作物，因为它可以像个勇士那样完成‘生物固氮’。只要种大豆的地方土壤就会变得肥沃，把大豆跟别的植物种在一起，它会让其他植物长得更好，我把大豆种在茶园里面，它会让茶香醇厚、绵长。大豆让茶叶更丰收、让土壤更肥沃、让茶农更欢欣。”

此时朱熹《茶灶》诗句回荡脑际:“仙翁遗石灶,宛在水中央。饮罢方舟去,茶烟袅细香。”

透过历史的时空,古代仙人那细而悠长、淡而弥远的茶香阵阵送进心扉。受其感染,诗兴大发,也吟诗一首:“武夷巍峨茶远香,朱子品茗水中央。茶灶引得诗千首,不寻山水觅茶王。富民为本千秋业,生态茶园万古芳。大豆油菜助土肥,天地有心名自扬。”

廖红,这位全国人大代表、科技特派员的一番话,是她对田野、茶农、土壤和茶园的深深之爱。我突然想到,她不恰如茶农们喜欢的“大豆”吗?这“大豆”的“根”,就是“富民为本”,这与朱熹的“民本思想”这一刻高度交融在一起,古贤与当今科学家殊途同归,但无不用行动诠释了“以民为本、惠民为任”的理念。

作者简介

赵晏彪,世界汉学中心高级顾问,北京语言大学国际写作中心会长,中国文学对话诺贝尔文学论坛组委会执行主席。在《人民日报》《人民文学》等发表文学作品三百余万字,出版著作十二部。作品多有获奖,散文《父亲的毒酒》、小小说《孝顺》等被各省市选入初高中语文课本,小小说《敲门声》成为2017年高中考试题。中篇小说集《北京往事》、散文集《真水亦香》等著作多被译成英语、韩语、阿拉伯语、白俄罗斯语等多种语言出版。

回眸就在青山处

施晓宇

一

地球是人类赖以生存的唯一家园。人类与动物、植物一样，共享一个地球。目前已知地球上物种有 170 万种，每年都有上千种野生动植物被划入濒危、极危的行列。

譬如，大熊猫已经在地球上生存了至少八百万年，被誉为中国独有的“国宝”和“活化石”。由于二十世纪人类大规模的伐木、开垦和偷猎行为，致使大熊猫的数量岌岌可危。因此，2021 年 10 月 12 日，在大熊猫现存的主要栖息地：四川、陕西、甘肃三省的秦岭、邛崃山、岷山、凉山、大相岭、小相岭区域，中国正式设立了抢救和保护性质的大熊猫国家公园，总面积约 2.2 万平方公里。

二十世纪初，全世界野生老虎的数量约有 10 万只，中国东北地区到处都有东北虎。1957 年出版的曲波著长篇小说《林海雪原》中，就描写了 1946 年冬，侦查英雄杨子荣在东北打虎上山、孤身进入匪窟剿匪的故事。而今，在老虎的九个亚种中，有三种已经灭绝，分别是：分布在中亚的里海虎、分布在印尼爪哇岛上的爪哇虎、分布在印尼巴厘岛上的巴厘虎。

华南虎是中国独有的虎亚种（亦称中国虎），中国南方一度满山皆虎。早在明崇祯七年（1634 年），以短篇小说集《喻世明言》《警世通言》和《醒世恒言》闻名于世的六十岁大文豪冯梦龙，卸任江苏丹徒县训导后，经过近三个月的辛苦跋涉，到武夷山脉南端升任福建寿宁县知县四年，一上任就遭遇华南虎常年吃人的虎患。清康熙《寿宁县志》记载，早在冯梦龙到寿宁县上任的一百年前，寿宁县虎患四起：

“(明) 嘉靖二十三年，群虎往来七都地方，行旅艰难，时或逾东西二涧入城，损伤人畜。”

可见武夷山的华南虎经常越过残破的寿宁县城墙夜入县城，咬走猪狗不算，还咬死咬伤居民100多人。百年后寿宁虎患依旧，老百姓谈虎色变。于是知县冯梦龙在亡羊补牢——修好城墙的同时，遍访民间，请来善制虎阱的周姓捕虎高手：

“捐俸造数具，置虎常游处，各畀二羊，责令居民守视，获一虎赏三金。半载间，山后、溪头及平溪连毙三虎，自是绝迹。”

这是冯梦龙著《寿宁待志·虎暴》里写到的，从此寿宁县虎患消除。

二十世纪五十年代，中国野生华南虎尚有4000多只，现在野生的华南虎已经绝迹，人们只能在动物园里看见华南虎。1973年6月，全国著名诗人牛汉就写过动物园的《华南虎》一诗：

在桂林
小小的动物园里
我见到一只老虎。
……
你的健壮的腿
直挺挺地向四方伸开，
我看见你的每个趾爪

全都是破碎的，

凝结着浓浓的鲜血！

……

东北虎（亦称西伯利亚虎），作为在地球上生存了约二百万年的虎的亚种（老虎源自中国，后向外扩散，最早的虎化石已有二百万年），是现存体重最大的肉食性猫科动物，素有“森林之王”的美称。两千年前东汉许慎著《说文解字》称赞虎是：“山兽之君。从虍，虎足象人足。象形。凡虎之属皆从虎。虝，古文虎。”

他解释说：老虎乃野兽中的君王，老虎的脚长得像人的脚。虎是象形字。所有与虎相关的字，都采用“虎”作偏旁。虝，是古文写法的“虎”。

东北豹（亦称远东豹），作为豹的亚种，是体形仅次于东北虎的大型猫科动物，素有“金钱豹”的美称。许慎著《说文解字》形容：“豹，似虎圜文。从豸，勺声。北教切。”

解释说：豹的模样似虎，身上有围绕的圆点状花纹。

同样是由于二十世纪人类大规模的伐木、开垦和偷猎行为，致使东北虎、东北豹也接近灭绝。

早在 1986 年，老虎就被世界自然保护联盟（IUCN）组织列为濒危物种。

2006 年，世界野生动物联合会资料公布，世界上野生老虎不超过 5000 只。

尤其是非法捕猎，一直是威胁野生老虎生存的最主要因素之一。一只活的野生虎售价为 50000 美元，一张完整虎皮可以卖到 35000 美元，暴利是偷猎屡禁不止的根本原因。官方资料显示：2000 年到 2014 年，全球范围内仅被政府发现偷猎的老虎就有 1590 只。印度作为野生老虎第一大国，二十年来就有 842 只老虎被捕杀，占到印度全国现存老虎的 40%。

因此，2011 年 7 月 29 日的“全球老虎日”这一天，中国政府发布了《中国野生虎恢复计划》，全面禁猎野生虎并全面禁止虎骨贸易和虎骨入药。

2021 年 10 月 12 日，在东北虎豹现存的主要栖息地：吉林、黑龙江两省交界的长白山支脉老爷岭南部区域，中国正式设立了抢救和保护性质的东北虎豹国家公园，总面积约 1.46 万平方公里（吉林区域约为 71%，黑龙江区域约为 29%）。

还是在 2021 年 10 月 12 日，中国除了正式设立了第一批抢救和保护性质的大熊猫国家公园和东北虎豹国家公园外，同时正式设立了第一批抢救和保护性质的另外三个国家公园：位于青藏高原腹地的三江源国家公园，总面积约 19.07 万平方公里；位于海南岛中部的海南热带雨林国家公园，总面积约 4269 平方公里；位于福建、江西两省交界的武夷山国家公园，总面积约 1280 平方公里（福建区域约 1001 平方公里，江西区域约 279 平方公里）。

二

2023 年 8 月 28 日，由国家林业和草原局宣传中心文化出版处处长航宇带队的作家采访团，前往东北虎豹国家公园采访。成员有陕西省社科院文学艺术研究所所长张艳茜，湖南省散文学会副秘书长袁姣素，吉林省生态文学作家李谦等人。

8 月 28 日下午，在长春龙嘉机场，由东北虎豹国家公园管理局办公室主任王佰平迎接，各省作家飞抵采访的第一站：位于长春市南关区亚泰大街 3698 号的东北虎豹国家公园管理局，参加在九层会议室召开的座谈会。

新任东北虎豹国家公园管理局局长段兆刚、副局长毛光升、综合管理处处长陈晓才及宣传干事付明千与刘姝琳，吉林省林业和草原局宣传处处长赵冷冰及宣传干事吴林锡、魏静等在座。

首先由主持座谈会的段兆刚局长讲话，他指出：2017 年 8 月 19 日成立东北虎豹国家公园管理局后，随即分别在吉林省延边朝鲜族自治州设立了珲春、珲春市、汪清、汪清县、天桥岭、大兴沟共 6 个管理分局；在黑龙江省牡丹江市成立了绥阳、穆棱、东京城、东宁共 4 个管理分局。初步整合了各个管理机构和 12 个自然保护地，落实了保护管理责任。2021 年 9 月 30 日国务院批复同意设立东北虎豹国家公园后，10 月 12 日东北虎豹国家公园就被列入第一批国家公园名单。可见东北虎、东北豹是全球生物多样性保护的旗舰物种，处于森林生态系统食物链的顶端，是生态健康的标志，凸显了保护濒临灭绝的东北虎豹的重要性。

接着由综合处陈晓才处长具体介绍：在东北停止伐木以后，东北虎豹国家公园的生态环境明显好转，植被繁茂，鱼翔浅底，正所谓："青山不墨千秋画，绿水无弦万古弦。"这十分有利于梅花鹿和狍子等食草类动物的恢复生长。而一只东北虎平均一年要吃掉 60 只鹿、狍——这就能够满足处于森林生态系统食物链顶端的东北虎豹的食物供应。也因此，在东北虎豹国家公园成立以前，截至 2016 年底，只剩 27 只东北虎、42 只东北豹。到 2017 年 8 月成立东北虎豹国家公园后，截至 2023 年春，东北虎豹国家公园已经拥有超过 50 只东北虎、60 只东北豹。这是多么激动人心的捷报。

领队航宇强调了国家林业和草原局党组书记、局长关志鸥对这次组织作家采写、宣传东北虎豹国家公园工作的重视。航宇认为东北虎豹国家公园管理局的工作成绩喜人，成效显著。

三

2023 年 8 月 29 日 6 点，作家们起大早洗漱、早餐，7 点分别坐陈晓才处长和吉师傅开的两辆车，冒雨抵达长春站，乘坐 7 点 53 分发车的 C1009 次动车，前往延吉市。领导安排了东北虎豹国家公园管理局宣传干事付明千全程陪同，付明千一路都无微不至地协助，任劳任怨地支持，圆满完成了任务。

10 点 15 分，采访团在延吉站下车后，汪清林业局（东北虎豹国家公园管理局汪清局）派车接上作家们，冒雨前往 70 多公里外的汪清县城，12 点入住“红菊大厦”。

14 点 30 分，在采访团到达的第二站——东北虎豹国家公园管理局汪清局监测中心举行座谈会。1971 年出生的高延民副局长介绍工作情况。

东北虎豹曾经在我国东北地区广泛分布，由于历史上的过度森林砍伐、开矿采矿、放牧和无序发展林下经济等活动，导致东北虎豹的栖息地被人为压缩、分割，存在食物链断裂的危险，导致东北虎豹种群的繁衍受到严重威胁。还有雪上加霜的偷猎盗猎等侵害，更造成东北虎豹种群数量的急剧下降，乃至濒临灭绝。因此，保护和恢复东北虎豹野生种群，实现东北虎豹在我国境内安全稳定繁育，对于保护生物多样性、维护生态平衡、更好地发挥生态功能具有重要的意义。

令人感动的是汪清县一代代林业人保护生态环境、保护野生动物的痴心不改。早年汪清县一年伐木能有 50 多万元收入，后来为了保护森林，一年伐木收入压缩至 15 万元左右。从 1959 年起，前后有十任林业局局长，坚持减少伐木，直至不砍一棵树。到 2003 年开始，汪清县实行系统科学护林方案，使森林资源增加到 3000 多万立方米。再加上分层植草，高低有序，有利于梅花鹿和狍子等食用，也就有利于东北虎豹的繁衍。使辖区内野生动物数量明显增长，已监测到东北虎 10—12 只，东北豹 23—25 只。较公园体制试行之初，东北虎豹的数量增长了近一倍。具体而言，早年在汪清县城 120 公里外才能看见东北虎活动的踪迹。如今在汪清县城 20 公里外就能看见东北虎活动的踪迹了。

汪清林业局（东北虎豹国家公园管理局汪清局）因此荣获“首届东北虎栖息地巡护员竞技赛”的野生动物保护团队奖，汪清国家级自然保护区同时以压倒性优势，取得综合成绩第一名。

1985 年出生的曲丽处长，自 2013 年到汪清林业局保护处工作，已经任职十年了，保护野生动物的经验丰富，曾经给吉林省东北虎豹国家公园管理局的培训班学员讲过课。她知道东北虎等大型猫科动物活动范围大、活动隐蔽……雌性东北虎 450—500 平方公里、雄性可达 1000 平方公里以上。

在这个广阔的活动范围内，除了雌虎、虎崽外，雄虎不允许任何外来东北虎等进入。雄虎不断用身体在固定地点蹭树、蹭地，喷射尿液，留下自己的气味，阻止任何外来入侵。

曲丽还发现，东北虎在雪地里行走，永远选择最好走的路线。人只要跟在它的后面行走，决不会走冤枉路，更不会遇上难走的路。曲丽在保护野生动物的巡逻车里，亲眼看见过一只东北虎把一只狍子吃得仅剩下脑袋和四肢。这只东北虎看见巡逻车开过来，只是抬头望一眼，处变不惊，慢悠悠地走向密林深处，大有王者风范！这是多么让人兴奋的人虎相遇！

高延民副局长也证实，东北虎一般不会主动攻击人，只有在受到威胁时才会出于本能自卫。东北虎是伏击型猛兽，东北豹是攻击型猛兽。东北虎与黑熊实力相当，故而双方基本上井水不犯河水。更有趣的是，东北虎的虎纹每一只都不一样，就像每一个人的指纹都不一样。

2010 年 1 月，在泰国召开的老虎保护亚洲部长级会议上，提出将每年的 7 月 29 日设为“全球老虎日”。

2010 年 11 月，在俄罗斯圣彼得堡召开的“保护老虎国际论坛”通过了《全球野生虎种群恢复计划》，温家宝总理与 12 个虎分布国（孟加拉国、不丹、柬埔寨、印度、印度尼西亚、老挝、马来西亚、缅甸、尼泊尔、俄罗斯、泰国、越南）的首脑共同签署了《全球野生虎分布国政府首脑宣言》，倡议共同努力促进野生虎及栖息地的保护，并确定每年的7月29日为“全球老虎日”（亦称“世界老虎日”）。

2023年7月29日，我们迎来了第13个“全球老虎日”。

四

8月30日8点，采访团乘车从汪清县城出发，去第三站——采访14公里外的大兴沟林业有限公司（东北虎豹国家公园管理局大兴沟局），赵明珠副总经理和保护处处长孙健在大门口迎接作家们。这一天恰逢“中元节”，即“祭祖节”，沿途爆竹声声不绝于耳——排满上山祭祖的车队，造成交通堵塞。也由于前几天下雨，山路湿滑，为了安全起见，取消了原定上四方山采访东北虎豹保护区的计划。作家们只能手拿望远镜从山下远眺四方山——四方山上有东北虎豹、黑熊、野猪、狍子。常有野猪下山拱食玉米。也是在四方山的山脚下，来自南方的作家看见了罕见的长得高大结实的玉米——一棵棵快有两个人高！

10点15分，作家们返回东北虎豹国家公园管理局大兴沟局三层会议室，观看介绍东北虎豹保护区的录像片《钟灵毓秀四方山》，并座谈一个小时。

这些年在野生动物保护中，大兴沟局仅2019年的清山清套，就出动巡护人员3325人，出动车辆950台次，清除猎套37件。同时野生动物管控开展联合检查6次，出动检查人员48人，检查饭店、农贸市场、超市86家（所），设立了6个野生动物保护检查岗，检查过往车辆6050台次。

1980年出生的赵明珠副总经理还介绍：在四方山东北虎豹保护区内，安装有 1200 多个红外线照相机，拍摄到东北虎豹 10 多次，拍摄到黑熊 300 多次。2020 年 4 月 5 日还拍摄到一只全身白色的野生动物，经国家林草局东北虎豹监测与研究中心副主任冯利民博士鉴定为野生白化狍子。

冯利民博士说："白狍、白鹿等在古代被视为国宝或神物，历史上发现白狍的记录非常罕见。除了 1981 年在内蒙古发现一次后，文献记载的白狍要追溯到清代乾隆年间。"

相传清乾隆十六年（1751 年），蒙古台吉必力滚达赖向乾隆皇帝献上了一头白狍，正好乾隆皇帝的生母崇庆皇太后（清朝最长寿的太后）即将过六十岁生日，他认为白狍是应时而至，乃祥瑞征兆。乾隆皇帝特意命宫廷画家郎世宁（意大利人）依照此狍形象绘制出《瑞狍图》，作为庆贺母亲生日的礼物。这说明野生白化狍子确实稀有之至，原色的狍子多为黄色。

早在 2017 年 12 月 17 日上午，大兴沟林场护林员报告，在林场辖区内首次发现好像是东北虎的足迹。2017 年 12 月 25 日新浪新闻中心报道《大兴沟林业局首次发现野生东北虎足迹》：

"现场拍摄到了足迹照片，留下的爪印长度为 15 厘米，脚垫宽度为 11 厘米，呈梅花状。"

"12 月 18 日，大兴沟林业局接到群众报告，在大兴沟林业局辖区与汪清县交界处的集体林地内，发现养殖的一只黄牛被疑似东北虎啃食。被啃食的是一只不到一岁的小牛，小牛的身体被啃食了一小部分。"

"12 月 18 日下午，在大兴沟林业局辖区内的托盘水库公路附近发现疑似东北虎足迹。"

"12 月 20 日，大兴沟林业局托盘林场护林员在巡山时，发现疑似东北虎足迹。"

"经东北林业大学国家林业局猫科动物研究中心鉴定，初步判断在大兴沟林业局发现的三次足迹为同一只野生东北虎，这是一只雄性东北虎。”

赵明珠马上赶回去叫人扛了摄影器材再来埋伏，盼望能拍到东北虎回头来吃小黄牛残骸的镜头。可惜这只东北虎没有再回来。

另外，我们小时候都听说过一个传说：猫是老虎的师傅，猫把几乎所有的谋生本领都教会给了老虎，唯独留了一手——没把上树的本领教给老虎，防止老虎变心。果然，有本事后老虎变心了，要吃掉猫师傅。猫就爬到树上去了，不会上树的老虎徒弟对此徒唤奈何。赵明珠纠正了民间的这个错误传说：老虎不是不会上树，其实老虎上树很快。很多人都看见过东北虎上树，只是东北虎上树容易，下树难。而且，东北虎多数在清晨和傍晚出来活动、捕食，这时候人兽容易遭遇东北虎。

中午，1981 年出生的大兴沟林业有限公司董事长李成铭外出公干回来了，向作家们补充说：每年的 3 月 15 日至 6 月 15 日；9 月 15 日至 10 月 15 日（下雪为止），是雷打不动的东北虎豹保护区防火期，丝毫含糊不得。东北的四季分明，通常 10 月乡亲们就烧炕了，因为东北的冬季，日夜温差大。

下午作家们去采访汪清县东光镇磨盘山村——附近深山有东北虎豹踪迹。这是一个朝鲜族村，有 104 户人家，184 个人。我们见到了七十四岁的朝鲜族村干部金贵顺，她能说简单的汉语。金贵顺说村里人——包括她的儿女，都去韩国打工了。作家们了解到，村民去韩国打工，收入很高，家家都很富裕，全村仅有 23 个老人留在村里。

后来采访团有的作家在汪清县林业局党委副书记赵保安陪同下，登上 2.5 公里长的木栈道，来到高高的磨盘山顶，鸟瞰磨盘山东北虎豹自然保护区——汪清县地处东北虎豹国家公园核心区。但见满山郁郁葱葱，都是针阔混交林，生态条件良好。作家们了解到城市人不知道的一个秘密：东北虎豹喜欢在针阔混交林中栖息，不喜欢在针叶林中栖息。

五

8 月 31 日 8 点，作家们驱车前往汪清县密江乡下洼子村和三安村采访。我们见到了三安村优秀的挂职村支书赵海涛，和他养的漂亮的六个月大边牧犬“可乐”。1977 年出生的赵海涛毕业于军医大学，现在是吉林医药学院教务处的老师，已经驻村两年了，保护东北虎豹的生存安全是他的职责。他还帮助打造民宿，增加村民收入。今年 10 月他挂职期满。由于工作认真负责，上级希望他再留任两年。

作家们观察到，凡是朝鲜族村庄，家家户户都很干净，包括村里道路都打扫得一尘不染。村民们不会各人自扫门前雪，而是把所有村道通通打扫干净。作家们还注意到在整洁的三安村村部对面墙上，有一幅朴实无华、教村民腌咸菜的图画，解说词是：“立冬时节正是腌咸菜的好时机。人们会把地里刚收上来的蔬菜洗干净、沥干水分然后放进缸里，撒上大量的盐，然后用石头压上并用不透气的塑料膜密封，半月后可吃。”

由这幅腌咸菜的图画，可以了解到东北农村，家家户户入冬都要腌制咸菜、酸菜，用以度过漫长的冬季。

这时，有三位六七十岁的朝鲜族大娘从山上采了东北菇类极品——松茸回来了。赵海涛说，她们凌晨 3 点就上山了，这时已经是上午 10 点钟。每个人都采到一斤多松茸，就摆在村部门口卖，一斤 350 元。如果被商贩收购到省城长春去卖的话，一斤松茸可以卖到 1000 元或 1500 元。

11 点，采访团告别汪清县三安村，告别优秀的挂职村支书赵海涛和他漂亮的边牧犬“可乐”，乘坐珲春市林业局派来的森林消防车，驱车前往 100 多公里外的第四站——吉林省珲春市林业局。

12 点 15 分，采访团入住珲春市“红菊国际大厦”，珲春市林业局野生动植物保护管理科科长王亚琼迎接。13 点安排作家们到“春子快餐店”午餐——朝鲜族饭菜。

14 点，作家们没有午休，直接前往 10 公里外的杨泡乡采访。这里是清乾隆皇帝爱新觉罗·弘历的皇后富察氏的老家，由讲解员马梦笛解说。不远的山头就是满族萨其城（渤海城）的旧址——山上能找到东北虎豹的踪迹。

16 点，采访团驱车一小时到达哈达门乡三道沟村，重点采访老猎户于贵臣。1953 年出生的于贵臣，原是吉林省蛟河市人，1992 年来到珲春市英安镇荒山村定居。今天他坐四十九岁的长子于利开的北汽“威旺”小车刚到三道沟村帮忙。

今年七十岁的于贵臣中等个子，身高约 1.67 米，身材偏瘦，精力旺盛，走路敏捷。也许是接受记者的采访多了，口才也练好了，根据作家们的连续提问，于贵臣一口气讲了一个小时往事不歇气。由于家庭困难，于贵臣十二岁就跟着老家蛟河的猎人满山跑。初中毕业，自己扛起猎枪正式打猎。后来还给两个儿子也买了猎枪。

1985 年，国家发文禁止打猎，但没人监管，于贵臣继续打猎。

1996 年，国家严令禁止打猎，再打，被发现了，要坐牢的。具有生态保护意识的两个儿子、一个女儿早都反对父亲再打猎。于贵臣这才基本不打猎了。他禁不住有的乡亲劝说，说在哪里看见野猪在刨老乡的红薯地了，于贵臣又拿上猎枪去打了。直到 2010 年，四十七岁的于贵臣才真正放下猎枪，不打猎了。

于贵臣回顾这一生，打死过 3 只黑熊、100 多只野猪、200 多只狗獾、300 多只狍子、山兔无数——每年打山兔少说有 100 多只。打到最大的一只野猪，于贵臣永远记得，足足 600 多斤重。

那次出猎，于贵臣与另外三个猎人一起上山，带的猎狗有五六只。上山不久就听见猎狗在前面疯狂地齐吠——众猎人赶上去，就看见一群猎狗团团围住一只高大凶猛的野猪。这只野猪用巨大的獠牙向上一挑，就把冲在最前面的一只猎狗挑飞上了天，当场开肠破肚挑死了！猎人们都知道一个道理——独行的野猪最厉害了。于贵臣急了，勇敢冲上去，拿绑在棍子上的长刀朝着猪肋横向猛刺过去，长刀顺着野猪肋骨的缝隙刺入，直抵心脏，高大的野猪轰然倒地。由于于贵臣功劳最大，大家让于贵臣优先分肉。于贵臣一刀砍下野猪的一条后腿，其余的拿给三个猎人分享。回到家，于贵臣用秤一称，好家伙，一个猪后腿净重 97 斤！

于贵臣说，自己差一点被野猪拱死过。那次他下的猎套套住了一只野猪——铁夹把野猪的一条后腿夹住了。于贵臣仍然用绑在棍子上的长刀，举着红缨枪一样，朝着猪肋横向猛刺过去。不料用力过度，长刀被涂抹了厚厚松油的猪皮滑过去了，没扎进猪肚去，反而让惹恼的野猪挣脱了铁夹，向着于贵臣就迎头拱了过来！吓得于贵臣刺溜一下爬上树去，他知道野猪不会上树。无心恋战的野猪一瘸一拐地跑了，于贵臣这才捡回一条命。

还有一次，于贵臣和伙伴狩猎累了，渴了，就和伙伴爬到树上摘山枣吃。哪里晓得黑熊也爱吃山枣，于贵臣听见头顶有响声，抬头一看——就见一只大黑熊坐在高高的枝丫上吃山枣。位于低处的猎人伙伴吓得当场跳下树去，跑了。剩下于贵臣一个人在高处，赶忙爬到远离大黑熊的树枝上，手握短斧自卫。好在那只笨重的大黑熊在树上也不方便挪身，独自下树走了。不然于贵臣很可能被大黑熊一巴掌拍死。

总之，在四十一年的狩猎生涯里，于贵臣什么危险都经历过。二十世纪七十年代，冬天，打猎困难，于贵臣就去树洞掏仓，黑熊、狗獾都爱蹲仓——冬眠。即便抓住一只冬眠的狗獾也是好的，一张獾皮就能卖十几元钱。五十年前，十几元人民币可是大钱，很经花。特别是狍子最好打——大的狍子足有一头驴大。狍子傻乎乎的，冷不丁看见人，吓一跳，嗷嗷叫，却不懂得跑开，一枪过去就撂倒了。而且狍子爱吃盐，撒点盐就能把狍子吸引过来，不会空手而归。

如今，于贵臣是远近闻名的“青山顾问”，专门指导年轻的护林队员巡山。告诉后代哪里会有猎套——上山注意观察，哪里位置隐蔽，容易安装猎套，哪里就容易发现猎套。拆卸下猎套，就避免了动物落套，受伤，乃至死亡。于贵臣还知道东北虎、黑熊、野猪、狍子、狗獾、鹿麂、山兔走的道，它们都是各走各的道——沿着这些山道去巡逻，就会轻易发现不法猎人安装的猎套、机关，拆卸了，野生动物就安全了。

有意思的是，于贵臣说，东北虎最喜欢吃的，除了梅花鹿、傻狍子外，还有野猪，外号“猪倌”。埋伏不动的东北虎看见野猪群来了，就会充当“猪倌”，撵得野猪群满山跑，等到体弱的野猪落单了，东北虎就能美餐一顿。

于贵臣回忆说，他还发现，皮毛珍贵的猞猁很爱捉鱼吃。但是猞猁都是单独生活、捕猎，一个山头只容一只猞猁。只有一只猞猁遇到危险了，另一只猞猁才会赶过去救助。这一生，于贵臣打得最多的还是山兔。早年满山都是兔子，一天能打六七只，吃不完。老猎人就会说，兔子不能都打光，每座山上必须留下几只兔子，保留种子。年关前，于贵臣都要上山把所有设下的猎套拆卸回家。人要过年，山牲口也要过年。他特别反对有的无良猎人，到处下套，一下几十个，把一座山下满了猎套，一点不给山牲口留活路，就是不给猎人自己留活路。因此，于贵臣说，现在他特别积极当“青山顾问”，愿意做护林指导，就是为了将功补过。他不懂得这样一句话——此心安处是吾乡，但是他用实际行动做到了。

六

8月31日18点，作家们采访到了著名的珲春市林业局巡护队队长李冬伟。

早在 2012 年 8 月，二十九岁的李冬伟还是家住珲春市的一个青年农民，由于从小在山区长大，对大山有浓厚的感情，主动加入了野生动物保护志愿者队伍，庄重立下誓言："我志愿成为一名光荣的野生动物保护志愿者。我承诺：我与自然，命运相连，尽己所能，不计报酬。践行志愿精神，守护绿水青山，奏和谐之音，共建生态家园。"

三个月后，李冬伟认识了负责珲春市野生动植物保护的杨军。在杨军引导下，李冬伟以一个志愿者的身份正式当上了珲春市林业局巡护队的队员。

2012 年 12 月，因为工作业绩突出，李冬伟被破格提拔为珲春市林业局巡护队队长。李冬伟领导的巡护队，主要任务是负责珲春市东北虎自然保护区外、201 省道哈达门至春化段以西北至汪清界，共计 2000 多平方公里范围内的巡山清套工作。这个区域是东北虎豹向我国内陆扩散的重要廊道，巡护队每天都要在野外步行 10 公里以上。转眼十一年过去了，李冬伟的足迹踏遍区域内的山川沟壑，带领巡护队清除各种钢丝套、兽夹、捉脚等捕猎工具超过 1.3 万个，抓获违法盗猎人员 8 个，以实际行动保障了东北虎豹栖息地廊道的畅通。回顾自己走过的路，李冬伟说，省局宣传干事吴林锡在《我的前半生：从农民志愿者到专业巡护员》的专访中写得很详细：

"2013 年春，珲春市局首次开展红外相机监测，没有师傅带，（相机说明是）全英文，这对当时一窍不通的李冬伟来说可谓是行路难、多歧路，而今迈步从头越……

"凭借不服输的干劲儿，（李冬伟）于 2013 年 5 月 14 日，第一次在 2000 平方公里的哈达门河山，只用 10 个位点 20 台相机就成功拍到了一只成年东北虎。能在自己第一次布置的相机中看到向往已久的'森林之王'，李冬伟兴奋得又喊又跳，筛选数据一直工作到东方破晓。正是这次成功监测，为全局东北虎持续监测写下了至关重要的一笔。"

李冬伟回忆起工作中最难忘也最后怕的一件事："我最后怕的一次是与一只处于哺乳期的雌性东北虎擦肩而过，如果那天我再晚5分钟离开相机点位，后果会是什么样子？我真不敢继续想下去，这件事我一直都没敢跟家里人说起。"

2013年10月的一个周末，李冬伟刚刚担任巡护队队长才10个月。中午李冬伟接到四道沟一个林蛙养殖户打来的电话，肯定地说昨天夜里在他养殖场外出现了东北虎。李冬伟放下电话，兴奋不已，马上给巡护队员一个个打电话，召集人，却一个都没有联系到。李冬伟深知机不可失时不再来，遂决定自己一人冒险进山。走了一个多小时的山路，李冬伟才抵达林蛙养殖场。凭借对东北虎习性的了解，通过对现场留下虎迹的测量、观察，李冬伟确定这只东北虎是从山脊南侧方向穿过山岭来到北面的小山上的，经过半个小时模拟东北虎行走路线及多方推测，最终李冬伟断定这只东北虎还会回到南侧山脊来。他马上向南侧山脊出发，走了近两个小时的山路，终于找到一个安装相机的理想位置，安装完一部560K的红外相机后，周围已经是漆黑一片，回到家中都过了晚上8点了。出于关心，妻子问李冬伟，黑天了不害怕老虎出来吗？他半是安慰半开玩笑地回答："我是保护老虎的，是它的朋友，它不会伤害我的。"

一个半月后，李冬伟喜获丰收——他亲手安装的这台红外相机成功记录下12个视频，其中有7个是东北虎的。当看见东北虎在视频里真实出现的一瞬间，李冬伟激动地流下了热泪，他觉得自己所做的一切都是值得的。就在喜悦达到顶点时，视频显示出的准确时间顿时让李冬伟的脊背发凉！原来就在他安装完红外相机离开后不到5分钟，这只东北虎就一路沿着李冬伟留下的人体气味从山上追寻到红外相机前。

视频中，这只警惕的东北虎低头嗅闻，时不时抬头观察，尤其是对李冬伟触碰过的蒙古栎树再三嗅闻，很是仔细。原来这是一只处于哺乳期的雌性东北虎，处于哺乳期和受到伤害时的老虎最容易攻击人，这对李冬伟来说可谓虎口脱险，死里逃生。但这是李冬伟用生命换来的记录，是目前从架设红外相机到拍到东北虎间隔时间最短的一次记录，这个宝贵记录至今仍然没有被打破。最为可喜的是，视频中的这只雌性东北虎，目前已经检测到三次生育记录，成功生育了三只虎宝宝，被誉为“英雄虎妈”。李冬伟队长也因为这次成功监测，获得一个终身值得骄傲的绰号：“虎侠冬哥”。

因此，吴林锡在《我的前半生：从农民志愿者到专业巡护员》的专访中继续用心写道：

“多年的巡护工作，让李冬伟收获了诸多荣誉，他带领的团队获得了两届东北虎栖息地巡护员竞技赛的冠军，获得了世界自然基金会授予的红外相机监测先进个人和优秀巡护员称号，受到了吉林省动保协会和珲春市委宣传部的表彰。

“他说：做好野生动物保护工作要具备三颗心：对野生动物要有颗热爱之心；对严酷的自然条件有一颗坚毅之心；对野生动物巡护执法要有一颗责任之心。李冬伟正是用这三颗赤诚之心在野生动物保护路上奉献着自己的美好青春。”

在吴林锡的笔下，李冬伟与东北虎同行的日子里，曾经五次近距离与虎相遇，最近一次距离自然状态下的野生东北虎仅有一米多远。可以负责任地说，这是我国东北虎分布区巡护员当中，距离野生东北虎最近的一次。

目前，东北虎豹国家公园管理局珲春市局布设的远红外线相机摄录到虎豹影像 2500 多个，监测识别东北虎个体 21 只，繁殖家庭 4 个，东北豹 10 只。2014 年，由李冬伟在珲春市四道沟区域架设的红外相机，成功监测到我国第一个有完整影像视频资料的内陆野生东北虎繁殖家庭。这是十分重要的一个东北虎繁殖家庭完整影像视频。

此刻，1982 年出生的李冬伟队长谦虚地坐在作家们面前，说每天巡山 10

公里，已经习惯了。目前东北虎豹公园保护区的反盗猎任务依然重要，森林防火同样重要。还有年年坚持的拆卸猎套工作，一刻也不能放松。以往珲春市林业局巡护队每年拆卸猎套2000—3000个，现在少了，每年也有300—400个……

七

2023年9月1日12点40分，采访团完成在吉林省四天高效率的紧张采访任务，离开延边朝鲜族自治州珲春市。作家们驱车230公里，下午4点到达第五站——黑龙江省牡丹江市东宁市林草局朝阳沟生态体验点。一下车，分秒不停歇，作家们在朝阳沟生态体验点抓紧采访东宁市林草局女子巡护队，同时登上高高的瞭望塔，眺望女子巡护队平时巡护的超过2.3万公顷山林的工作范围。

2019年2月成立的这支女子巡护队，是东北虎豹国家公园区域内第一支女子巡护队——国内首支巾帼巡护队。原有12名队员，现有6名队员，都是“80后”和“90后”，也多是“林二代”和“林三代”。家里父辈或祖辈都是林业工人，她们从小生长在林区，是林区多年来变化的见证者、亲历者。

今天除了三十三岁的徐春梅和四十岁的白雪两名女队员开会外，巡山的有四人：队长邱时，三十八岁，牡丹江市人大代表；张昕，三十八岁；周颖，三十五岁；吴桐，二十九岁。

三十六岁的东宁市林草局科普宣教负责人史晔，是黑龙江省人大代表，她热情介绍情况：女子巡护队成立以来，队员们克服了常人难以想象的艰辛。爬山坡、钻树丛、蹚河踏雪。每天步行5公里以上，累计行程7035公里。清理猎套3789个、猎夹10余件。完成冬季补饲投放饲料10000公斤、豆粕2000公斤等。

女子巡护队一年上山200多天。任务是巡山清套、监测和救助野生动物、护林防火、宣传野生动物保护。以往的巡护员以男性为主，但是除了完成巡护任务，在巡护过程中有很多重要信息需要记录，女巡护员在数据管理和维护方面具备女性工作细致的长处。所以，女子巡护队的队员们时时刻刻都在为野生动物的生存保驾护航，人们亲切地形容她们是一群“虎妞”，豪气干云，偏向虎山行。

队长邱时回忆说：通常我们在清晨六点左右出发，天刚蒙蒙亮，大多数人还沉浸在梦乡中，女子巡护队的 6 位女队员已经准备上山开始巡护了。我们带着干粮和水，从驻地去往大山脚下，乘车半小时到一个小时之间，上山后全部依靠步行。

东宁市的冬天气温经常低至 -20℃以下。女队员们踏着齐膝乃至齐腰深的积雪，每向前走一步都在雪地上留下一个清晰深陷的脚印，乃至一个尴尬的“身筒”。由于踏雪前行举步艰难，鞋子踩进雪地里拔出时，需要比平时付出更大的体力和毅力，走不了多长一段路，女队员们的脊背、头发就被汗水浸湿了——头发冻在额头上。

我们和男队员一起，负责给山林中的野生动物补饲点添粮加料、清山清套、维修维护红外摄像机等，忙完下山已是下午两点多了。在山中巡逻，会遇到各种突发情况，队员们在山上休息时，都会采用“面对面”的方式坐下，以防遭到野生动物的袭击，这是老队员传授给新队员的防身经验。就在前不久，邱时跟队员上山巡逻休息时，遇到一只黑熊，距离约 10 米远，它慢吞吞地迎面向女队员们“呼哧呼哧”走来。当时女队员们虽然内心惊慌，但大家都坚持淡定地坐在原位，不动声色。直到黑熊从女队员们身边走向了另一片树林为止。原来黑熊也像东北虎一样，不会主动向人发起攻击。邱时自豪地强调：“我们都有股不服输的劲头，觉得男同志能做到的，我们也可以做到。一开始都觉得很累，但现在已经能够适应这种强度了。”

因为开会，当天不在的女队员徐春梅，据说是全队身材最高的——1.75 米，也是巡山经验比较丰富的资深队员。她在 2023 年元月接受新华社记者侯鸣采访时说道：“小时候经常看家里大人伐木和下猎套，多年以后我们这代成了山林和野生动物的保护者，面对这个反差我觉得很自豪，自己的工作是很有意义的。如今我也常常跟孩子讲保护动物的事情，儿子特别喜欢听，保护野生动物的观念在新一代林区人的心中已经生根发芽。”“这个脚印看形状大小应该是梅花鹿的，它们一般在夜间活动，这串脚印是最近留下的。……旁边小一点的脚印，脚印间隔较大，应该是老鼠的足迹，在雪中它们靠‘蹦’在山林中活动。”

全队年龄第二大的三十八岁女队员张昕印象最深刻的一件事是：“几年前的一个夏天，我们顺着一条山沟巡护，遇到了马蜂窝。无数马蜂朝我扑过来，当时我就被蜇哭了，身上那些包钻心地疼，还好没啥大事。”

这在巡护中是常有的事。其他女队员也说了，在山林中巡护，总会面对很多来自大自然的挑战。夏天上山，可能会碰到“洋辣子”（毛毛虫）、“草爬子”（蜱虫），还有各种瘆人的蛇。冬天上山，冰块往往隐藏在积雪下面，脚踩上去，一不小心就会摔跤，摔得人挺疼。冬天还可能遇到饥饿的东北虎豹和野猪（黑熊已经冬眠了），都是凶猛的动物。巡逻车的车窗外就跑过成群的野猪。还有黄鼠狼在背后盯着人看。即便如此，女队员们仍然给东北虎起了个亲切的昵称，叫作“东北大猫”。倒是像狍子、梅花鹿等食草动物，经常能遇到，它们不怕人也不伤人，一副天真可爱的憨态。

女队员周颖补充说：“现在山上有东北虎、东北豹、棕熊、黑熊、赤狐、原麝等动物，我们在巡护中经常能碰到如梅花鹿、野猪等一些常见的动物，这片林子的生态越来越好了。”

女子巡护队员除年龄最小的吴桐外，多数存在结婚后孩子小、要上学、家庭压力大的问题。谈及家庭，队长邱时显得很愧疚：“那时候孩子刚上小学，学校有活动，我因为工作太忙没办法参加。孩子回家见不到妈妈，有时会急得直哭。队里还有好几位和我的情况类似，都是家里有老人和孩子的。”

2023 年 5 月 4 日，东宁市林业和草原局女子巡护队荣获第 25 届“黑龙江省青年五四奖章集体”称号。这是对国内首支巾帼巡护队最好的奖励。

八

9 月 1 日 17 点，采访团离开东宁市，由东北虎豹国家公园管理局绥阳局副局长任善清陪同，继续驱车 150 公里，18 点 30 分到达第六站——黑龙江省的东北虎豹国家公园管理局绥阳局，局长张春雷已经在等候作家们的到来。

19 点 50 分，作家们由张春雷局长、任善清副局长陪同到“东北虎豹国家公园管理局绥阳局标本室”参观。琳琅满目的东北虎、东北豹、黑熊、小熊猫、梅花鹿、野猪、野兔、狍子以及珍禽、药材、菌类、鱼类、蝴蝶的标本，让人眼花缭乱，目不暇接——是一路采访中，作家们看到的最丰富、最完整、最壮观的动植物标本集大成者。

20 点 50 分，作家们在会议室观看 2023 年元月拍摄的介绍东北虎豹国家公园管理局绥阳局工作现状的录像《筑梦老爷岭》《秘境老爷岭》，外加 2018 年 8 月拍摄的《新巡护员梁奉恩的故事》。1964 年出生的张春雷局长充当解说员，配合录像片，讲解绥阳局员工保护东北虎豹的一个个感人故事。尤其是讲到曾经获得过国际野生生物保护学会“先进保护监测员”、世界基金会“东北虎栖息地最佳巡护员”荣誉称号的优秀巡护员梁奉恩的故事，特别生动。

已经退休五年的梁奉恩仍然坚持巡山，出发时必定带上 GPS、蛇药、手电筒、袖珍火焰喷射器、红外相机通用电池等。一个有趣的细节是，一次巡山时，跟随梁奉恩的一只金毛犬被东北虎当场叼走了。梁奉恩还发现，所有的野生动物都爱喝水。有一个水塘，被巡护员们称作“动物会所”，东北虎豹、黑熊、野猪、梅花鹿、狍子、小熊猫等，前后脚都来喝水，即使冒着生命危险也要来。

在担任绥阳市暖泉河林场巡护员之前，梁奉恩是一个百步穿杨、远近闻名的好猎手。因为梁奉恩参军当过兵，在部队练就了矫健灵活的身手和百发百中的射击技巧。从部队退役回到暖泉河林场后，正赶上那个物资匮乏的年代，没有肉吃，缺乏油水。馋肉的时候梁奉恩就去打猎了，很快成为家喻户晓的“令野生动物胆寒的老猎人”。梁奉恩能辨识野生动物足迹，他形容说：公狍的脚印是圆的，母狍的脚印尖而长。有一次在水边看见东北虎的脚印，梁奉恩一眼就知道是当天留下的，体重有 400 斤左右。而且，这只东北虎应该没走远，就在前方。梁奉恩还说，东北虎走路，偶尔也会打滑，有脚印为证。

让梁奉恩放下猎枪、“立地成佛”的原因，发生在一次奉命出猎时。他冒着生命危险，开三枪打死了一只刚刚伤人的母熊后，两只尚未断奶的小熊围着母熊不停地用鼻子拱，表情伤心欲绝。他这才明白母熊伤人，是出于本能，为了保护小熊。转瞬之间，梁奉恩被深深震撼了：“我突然觉得这些小生命也是大自然造就的生灵。再加上那段时间总在电视里看到国家号召保护生态、保护野生动物，打那以后，我从杀戮野生动物的猎人变成了保护野生动物的巡护员。……我解套无数，阻止盗猎、盗伐事件无数。”

22 点过了才结束采访。疲劳一天的作家们从楼上会议室下到了一层大厅，看见一只三个月大的小狍子，非常活泼可爱，一点也不怕人。原来这只小狍子在山上刚出生不久，兔子一般大小就没有了母亲。幸亏被巡护队员发现，抱回来用牛奶人工喂养，才让小狍子存活下来，不然早就没命了。似乎小狍子也知道人类是救命恩人，所以一点也不认生。于是作家们七手八脚，不分男女，一拥而上，抢着和小狍子亲热，拥抱小狍子。憨憨的小狍子则来者不拒，睁着无辜美丽的大眼睛，跟谁都亲。可见在地球上，只要没有杀戮，人与动物是完全可以和睦相处，和平共存的。所以连世界顶级物理学家阿尔伯特·爱因斯坦都说过："保护动物就是保护自然，保护自然，就是保护人类。"

据不完全统计，2017 年 10 月以来，东北虎豹国家公园管理局绥阳局共监测到东北虎豹影像 200 余次，单单东北虎影像就有 190 次。除此之外，区域内还拍摄到的野生动物紫貂、原麝、长尾林鸮、鹰隼、花尾榛鸡、黄喉貂、豹猫等几十种珍贵的野生动物。

九

9 月 2 日上午，采访团告别东北虎豹国家公园管理局绥阳局，坐车前往 100 公里外的第七站——黑龙江省牡丹江市穆棱市林业局有限公司，即东北虎豹国家公园管理局穆棱局采访。再由穆棱局巡护队队长申文连和李薇、庄焕彰陪同作家们前往六峰山国家森林公园采访。这是一片生长茂盛的原始红松针阔混交林，让作家们大长见识。东北虎和东北豹是红松针阔混交林的标志性物种，最适宜东北虎豹的生长。南方的作家第一次看见了树龄在 300—400 年、树高 30—50 米的巨人状原始红松，结满了硕大无比、一个手掌握不过来的松塔！香气扑鼻的可口松子就藏在松塔的腹中。

1968 年出生的申文连，生肖属猴。本应"山中无老虎猴子称大王"，偏偏申文连是"明知山有虎偏向虎山行"。

就在 2023 年 7 月 29 日（第 13 个"全球老虎日"）即将到来之际，申文连和队友在对红外相机拍摄的素材进行集中整理时，查看龙爪沟经营所 107 林班的一处相机点位，再次发现了野生东北虎"完达山 1 号"活动的清晰影像。申文连解释说："看到东北虎路过，走得很稳定，从它的体形、体态上，我们初步判定是‘完达山 1 号’。是很壮实的老虎，体长不是很长，属于‘小胖子’。后来我们就把视频传给东北林业大学大型猫科中心，通过专家对比，确定它就是‘完达山 1 号’。……但是到了穆棱以后在体形上有了明显变化，强壮了，步履非常从容，毛色非常光亮。”

2021 年 4 月 23 日，一只三岁雄性野生东北虎莽撞地闯入黑龙江省密山市一个村庄，惊慌失措的它伤到了人、拍碎了车窗，闯祸后被成功救护，在穆棱境内放归山林。因发现地属于完达山区域，故而得名“完达山 1 号”，成为我国首次成功救护并放归的野生东北虎。两年多来，“完达山 1 号”的活动区域一直都在东北虎豹国家公园附近，兜兜转转几千公里后，最终还是选择在放归地穆棱安家，并且不断长大。

申文连记得很清楚：“刚放归半年左右，它还不太适应穆棱的环境，那时候的轨迹就是靠近居民区，抓羊吃。后来它逐渐远离村屯，捕食行为很成熟了，属于‘捕猎高手’。我们天然林全面停止采伐是从 2014 年开始……生物多样性很丰富，在穆棱局的野猪都成群了。连梅花鹿、马鹿等都同时存在，狍子就更不用说了。我曾经跟踪过（‘完达山 1 号’）足迹链，冬季几乎三天就能抓到一只动物，有时候一天能抓到两次，食物特别丰富。”

东北虎豹国家公园管理局穆棱局营林技术员王睿的经历更加与众不同。在第 13 个“全球老虎日”到来的前一个星期，王睿与队友上山验收今年新栽植的红松，从没想到，自己会亲眼看见活生生的东北虎就在 30 米远捕食的精彩画面：“我的右前方，扑腾下来一个黑色的东西，好像是头野猪，我就跟我队友说，看，野猪！紧接着从后面灌木丛里扑出一个橙黄色的东西，而且毛色特别亮，有黑色花纹，一下子从灌木丛中扑出来。之前没太当回事，因为总说看见有东北虎的脚印，也不觉得自己能碰上。没想到就看见了，而且如此近距离。”（2023 年 7 月 29 日央广网发表总台记者王泽华、魏雯雯、郭威

的专访《全球老虎日：与“百兽之王”野外“遭遇”》）

十

通过申文连的描述和王睿的亲身经历，印证了中国唯一的“老虎院士”（1995 年获评中国工程院院士）马建章的判断。他在研究中发现：“在中国境内观测到的野生东北虎，2000 年全国重点陆生野生动物调查统计只有 12—16 只。根据自动相机影像识别技术和分子遗传检测技术，2013 年至 2018 年累计观测到中国境内有活动个体 57—62 只，还记录到 9 次繁殖记录。”

马建章院士说：这是不小的突破，在野生东北虎曾一度“绝迹”的小兴安岭，近年也发现了野生虎的踪迹。……在中国，曾经存在五个野生虎亚种。有一个虎亚种已经绝迹，现有的四个虎亚种中，东北虎是最有可能实现种群恢复的亚种。因此“老虎院士”马建章认为：“物种是生态系统的基本组成部分。要想维护生态平衡，首要是保护物种。……保护野生动物，就是保护人类自己，对这一点我们必须有清醒的认识。”

最后，八十二岁的“老虎院士”马建章呼吁：

“东北虎威武勇猛，和东北人性格相仿。……东北虎不能重蹈华南虎的覆辙。”

1937 年 7 月 20 日出生于辽宁省阜新市的“老虎院士”马建章，不幸于 2022 年 12 月 23 日在哈尔滨逝世，享年八十六岁。

通过申文连和王睿的具象描述，作家们看到了一幅人与大自然、人与东北虎和谐相处的美丽图景。作家们不禁联想到，这一路采访走过，沿途看见最多的是关于东北虎豹出没的警示牌。

譬如在吉林省珲春市密江乡下洼子村向东 500 米处有一个警示牌：“东北虎豹出没地区”。

十分钟后，一条河流蜿蜒的路边，作家们又看到一个警示牌："虎豹出没，注意安全"。

三分钟后，采访车经过的一个拐弯路口又看到一个警示牌："猛兽出没，禁止入山"。

可见如今东北地区真的又有野生东北虎豹出没了。可见经过这些年的精心保护，一度濒临灭绝的野生东北虎豹确实通过休养生息之后，种群在扩大，数量在增加。

事实证明：自从 2017 年 8 月 19 日挂牌成立东北虎豹国家公园管理局后，10 月 12 日东北虎豹国家公园被列入第一批国家公园名单后，这一系统的东北虎豹"保护神"，工作卓有成效，确实功不可没！

事实同样证明：作家们在吉林省和黑龙江省的高速公路上，多次看见巨大的横幅标语是最醒目，也最打动人心的——令人心潮澎湃："东北虎的世界，世界的东北虎。"

2023 年 9 月 13 日—9 月 20 日西安初稿

2023 年 9 月 21 日—10 月 1 日西安修改

作者简介

施晓宇，中国作家协会会员，福建省阅读学会副会长，福州大学人文学院中文系教授，一级作家。出版有小说集《四鸡图》，散文集《洞开心门》《都市鸽哨》《思索的芦苇》《直立的行走》《走陕北》《桃李春风一杯酒》《秋水文章不染尘》，摄影散文集《大美不言寿山石》《闽江，母亲的河》，杂文集《坊间人语》，优秀教材《大学文学写作》等。

白山黑水间的守护

张艳茜

初秋的一天，乘坐上长春开往延吉的动车，脑子里装满了前一天在“东北虎豹国家公园管理局”座谈会上的各种信息。东北虎豹国家公园，与三江源国家公园、大熊猫国家公园、海南热带雨林国家公园，以及武夷山国家公园成为第一批设立的国家公园。这五大国家公园，凝聚了中国最美丽的河山，保存着最原真、最完整的生态系统。以动物命名的国家公园，除了大熊猫国家公园，就是东北虎豹国家公园了。

横跨了吉林、黑龙江两省交界的老爷岭南部，这片广袤区域的东北虎豹国家公园，总面积有 1.46 万平方公里，其中吉林省片区占 71%，黑龙江片区占 29%。这里以中低山、峡谷和丘陵地貌为主，森林面积可谓浩瀚，是中国东北虎、东北豹历史天然分布区和唯一具有野生定居种群和繁殖家族的地区，也是中国东北虎、东北豹种群数量最多、活动最频繁、最重要的定居和繁育区域，还是重要的野生动植物分布区和北半球温带区生物多样性最丰富的地区之一。

尽管了解了最基本的国家公园的概念，对于东北虎豹国家公园的认识仍然是模糊不清。

横跨两省，地域辽阔的“东北虎豹国家公园”，既不会有围墙、栅栏，也没有平常概念里的人造景观、儿童游乐园、健身设施，更不会有想象中非洲大草原那样，乘坐在特别交通车里，随时与东北虎、东北豹等各种动物的美丽邂逅。那这将是怎样的人与野生动物的共生共享的“乐土”呢？

这些信息和满脑子的疑问，随着动车外变幻的景物跳动出现着，一些熟悉与陌生的地名：珲春、汪清、绥阳、穆棱，以及与这些地名相关的人和集体：李冬伟、刘国庆、东宁女子巡护队等，还有赵岩、梁卓、张绍坤、王永晏等。随着动车快速地行驶，在脑海里被想象着，跳跃出现着。

动车将我们从城市带向一望无际的平原，又从平原向地平线尽头的山脉延伸，绿草、灌木、笔直的高大树木，葱葱郁郁地蔓延在一座座高低起伏沉郁而神秘的山上。那时候，我们还没有意识到，我们其实已经走进“东北虎豹国家公园”。

在动车穿越山洞的短暂黑暗时，似乎能感觉到，就在我们的上方，正有着数不尽的生命，和很多我们叫不出名字的生灵，在这一片片林莽中，或悠然，或紧张，或欢快，或挣扎地生活着。

我们必须承认，这世界不只是为人类而存在的。地球生物千姿百态，自然界更是奥秘无穷。我们的地球家园，有着太多太多我们不知道的秘密。数不尽的生命和叫不出名字的生灵，与我们共享美丽缤纷的山川、河流、森林、海洋……自然界孕育着丰富的自然资源，保护好生物的生存环境，保护好整个生态系统，就是在保护生物的多样性，也是在保护我们人类自己。

然而，我们还是走了很长的一段弯路。曾几何时，东北的大片天然林遭受过人为破坏。森林的消失和退化，直接导致野生东北虎、东北豹种群和栖息地的急速萎缩。数量急剧减少便成为铁的事实。

如今，生态保护的观念早已深入人心。生态保护、动物保护，正在逐渐成为所有人的事。而国家公园体制的建立，也让更多主体参与到生态环境保护中来。

一、为动物盖好房子

曾经看到过一张看图说话，是关于生物金字塔所构建的生物之间捕食与被捕食的食物链。植物处于食物链最底层，能量向上传递，处于第二层的是草食动物：鹿、狍子、斑羚、原麝、兔子、野猪等，通过植物来获取能量。在草食动物的上端，是肉食动物的狼、貂、狐狸、鹰、雕等等。居于顶端的肉食动物，便是身形体重都高大威猛的虎、豹、熊了。能量传递一次，都会有 90% 以上的消耗，仅有 10% 的能量可以继续传递下去。因此，越是在食物链上层的生物，它们所获得的能量就越少，这种生物的数量也就越少。

从图上分明看得出，在这条食物链中，处于食物链顶端的动物，完全依赖下端生物的生态环境而存活着。只要有一个物种遭到破坏，就会打乱整个能量传递的过程。

在东北这片莽莽林海中，东北虎、东北豹便处于食物链的顶端，它们控制着哺乳动物的群落。它们向何方迁移，它们选择在哪里定居，可以最直观地反映出整个地区生态系统的整体情况。

吉林及黑龙江一带，东北虎群数量最多时曾达到 1200 多头。然而，到了二十世纪九十年代末至二十一世纪初，虎群数量大幅锐减到了令人瞠目的地步。高贵威武而富有神性的东北虎，竟然仅剩下 7—9 只，强健威猛的东北豹也只有 3—5 只。

东北虎、东北豹数量的锐减，怎能不引起我们深思和忏悔。

从延吉站下车，盘桓 70 多公里的山路，路两边是层次有序的绿色世界，宁静、苍凉、葳蕤。如果时间倒流二百年或更久远，任谁都不会怀疑，自在生活在这片绿色海洋里的，应该是野兔、梅花鹿、狍子、麝獐、豹子等各种动物，而绝对的主宰就是“山林之王”——东北虎。

新世纪以来，野生东北虎、东北豹的保护工作越来越受到重视，国家保护动物、保护自然生态的相关法律陆续出台，同时，人们对于自然环境、自然生态的保护观念也日益转变、增强。

如今，在这片辽阔如海的山林，从发现动物们在这里行走、捕食、繁育留下的痕迹看，它们的确重新选择回到这片山林之中。

它们真的回家了。但是，东北的山林是否再次成为东北虎、东北豹，还有野兔、梅花鹿、狍子、麝獐等动物们选择长期居住的家园？

在位于汪清县境内的“东北虎豹国家公园管理局汪清局监测中心”，我们寻到了答案。

2017 年 8 月，国家林草局及时采取举措，试点设立“东北虎豹国家公园”，吉林、黑龙江两省各级政府和相关部门密切配合。

尊重自然、顺应自然、保护自然的生态文明理念，就是不给后人留下遗憾而是留下更多的生态资产，走可持续发展道路。

2021 年，“东北虎豹国家公园”正式设立，成为中国首批国家公园。随之，吉林片区 6 个区域管理局和黑龙江片区 2 个区域管理局也同时成立，宣告东北虎豹国家公园管理体制正式建立并开始运行。

位于汪清县境内的长白山森工集团汪清林业分公司，2017 年 9 月 12 日成立“东北虎豹国家公园汪清分局”。在汪清林业分局的区域内，有 28.8 万公顷划入了东北虎豹国家公园园区，约占了整个东北虎豹国家公园园区面积的 20%。

对于东北虎豹国家公园的工作者来说，拍到或是通过影像看到东北虎、东北豹以及其他动物，早已是司空见惯。为了更好地在核心保护区监测和保护东北虎、东北豹等野生动物的生存状况和生存环境，保障东北虎、东北豹和其他野生动物的栖息环境得到改善，科研人员已经建立了一套完善的“天地空一体化监测系统”。

“天”，是指北斗卫星系统。能够给巡护人员、车辆、设备提供精准的定位和导航。

“地”，是综合指挥管理平台。对东北虎、东北豹等野生动物，可以实现监测，就是用这些年在园区安置的上万个远红外相机拍到的。一旦被远红外相机拍到，就能通过地面接收车传递，监控平台也就能实时看到。

“空”，是指无人机监测系统。

这个系统将现代通信、卫星遥感、无人机、人工智能、云存储和计算、大数据分析等现代科技手段结合起来，可以 24 小时全天候观看野外的实时画面，随时观测到园区里的东北虎、东北豹等野生动物行走、捕食、繁育的情况。同时，也能监测到从野外实时回传大量的水文、气象、土壤、生物等自然资源监测数据，实现了对自然生境下野生东北虎豹生存状况的全面跟踪。当然，园区内只要发生有偷猎、伐木等不法行为，这套监测系统也能及时发现。

国家林草局东北虎豹监测与研究中心副主任冯利民说：“我们经过了这几年不断地实验摸索，建立了世界上首个大面积覆盖的整个生态系统水平实时观测的监测系统——东北虎豹国家公园天地空一体化监测系统。目前已经完成了超过两万多台的红外相机，以及不断增加的生态因子终端收集设备，这样的一个大面积全覆盖，能够完整地为我们了解虎豹国家公园生态系统水平生态要素的收集提供很好的保障。”

在我们还没有意识到，早已身在东北虎豹国家公园之前，我们曾浪漫幼稚地以为，乘坐在装备特殊的车上，行驶在林间公路上，或是一步步登上山林中高高的瞭望塔，就可以随处见到东北虎、东北豹的身影。或者，与梅花鹿、狍子、野兔子等草食动物相遇将是稀松平常的事。

怎知，在这辽远广阔而神秘的东北虎豹国家公园园区，在这 1.46 万平方公里土地上，东北虎、东北豹或是其他野生动物的数量，还是太少，太少了。即使是专业的护林员，或是动物保护工作者，在山林辗转二三十年，也未必能与它们随时相遇。

所以当我们这些外来人，在东北虎豹国家公园管理局汪清局监测中心，依靠“天地空一体化监测系统”的技术，看到远红外线相机拍回来的画面，真可谓天大的恩赐了。

我们以为的寂静单调的灌木和杂木丛生的林间，其实是一个丰富多彩、妙趣横生的世界。

镜头里不时出现的是几只窜跳的黄鼬、松鼠，它们或许是在冬天到来之前，利用秋天食物丰沛时节，每天拼命地寻找和储存越冬的食物。

高大笨重的黑熊无所顾忌地闯入镜头里，它拖着硕大的身躯，东抓西刨的，不停歇地忙碌着。

丑丑的几只野猪横冲直撞地，大摇大摆地来了，它们所经之处，像是发生了打劫一般，地面厚厚的落叶，被翻腾得杂乱无章。

美丽的梅花鹿优雅地一回眸，面对镜头，像是突然发现我们在看它似的，妩媚而羞怯地转身离去。

就在当天上午拍到的影像是一只我们常说的“傻狍子”，在画面里呆呆地站立，一副不知所措的样子。几秒钟时间，这只可爱的小狍子，消失在茫茫林海。

……

这些影像视频，有拍摄于清晨的，也有拍摄于黄昏的，这时候的它们，毛色鲜艳清晰。拍摄于夜晚的，在灰色的画面里，只能看到它们的身体轮廓，突出的是它们亮亮晶晶的眼睛。

自从东北虎豹国家公园体制试点以来，监测记录下许多东北虎、东北豹的身影，为了满足我们要看到它们影像的急切愿望，工作人员打开了几天前和之前拍到的东北虎和东北豹影像资料集锦。

视频里的它们，深深吸引着我们。

高大威猛却低调不张扬的东北虎，在几秒钟的视频里，旁若无物、从容自若地穿梭在林间。它们有的悠闲漫步，有的捕食猎物，有的好奇地研究布设的监控设备。全身金黄夹黑的斑纹，在阳光下闪烁着雍容华贵和自然大方的光彩，显现出它那与生俱来的自信和傲视群雄的威武霸气。

汪清林业局保护处的曲丽处长介绍说，在所有老虎的亚种中，东北虎的体形最大，毛色最鲜艳，也是最威猛的一种。最大的雄性东北虎体长有 3 米，体重近 400 公斤。每一只东北虎的斑纹都是独一无二的, 所以, 很容易被辨识。

曲丽这样说，让人不由得联想到人的指纹所具有的完全个体特异性。难怪生活在园区内东北虎数量的统计如此精准。

曲丽又介绍说，老虎的领地意识、领土意识特别强，除了捕猎和休息，老虎最主要的日常工作就是维护自己的领土，或者叫自己的家园。它常常在树木上抓几爪，留下明显痕迹，或在地上刨个坑、在树木下留下自己的体液或者体味。通过各种方式，在领地的边界上留下自己的气味和标识。

老虎对领土的在意和守卫, 很有些像国与国之间的边境线上, 立下的界碑, 意在提醒 :“这是我们的领土，非请勿入！”

我们没有在视频里看到东北虎在维护自己家园的这些动作，但是看到了东北豹扭着屁股在刨坑，憨态可掬的样子，令人忍俊不禁。

工作人员告诉我们，这只东北豹就是在给自己领土边境线“立界碑”。

东北虎、东北豹这类大型猫科动物活动范围很大。东北虎正常的活动范围，大都在 500 平方公里左右到 1000 平方公里以上。性情孤独的老虎，都有属于自己独立的领地，很少交叉。领地界线一旦确立，其他动物或是竞争对手妄想进入，都将视为入侵行为，发生领土保卫战在所难免。

但是，自古享有“山林之王”称谓，领土意识或家园意识如此之强，神一样存在于山林之中的东北虎，一度还是沦陷于无领土可守，进而无处安身，甚至遭遇种群灭绝的劫难。

“我们汪清林业分公司在过去的六十年里所做的工作，就是保护生物多样性，维护生态平衡。通俗地说就是发挥生态功能作用，为动物们盖好房子，保护和恢复东北虎豹野生种群的家园，实现东北虎豹在中国境内安全稳定繁育。”

作为生于斯长于斯的“林二代”，东北虎豹国家公园管理局汪清分局的高延民副局长，向我们介绍汪清林业分公司，在经历了由原始采伐，到利用天然林，再到现代林业可持续发展的经营理念和方式转变时，语气平和，却铿锵有力地说出了这一段发自肺腑的话语。尤其是他饱含深情地说出“为动物们盖好房子”，这种朴素的人文关怀理念，在我们这些外来人听来，不仅触动人心，而且，我们深深地感觉，他们是将东北虎、东北豹当作了与他们共同享有东北山林的“自家人”。

坐落于吉林省东部长白山北麓、汪清县境的汪清林业分公司成立至今，已有七十五年历史，是吉林省最早开发的森工企业之一。汪清林业分公司森林经营曾经历了过量采伐、采育兼顾、注重保护、科学经营和精准提升五个阶段。

二十世纪五十年代，为了解决粮食问题和工业发展需要，吉林省和黑龙江省曾经成立了接近 2000 个国有和地方林场。可以想象，当时几万台电锯同时发出震耳欲聋的轰鸣，也是一派热火朝天的景象。比如，建于 1959 年汪清局下属的金沟岭林场，曾经就有五个伐木车间，当年同时进行大面积砍伐作业，最高年产量达 15 万立方米。

然而，激情澎湃的林业人，在一步步向森林深处挺进后逐渐意识到，随着天然森林的消失和退化，野兔、梅花鹿、狍子等草食动物也在逐渐减少，虎、熊、豹、狼、野猪也不再有安身之处。加上野生猛兽在当时又成为“人人喊打”

的“害兽”遭到合理猎杀，野生东北虎种群和栖息地急速萎缩。

没有了森林，没有了动物，山，必定是寂寞的，是了无生机的，是死气沉沉的。

面对青山变秃岭的惨痛而严峻现实，靠山林吃饭的汪清林业人痛心疾首。1959 年起，汪清林业分公司废除了大面积皆伐和带状皆伐等采伐方式。前后有十任林业局局长，坚持减少伐木，并制定了“节制主伐、加大抚育、合理经营、双向推进”的采育兼顾经营方针，树立以育为主、采育结合的思想。

曾经，汪清林业分公司一年伐木能有 50 多万元收入，但是，他们硬是将一年伐木收入压缩至 15 万元左右。1989 年汪清林业开启培育“百万亩采育林”行动，率先在全国林业实现了林木生长量大于消耗量的经营成果。汪清林业人将青山常在、永续利用的理想终于变成了现实，走出了一条具有汪清林业特色的森林可持续经营之路。

其实，东北林业发展大体如汪清林业一样，走过了一条从过量采伐，到采育兼顾，再到注重保护、科学经营的转变过程。随着国家天然林保护工程实施、自然保护区建立，特别是吉林、黑龙江两省，在二十世纪九十年代中期实施全面禁猎，东北野生动物栖息地生态环境逐步得到改善，莽莽东北林海才重新成为野生动物们在此安家的家园。

2017 年，中国成立东北虎豹国家公园管理局，标志着东北虎、东北豹的保护进入全新阶段。园区内的生态系统得到整体保护修复，森林蓄积量增加，东北虎、东北豹的野生种群也得到了恢复。东北林区成为中国仅有的野生东北虎、东北豹稳定栖息地和扩散种源地。野生东北虎数量也在逐年增长，如今东北虎已经在 50 只以上，野生东北豹数量也在 60 只以上。虎豹幼崽的成活率，也从东北虎豹国家公园成立前的 33%，提高到现在的 50% 以上。

虎啸森林、豹走山川的景象悄然再现。东北林业人做到了，并且正在做得更好。而东北虎豹国家公园的成立，无疑更是“为动物们盖好房子”做的制度和机制保障。

二、巡山清套，还山林原本的清净

汪清的夜晚寂静得让人产生了某种期待，幻想着性情孤独，一向喜欢保持沉默的东北虎，可能就在不远处的山林，随时准备发出低沉而威严的虎啸，呼唤山林里动物们集合，开始一场动物世界的聚会狂欢。

当然，这种情景只发生在童话或是动画故事作品里，人或是其他动物是很难与老虎相见的。

山林之中，东北虎华丽的斑纹大氅，仿佛是它的隐身衣，只要它不想让人发现，就很难知道它躲在哪里，而一旦与它邂逅，结果也是很难预料的。

雨后清新的一天到来，对山林的好奇与期待未减，促使我们拾级登上东北虎豹自然保护区的磨盘山。

陪同我们的汪清县林业局党委副书记赵保安，一路向我们介绍着地处东北虎豹国家公园核心区磨盘山的状况，阶梯两边郁郁葱葱的针阔混交林，由栎树、槭树、椴树等阔叶树种，以及云杉、松树等混合组成。赵保安说，这种环境是最受东北虎、东北豹喜欢的。这让人不禁将夜晚的期待延续着，一路想象，或许与某个动物的不期而遇。

其实，我们已经很幸运，尽管不能亲眼见到东北虎、东北豹，但是我们能与那些山林的守护者相遇，了解到他们在保护山林，保护东北虎、东北豹以及其他野生动物过程中，所做的看似平凡，却意义非凡的事迹。

在东北虎豹国家公园管理局大兴沟局，站在一通竖立的“东北虎豹国家公园”宣传碑文旁边，我们远远地眺望了园区内钟灵毓秀的四方山。在四方山的东北虎豹保护区内，安装有 1200 多个红外线照相机，拍摄到东北豹 10 多次，拍摄到黑熊 300 多次。

我们询问“80 后”副总经理赵明珠和保护处处长孙健，东北虎豹国家公园管理局大兴沟局成立后，他们主要的工作都是哪些。

他们给了我们简单明了的四个字：“清山清套”。即在日常护林防火，保障山林安全的同时，把山林不该存在的东西清理掉，把隐藏在山林里捕猎野生动物的套子清除掉，还山林原本的清净。

早些年，人类给山林造成了太多太多有形无形的伤害，对生活在山林里的生命和精灵的伤害和驱逐，更是延续多年。

在普遍生活困难、物资匮乏的年代，很多靠山吃山的林区农户和猎户，不得不靠捕猎野生动物，来添补朝不保夕的餐食和家用。在山林里动物时常出没的地方，置放铁夹子，下铁丝猎套便是常有的事。

小小的铁丝套子，是最省事也是最有效的捕猎工具。很多有经验的猎户，不仅靠下套捕猎动物，解决自家吃饭问题，还能靠私下贩卖动物肉和皮毛获得更多利益。

1997 年，吉林省先后颁布了《吉林省禁止猎捕陆生野生动物管理若干规定》《吉林省人民代表大会常务委员会关于禁止猎捕陆生野生动物的决定》，那些常年靠打猎讨生活的猎人，至此才在被动与主动中，放下了手中的猎枪。但是，曾经置放在山林里的猎套，还在山林的各个角落隐藏着，随时可能对野生动物造成伤害。

赵明珠介绍，为改善东北虎的栖息环境。仅在 2019 年，大兴沟局就曾出动巡护人员三千多人，开展清山清套活动，清缴历年遗留的钢丝套子、铁架夹子等捕猎工具，同时大兴沟局与野生动物管控开展联合检查，检查饭店、农贸市场、超市 86 家（所），设立野生动物保护检查岗，检查过往车辆。这些工作，他们年年在做，从没有放松过。

观看欣赏了四方山美丽景观的宣传片后，年轻的大兴沟林业有限公司董事长李成铭（“80后”），在检查完东北虎豹国家公园大兴沟园区，和大兴沟所辖林区的防火设施和防火安全工作之后，风尘仆仆地赶回大兴沟局。

说话幽默爽利的李成铭，既有着初秋时节进入成熟期的沉稳，又充满着春天里盎然生机的活力。清澈爽朗的笑声，感染着在场的每一个人。但是，当话题转入工作，李成铭笑意未减的表情，又增添了几多严肃和深沉。他说，东北的气候四季分明，每年的3月15日至6月15日；9月15日至10月15日(下雪为止)，是雷打不动的东北虎豹国家公园和林区的防火期。这个时间段，防火工作丝毫不能马虎。今天他们走访了林区，是为了提前提醒即将烧炕取暖的老乡，提高防火意识，这也是每年都必不可少要做的工作。

在我们来大兴沟局的这一天，恰逢“中元节”，即“祭祖节”，途中遇见连绵不绝的上山祭祖车辆，爆竹声也不绝于耳。上坟烧纸放鞭炮，都是安全隐患，千亩林万亩林，无视防火等于零。

大兴沟局这个年轻的团队，所承担的任务艰巨而繁重。但是看着他们青春又坚毅的面孔，我们相信，他们能够担当此重任。我们应当为他们加油！

珲春市林业局巡护队队长李冬伟，是个在护林行业响当当的人物。从我们第一天与东北虎豹国家公园管理局座谈开始，李冬伟的名字和事迹就不断地被提及和讲述。

李冬伟所带领的珲春市林业局巡护队，最主要的日常工作，就是在东北虎、东北豹最有可能出没的地方布点红外相机，记录它们的种群状况、活动轨迹和生存条件。

除了布点和维护红外相机，巡护员们定期上山，也是观测中必不可少的一环。在“天地空一体化”的自然资源监测和管理系统处于推广阶段时，要想在广袤的山林里，实现“全景式”高密度监测，还是有些力不从心的——红外相机只能记录定点数据，而且如果布点不合适，很可能几千张照片都是无意义的数据；人为的观测，除了可以找到最适合放置相机的点位，还能观测到其他野生动植物的生存状况。

珲春市林业局巡护队刚开始做观测工作时，全站的红外相机只有10个，这对观测工作是个极大挑战。巡护员们要“像买菜那样精打细算地布点，把相机放到东北虎最常出没的地方”“有时候好不容易（把相机）选好放那儿了，又觉得下一个点更好”。

正是有了许多个像李冬伟一样，对实体信息的实地、实物采样收集所做的扎实的基础野外监测数据，才可以知道，我国东北虎豹种群绝灭和栖息地退缩的趋势已得到扭转。

随着东北虎豹国家公园的成立，各个巡护站的设备也在不断增多，并得到及时更新。红外相机点位的增多，极大增加了观测到东北虎的成功率。现在的影像数据可以直接上传到云端，科研人员可以实时观测。所以，我们这些外来人，才能借此技术大饱眼福。

在珲春见到李冬伟的那天，已是傍晚，他刚刚完成一天的巡护工作回到市里，全身带着山林空气的清新和山风的清爽。圆圆的面孔，敦实健壮的身材，用虎头虎脑，或是虎虎有生气形容李冬伟都很贴切。

刚刚坐下的李冬伟，就像还没有完全松弛下来的陀螺，兴奋地讲起发生在半年前——2022年12月2日在国道上和东北虎的奇遇。

李冬伟说，这些年珲春人见到老虎的次数多起来。对于天天做巡护工作的李冬伟来说，和东北虎擦肩而过的事情，时有发生。每每在他们巡山时，刚刚安装好远红外相机时间不长，东北虎就会闯入镜头。不过，他还是想，他啥时候能在国道上行驶时，坐在车里见见老虎。

念念不忘，必有回响。终于就在 2022 年 12 月 2 日那天，在李冬伟巡护回来的路上，终于真的看到日思夜想的东北虎了。

虽然事情已过大半年，李冬伟对于这次奇遇的兴奋丝毫未减。他娓娓道来：“当时，看到老虎就在我们的前方，我们因为急刹车，车身晃动了一下。其实那只老虎见到我们时也很害怕，它走向公路旁边的隔离带。隔离带下边有缝隙，但是老虎想钻没钻过去，于是又顺着国道向前走，就这样走了有 200 多米。我心里对它说，我已经看见你啦，也把你的照片拍下来啦。你就别继续在国道上走了呀！快回到山上吧。于是，我按喇叭示意着老虎，快点上山，直到看着它安全上山了，我们才继续赶路。”

李冬伟再次重复说，过去，他都是依靠远红外相机看到老虎的身影。有时候他们在选好地点安放相机之后，就像老虎有感应一样，仅仅过去五六分钟，老虎就大摇大摆地来拍照了。李冬伟说，那么快的时间在镜头里见到老虎身影，他和他的队友们真是又兴奋又后怕。

李冬伟这么多年都在期待着，让他在国道上乘车时与老虎相遇一次。为了证实他的梦想成真，他说那天和他一起与老虎“幸福”相会的，还有巡护员王俊江。

随着快人快语的李冬伟的叙述，他从平面的文字事迹里立即超拔出来，生动而立体了。

1982 年生人的李冬伟，山林里生山林里长。最初，他是以志愿者的身份与野生动物保护工作结缘的。2012 年底，李冬伟被破格提拔为珲春市林业局巡护队队长。

其实，一切所谓的缘分，都绕不过“热爱”二字。因为爱，所以爱。没有什么理由和原因。

十一年的巡护经验，让热爱山林的李冬伟，不仅加深了感情，也对野生动物有了较为全面的了解。十一年来，他带领着珲春林业局巡护队，通过长时间对管辖区域内野生动物的活动情况，或者其他有机类动物的信息，以及人类活动的情况所做的记录数据累积，对于东北虎的种群情况、生存现状，成为日后科研和保护工作极为珍贵的一线资料，也为东北虎豹国家公园制订保护规划，提供了极为有效的参考。

李冬伟和他的巡护队的另一项重要工作，也是清山、清套。也就是在野外巡护区域里清理盗猎的工具。他们将巡护区域划分成 180 个网格，2×2 是一个网格，展开拉网式的清理。尽量做到清一片净一片。

但是，春夏季节杂草茂盛，清套的效率很低，即使清理过的地方，还是会发现有猎套。因为那些钢丝猎套和树木，在岁月里已经变成一个颜色，或是成为树的一部分了，很难被发现。

刚开始的时候，李冬伟他们对清理过的地方还挺有信心的。感觉是能做到将那些盗猎的工具一个一个清理干净的。但是随着从事这份工作的时间越长，他们越不敢这么说，也不敢这么想。稍一不留神，就有可能将那些老旧的猎套给遗漏了。

珲春市林业局巡护队，每天五个人一组，要驾车到距离珲春市 100 多公里之外，才能进入工作区域。“对我们这些年轻人来说，我们真正将巡护工作当作了自己的事业，大家很有责任心，也肯吃苦。虽然做的事情看着很简单，但是需要每天早出晚归，日复一日年复一年地穿山越岭，能坚持下来，也很不容易。”

如果说东北虎、东北豹的活动区域辽远而广阔，那么李冬伟所带领的珲春林业局巡护队的巡山清套工作区域，也可谓辽远而广阔——包括了珲春市东北虎自然保护区的 2000 多平方公里范围。这个区域也是东北虎豹向我国内陆扩散的重要廊道，巡护队每天都要在野外步行 10 公里以上。

巡护队员的生活既单调枯燥也很艰苦，但是他们所做的贡献可谓居功至伟，十一年来，李冬伟带领巡护队清除各种钢丝套、兽夹、捉脚等捕猎工具超过 1.3 万个，抓获违法盗猎人员 8 个，以实际行动保障了东北虎豹栖息地廊道的畅通。

三、保护东北虎豹是每个人的事

"80 后"李冬伟是珲春市林业局巡护队的"大哥"，但是他感叹自己已经不再年轻，不过他很庆幸，他们这个团队不断地有后来人加入，比如"90 后"的刘国庆、杨钊等。他们不仅经受住了勇气和信念的考验，也成为掌握观测工作不可多得的人才。

2015 年年末，加入这个团队的刘国庆，当时每月只有 1970 元的生活补助，刘国庆坦陈："最开始的时候，知道要保护东北虎，但却不知道怎么保护。"是在巡护实践中，刘国庆和队员们逐渐知道了，东北虎缺少什么、需要什么。对"生态环境是层层相扣的系统"也逐渐有了认识：东北虎的主要食物来源是野猪、马鹿等，因此这些动物的生存，与东北虎息息相关；再往下，野猪吃飞禽走兽，马鹿要吃特定的乔木和灌木，还要有不被打扰的空间用作群居……

虽然工作环境艰苦，而且得到的酬劳很少，但是刘国庆热爱上了这份工作，他开始自学 ArcGIS 教程，还得到了一次可以参加由 WWF 组建的一个 SMART 软件基础培训班的机会。这些知识的学习，再结合巡护数据，对于更加科学的巡护方式与记录方法有很大的帮助。不到两个月的时间，刘国庆对 SMART 巡护工具的各项功能就有了较为全面的掌握，并开始负责珲春市林业局巡护数据的统计工作。

2016 年开始，刘国庆创建了"我爱东北虎"的微信公众号，并定期发表一些与保护、巡护等有关的图文，把在大山中记录的镜头分享了出去。有趣新颖的影视作品、诙谐幽默的写作特点，吸引了很多粉丝。这些粉丝喜欢的不仅仅是他的作品，更多的是对野生动植物保护的关注。利用新媒体传播工具，增强世人了解巡护工作的重要性，也为野生动植物保护的宣传做出了一定的贡献。

这几年，除了定期巡护巡逻，检查是否存在偷猎者，在东北虎分布集中的地区，拆掉过去猎兔、猎狍子的陷阱，避免东北虎、东北豹意外掉落之外，李冬伟、刘国庆、杨钊还有了更多需要做的事情，就是下村宣讲。在潜移默化的宣讲过程中，老猎户们转变了观念，开始意识到“打兔子、打野鹿也可能影响到老虎”。同时，李冬伟、刘国庆还教导村民们，见到东北虎时应该如何应对。

东北虎豹国家公园正式成立后，为更好地实现生态保护，当地的管理体制逐渐理顺，生态资源得到合理整合。东北虎豹国家公园还将增加生态管护公益岗位，推行生态管护员“一户一岗”，聘用在东北虎豹国家公园内长期居住、有劳动能力的农民群众从事保护巡护工作。下村宣讲的，不再只有巡护队员，还有东北的市民、村民，以及那些放下猎枪做了志愿者的猎户。

有着三十多年打猎生涯的老猎户于贵臣，十六岁开始打猎，是被人称道的“打猎能手”。如今已是七十岁老人的于贵臣，讲起自己年轻时的“壮举”，依然颇有几分骄傲。那时的于贵臣，不仅体力好，枪法也精准，又有着与生俱来的打猎灵气儿，所以，只要他出去，就从来没有空手而归的，而且从没有受到过野兽的伤害。

那些年，每到冬闲时节，山林里的农民就转身成为猎手。打猎让贫困的家庭生活得到了极大的改善。靠山吃山，这对于农民来说，天经地义，没有感觉到丝毫的不光彩。

于贵臣说，尽管进入大山深处打猎一去好几天，很是辛苦，也时刻充满了危险，但是，每当带着猎物归来，被村民和家人羡慕着赞美着，心里还是很有自豪感的。三十多年里，于贵臣捕获的猎物，野鸡、野兔不计其数，黑熊、野猪、狍子、鹿就有上千只了。自家饭桌上丰盛了，生活也相对富足了，但是，他也感觉到，野生动物确实在一天比一天地减少。

于贵臣有三杆猎枪，除了自己使用多年的一杆，他还给自己的两个儿子备了两杆。1985 年，国家发文禁止打猎，但并没有人监管。1996 年，国家严令禁止打猎，在两个儿子劝阻下，于贵臣虽说放下了猎枪，但是直到 2010 年，才很不情愿地停止了打猎。

很偶然的机会，于贵臣结识了“爱虎小分队”的张春林。张春林开始动员于贵臣加入这个自发组成的保护老虎和其他野生动物的小团队。于贵臣对此不感兴趣，他说自己曾经就是一个打猎的，“专门杀生，转身就干起了保护，谁信呢”？

张春林很真诚地对于贵臣说，参加爱虎小分队活动，没有报酬，纯粹是为了保护老虎和野生动物，大家伙儿在一起做的，是积德行善的事情。

“积德行善”这句话，让于贵臣心里骤然沉重了几分。一想起在他拿起扎枪，扎向那些奔跑中的小生命，它们有时候竟然站立着，瞪大着眼睛无辜地看着他，眼里分明还流着泪。

这样的情景不时地出现在于贵臣的睡梦中。梦境里那些神气活现的小动物，令于贵臣意识到，他三十多年的猎手角色，带给他的并不只有自豪和荣耀，还有深重的负罪感。幡然醒悟之后的于贵臣，从心底里开始厌恶和惧怕杀生。

从 2015 年开始，于贵臣成为清山清套的志愿者。当年，他是下套高手，自然，他知道清套的路数。他说他刚开始进山清套时，他一个人一天最多时清除了近 50 个套子，几年下来，他一个人清除的套子也有上千个了。

如今的于贵臣，在山里再见到狍子、梅花鹿这些野生动物的身影，心里仍然是一阵遏制不住的激动，不过，现在他对它们满怀着欣赏和喜爱，他说："这些奔跑、跳跃的小生命，看着是那么的可爱。"

和李冬伟的珲春市林业局巡护队一样声名远播的，还有一个令人肃然起敬的巡护集体——东北虎豹国家公园管理局东宁局女子巡护队，这是国内第一支专职女子巡护队。

因为从李冬伟这里了解了巡护队工作的辛苦和危险，所以，在见到"女子巡护队"队员之前，心里先对她们生出一份怜爱之情。是什么样的缘由，让这些年轻的女子，选择了这份工作？又是什么信念，让这支"女子巡护队"坚持了下来呢？

离开珲春，一路向北，进入了黑龙江省牡丹江市境内，穿过一条森林公路，在一片高大茂密的林间，豁然出现一个由简易平房组成的院落，还有一座高耸于林间的瞭望台。这里似乎是我们进入东北虎豹国家公园以来，最接近我们想象的"东北虎豹国家公园"的样子。

平房上端标有"东北虎豹国家公园东宁朝阳沟生态体验点"，平房院落地面上，站立着一排四五个年轻的女子，在欢迎我们的到来。她们便是"东北虎豹国家公园管理局东宁局女子巡护队"队员了。

黑龙江省东宁市林草局朝阳沟林场副场长李刚记得，2019 年，林草局认为女生心细，能把"清套"和巡护工作做得更细致，于是决定组建女子巡护队。

2019 年 4 月成立的这支女子巡护队，原有 12 名队员，现有 6 名队员。这一天，我们见到 4 名。看她们的模样，与"80 后""90 后"女子相比，并没有什么特别之处。但是，一聊天，又感觉她们还是与普通的女子不一样。她们有着山林一样的清纯、朴素的品性，也有着山林一样蓬勃的青春活力和饱满的激情。6 名女子都有一个共同的出身：祖父辈都是老林业人，她们或是"林二代"或是"林三代"。

有着高挑匀称模特身材的周颖，今年三十五岁，她是在 2021 年 5 月主动参加女子巡护队的，当时女儿刚刚一岁三个月。入队五个月后，周颖就与吴桐做队员，周转在各个乡镇做防火调查，宣传到哪个乡镇，就住在哪个乡镇。

周颖没有讲她这是第一次与刚刚断奶的女儿分开，而且是漫长的二十多天，这期间她是如何在思念与煎熬中度过的，却饶有兴致地讲起，一次在巡护途中，听到不远处发出一声动物的吼叫，而且看到乌鸦在天空盘旋。若不是有经验的队友，说这是东北豹在觅食，让我们快速下山离开，不然真不知会遭遇怎样的危险。

周颖说，在另一次巡护途中，她抓到一只小野兔，当时她感觉兔妈妈就在附近正等着小兔子回家，就像自己的女儿，时刻盼望着她这个做妈妈的快快回家一样，惺惺相惜，她放下这只迷路的小野兔，心里祈祷，小兔子一定会回到妈妈怀抱。

周颖说起工作滔滔不绝："我们每天几乎重复着一样的工作，但不觉得枯燥乏味。""我们的远红外相机拍摄到了很多野生动物，东北虎，东北豹，梅花鹿，野猪，狍子，狗獾，赤狐，等等。""我们巡护去过干河子，土豹沟，二黑顶子，大东沟，小东沟，碾盘沟等许多地方，很多山川沟壑都有我们走过的足迹。""看着生态环境在我们的努力下一点一点地恢复，一切都值得。"

今年三十八岁的张昕，是个十二岁孩子的妈妈。张昕在参加巡护工作之前，曾在亿滋（奥利奥公司）从事业务员工作。在女子巡护队成立之初，张昕就义无反顾地加入巡护队里，是女子巡护队的"老队员"了。

性格豪爽的张昕坦言，尽管是"林三代"，对大山，对森林，有着天然的亲近感，但是开始做巡护工作时，还是什么都不懂。不过，她现在已经是个"懂得山林，懂得山林变化"、熟练掌握专业知识的巡护员了。上山做巡护，艰苦也罢，疲惫也罢，危险也罢，对于张昕来说，似乎已是家常便饭。她总能在单调枯燥的工作中找到快乐。

张昕说，她们上山巡护时遇到车陷深坑是常有的事。“一次，我们三名女队员，下车去推陷入深坑的汽车，车轮甩起的泥巴甩了我们满身，连门牙上面都是。车被推出深坑后，我们看着彼此的样子，禁不住笑得前仰后合。这样的事情给我们的巡护工作增添了很多乐趣。”

的确，对于天生快乐的人，总能在苦中取乐。阳光下，似乎到处有她们俯身可拾的欢欣。

俊秀中透着成熟沉稳气质，同样是三十八岁的邱时，她的姥爷、父亲、母亲、舅舅、哥哥都是林业人，做第三代林业人并不是命中注定，但是邱时喜欢与山林亲近的生活。

作为这支女子巡护队的队长，邱时也是牡丹江市的人大代表。她介绍说，她们这支国内第一家巾帼巡护队，一年要上山巡护二百多天，与男性巡护员工作量没有什么差别。

每天清晨六点钟，“带着一些干粮和水，从驻地去往大山脚下，乘车半小时到一个小时，上山全靠步行”。

邱时介绍说，她们和男队员们一起上路，主要工作是“负责给山林中的野生动物补饲点添粮加料、清山清套、维修维护红外摄像机等，这些工作做完常常就到下午两点多了。”

邱时坦言：“刚开始做巡护工作时，每天上山要步行大约 5 公里，还有各种监测工作要做，真的很累也很辛苦，那时，很担心自己坚持不下来。”

虽然这是一支由女子组成的巡护队，但是凶猛的野生动物们才不会因此就对她们网开一面。

邱时对 2020 年的夏天，她们小组进山清套，“撞上”老虎的经历刻骨铭心。她说那天她们走到了一处山涧下，彩虹伴随着溪流从高处落下，水声、鸟叫声，声声不绝。突然，耳边所有的声音都消失了，万物寂静中，只听得老虎的一声啸吼，似乎整座山都在颤抖。那是既熟悉又陌生的吼叫。

“这声音，让我深刻地感受到了，森林之王的霸气与威武。听声音，老虎就在山涧之上，虽然我们知道老虎不可能跳下来，但是我们的身体不由自主，因为恐惧而发抖着。我们发了疯一样地向汽车处跑去。直到顺利逃进车里，锁上车门，还惊魂未定，所有人都出了一身的冷汗。这是我们第一次在没有保护的情况下这么近地与老虎相遇。”

天天穿林过涧的，做巡护工作的危险，绝不是偶然发生的。一次，邱时和队友们巡护结束后，正在返回的途中，只见一群鸟匆匆飞过，就在 20 米左右不远处，树梢在剧烈晃动着。邱时她们虽然没有听到电锯的声音，但是以为有附近的村民偷偷上山砍柴。

邱时笑着叙述这一次的奇遇：“我们大家静悄悄地走过去，我的天，竟然是一只大黑熊在用后背撞大树。我们与黑熊四目相对的一刹那。一位队员反应灵敏，将鞭炮点燃了，向着黑熊扔去，它被吓跑了，否则我们只好和黑熊比比谁爬树快了。”

由女子巡护队完成布点的红外相机，记录了野猪、狍子、梅花鹿、金钱豹、狼、黑熊，还有东北虎等许多的野生动物。

邱时自豪地说：“看着它们在我们巡护的这一片区域繁衍生存，我想我们工作的意义就在这里了。”

还是小姑娘模样的吴桐，是“90 后”也是“林三代”，虽然是队里年龄最小的一个，吴桐却是在 2019 年成立之初就加入女子巡护队的“老队员”了。

说起巡护途中的奇妙趣事，吴桐那单纯可爱的样子，仿佛孩提时随同妈妈爸爸去动物园一样的兴奋。

吴桐说，她曾近距离看见三只野生梅花鹿向山顶奔跑，体形比她想象中的要庞大许多，头顶的鹿角像高大树木的枝丫，身上那有斑点的毛色光滑而艳丽。见到它们的那一刻，吴桐激动无比，禁不住大声喊着："鹿，鹿，快看，快看那是鹿。"

吴桐说，她们的工作不仅很有意义，也很有趣味。她说她和巡护队的姐姐们一同巡护走过崇山峻岭，也走过两山夹一沟的峡谷，还攀登过悬崖峭壁。现在看见野生动物活体、足迹、粪便越来越多了，说明这里的生态环境也越来越适合动物生活了。一想到这些，她说她觉得这份工作的艰苦都随着这个环境的改变而显得无足轻重了。

那天在和吴桐一起登上第二层瞭望塔时，我小声问她，工资收入是多少？吴桐也小声地回答我，两千多元。我吃了一惊，看了她许久，有些难以置信。吴桐那清澈的目光告诉我，这是很肯定的回答。

"90 后"的徐春梅，毕业于齐齐哈尔林业学校，起初她在林场做了八年的护林员，东宁林草局招募女护林员时，徐春梅抱着既害怕又好奇的心情报名加入了巡护队。

在此之前没人觉得女子可以做巡护员，就连与徐春梅共事的男护林员们也以为姑娘们只是跟着溜达溜达，去两天就不去了。结果徐春梅和姐妹们坚持了四年。

2019 年 7 月，那是徐春梅进入巡护队的第三个月。那天，她跟随老队员王大爷一起去铁矿沟上山巡护，大家分散开，间隔一定的距离。走着走着，突然，徐春梅踩进了被草丛掩盖的一个猎套，当下摔了个大跟头。当时她还没有解套经验，发现猎套后，顾不得疼痛，只好大声呼喊："我被套子套住了！"

在试图为自己解除猎套时，徐春梅陷入沉思："如果套在动物身上它们该怎么办？""也是从那一次开始，让我心里萌生了想要保护、守护它们的决心。"

惊险的事情不止一次地发生过。2021 年 2 月的一天，徐春梅和队友们赴吊水湖巡护，途经一个虎豹活动活跃的地点，看到地上有一条新鲜的东北虎足迹。他们第一时间采集数据，坐标、地点、掌垫宽度、步距、图片等。由于冬天地面积了厚厚的雪，那天又是雨夹雪，路面湿滑，给野外工作增加了很大的难度。在经过一处小山坡时，徐春梅踩到一块石头，脚底一打滑，大头朝下狠狠摔到了地上。

徐春梅说："我本能的反应就是双手抱住了旁边的一棵大树，一动不敢动。因为稍微挣扎一下，一个寸劲我就会掉下山崖，估算这座山有 20 多米高。我大声呼喊，一起上山的队友及时将我拉了回来。巧的是在整理远红外相机时，这惊险的一幕恰巧被远红外相机拍到了。"

就在我们听到徐春梅的这些惊险故事之前，即 2023 年 1 月，徐春梅在银洞沟方向两次差点与东北虎相遇，如果不是当时在另一座山上架设相机很有可能就与之正面相遇了。

"林二代"的白雪，今年四十岁。2019 年参加巡护工作之前，白雪是中国人寿个险教培部的讲师。从一个有"五险一金"的稳定工作，到现在的林业巡护员，她说她最大的感触是自己的身心得到了释放，同时对大自然和生命也有了更多的敬畏。从一个原来连草丛都不敢进，看见毛毛虫就尖叫的人，变成现在钻树林都不会眨眼的女汉子。白雪说这是她巨大的改变。

讲起"毛毛虫"，白雪忍不住又笑出声了。她说，刚参加工作不久，有一次她和李刚场长还有一个男同事小董一起，去虎豹沟换相机内存卡和电池，当李刚在低头工作时，白雪看到他帽子上有一条大毛毛虫，吓得原地惊叫起来。"由于那个地方经常有虎豹出现，当时李刚和小董就被我的惊叫吓到了，还以为是彼此身后有大型野生动物出现。那次下山之后他俩还觉得后怕，反倒是我被自己给逗笑了。"

2022 年 1 月白雪和徐春梅在上山巡护时，经过干河子管护房，当时车停在山脚下，先看到天空中盘旋的乌鸦始终不敢落，紧接着一群受惊吓的梅花鹿跑了过去，随之而来的是大型野生动物的低吼声。

“听得人汗毛都会立起来的叫声，当时我们猜测可能是有大型野生动物在捕食。立即跑到了车上。车上的同事也听到了这声吼叫。这件事让我每次想起来都后怕。”

对大自然的喜爱也让白雪越来越喜欢这份工作。因为在工作过程中能遇到不同的野生动物，狍子、鹿、棕熊、小兔子、蛇、獾子、野鸭子、野鸡等，还会在工作中感受山林间的四季变换，每一天上山都会看到不一样的景色，如同一幅幅行走的油画。

白雪说，上山巡护的工作，有惊险也有惊喜，看到野生动物的生存环境得到了有效的改善，还是感到很骄傲的，因为这里有自己的付出和努力。

密林深处隐藏着太多意想不到的危险和困难。队长邱时说：“夏天比较热，但上山需要穿长袖衣服；五六点钟早起上山，十点就要下山，不然会中暑。”

冬天的东宁市平均气温仍旧在 -20℃以下。上山巡护前，队员们都要努力把自己裹严实，上身两件羽绒服，下身一件棉裤一件带绒冲锋衣，脚上穿着棉鞋，还不忘塞上一双发热鞋垫，把能穿的衣服都套上了。白雪说，尽管如此，感觉还是扛不住。“在山里站上几分钟，寒气从脚底侵袭到腿，直透到心里。”

尽管如此艰苦，女子巡护队员们都有着一个积极乐观的心态。每天早晨，她们时常揣上个面包和火腿肠就走，有时候中午吃饭，捡起两根树枝就当筷子。冬天下了雪，积雪的平均厚度没过脚面，最深的时候，姑娘们蹚着到大腿根处的雪往前走。赶上下雨没带伞，雨又下得停不下来，她们索性一边唠嗑一边唱歌，一走一出溜地冒雨而行。

复杂特殊充满危险的环境里，即使是徒步行走，都可能对人的意志、境界和情感构成考验。更何况，她们还要在恶劣的环境里，完成巡护任务。自小在林场长大的这些女子，熟悉山林胜过熟悉自己，正是与山林有着深厚的感情，让她们日复一日年复一年在山林穿行的过程中，练就了坚实的体魄和勇敢的品格。

在深山里开展“清套”和巡护的四年多时间里，女子巡护队清理猎套4300余个，清理各种猎夹10余件，完成冬季补饲投放饲料11000公斤、豆粕2300公斤，更换远红外相机电池17000节。

正因为有如此突出的成绩，2023年5月4日，东宁市林业和草原局女子巡护队荣获第25届“黑龙江省青年五四奖章集体”称号。同年，在举行的第二届国家公园论坛开幕式上，东北虎豹国家公园管理局东宁局女子巡护队荣获首批国家公园建设优秀团队称号。

我在心里向姑娘们致敬，也默默地为姑娘们祈祷，保佑这些勇敢的姑娘，同时，我们似乎还该做些什么。

黑龙江省的东北虎豹国家公园管理局绥阳分局，有一个很有观赏性的“东北虎豹国家公园管理局绥阳局标本室”，这里收集了较为丰富、完整的动植物标本。有东北虎、东北豹、黑熊、小熊猫、梅花鹿、野猪、野兔、狍子以及珍禽、药材、菌类、鱼类、蝴蝶等标本，琳琅满目。这是一个学习动植物知识最直观的教育基地。

最让我们触目惊心的，是标本室有一个展柜，满满当当摆放的，是清山清套时，清缴出来的历年遗留的钢丝套子、铁架夹子等捕猎工具，各种材料、大小不一的猎套，看起来制作很粗糙，但却是对动物最有攻击性的杀伤武器。

张春雷局长充当“解说员”，他指着一个套子说，这个用粗大的钢丝盘成的死套子，一旦老虎或者是豹子误入其中，可以置老虎或是豹子于死地。还有一种钢丝套是活套，套子的另一端不是固定在树上，而是捆绑在一截木杠中间。一旦熊被套住脖子或腿部，为了挣脱掉套子，熊就会不由自主地拖着木杠到处乱转，如果缠到周边树干之间，就会越缠越紧，不是被勒死，就是在不断消耗体力过程中，因无力挣扎而死亡，如果是死套，套子固定在树干上，凭着熊的力量是很可能把钢丝绳挣脱掉的，也可能咬断树木而逃脱。

在山林禁猎、收枪之后，大量猎套的存在，不仅会直接威胁东北虎的生命安全，更重要的是会大量消耗森林中的有蹄类动物，夺去老虎口中的食物。

看着这些恐怖的猎套，突然想到，既然徐春梅踩到过，或许有很多清山清套的巡护员，也曾经遭遇这些猎套的伤害。

为了改善东北虎、东北豹的栖息环境，东北虎豹国家公园绥阳分局也和其他局一样，充分认识到巡山清套是保护野生动物、维护生态安全的重要措施，通过日常网络化的 SMART 巡护和全域专项行动，他们实现了巡山清套全方位、立体化的全覆盖。

东北虎豹国家公园成立以来，绥阳分局极为重视保护与宣教工作相结合，厚植东北虎豹文化底蕴。他们开展宣教工作进基层、进社区、进家庭、进校园、进网络的“五进”活动，开展“虎豹文化艺术作品创作、征集”活动，将野生动植物标本馆和宣教馆建成后向公众开放，将监测到的东北虎、东北豹影像资料及时在国家各类媒体发布，引起社会各界的广泛关注。

使保护野生动物、保护生态环境的理念更加深入人心。把生态保护、动物保护，变成所有人的事，把东北虎豹保护变成每个人的事，这其实也是国家公园体制建立的初衷。

跟随东北虎豹国家公园管理局穆棱局巡护队队长申文连，我们进入长白山脉北端的穆棱六峰山国家森林自然保护区。沿着森林公路一路行驶，可见公路两边，是林场的工人种下的大豆、玉米等农作物。初秋习习的微风，裹挟着红松的香气扑鼻而来，沁人肺腑，惬意、安静、祥和。完全想不到这里是人与野生动物共同生活的区域，看到“东北虎豹出没，注意安全”的警示牌，我们意识到已经身在“东北虎豹国家公园”之中。

珲春市野生动植物保护协会秘书长郎建民，在保护和研究东北虎的二十年时间里，曾十二次与老虎相遇，郎建民有一句话说得好：“如今虎豹保护的成果，是一代人辛苦走出来的事业。未来还需要几代人努力走下去。”郎建民深有感触地说：“保护老虎重要，保护老虎的人，才更重要。”

东北虎豹保护是每个人的事。我们给东北虎、东北豹提供越来越安全、良好的栖息环境，人与虎豹就能和谐共处。

这也是东北虎豹国家公园的理想与目标。

“为动物们盖好房子”，这个“房子”的主体工程已初见规模。

2023 年 11 月 12 日

作者简介

张艳茜，中国作家协会会员，陕西省社会科学院文学所原所长、二级研究员，陕西省“四个一批”人才，曾任陕西省作家协会《延河》文学月刊常务副主编。曾获得陕西省政府优秀编辑奖、柳青文学奖、陕西文艺评论奖。出版散文集《远去的时光》《城墙根下》《从左岸到右岸》等五部，长篇传记《平凡世界里的路遥》《路遥传》，长篇散文《貂蝉》《和亲之路》。作品在《人民日报》《光明日报》《新华文摘》《北京文学》等报刊发表和转载。

东北虎豹的前世今生

王怀宇

一、守望故园

这里是位于长白山东麓的森林山。二十年前，北京天文台、南京紫金山天文台联合发布新闻，确认这座森林山是中国大陆最先看到“新世纪第一缕阳光”的地方。而如今，二十年过去了，这里的人们依然相信，最早迎来阳光的地方，一定会是给万物生灵带来福祉的地方。

第一缕阳光唤醒了这片山地的同时，也唤醒了这片林海，更是唤醒了深藏岁月的久远记忆。

今天，人们在松花江边发现了二万年前的虎骨化石，在鸭绿江边的古墓中发现了猎虎的壁画，在《后汉书》里读到了“祠虎以为神”的记载……斗转星移，沧海桑田，能够留下的是岁月对未来的赠予，也能留下昨天对今天的期待。在这片林海之中，山川依旧，众生翘首。悠悠故园与东北虎豹两相守望，期待故园安好，守望虎豹归来。

距离第一缕曙光观测点 35 公里的密林深处，有一个东北虎豹国家公园设置的红外相机监测点。这个监测点是科研人员特别关注的。因为早在 2013 年，它最早拍摄到一只雌虎的画面。当时就将它编号为 T1。科研人员每六个月要来监测点查看一次红外相机的拍摄情况，这次查看红外相机，一只雌虎出现在相机里，令科研人员大为兴奋。成年雌虎 T1，于 2013 年至 2017 年，持续五年活动于珲春马滴达区域。2014 年分别拍摄到 T1 与雄性幼崽 T11、雌性幼崽 T12 一同活动的照片。2017 年春季，拍摄到 T1 带领幼崽 T36、T37 的视频。与第一次繁殖相比，第二次繁殖区域更靠近内陆腹地，记录次数明显上升。T1 于 2018 年起在监测区内消失，其分布区被雌虎 T13 占据。T1 与 T13 之关系，无数据证明，有多种推测。因为监测发现，雌虎 T13 似乎很熟悉这里，无所顾忌地占据了 T1 活动区域的北部。而 T1 则南移了，将北部的领地拱手让给了 T13。这种避让，有个充满温情的生物学描述为领地馈赠，是东北虎母女之间惯常的一种本能行为。据此可否推测，T13 很可能是 T1 的另一只后代。成年之后，母女分享了领地。2017 年 5 月，T1 又繁殖了一窝，三个月后，监测相机拍到了 T13 带幼崽的图像。在马滴达这片山林，两代雌虎，都以传宗接代的方式认同了这个家园。

雌虎可以将领地馈赠给女儿却一定要驱逐即将性成熟的雄性幼崽，T11 就是这么被 T1 赶走的，从珲春的马滴达，走到四道沟，横在两地之间的是省道 S201 公路。

S201 沿途有大量农田和村屯，是虎、豹从边境扩散至内陆的必经之地，也是第一道障碍。T11 能够穿越此障碍，表明这里存有扩散通道，有可通行的条件。

东北虎豹国家公园在监测中发现，保护区内的虎豹种群在不断扩大后，面临着扩展栖息地及向内陆迁移的压力。为此，要重点疏通东北虎豹迁移扩散廊道，解决边境铁丝网、城镇、乡村、农田等造成的栖息地隔断和碎片化问题，实现东北虎豹栖息地之间的连片贯通。在铁路、公路隧道上方加强森林植被修复，确保通道有效可用。对园区内已建和拟建的公路、铁路等工程设施，充分考虑动物通行需要，通过修建高架桥、地下公路和过路天桥等方式，为东北虎豹等动物留出通道。

二、高度重视

地球是全人类赖以生存的唯一家园，保护自然就是保护人类，建设生态文明就是造福人类。我国在建设人与自然和谐共生的现代化进程中，始终坚持站在对人类文明负责、为子孙后代负责的高度，与世界携手共筑生态文明之基，共走绿色发展之路，共建地球生命共同体，积极构建人与自然和谐共生、经济与环境协同共进、世界各国共同发展的地球家园。东北虎豹国家公园的设立正是此举的重要体现。

建设以国家公园为主体的自然保护地体系，是生态文明和美丽中国建设的重大制度创新，更是一项伟大事业。东北虎豹国家公园是 2021 年 10 月 12 日正式设立的，是习近平总书记在《生物多样性公约》第十五次缔约方大会领导人峰会上宣布的首批国家公园之一，也是唯一由中国政府直接管理的国家公园，具有极高的生态意义和国际地位。2017 年试点以来，东北虎豹国家公园坚持以维护自然生态系统的原真性和完整性，保护生物多样性，保护生态安全屏障，给子孙后代留下珍贵的自然资产为目标，实行严格保护，采取分区管控、差别化保护措施，精准施策，建立多方合作机制，提高了保护自然生态的积极性、协同性和实效性。

同时，开展中俄跨境保护合作，畅通虎豹跨境迁徙通道，实现了野生东北虎、东北豹从跨境游走觅食到境内定居繁殖扩散的转变，野生东北虎幼崽存活率从试点前的 33% 提升到 50% 以上。园区内野生东北虎、东北豹数量也由试点之初的 27 只和 42 只分别增长至 50 只和 60 只以上，为全球生物多样性保护做出了积极贡献。

记得多年前，听说要成立东北虎豹国家公园时，我便系统地整理了有关东北虎豹的资料，我觉得它们是地球上最威风、最有魅力的生命。它们作为生物链顶端的存在，维系了生物多样性的完整。正因为野生动物相互依存、相互制约，才使得全世界生态系统得以稳定发展。

自从 1872 年美国设立全球第一个国家公园到 2022 年中国提出建设全球最大的国家公园体系，国家公园已经成为全球 200 多个国家和地区开展自然保护和实现人类福祉最为重要的模式之一。2021 年，中国正式设立第一批国家公园，决心将自然生态系统最重要、自然遗产最精华、自然景观最独特、生物多样性最富集的区域在国家公园体系下得以最为严格的保护，实现全民共享和世代传承。

东北虎 (Panthera tigris altaica)、东北豹 (Panthera pardus orientalis) 是我国具有世界保护意义的珍稀濒危动物，是生物多样性保护的旗舰物种，温带森林生态系统健康的标志，具有极高的保护价值和生物学意义。东北虎豹国家公园作为首批设立的国家公园之一，遵循“保护第一、国家代表性、全民公益性”的国家公园理念，努力促进人与自然和谐共生、实现自然资源世代传承，为我国东北虎、豹回归并走出濒危状态带来了希望。

东北虎豹国家公园位于我国 34 个生物多样性保护优先区之一的长白山地区，物种多样性丰富，并且保留着东北温带森林最为完整、最为典型的野生动物种群，蕴藏着丰富多样的遗传基因。是中国境内东北虎、东北豹生物链最完整和栖息地质量最好的地区，也是我国境内唯一具有野生东北虎、东北豹繁殖家族的地区，拥有我国最大的东北虎、东北豹野生种群。

园区良好的自然生态系统养育和庇护着完整的野生动物群系，分布着野生脊椎动物 36 目 96 科 399 种，从大型到中小型兽类构成完整的食物链和食物网，为东北虎、东北豹种群发展和壮大奠定了良好基础。

国家公园作为中国最重要的自然生态空间，是最有价值的自然资产，是国之重器。

我国在 2020 年正式设立一批国家公园，并在 2020 年和 2021 年通过了长江保护法和湿地保护法。此外，我国政府已经宣布全面禁止围填海，目的是保护候鸟栖息地。我国推进生态保护计划和法律的规模和速度令人瞩目。

我国将寻求高科技方案来解决环境挑战，并利用大数据、生物技术和人工智能领域的创新来应对污染、生物栖息地消失和气候变化等问题。我国新发布的《“十四五”生态环境领域科技创新专项规划》承诺，将“系统部署科技创新重点任务”，以解决广泛的环境问题，加强气候变暖对中国承受力脆弱地区影响的观测与评估，并监测新的污染源、有害化学物质和耐药细菌。

“生物多样性”是生物（动物、植物、微生物）与环境形成的生态复合体以及与此相关的各种生态过程的总和。我国是世界上生物多样性最丰富的国家之一，也是在生物多样性保护领域处于全球领先位置的国家。我国不断推进生物多样性保护与时俱进、创新发展，走出了一条中国特色生物多样性保护之路。

我国生物多样性保护工作以习近平生态文明思想为指引，践行“人与自然和谐共生”“绿水青山就是金山银山”理念。传统的生物多样性保护工作局限在基因多样性、物种多样性、栖地多样性、濒危物种名录和保护地保护等相对狭义的范畴。我国创新生态保护理念，将生态保护与绿色发展相结合，坚持走生态优先、绿色发展之路，从保护自然中寻找发展机遇，实现生物多样性保护和经济高质量发展双赢。这是中国生物多样性保护经验中最为显著的特征之一。

我国创新生物多样性保护形式，以契合中国国情的多样方式保护生物多样性。一方面，不断推进自然保护地建设，启动国家公园体制试点，构建以国家公园为主体的自然保护地体系。近年来，中国正式设立三江源、大熊猫、东北虎豹、海南热带雨林、武夷山等第一批国家公园，保护面积达 23 万平方公里，涵盖近 30% 的陆域国家重点保护野生动植物种类。同时划定并严守生态保护红线，确定我国生物多样性保护优先区域，保护重要自然生态系统和生物资源。另一方面，持续加大迁地保护力度，系统实施濒危物种拯救工程，加快重要生物遗传资源收集保存和利用，系统实施濒危物种拯救工程，多种濒危野生动植物得到保护和恢复。同时，我国加强生物安全管理，改善生态环境质量，协同推进绿色发展，多方面提高生物多样性保护成效。

此外，充分发挥我国生物多样性保护与绿色发展基金会等国际化公益组织作用，积极探索系列生物多样性保护的多种方式。其一，绿发会构建了基于社区和公众参与的“中华保护地”自然保护体系，在全国范围内支持建立了 190 个中华保护地，建立以濒危物种保护和栖息地保护为重点，横向、动态、及时有效的社区人民保护体系，充分利用民间力量，对当地生态环境进行系统保护。这项工作曾被生物多样性公约前秘书长誉为“人民的创新，世界的保护”新模式。其二，我国创新性开展“邻里生物多样性保护”，将自然保护贯穿到人民生产生活过程之中，在农田、果园、工业园区等“邻里”区域，采取切实可行的生态保护措施。其三，中国不断完善环境公益诉讼制度，鼓励社会组织维护环境公共利益，在生态环境保护中发挥预防性与恢复性功能。其四，发扬竜山、“一丘一凼”等传统的生物多样性保护文化和生活方式，将中国传统文化中保护森林、敬畏自然的观念发扬光大。其五，提倡人民参与生态环境保护，如通过倡导外卖不主动提供一次性餐具、减少粮食浪费等与公众生活相关的方式，减少森林砍伐、塑料污染、碳排放，行之有效地保护生态环境。这些中国生物多样性保护的实践经验，多次在联合国湿地公约大会、生物多样性公约大会等多边平台获得国际同行的高度赞誉，对全球各国尤其是发展中国家具有重要参考借鉴作用。

放眼全球，生物多样性的急剧丧失是世界性环境挑战，各国是同舟共济的命运共同体。我国积极履行《生物多样性公约》及其议定书，2019 年以来成为《生物多样性公约》及其议定书核心预算的最大捐助国，也是全球环境基金最大的发展中国家捐资国。我国将继续通过建立“一带一路”绿色发展多边合作机制、深化生物多样性保护“南南合作”等方式，增进国际多边主义合作，为发展中国家保护生物多样性提供支持，携手共建地球生命共同体。

三、砥砺前行

中国东北虎豹国家公园成立后，面对的是历史留下的环境负债。近百年来，自然的平衡法则让位于人类的靠山吃山。人们向森林要木材，向河谷要农田，向林地要牧场，向山地要矿产。人们想要的太多了，随心所欲，予取予求。茫茫林海，气喘吁吁。人虎相争，争地争林，争空间，争家园，争得山林村屯惴惴不安。虎豹国家公园区域内有自然保护地 12 个，而全域面积中有自然村屯 126 个，人口 62851 人。“看得见虎豹、管得住人”已成为国家公园的保护理念和目标。与此同时，地方政府也相应提出了“牛下山虎上山”的要求。由此引发的经济发展与生态保护，保护优先与脱贫致富的硬任务，成为国家公园体制试点中的攻坚课题。

为制止非法偷猎、盗伐、开荒等破坏自然资源的行为，确保野生动植物保护法律法规得到严格执行，国家公园持续推动清山清套、打击乱捕滥猎专项行动。

为了加强主动防护体系建设，确保人虎两安全，国家公园建立常态化巡护制度。试点区反盗猎巡护里程 13.83 万公里。在各项保护行动中累计出动

18 万余人次、拆除围栏 5.6 万余米、清理收缴猎具 3 万余件。

东北虎豹国家公园管理局东宁局朝阳沟林场组建了一支由 12 名林场女职工组成的专业巡护队。她们的祖辈父辈都是伐木人，而她们这一代，则成了守望这片林海的保护神。作为中国第一支女子专职巡护队，她们严格执行巡护规程，严厉打击违法行为。翻山越岭，涉水蹚河，餐风饮露，无畏艰险，成为保护森林生态，为野生动植物巡逻站岗，闪耀在林海山野中的一道美丽的风景——她们穿梭在密林深处，脚下杂草丛生，青苔下暗石滚动……她们身背水壶干粮，攀缘在高山陡坡之上，穿行在河溪冰雪之间，每天往返 30 多公里。

据东北虎豹国家公园东宁局宣讲员史晔介绍，东北虎豹国家公园东宁局女子巡护队成立于 2019 年 4 月，是东北虎豹国家公园成立以来区域内的第一支女子巡护队。巡护队员主要担负清山清套、补给饲料、红外相机维护等职责。她们每天手持定位仪、记录本，为一台台红外线相机更换内存卡、新电池，收录整理数据。在深山里往来奔走，守护野生动物的家园。对于这些巡护员来说，每当发现红外相机拍摄到狍、鹿、虎豹的踪迹，便是她们最欣慰的时刻。

在东宁局，像这些女子巡护队员一样投身于东北虎豹保护工作的还有很多人。据了解，为全面加强保护管理体系建设，2022 年，东北虎豹国家公园东宁局持续开展清山清套打击乱捕滥猎专项行动，全年共出动巡护人员 4449 人次，车辆 1135 车次，巡护里程 4817 公里，清缴猎套 468 个。成立 7 支巡护小组。对入山人员实施管控，与镇村形成联络预警机制，争取社区参与、群众支持，让保护工作成为百姓的自家事。

除了女子巡护队，这里还有国家公园里的“巡山人”，他们就是“百兽之王”背后的守护者。

自 2017 年东北虎豹国家公园体制试点以来，在 1.4 万平方公里的东北虎豹国家公园内 4000 余名巡护员翻山越岭，爬坡卧雪。识别虎豹足迹，维护红外相机，监测栖息地质量……巡护 6 万余次，巡护总里程 30 万公里以上……

在他们的守护下，东北虎豹国家公园生态环境持续向好，虎豹种群已遍布公园全域并已出现外溢，东北虎幼崽成活率从 33% 提升至 50%。

在东北虎豹国家公园正式设立两周年之际，中国吉林网来到东北虎豹国家公园，倾听“巡山人”与“百兽之王”的故事。

“老虎一般在晨昏活动，要想避开老虎，最好的办法就是与它们‘错峰上下班’。”珲春林业有限公司板石林场保护站副站长侯勇旭告诉记者，他们的巡山时间一般在上午 9 点至下午 3 点，避开东北虎豹出来觅食的时间。

10 月的珲春林区，秋高气爽，天气转凉。上午 9 时许，板石林场保护站内，侯勇旭与同事整装待发。今天他们将进行一次例行巡护，路程全长 15 公里，任务包括维护红外相机、追踪兽迹。

几年前，他还是一名林业工人，转岗成为巡山员后，一切重头学起。

“刚开始时，知道要保护动物，但怎么去保护，却是很茫然的。”靠着自己一点一点摸索，使用 GPS、摸清野生动物的习性……短短几年时间，侯勇旭已经从“小白”变成了能手。

驱车一个小时的山路后，进入林区入口，侯勇旭和同事的工作才刚刚开始：巡山！

“虽然每周都能从监测系统里看到东北虎、东北豹的身影，但我们都不希望在野外遇见这些猛兽。”侯勇旭边走边说，看见老虎足迹，要警惕起来。听到它的吼声，就赶紧离开。我们是在保护它的家园，可它也在保护自己的家园。

“过去山里最常见的是人的脚印，现在可不是了，动物的痕迹随处可见，研究它们的痕迹和行为也是一件很有意思的事。”侯勇旭说。

“随着东北虎豹等野生动物数量的增加，我们感到身上的担子更重了，常态化深入辖区内的林场。10 月，正值林农收获的季节，为了防止虎豹伤人事件的发生，我们设置了警示牌，提醒入山人员提高警惕，结伴而行。”

在山间的小路上，天气虽然寒冷，但我们已经全身是汗。而对于侯勇旭来说，这就是他们工作的常态。每个月上山巡护次数不低于 15 次，每次时间不低于四个小时，无论严寒酷暑，风雨无阻。

近年来，东北虎豹国家管理局 4000 余名巡护员，累计巡护 6 万余次，巡护总里程 30 万公里以上，录入巡护 22202 次，动物信息 38298 条。

而看到东北虎豹国家公园内喜人的变化，侯勇旭觉得 ：“能让动物们在大自然中无忧生活，一切的付出都是值得的。”

监测数据显示，近两年，森林蓄积量由 2.12 亿立方米增加到 2.23 亿立方米，梅花鹿、棕熊等野生动物种群得到有效恢复，野生东北虎、东北豹种群数量稳定增长，东北虎由 27 只增长到 50 只以上，东北豹由 42 只增长到 60 只以上，达到了生态改善、虎豹归山的效果。

为了守护自然，他们扎根于此，坚守在最艰苦的一线，与其说他们是东北虎的守护者，不如称他们为“森林守护神”。

为了减少进入核心保护区人员，有效防止人兽冲突，增加农民收益，东北虎豹国家公园东宁局充分释放政策红利，实施黑木耳提质增效项目，支付 47.59 万元租赁核心保护区内耕地 36.56 公顷。为一般控制区内种植中药材农户发放补贴，补贴面积 201.8 公顷，有效推进产业转型发展，为社区居民增收 400 余万元。

伴随着野生动物保护力度的加强，区域内林场、村屯的生产生活受到限制。为此国家公园积极推动改变传统资源利用方式，向优秀巡护员捐赠蜂箱，组织各种形式的“替代经济”培训活动。通过提供设备和技术支持，增加了当地社区参与野生动物保护方面的利益和收入。

为共同探索社区参与保护事业可持续发展的新思路，通过国家公园建设实现人与自然和谐的美好愿景，社区共建共管方式于本年度内计划引入生态友好型蜜蜂养殖项目为农村社区创收，鼓励参与项目者开展社区反盗猎巡山清套活动，寻求社区共管共建可持续性发展的突破口。

2023 年，一些地方政府还和村民们签订了联合社区反盗猎社区共管合作协议书。以“社区共管一队”的巡护工作经验为参考，在东北虎豹国家公园内及周边选定适合组建“社区共管巡护队”的村落，由政府提供固定价值的蜜蜂以支持本村发展蜜蜂养殖产业。村委会发布招募信息，招募有意愿投入野生动植物保护、生态保护，并对生态友好型蜜蜂养殖具有兴趣且有能力开展巡护的村民，从项目第二年起按照甲方设计要求开展本村国家公园范围内集体林巡护活动，并在培训后，定时反馈巡护航迹和记录表等。在该项目的支持下，共同探索当地居民“靠山吃山”的传统模式向“生态友好型”养殖模式的转变。在项目支持结束后，“替代生计”可持续为村民参与者创收，同时村民可独立完成负责区域相应巡护任务。

据一位工作人员介绍说：“虎豹公园里中央补助资金有一部分叫社区共建，然后我们局长呢，今年他就说，社区共建一直给老百姓钱，让老百姓去巡山，这样不行，得换一种打法儿，这个打法儿就是给老百姓一个产业支持，所以我们支持给老百姓的这个产业资金——来自中央财政、国家公务员补助资金。资金的额度其实不大，一个村我们就给了 72000 元。至于这个村民的情况呢，我们不是选择农户的，我们选择的是村屯，因为三村和大黄沟村，一个是在天窗区，就在虎豹公园中心，一个在虎豹公园的边缘。他们的集体林都划入了虎豹公园，然后这两个村子呢，附近的资源因为有椴树，所以两个村子比较适合开展养蜂项目。我们选择的是村子，然后村民的选择由乡镇政府来定或村委会自己来做。大鸿沟的打法是由乡镇政府直接选择一个大户，他擅长养蜂，然后由他养所有的蜂，所有的收益呢，拿出一部分给村委会做集体收入，然后一部分呢，他再去聘村民。村民跟他一起上山巡护，就这样来个反哺。

“那个三安村呢，是村委会自己选的村民。就是说转变村民的生产生活方式，然后让原住民参与野生动物保护事业。那怎么参与呢？最开始的时候就想他们去对自己的林区、集体林区进行一个巡护。所以一开始是在春化镇，就是虎豹公园的核心腹地，开展了一个社区共建的项目。一个村选六个人，这六个人要具有巡山能力，让村民去按我们的要求进行巡山。比如说，三安村和大王沟村情况不同，我们发现给村民工资性收入的这种方法，它是不可持续的。你给他一天钱，他就去寻一天山，不给他就不去了。”

此外，东北虎豹国家公园东宁局还积极宣传引导，营造全民参与保护的浓厚氛围。加强宣教队伍建设，有五名干部职工成为东北虎豹国家公园第一批科普宣讲团成员，教育局和林草局联合评选出六名小学生宣讲员，组织小学生参与自然教育活动，深入学校为学生讲解自然知识和东北虎豹国家公园的相关内容，进一步提升学生对自然的理解和东北虎豹国家公园的认知。以东北虎豹国家公园内的“明星”东北虎、东北豹为 IP，设计开发了东北虎、东北豹卡通形象吉祥物。以东北虎、东北豹卡通形象为 IP，衍生制作了系列玩偶、手伴、徽章、钥匙扣等 20 种精美文创产品；建自然教育课堂，为自然教育活动打造新的阵地；举办“全球老虎日”活动，承办第六届东北虎栖息地巡护员竞技赛，进一步增强全民保护野生动物的意识。

通过强化野生栖息地保护与管理、打击各类破坏野生动物资源的违法犯罪行为、妥善解决人虎冲突矛盾等一系列举措，东北虎豹国家公园东宁局生态环境持续向好，野生东北虎豹踪迹频繁出现。2022 年，东北虎豹国家公园东宁局拍摄到东北虎实体影像 11 次，监测足迹 4 次。2021 年 1 月至 2022 年 12 月拍摄东北豹 156 次，初步统计为 10—12 只，其中未成年豹 5 只。成功救助赤狐 3 只、野猪 17 头、狍子 11 只、貉 2 只、鸮 4 只、梅花鹿 6 只、豹猫 1 只、苍鹭 1 只，并全部放归山林。

东宁市将继续推进以国家公园为主体的东宁全域自然保护地体系建设，深入实施天然林保护、森林抚育、野生动物栖息地等生态保护和修复工程，争取全域生态综合补偿试点，推进边界范围勘界立标、保护和监测设施建设，促进虎豹种群恢复，打造东宁虎豹秘境，重现虎啸山林景象。

四、改变局面

成年雌虎 T3 持续活动于马滴达—杨泡一带。2014 年和 2016 年两次拍摄到 T3 带领幼崽的影像。最令人惊喜的是 2018 年，拍摄到 T3 带领第三窝 4 只幼崽活动的视频。三次繁殖记录的时间频次表明，T3 频繁妊娠，三次繁殖之间几乎没有间隔。而且，一窝比一窝数量多。

2020 年 7 月 8 日，科研人员再次来到马滴达 T3 监测位点，通过科研人员的比对，红外相机里发现的雌虎就是 T3，而且科研人员发现 T3 似乎又怀上了幼崽。

抓铁有痕，踏石留印。国家公园试点工作取得了显著的效果。近三年来，东北虎已由个体游走而种群扩散，由稳定安居而家族繁衍，由偏居一隅而拓土内迁。试点区域内生态系统的质量得到全面提升，诸多珍稀的野生动物种群有了明显的恢复性增长。位于国家公园黑龙江东宁森林片区，监测相机安装的位置，既有经验又很专业。

保护人员格外重视这个监测点，他们与科研人员沟通，希望能通过这个点，更多地了解不同野生动物的行为方式和觅食觅偶习性。他们把这里称为东北虎豹的后花园，并用他们倾心的保护，让这里成为天籁自然，树影婆娑，静谧安宁，只属于野生动物自己的乐园。

东北虎豹国家公园积极推进“天地空”一体化监测体系建设，已完成基站建设 28 个，占设计任务的 52%，建成了覆盖 5000 平方公里的试验性工程。建成后，可实现近万平方公里的监测覆盖。实现监测视频与影像的随拍随传、实时传送，全区域、立体化、全时段、全方位跟踪野生东北虎豹的生存状况。

东北虎豹扩散的足迹已印在了大地上，国家公园保护工作展开的画卷终将彪炳史册——通过长期建设，形成东北虎豹稳定的野生种群、顶级肉食动物完整食物链，野生动物跨区域合作典范。总体实现虎豹公园内温带森林生态系统及山水林田湖草沙生命共同体得到严格保护。

东北虎豹国家公园横跨吉林、黑龙江两省，森林覆盖率达 97.74%，自 2021 年 10 月正式设立以来，公园内虎豹种群分布范围和数量实现稳定增长。近年来，东北虎豹国家公园不断推动“天地空”一体化监测系统建设，探索出国家公园自然资源信息化、智能化管理模式，努力实现生态保护和民生改善双赢。

初冬时节，位于吉林省珲春市的东北虎豹国家公园腹地，十分静谧。在这里，通过一部手机，便能掌握哪些区域最近出现了东北虎、东北豹、梅花鹿等野生动物。这得益于东北虎豹国家公园建设的“天地空”一体化监测系统。

“‘天地空’一体化监测系统实现了野外东北虎豹视频的实时回传，这种全新的国家公园自然资源信息化、智能化管理模式，可以更好助力国家公园建设。”国家林草局东北虎豹监测与研究中心副主任、北京师范大学虎豹研究团队野外工作负责人冯利民说，“东北虎豹国家公园所在区域多为崇山峻岭，地理位置偏远，交通基础设施薄弱。”

自 2005 年起的十年时间内，北京师范大学虎豹研究团队在吉林、黑龙江东部的深山密林间，安装了 3000 台红外相机。时任北京师范大学副校长的北京师范大学虎豹研究团队创建者葛剑平教授，也在反复思索更加适应相关保护工作的技术支撑。2016 年秋天，葛剑平带领冯利民等团队成员，开车在如今东北虎豹国家公园所在的区域转悠。“整整七天，穿行山林，到森林中找答案。”冯利民回忆，一路上，沿途都竖立着一种“黑杆”。大家下车观察，发现这些“黑杆”是广播电视“村村通”工程中为了光纤入户而架设的。“感觉‘钥匙’一下就找到了。”冯利民说，光纤体系覆盖广泛，意味着国家公园信息化拥有了现成的“高速公路主干道”。

北京师范大学虎豹研究团队和相关传媒单位进行跨学科创新性技术研发，同时联合国内数十家高新技术公司，最终探索出 700 兆赫兹无线频段在森林环境成功地适配应用，完成了实时传输生态监测设备、终端通信模组和接口、管理平台等一系列关键组件和设备的研发。从 2018 年 2 月开通以来，东北虎豹国家公园自然资源监测系统覆盖范围持续扩大，逐步发展成全面覆盖的“天地空”一体化监测系统。

进山路上，远处山头上的一座塔，过去是林业防火观测塔，现在装配上了东北虎豹国家公园“天地空”一体化监测系统的基站天线。目前建成的 95 个基站，有 60 多个是利用了已有的林业防火观测塔，不仅节省了大量资金，而且可以最大限度保护植被。同时，这个系统也搭载和集成了防火电子眼，可以实现全天候无人智能值守。截至目前，“天地空”一体化监测系统已安装可实时传输的无线红外相机等野外监测终端两万余台，共实时传输和识别东北虎、东北豹影像超过 3 万次。

“天地空”一体化监测系统有效提高了日常巡护和管理效率。联合调度指挥中心可以结合大数据智能分析结果，发出多个监测和管理指令，帮助多支野外一线队伍按照指令有条不紊地完成相关任务。承担“天地空”一体化监测系统维护工作的相关负责人介绍道：“近年来，我们参与大大小小维护工作共 580 余次，维修和更换野外数字通信设备、基站天线、供电设备，全面保证监测系统运行正常。”

在东北虎豹国家公园内，经常能看到“虎豹出没，注意安全”的警示牌。在一棵粗壮的大树旁，架设着红外相机。“为保护村民生活生产安全，我们会在村子周围虎豹可能出没的区域架设红外相机等设备，给村民实时预警。”冯利民表示。

珲春市春化镇四道沟村外的软枣猕猴桃种植产业示范园附近，也布控着红外相机。2017 年，四道沟村在镇上扶持下，依托延边大学提供的技术指导，种起了软枣猕猴桃。“这里从前是荒地，现在是村里的重要产业。”村支书谭长吉拿出手机说，有了实时监控，在家就能实时看到果园动态，当有虎、豹等野生动物经过时，也能得到预警。

“国家公园建设可以通过科技的力量，实现生态保护和民生改善双赢。”冯利民说。自建成以来，东北虎豹国家公园“天地空”一体化监测系统已经产生海量的监测数据，这些数据将为下一步国家公园周边社区开展自然教育、休闲体验等活动提供丰富的资源，为当地转型发展生态旅游等可持续性产业提供强大助力。

“东北虎豹国家公园‘天地空’一体化监测系统的建成，为推进东北虎豹国家公园管理体系和管理能力现代化奠定了坚实基础。”葛剑平介绍，该系统已被国家林草局确定为可借鉴、可推广、可复制的自然保护地科技支撑模式，现在已经在祁连山国家公园、海南热带雨林国家公园等自然保护地逐步推广应用。

在科技守护下，东北虎豹国家公园范围内的野生东北虎、东北豹种群数量正在快速增长。东北虎和东北豹的数量由 2015 年的 27 只和 42 只，分别增长至当前的 50 只和 60 只以上，东北虎幼崽成年率由试点前的 33% 上升至目前的 50% 以上。

如今，巡护山林已经成为很多村民的常态生活。

晨光熹微，珲春市春化镇四道沟村村民韩昌学已经背起背包，带上饭盒和水壶，和同村的几位村民开始了一天的工作。“我们每天一早出发巡护，下午两三点回来。”韩昌学说。

种了几十年地的韩昌学，2021 年加入村里组织的农民巡护队，成为一名巡护员。经过专业培训，他已经可以熟练地清除猎套、辨认动物活动轨迹，参与和协助研究团队进行一些科研工作。

“就在前几天，我们在山里巡护时，听到了豹子的叫声。”韩昌学说，“我们立即停下来，慢慢向后退出这片山林。”韩昌学表示，巡护的意义在于保护野生动物，当然也要保护好自己的安全。

在东北虎豹国家公园，6800 多名巡护员穿梭密林，保护野生动物。越来越多的当地群众也加入进来，守护家门口的绿水青山。

五、眺望未来

又是一个夏日的清晨。太阳以永恒之光照耀着长白山脉，照耀着古老密林。山体如磐，也如天地间一个累世的诺言，沧桑而温厚。微风在露水和叶隙间穿梭，蝴蝶在蕨类植物的叶脉上栖落，腐木和上一年的落叶在地上变作温暖的衾衣。一切都像亿万年前某个时刻的重现，一切又像亿万年后某个场景的预演。

此时此地，一种静默被冠以时刻和名字——早上 7 点 30 分的东北虎豹国家公园。作为背景，这里青翠凝绿、繁茂葳蕤，彰显着大自然的慷慨、坦荡与神秘。这里的一草一木并不知道，有两个林中王者就要在这里对面相逢，并留下一眼万年的记忆。一只东北虎自东面而来，一只东北豹自西向东而去。不约而同，它们离得很远就嗅到了对方的气味，瞥见了对方的身影。雄性东北虎收敛脚步，站在原地。奔跑起来迅猛有力、英姿勃发的百兽之王，透过婆娑的树影，沉默而威严地看向对方。它们中的一个，“黄质而黑章”，另一个则长着满身“金钱般的斑点”。未及靠近，后者已经从前者身上看到一股王者的威仪，感受到一种慑人的气场。它知道这两样东西是大自然赋予的勋章，是对进化和生存之战中最勇敢者的褒奖，是百兽之王所独具。它多想敛息静气，与对方长久对视，目光从乍见时的惊奇，渐渐变成对自己的凝望与欣赏。在周身斑斓的花色中，它将看到同为猫科物种的高贵华美，并不由自主地联想到世世代代生活在寒带地区，年复一年与四季的恩怨情仇，与其他物种的爱恨交织。可这种种念头，都在狭路相逢的一刻化为泡影。自诩为王者之一的东北豹，甚至鼓不起勇气正视一眼对面来者，它扭转灵活的身躯，反身跑向密林深处。在它仓皇离去的身后，体形庞大的雄性东北虎缓缓仰起头颅，发出一声犹如来自时光深处、意味深长的虎啸……

这是我尚未目睹的一幕，也是我一直想捕捉并梦想用相机记录下来的一幕，但我相信在未来的东北虎豹国家公园，这一幕一定会被定格成永恒。

这座山林里所发生的一幕一幕，都曾令我回味，也都给我无限联想。它们如实记录了东北虎豹国家公园的从无到有和阶段性成果、记录了虎豹数量的增多以及它们在国家公园的生存和繁衍，记录了生物链在此地的建构和良性循环；同时也预示着一种和谐共生和因果循环。正如我之前所描绘的那样，那是我对这里前景的信心和展望，也代表我对东北虎豹和国家公园的殷殷祝福。

多年来的近距离接触，让我对东北虎豹国家公园有着深深的喜爱之情。如果说长白山是自然万物的天堂，东北虎豹国家公园则毋庸置疑是东北虎豹的天堂。在这里，温带森林掩映着灌木青草，也掩映着涧水和花朵。36目96科的几百种动物，以山体为家，仰天俯地，各得其所。山下的村屯社区分布合理，民生丁口恰到好处。适度的林下经济顺应着自然演替，适度的牧业渔业融入山水的节律周期。可控范围内的、充满乐趣与生态干预的游猎活动，也融入了这里的自然法则。这一切，无不促进着生态系统的良性循环。

善因方得善果。东北虎豹种群从极度衰弱状态转向复原，继而达到今天的规模，是东北虎豹国家公园造就的奇迹。奇迹背后凝聚的，是“动保”专家们的辛苦跋涉，是日复一日的清林巡山，是山林执法者漫山遍野的督促和守护。当这一切人为的努力都不再需要，维护森林生态变成每个人的自觉意识，东北虎豹国家公园将以更加松弛自然之姿，承载着万物的栖息和轮回，护佑着东北虎豹繁育成更加稳定、更加兴旺的野生种群。

到那时，各种名目的自然保护区和保护管理的概念，会因为每个人的自觉而失去意义。没有了各种野生动物救助机构，每种动物的自然兴衰都获得了尊重。不需要自然博物馆的标本，人们也知道活的动物是什么样子。没有了圈定的家园和划界的栖息地，人和每一种动物都依据天命所归而各安其位。人与自然友好共生的长白山，元气充盈、生机盎然的东北虎豹国家公园，就是东北虎豹更为美好可期的明天。

每一个今天都通往明天。每一个对今天的记录，都是对明天的展望。谨以此文，致敬为东北虎豹国家公园制造物种奇迹的人，致敬心怀天地、跋涉于峻岭高山的人，致敬让更多的东北虎豹得以在天地间展示王者英姿并恢复种群的林草人。

“保护动物，也是在保护人类自己所珍视的部分。”虎豹有着无穷的威猛、霸气和英勇。“有力如虎，执辔如组。”保护它们，何尝不是在保护我们内心那未知无穷的力量。

同在天地间，愿我们永远心怀敬畏和谦卑，愿每一个生命，永远血脉偾张、生机勃勃！

2023 年 11 月于长春听溪阁

走进热带雨林

王怀宇

2023年10月9日至14日，国家林业和草原局组织六位来自全国各地的知名作家来到海南热带雨林国家公园进行为期一周的采风创作活动。六人采风团虽小，但还是组织严谨、设置齐全：团长是著名作家、国家林草局宣传中心的航宇，采风团成员有著名小说家温亚军，除了我，还有青岛大学的文学评论家徐良教授，文学评论家、专栏作家、人民文学出版社付如初主任和浙江青年散文家周华诚。

说来惭愧，这还是我第一次来到海南岛，来到心中向往已久的热带雨林。我所说的惭愧是有原因的，在过往的长达二十五年的岁月里，我曾担任过一本大众杂志的社长、主编兼发行总管，二十五年里走南闯北，号称走遍了全国各地的发行点。接下来，我在吉林省艺术研究院和吉林省作家协会又工作了十二年，全国的省会城市和主要城市几乎都去过了，唯独海南岛阴错阳差地没有到访过。此次百忙之中我能够欣然接受航宇先生的邀请，最终得以艰难成行，和我心底暗想弥补缺憾也有直接关系。

10月9日下午3点，刚一下飞机，我的眼睛就被海口独特的树木和多样的花草吸引了。以前看到的只是影像图片，现在看到的可是如诗如画的真实场景。有我认识的椰子树、棕榈树和槟榔树，还有我不认识的更多的其他种类的树木和花草。高低错落，生机勃勃，好一派南国热带风光。再仔细看，树木和花草间还有飞跃的小鸟，不似东北的小鸟那样疲于奔命、来去匆匆，它们飞跃得怡然自得、从容自由。我从小就对动物和植物情有独钟，最喜欢看的电视节目除了《动物世界》，就是《人与自然》。按照行程，接下来大家就要走进海南热带雨林国家公园了，去走护林员才有资格走的巡山栈道、去五指山看热带雨林最具代表性景观、去鹦哥岭看华南地区面积最大且连片的热带雨林区、去霸王岭看海南长臂猿和千年老神树……心中更是充满期待。

一、海口座谈会，初步了解热带雨林

下午三点半，采风团抵达海口。晚餐前的第一时间，采风团就在海南省林业局王硕副局长的精心安排下观看了最新制作的大型资料片。

首先映入我眼帘的是一大组快速递进的年代数据，这组详细的年代数据令我印象深刻：

2019 年 1 月 23 日，中央深改委第六次会议审议通过《海南热带雨林国家公园体制试点方案》。

2019 年 4 月 1 日，海南热带雨林国家公园管理局揭牌成立。

2021 年 9 月 26 日，海南热带雨林国家公园体制试点区生态系统生产总值（GEP）核算成果在海南省新闻发布厅发布，国家公园提供的生态产品贴上了“价格标签”。

2021 年 9 月 30 日，国务院同意设立海南热带雨林国家公园。

2021 年 10 月 12 日，国家主席习近平以视频方式出席《生物多样性公约》第十五次缔约方大会领导人峰会并发表主旨讲话，宣布海南热带雨林国家公园入选第一批国家公园。

2022 年 4 月 30 日，海南热带雨林国家公园“电子围栏”已在霸王岭片区、吊罗山片区全面铺开，包括 105 台卡口监控相机、约 35 公里长的振动光纤以及数百台红外线热感应触发相机，实现了对片区重点区域的监控、监管全覆盖。

2022 年 12 月 28 日，海南热带雨林国家公园成为全国首个完成自然资源确权登记的国家公园。

2023 年 5 月 16 日，4K 码率搭配全景声技术，让网友身临其境探寻海南热带雨林国家公园的珍稀物种……

接下来，宣传片用高度概括又丰富多彩的画面向大家展示了海南热带雨林的全貌，让初来乍到的作家们对海南热带雨林国家公园有了一个相对整体的把握——

海南热带雨林国家公园位于海南岛中部山区，东起海南吊罗山国家森林公园，西至尖峰岭国家级自然保护区，南自保亭黎族苗族自治县毛感乡，北至黎母山省级自然保护区，总面积 4400 余平方公里，约占海南岛陆域面积的 1/7。范围涉及五指山、琼中、白沙、昌江、东方、保亭、陵水、乐东、万宁等 9 个市县。国家公园地处海南岛中南部的穹隆构造山区，包括中南部山脉东支五指山山脉和西支黎母岭山脉（黎母山—鹦哥岭—尖峰岭、霸王岭—雅加大岭）的大部分区域，构成了海南岛的最高脊。国家公园的最高点为五指山，海拔 1867 米，也是海南岛的最高峰；最低点位于吊罗山区域，都总河流出国家公园处，海拔仅 45 米。境内海拔超过 1400 米的山峰还有鹦哥岭（1812 米）、猕猴岭（1655 米）、黑岭（1560 米）、三角山（1499 米）、尖峰岭（1412 米）、黎母山（1411 米）等。土壤分为 9 个土类 11 个亚类，主要有砖红壤、赤红壤等。

海拔 1867 米的五指山，属热带海洋性季风气候区，地处热带北缘，属热带海洋性季风气候区。日照时间长，太阳总辐射量大。年均气温 22.5℃—26.0℃，多年平均降雨量为 1759 毫米。森林覆盖率为 95.56%，植被以热带雨林为主，有野生维管束植物 220 科 1142 属 3577 种，有脊椎动物 5 纲 38

目 145 科 414 属 627 种。国家公园境内水体属南海水系，该区域发育的山川小支流大部分汇入南渡江、万泉河、昌化江，仅吊罗山南面水系汇入陵水河后注入南海，以及尖峰岭西面和南面水系直接注入南海。

海南热带雨林国家公园涵盖并连通了五指山、鹦哥岭、尖峰岭、霸王岭、吊罗山 5 个国家级自然保护区和黎母山、猕猴岭、佳西、俄贤岭 4 个省级自然保护区，尖峰岭、霸王岭、吊罗山、黎母山 4 个国家森林公园，南高岭、子阳、毛瑞、猕猴岭、盘龙、阿陀岭 6 个省级森林公园及毛瑞、卡法岭、通什等相关国有林场。森林覆盖率为 95.56%，植被有热带雨林、南亚松林、橡胶林、桉树林、马占相思林、加勒比松林等类型。有野生维管束植物 220 科 1142 属 3577 种，其中国家一级保护植物坡垒、伯乐树、海南苏铁、葫芦苏铁、龙尾苏铁、台湾苏铁等 6 种，国家二级保护植物桫椤、土沉香、降香黄檀、海南紫荆木、蝴蝶树等 34 种，特有植物有尖峰青冈、霸王玉兰、吊罗山萝芙木、五指山含笑、海南菊、海南翠柏、雅加松等 428 种。有脊椎动物 5 纲 38 目 145 科 414 属 627 种，其中有国家一级保护动物海南长臂猿、坡鹿、云豹、蟒蛇、圆鼻巨蜥、海南山鹧鸪、海南孔雀雉、鼋 8 种，有国家二级保护动物猕猴、水鹿、黑熊、中华穿山甲、小爪水獭、原鸡、白鹇等 67 种，海南特有动物有海南长臂猿、鹦哥岭树蛙、霸王岭睑虎、海南山鹧鸪、海南孔雀雉、海南新毛猬等 33 种。

2022 年 10 月，由海南医学院教授曾念开带领的菌物资源与可持续利用研究组在中国发现了白盖鸡油菌、维蕃鸡油菌、松林鸡油菌、灰黄鸡油菌 4 个新物种。其中，白盖鸡油菌、维蕃鸡油菌发现于海南热带雨林国家公园……看完大屏幕上的详细介绍，海南热带雨林国家公园宣教科普中心苏文学主任等三位科研人员又介绍了海南热带雨林近年来的保护措施和进展情况。

苏文学主任说：“海南热带雨林国家公园管理局不断加强对海南热带雨林

国家公园内海南长臂猿等极小种群、珍稀濒危野生动植物和原生动植物种质资源的保护，对受到威胁且原栖息地已不能满足生存繁衍需要的物种，采取建立繁育基地、基因库、种质资源库或者迁地保护等拯救措施。海南热带雨林国家公园管理机构会同海南热带雨林国家公园所在地市、县、自治县人民政府采取退耕还林、还草还湿、经济林退出、植被恢复、水土流失治理、调节水文状况等措施养护水资源，有效防止、控制和减少海南热带雨林国家公园的面源污染和水土流失，保护和提升热带雨林水源涵养功能。海南热带雨林国家公园管理局会同有关部门建立健全志愿者服务机制，制定志愿者招募与准入、教育培训、管理与激励的相关政策和措施，鼓励和支持志愿者、志愿服务组织参与海南热带雨林国家公园的生态保护、解说教育、科普宣传等志愿服务工作。”

一位科研人员说：“至 2022 年 2 月，海南热带雨林国家公园通过整合 20 个自然保护地，打通了自然保护地之间的生态廊道，解决了人为割裂、保护空缺等问题。通过人工促进修复受损天然林及受干扰次生林，雨林生态系统逐步恢复，海南长臂猿新添 2 只婴猿，种群数量达到 5 群 35 只。”

另一位科研人员补充道：“至 2023 年 8 月 19 日，国家林草局发布，我国首批 5 个国家公园在生态保护等方面取得显著成效。其中：海南热带雨林国家公园海南长臂猿种群数量已恢复到 6 群 37 只。”

大家收获满满，就等着明天一早去热带雨林实地踏察了。

深夜时分，我听着窗外淅淅沥沥的雨声，一夜无眠。

二、奔赴五指山，看最标准的热带雨林

第二天一早，在海南热带雨林国家公园宣教科普中心罗孝平副主任和王

颖的陪同下，采风团向五指山进发了。罗主任一上车，如数家珍般地和大家讲述起五指山——

五指山位于海南岛中部，峰峦起伏成锯齿状，形似五指而得名。1985 年 11 月，经广东省人民政府批准建立五指山省级自然保护区，2003 年由国务院批准晋升为国家级自然保护区，地处东经 109°，北纬 18°，总面积为 13435.9 公顷。五指山保护区是以保护热带雨林生态系统、珍稀动植物资源及栖息地为主的森林生态系统类型自然保护区。

五指山属热带季风气候，并有山区和岛屿的气候特征，年降雨量在 1800—2000 毫米，年平均气温 22.4℃，夏季平均气温 25℃，冬季平均气温 17℃。冬无严寒，夏无酷暑，是国内真正既避暑又避寒，既观光又疗养度假的胜地，素有“天然别墅”“翡翠城”“南国夏宫”“清凉世界”之美誉。

近看五指山，只见五个“指头”由西南向东北，先疏而后密地排列。跟前那座郁郁葱葱的山峰，便是五指山第一峰，海拔 1300 多米，峥嵘壁立，那顶峰倾斜指着天际。远看五指山，整座山峰就好像一座硕大的金字塔，那山巅则像喙部尖削的鸟嘴，但是登上去后，却是一大块 10 多平方米的岩石。

五指山中的最高峰为二指，海拔 1867 米，在一峰二峰之间，山势非常险要，攀登更难，有一座由天然巨石架成的天桥，传说是座“仙桥”，神童仙女还常到桥上云游玩耍。

二峰之后是三峰，原是五指山的最高峰，后被雷劈去一截。接着四峰、五峰，这五个峰虽然峰巅分立，但五个峰却山体相连。置身于峰峦，只见云雾从身边徐徐飘过，似置身仙境中，俯瞰南海，极目万顷碧波，渔帆点点，景象万千。

五指山区遍布热带原始森林，层层叠叠，逶迤不尽。海南的主要江河皆从此地发源，水光山色交相辉映，构成奇特瑰丽的风光。五指山保护区还是一个蕴藏着无数百年不朽良树的绿色宝库。

进入原始森林，落叶厚达 50 厘米以上。空气里充满了一种独特的树脂香味，薄雾像一条透明的纱巾，环绕在深深绿谷之间，轻轻地飘荡，五指山还是珍禽异兽的王国，这里生活着的动物，计有两栖类、爬行类、鸟类、兽类，等等。

黎族的母亲河——水满河流经整个景区，由五指山原始森林中的山泉水汇聚而成的水满河清澈透底，动静结合。

时而水流湍急，如万马奔腾；时而水平如镜，就像九寨沟的海子。漫步在景区中听溪水叮咚，看身边彩蝶飞舞，呼吸着负离子含量极高的空气，能让人梦回绿色原始时代。

五指山集中了热带山地雨林和热带沟谷雨林的典型景观。保护区内古树参天，藤萝密布，奇花异草随处可见。有两株相接母子相连的母生树；有神奇医疗功效的野生茶树；有木屏风一样阻挡人行的板根……

一路行走，一路听罗主任介绍，航宇团长和温团副也一路感慨着来对了。汽车疾行了三个小时后，采风团终于来到了五指山下。

果然像罗主任描述的那样，五指山真的太神奇了。大家走上雨林栈道，近距离观赏到热带雨林标志性景观。

整个白天，采风团一行人深入到海南热带雨林国家公园五指山片区的多个角落。这里有神奇的树抱石，有与恐龙同时代的桫椤，有寄生于高大乔木上的铁皮石斛，还有千奇百怪的热带动植物和造型独特的热带水果，正可谓：琳琅满目，目不暇接。用东北话说，真是眼睛都不够用了。

除了欣赏到热带雨林标准性景观，让我印象深刻的还有林中仙境——毛纳村。

中午，采风团在毛纳村用餐，下午，采风团深入了解毛纳村的发展历程和它的绿水青山就是金山银山转化路径……

三、鹦哥岭上的旱蚂蟥

在毛纳村采风结束后，采风团驱车前往鹦哥岭。路上，罗主任给大家介绍起了鹦哥岭——

鹦哥岭位于海南岛的中南部，因过去漫山遍野飞舞着羽毛绚丽多彩的鹦鹉而得名。2004 年由海南省政府批准成立为海南鹦哥岭省级自然保护区，2014 年晋升为国家级自然保护区，总面积为 50464 公顷。鹦哥岭自然保护区保护对象是以典型的热带雨林生态系统为主，集资源保护、科学研究、宣传教育、生态旅游和可持续利用为一体等功能。

晚上 5 点多了，采风团才抵达海南热带雨林国家公园鹦哥岭分局。大家不顾一路舟车劳顿，虽然疲惫，但还是抑制不住心中的兴奋。为了节省时间多走多看，兴致满满的团员们不想等到第二天早晨，而是决定当天晚餐前就去看。

在当地向导的引领下，采风团全体成员顶着小雨踏上了护林员常走的热带雨林巡山栈道。

大家跋涉在雨中的巡山栈道上，罗主任又自豪感十足地讲起了鹦哥岭——

首先，我要讲讲鹦哥岭名称的由来。相传鹦哥岭曾经生活着成千上万只绯胸鹦鹉，人们把鹦鹉叫鹦哥，这片大山就被叫作鹦哥岭。这一说法在《海南纪行》一书中得到验证，1882 年美国传教士香便文来海南考察旅行，他路过琼中的什运乡地区，看到过漫山遍野飞舞的绯胸鹦鹉，景象十分壮观。

我再来说说元门红新瀑布，鹦哥岭主峰的奇特和险峻美，可以领略四季不同的景观美。仰望元门红新瀑布的激流和壮观，两岸森林景观的变化，能直观体会到人工林演替到次生林的生态变化；在南开，有清澈的溪流，美丽的鱼类，还有黎、苗族的风土人情，更能体验民俗文化的特色。

另外，鹦哥岭辖区内还有琼崖纵队司令部遗址，这一历史遗址是革命时期先辈们不屈不挠争取独立与自由的见证。鹦哥岭不仅有历史人文的积淀，更有新时代的人文精神。鹦哥讲堂的新时代人文韵味，可以感受到鹦哥岭人“坚守理想、奉献青春”的新时代人文情怀。

当然了，我在这里只是蜻蜓点水式地简单介绍一下，鹦哥岭还有着更加丰富多彩的动植物资源和更多更大的重要作用呢，我们回头到博物馆可以了解得更加全面……

好在这时大家还不知道什么是旱蚂蟥，听了罗主任的讲述，又听了向导介绍的各种热带植物，我感慨大扁担一样的巨藤，活化石般的桫椤，惊叹价比黄金的降香黄檀，唏嘘出神入化的铁皮石斛……

采风团成员们一路上用表情“谈笑风生”，用手机“捕光捉影”。徐良教授还因为周华诚给付如初拍的照片好又多而心生嫉妒，久久地站在美景里等待拍摄，自己仿佛也回到了当年的青春岁月。

冒雨看完鹦哥嘴上的元门红新瀑布，大家顺着雨林栈道回来的路上，罗主任也许是担心回宾馆用餐的时间太晚，才说起了海南旱蚂蟥的“厉害”。

陪同的向导也说：“热带雨林里的旱蚂蟥不同于北方水蚂蟥，它们闻到人的气味，就会从树上飞落下来。走在前面的人只是会惊起蚂蟥，走在后面的人就容易中招了。”

大家都半信不信的样子，温亚军和周华诚还一边开着玩笑，一边恶作剧式地震动着路过的树木，身后的人就真的体验到了“热带雨淋”。

被淋了一身雨水的我想吓一吓他俩，就趁机讲起了东北蚂蟥的可怕来：“东北的水稻田里也有蚂蟥，学名叫水蛭，也就是东北人常说有‘麻替’。‘麻替’

吸到人的身体上会往皮肉里钻的，当你发现它的头钻进去时可千万不能用手往外薅啊，最好用手轻轻拍打或用烟头来烫，让它自己慢慢退出来。否则要是薅断了，蚂蟥的头就不会出来了，它还会顺着血管爬到心脏里的。”

大家听得毛骨悚然，温亚军和周华诚也不再恶作剧了。

大家晚上六点半才回到宾馆，洗淋浴时竟然真的发现了海南旱蚂蟥的神秘踪迹！

淋浴前看了一眼手机，青年作家周华诚在微信发了一段留言并配有两张图片：各位洗澡时找找身上有没有雨林赠品？

我还好奇地问了一句：这是啥呀？

对方回：蚂蟥。奇怪的是，我现在找到两个出血口，只发现了一只，不知道另外一只在哪里呢？

我以为青年作家周华诚又是在搞恶作剧，就没再回他，开始了我的雨淋后的热浴。

当我正享受热浴时，隔壁房间里传来了女高音：“蚂蟥！救命啊！”声音虽有点儿变形，但我知道那是美才女付如初在呼救。

“难道真的有蚂蟥？”赤着身子的我无法英雄救美，连忙擦干一只手，拿起手机细看之前青年作家发来的两张图片，原来那是他腿和腰的局部照片啊！那两处伤口还真是在流着血呢。

正在我犹豫如何快速穿好衣服时，爱吃醋的“隔壁老徐”捷足先登了。我只好关心地喊着说：“用手轻轻拍打，千万不要硬往外薅啊！”不知道徐良教授听没听到我的呼喊，我只是听到徐良教授重重的拍击声。再就是付如初紧张的疑问声：“没出来呀？是不是已经钻到肉里去啦？”

“别拍太重啊，如果拍太重了，把蚂蟥拍死在血管里也不成啊！”我急着又喊。

急匆匆的我在走廊里撞上了服务员“小大姐”，当我十万火急地向她寻求“解药”时，她和气地笑了，竟轻描淡写地说：“在热带雨林被蚂蟥咬一下很正常，没啥大事儿的。”

“没啥大事儿？”正要跑入救美队伍的我愣在了原地。

“真的没啥大事儿，蚂蟥怕盐，以后上山时带一点盐就好了。”“小大姐”见我不动，就又和气地补了一句。

果然是一场虚惊，热带雨林的旱蚂蟥远不同于东北的水蚂蟥，我先入为主的民间经验把大家连同我自己都给忽悠瘸了。

事实也是如此，陪伴我们同行的海南当地人王颖昨晚也被蚂蟥咬了一口，她根本就没当回事。就像东北人被蚊子咬了一口一样，她连提都没提一句。

四、重新认识鹦哥岭

10 月 11 日一大早，采风团来到鹦哥岭分局博物馆，通过大屏幕，采风团更加全面立体地认识了鹦哥岭：鹦哥岭位于海南省中南部，南北宽约 33 千米，东西长约 39 千米，跨白沙县、五指山市、乐东县、琼中县等四市县，总面积 50464 公顷。地势中高四周低，海拔范围为 200—1812 米。保护区周边有 6 个乡镇 19 个村委会 103 个自然村，18337 人，其中黎族有 16443 人，占总人口的 89.7%，其余的是苗族，有 1894 人。世代以农耕为主，保留了较为原始的耕作和生活方式。

从保护类型来看，我国仅有云南西双版纳自然保护区与鹦哥岭自然保护区相似，但是由于地域隔离和自然环境的差异，海南鹦哥岭又有别于云南的西双版纳，主要表现在鹦哥岭自然保护区具有海拔高、垂直带谱完整、生态类型丰富、原始性强等特点，在中国自然保护区体系中有不可替代的作用，也是我国原始热带雨林保存最完好的自然保护区。

我国热带雨林保护区，包括西双版纳、尖峰岭、坝王岭均在历史上或多或少建立了森林开发利用机构，进行过采伐、破坏，而鹦哥岭由于山高坡陡，交通闭塞，人烟稀少，绝大部分从未有过正规和大规模的开发利用，表现出非常明显的原始特征，有许多地方还从未有过人类足迹，是我国非常少有的一块热带雨林处女地。

鹦哥岭还是我国生物物种宝库，已有大量新发现。据调查，有维管束植物 2209 种以上，其中有国家Ⅰ级重点保护植物 5 种，Ⅱ级 17 种，海南特有种植物 132 种，陆栖脊椎动物 431 种，其中国家Ⅰ级重点保护动物 4 种，Ⅱ级 36 种，有 31 种列入 CITES 公约（濒危野生动植物种国际贸易公约），51 种列入中国濒危动物红皮书，有 15 种动物为海南岛特有种（占海南岛的 65.2%），有 64 种是海南岛的特有亚种（占海南岛的 68.8%），昆虫有 15 目 99 科 456 种。专家所记录到的动植物种数量是非常丰富的，特别是首次发现了伯乐树、鹦哥岭树蛙等十多种新种。中科院植物研究所的蕨类专家非常乐观地估计鹦哥岭地区的蕨类物种数绝不少于 200 种，在鹦哥岭很可能还存在着大量未认识的物种。在调查中，不断在增加新的物种记录、海南新记录。这些原始类群的存在和新增记录充分显示了鹦哥岭地区生物的多样性。

鹦哥岭保护区是海南岛两大河流——南渡江、昌化江的发源地，还是中国整片面积最大的热带雨林，保存着我国面积最大的、连片的原始热带雨林，其面积有 250 多平方公里。被评为中国最美森林的尖峰岭热带雨林面积仅为 150 平方公里，霸王岭、吊罗山、黎母山、五指山则更低。

鹦哥岭呈东北—西南走向，鹦哥岭山体为黎母岭山脉的主体，主峰海拔 1812 米，是海南第二高峰，与第一高峰五指山隔江（昌化江）相望，对海南气候的影响极大。每年从东南方向吹来的强台风雨，遭遇黎母岭山脉的第二次阻挡、抬升作用后，为本岛带来了大量的降水，使得东南坡雨水丰富，西北坡的降水量减少，导致降水量在本岛的分布不均，是本岛东西部降水的一个重要的分水岭。

每年的东北、西北寒流侵入岛内，受黎母岭山脉等阻挡作用后，沿本岛东西两个方向南下，削弱了寒流对海南岛西南部、南部和东南部地区的灾害性影响。鹦哥岭地区森林与鹦哥岭的地形地貌一道影响着海南全岛气候，一旦鹦哥岭地区森林植被遭到破坏，将从根本上影响海南岛整体气候，使得本岛西南部、东南部地区的农业生产遭到毁灭性的打击，后果堪忧。

鹦哥岭保护区东面为五指山保护区，东南面为吊罗山保护区，西南面为尖峰岭、佳西、猕猴岭三大保护区，西面为霸王岭保护区，北面为黎母山保护区。鹦哥岭保护区在其中起到纽带连接的作用，使海南的单体面积小、岛屿破碎化的保护区连成一个整体，因此，鹦哥岭保护区是海南岛保护区及生物多样性保护的中心枢纽。

五、“植物达人”和“鸟语专家”

接下来，采风团成员和当地护林员进行了长谈。

鹦哥嘴副站长符惠全说：“早在 2003 年，来自香港的植物专家在鹦哥岭发现一株伯乐树，之后便再无伯乐树的音讯。伯乐树是中国特有树种、国家一级保护树种。2012 年，护林员们每天上山巡护时都会带着伯乐树的照片开展地毯式的搜寻，当年就发现了五株伯乐树。”

老实厚道的毛阳管理站护林员邓吉文回忆起当时的场景仍然很激动：“当时有好几个护林员拥抱着大笑，鹦哥岭是伯乐树的最南分布区域。从伯乐树开始，护林员们对植物更加认真了。”

南开管理站护林员符清文说："早在 2018 年，有一位护林员在巡护时看见一小堆颜色艳丽的蘑菇，他自认为自己对雨林里的物种都很清楚，但就是想不出蘑菇的名字。他拿出相机拍照，在科研监测交流群中咨询。后经过多方检测、鉴定，证实这是一个新种，还被命名为——红盖兰茂牛肝菌了。"

鹦哥岭分局有 300 多位护林员，大多有十年以上护林经验，他们在成为护林员后开始学习辨认植物，先认"种"，再学"科"，如今不仅能认七八百种植物，对植物的特性、生境也如数家珍，很多人都成了"植物达人"。

鹦哥嘴副站长符惠全说："鹦哥岭分局每年都会举办不同规模的培训，定期举办辨认动植物、摄影、保护区法规等专业技能竞赛。这大大激发了护林员监测物种的热情，鹦哥岭很多新物种的发现，都有护林员的功劳。"

每个季节，护林员的工作任务也有所不同。雨季，护林员主要是针对农作物生长进行巡护，及时套种作物。

当采风团的成员问护林员们最喜欢哪种动物和哪种鸟时，老成厚道的苗族护林员邓吉文说："天上飞的，地上跑的，水里游的，我都喜欢，但我最喜欢的鸟是海南山鹧鸪，它们不仅长得漂亮，还有一段美丽动人的传说呢。所以说，它们是我心中最美的，是我最喜欢的鸟类。"一脸清瘦的黎族护林员王永另说："我最喜欢的动物是水鹿。"

当采风团的成员问护林员们最不喜欢哪种动物时，邓吉文说他最忌讳的是看到活生生的蟒蛇，别的都不怕。

符建灵是海南热带雨林国家公园管理局鹦哥岭分局南开分站护林员，所在的工作小组共九个人，每人管护着 2325 亩公益林。九个人行动一致，一起上山同进退。一个月上山二十二天，休息八天。他现在已经是小组长了。工作八年来，他已修炼到高阶段位：不用看鸟儿长啥样，光听鸣叫就能准确识别出 80 余种鸟儿，曾被媒体誉为能听懂"鸟语"的护林员。

当我问他为什么对鹦哥岭上的鸟如此专注时，符建灵朴实地说："因为鹦哥岭上的鸟太漂亮了！"

在热带雨林间行走，符建灵"听力"超群：能听出觅食、求偶、呼救、惊吓等不同情境下的鸟鸣声，还能分辨出被模仿的"冒牌"鸟鸣声。"我一天不上山就浑身难受"，常年行走在广袤的鹦哥岭热带雨林中，符建灵与诸多同事是最接地气的"行走"专家。说自己因守护家乡山水而与群鸟结缘，即便在盛夏，行走在鹦哥岭浓荫蔽日的热带雨林间，总有难得的清凉。古树参天，藤蔓蜿蜒间鸟鸣清脆。

"2013 年 2 月 19 日，我来鹦哥岭上班，成了一名护林员。"符建灵对自己入职时间记得相当准确，1986 年出生的他是白沙南开乡什才村人，黎族。大专毕业后，他曾在三亚跟人学习养兰花，成为护林员后，单位领导自然将他的工作方向划为兰花观察。

"我与同事们都很庆幸能进入鹦哥岭这个集体，单位从成立之初就着力培养护林员，依每个人的兴趣爱好，为大家划定巡护业务方向。时间一长，每个人都有一项拿得出手的专业技能。最初，我跟着单位林业专家学习兰花知识。热带雨林中，最多的是千姿百态的野生兰花。兰花是奇怪的植物，不开花时，仅从外表无法分辨，开花后方露真容，学习起来困难很大。一段时间后，我决定转行，山上美丽的小鸟深深吸引着我，我决定学习观察鸟类。"

年终岁尾要在管护区内清山，这是海南省林业系统的"规定动作"。符建灵的装备跟大家不太一样，总是显得有些臃肿。他胸前挂着专业望远镜，背着鼓鼓囊囊的单反相机和支架，还有一支插在肩袋中的录音笔。他认为既然自己调整了专业方向，不管学习观察鸟儿有多苦，都得咬牙坚持下去。

听到雨林中的"歌唱家"棕背伯劳在叫，符建灵就会模仿着，相似度极高地回应过去，引来对方更高频次的叫声，不绝于耳。这是早已听惯的鸟鸣，符建灵并不停下脚步，随着大伙匀速前行。只有遇上珍稀鸟儿歌唱，他才会停下脚步，举起望远镜，按亮录音笔，端着相机不停地找最佳拍摄位置。

“刚开始，看到鸟儿就脸盲，觉得它们长得都差不多，叽叽喳喳的鸣叫声更是难分彼此。鸟儿在参天大树间穿梭，想看清楚非常难。为了摸清鸣叫鸟儿的种类，做好巡山护鸟工作，我总是带上录音笔捕捉鸟鸣声。想为鸟儿录音，得有耐心与毅力。最初，为了录下一段没有杂音的鸟鸣，我需要一动不动地趴在灌木丛里或树根底下一个多小时。这份痴迷令我几次遇险，脚边盘过竹叶青毒蛇，险些撞上篮球般大小的马蜂窝。”符建灵笑着说。

符建灵只要上山就坚持录音，朱颈斑鸠、银胸丝冠鸟、黑短脚鹎、褐顶雀鹛、白额燕尾……山上的鸟鸣被他一段一段录下来，下山后再请教保护区的鸟类保护专家，整理命名，反复聆听，强化记忆。海南山鹧鸪叫声略显单调，黄眉柳莺细尖清脆，白额燕尾是响亮又薄尖的双哨音，山皇鸠声音低浑……

撑过刚入行的苦修，多年后，符建灵听熟了一些常见鸟的鸣叫声，也“捕捉”到它们美丽的身影。当了八年鸟语“听众”，他终于听懂了鸟语。符建灵现在能准确识别八十余种鸟儿，还多次获得省内观鸟比赛大奖。这并不容易做到，因为机灵的鸟儿为了生存，叫声中有许多变幻与“诡计”。同一种鸟儿在觅食、求偶、呼救、受惊吓时发出的鸣叫声是不一样的。比如，红喉歌鸲在繁殖期的鸣叫声多韵而婉转，还能模仿不同小昆虫的鸣叫声。棕背伯劳平时只会发出重复的哨音声调，可它总是模仿红嘴相思鸟、黄鹂等鸟儿的鸣叫声，叫得婉转悠扬，迷惑性不小。

“鹦哥岭片区的鸟儿不仅品种多，且不乏珍稀品种，目前已有51种鸟类被列入不同鸟类保护或红色名录，占海南受保护鸟类的61.45%。其中，国家重点保护鸟类为40种，一级保护物种有海南山鹧鸪和海南孔雀雉，二级保护物种有38种，包括各类绿鸠、皇鸠和猛禽等。与这些鹦哥岭精灵做伴，用心聆听悦耳的鸟鸣，符建灵也记不清自己曾经录下多少种声音，几经筛选，现在他精心保存着四十余种鸟鸣。“巡护山林时，在不干扰鸟儿栖居的前提下，想方设法记录它们更翔实的信息，能更好地服务科考与科普工作。”符建灵认真地说。

鹦哥岭热带雨林的垂直落差大，森林质量好，历次科考积累了翔实的数据，鸟类记录数据不断刷新。2019 年出版的《海南鹦哥岭鸟类图鉴》记载，鹦哥岭地区已记录到的 250 种鸟类中，非雀形目鸟类 97 种，雀形目鸟类 153 种，其中，留鸟为 146 种，候鸟为 104 种。这些鸟儿，都是符建灵上山巡逻时的录音对象。

鹦哥岭分局的护林员除了护林，还是中小学生们学习自然的课外导师。鹦哥岭分局每年都会组织自然导师培训班，让拥有专业知识的护林员向学生们讲解热带雨林知识，宣传保护热带雨林理念。热带雨林离不开护林员，护林员离不开热带雨林。护林员是热带雨林发展的见证者，与其说这是一份工作，不如说这是他们对热带雨林深厚的情感。

从砍倒树木换票子、拿起猎枪打猴子、放火烧山种棒子，到守林护林争先锋、科研监测上前线、协调发展当头兵，他们一直在用实际行动和真情实感守护着这片热带雨林。

六、搬出雨林，生态与生活都更加美好了

海南热带雨林的持续保护和向好发展，离不开当地干部群众的理解和支持。当地干部群众也曾做出巨大牺牲，他们曾经历过背井离乡的艰难抉择，才重新建立起了幸福家园。

采风团中午在鹦哥嘴用餐时，有人谈起了热带雨林保护和雨林保护地域

内的农业生产问题，想知道这里过去是不是也存在某种冲突呢？现在又是如何变好的呢？鹦哥岭分局领导欲言又止，在大家的一再催问下，最后还是无奈地说："太有了，我在这儿可真是一言难尽啊。"

鹦哥岭分局领导用事实说了话。下午，他就为大家联系到了白沙黎族自治县牙叉镇新高峰村，说开车去需要走一个多小时的路程。

下午一点多钟，采风团看完了一处秋收后的农田，就冒着细雨走进了有117户510人的新高峰村。这个曾经贫困山村的生态搬迁故事让我印象深刻。

新高峰村中央是一个带有顶棚的长廊，也是村民的活动中心；长廊的北侧是花园，南侧则是一幢幢两户一排的双层小楼，整齐划一。高大的榕树点缀其中，红房绿树交相辉映。百香果园传来阵阵清香，远处的橡胶林郁郁葱葱。

第一书记说："新高峰村是由南开乡搬迁到牙叉镇的生态新村，新高峰村原址在白沙县南开乡，正好位于鹦哥岭的腹地。那时高峰村穷，路也不好走，学生上学、患者就医、日常出工，各种出行都不方便。"

"早在2013年国家就开始做扶贫工作，从南开乡到村里只能骑摩托，很窄的村路，还是全村人花了多年才修通的。"村妇女主任说。

"以前住在山里没电，没有信号，山路又不好走，最怕孩子和老人生病。现在送孩子去县城上学，骑摩托车只需要几十分钟。"一位女村民说。

"搬迁群众每户可分得水稻田1亩，每人可分得能直接开割的橡胶林10亩。政府还创办合作社，引导村民发展百香果种植等生态产业。除了种地、割胶，我还通过选拔成为海南热带雨林国家公园的生态护林员，每月可收入近3000元，我媳妇在百香果基地工作，每月可收入2000多元，全家年收入向10万元冲刺呢。"一位男村民笑着说。

"高峰村列入海南热带雨林国家公园生态移民搬迁项目以后，发生了翻天覆地的变化。"村纪检委员说。

“要说这事还得感谢银坡村，是银坡村搬迁后通过种植橡胶、合作社开展生态种植和外出务工等方式，实现了年人均收入 8000 元以上，为即将搬迁入住的新高峰村提供了可参考的范例，是他们的成功给了高峰村村民信心，新高峰村才得以整村搬迁成功。要不村民们都不肯搬离故土啊！”村书记符志明说。

第一书记说：“在我们生态移民新高峰村，改变的不只是人均收入，更重要的是村民们的观念。陆续有村民开始种植槟榔、波罗蜜等附加值高的作物了，从外地回到家乡创业的大学生也越来越多了。”

村书记符志明说：“通过生产生活条件的改善，特色绿色产业的可持续性发展，村民的获得感和幸福感得到了不断增强，村民看到了希望，一些老脑筋也发生了转变。2022 年，新高峰村集体经济收入 30 多万元，同比增长 63%，家庭人均纯收入 24266 元，同比增长 39%。橡胶产业、务工收入是村民的主要收入来源。按每人 10 亩地的土地分配方案，新高峰村户均分到 50 亩橡胶林地，新高峰村利用橡胶林资源大力发展林下经济，采取“政府 + 企业 + 村集体”的发展模式，引入农业科技企业打造新高峰新食用菌项目基地，2020 年投入 300 万元，年分红 18 万元。2021 年继续投入 85.5 万元在橡胶林下扩建食用菌项目种植规模，年增加分红 5.13 万元。通过种植红托竹荪菇这一食用菌高端食材，做足做强“季节差、名特优、绿色有机”文章，新高峰村红托竹荪菇已成为白沙县“一村一品”特色农业品牌标志。2022 年新高峰村食用菌项目提供大量固定就业岗位，提供用工 12500 多人次，村民务工收入 190 万元。2023 年，新高峰村继续调整食用菌种植结构，发动村民种植虎奶菇，促进农户增收。新高峰村交通便利了，村民多数就近务工，2022 年全村 271 个劳动力中有 153 人外出务工，人均务工收入 30835 元。新高峰村建设有光伏项目，利用住户房顶安装光伏发电并联入电网，每年为每户家庭创收约 2000 元。”

第一书记说：“不只是高峰村，海南热带雨林国家公园体制试点区核心保护区内的 470 户 1885 人都完成了搬迁。搬得出、稳得住、可发展、能致富、有保障，这是海南热带雨林生态移民的目标。”

“我们巡山时会回到村子的旧址，房子拆掉后植物长得更密了，我们还发现过松鼠和野猪。原有的村庄旧址已经通过生态修复还热带雨林以原貌。这可真是一个艰难的过程，好在乡亲们的日子越过越好了。”村书记符志明最后说。

七、霸王岭上寻王道

10 月 11 日下午三点半，采风团前往霸王岭，预计车程两个小时。

罗主任这次见大家累了，没有介绍，而是把霸王岭的情况发在了团队群：霸王岭位于昌江黎族自治县东南部，地理坐标为东经 109° 03′—109° 17′，北纬 18° 57′—19° 11′。保护区始建于 1980 年，面积 10 万亩；1986 年晋升为国家级，2003 年保护区面积扩大至 44.97 万亩。保护区属于野生动物类型自然保护区，保护对象是海南长臂猿及其栖息地，是集自然保护与管理、宣传教育、科学研究、生态旅游等功能为一体的自然保护区。

为了便于第二天早上早点去山上偶遇海南长臂猿，当天晚上采风团就住在了霸王岭分局的雨林驿站。

不巧的是 10 月 12 日早上天公不作美，下起了大雨，采风团只好先来到霸王岭博物馆参观并和长臂猿监测队员举行座谈会。直到下午一点多，雨势才小了许多，采风团在霸王岭分局宣教科普信息办副主任韩文涛和海南长臂猿监测队副队长周照骊两位专家的引领下，来到霸王岭海南长臂猿经常出没的栖息地。

大家一边走在雨中的栈道上，一边听两位专家讲述海南长臂猿生命传奇：海南长臂猿家庭是一夫两妻多娃，两只雌猿会一同养育幼猿，家庭纽带深厚而稳定。家庭鸣唱时，雌猿们在雄猿独唱后一起合唱。

雄猿通体黑色，体形比雌猿小，头顶有短而直立冠状簇毛，成年后会被驱逐出猿群，过独立生活，如果不能在其他猿群中争取到领袖的位置，可能会孤独一生。海南长臂猿大多会在清晨拂晓时鸣唱，其中雄猿是清晨鸣唱的领唱者。雌猿通体金黄，头顶有菱形或多角形黑色的冠斑。鸣唱后，雌猿们会带领猿群进行觅食活动。

最有意思的要数幼猿，其成长过程有着非常有趣的变化——刚出生的小猿是金黄色的，头顶正中有道黑线，约半岁后毛色开始变成黑色，外貌接近，雌雄难辨。在清晨的家庭高声鸣唱中，幼猿会和雌猿一同发出短促而杂乱的“咯、咯”声，使猿鸣听上去高亢洪亮。成熟后才能靠毛色分辨雌雄，长至七八岁成年前会离开家庭。雌猿离家后开始换毛，毛色由黑变黄。

海南长臂猿以素食为主，偶尔也会开开荤。它们最喜欢吃香甜多汁的浆果，也吃嫩枝叶和花蕊，偶尔食用鸟蛋、昆虫和蜜蜂等。

海南长臂猿天性喜欢自由，从来不接受人工豢养。它们一生都生活在树上，从来不会来到地上。如果“一家人”有一个不幸死伤在非法偷猎者的枪口下，“亲人”绝不会惊慌地逃走，它会和“亲人”生死相守。一些无良偷猎者常常利用海南长臂猿这一悲情习性，实现一窝端，以满足他们的贪婪欲望。

路过海南长臂猿经常出没的超高林地时，采风团成员驻足眺望：这里森林结构完好，树种丰富多样，古木参天。大家果然没能捕捉到海南长臂猿的任何踪迹。同行的人难免有些失望，可我不但没有失望，反倒为海南长臂猿的机智而感到高兴。“对，这样就对了，为什么要让人类看到你们呢，这样不是更安全吗？”我心中暗自叨咕着。

没能看见海南长臂猿，反倒让我觉得有了更重要的收获。除此之外，我还在霸王岭上看到了种类繁多的树木和花草，我还和大家共同见识了两千年高龄的树王和两千六百年高龄的树神。这才是真正的大树啊！霸王岭上的这两棵树也许是我有生以来看到过的最古老、最高大的树了。

采风团成员虽然没有看到神奇的海南长臂猿，却近距离看到了热带雨林旱蚂蟥。前一天刚刚被蚂蟥咬过的周华诚捉到了一只拿给大家看。原来它很弱小啊，它没有眼睛，也没有四肢，甚至连一张真正的嘴也没有，只有两个吸盘，位于管状身体的两端。蚂蟥靠它们来闻味、行走、跳跃和传说中的飞翔！我突然有点同情起这个小动物来了，蚂蟥能吃到东西并能生存下来，真的是太难了，造物主真的是太难为它了。青年作家肯定也看出了它的不容易，并没有伤害它，在大家看过之后就把它给放生了。

难怪海南的当地人没太把蚂蟥当回事儿呢，因为它对人类的伤害实在太有限了。海南人谈论起蚂蟥，真就像东北人谈论起苍蝇蚊子一样。

但不论如何，蚂蟥还是在本次作家采风团里根深蒂固了，会以各种形象长久地生长在每个人的心中……

八、绕道三亚飞长春

10 月 13 日上午 9 时 30 分，在去往三亚的南国高速公路上，我又一次领略到了公路两侧不断掠过的热带植物。与东北长白山上的树木疏朗有所不同，海南的树木一年四季都在生长，没有停歇，树木和花草都生长得浓郁繁茂，总是让人有种层峦叠嶂、密不透风的感觉。

在五指山片区、鹦哥岭片区和霸王岭片区，采风团切身实地了解到海南热带雨林国家公园的自然资源、人文风情和生态搬迁的新转变，踏访雨林全方位感受到优美的生态环境、丰富的历史人文底蕴以及独特的自然景观。

回顾几天来的密集走访，采风团一行人通过观看国家公园宣传片、参观雨林动植物博物馆、与当地护林员面对面交谈等形式，实地感受海南热带雨林景致，体验在群山环抱的密林中探秘的野趣，激发了创作富有热带雨林特色文学作品的热情和灵感。

犹记得每次交流会和座谈会上，采风团一行人都是紧紧围绕海南热带雨林内容进行详细询问，以求获得最满意的答案。

是的，海南热带雨林是世界热带雨林的重要组成部分，是中国分布最集中、保存最完好、连片面积最大的热带雨林，是全球重要的种质资源基因库，是中国热带生物多样性保护的重要地区，也是全球生物多样性保护的热点地区之一。一路走来，我由衷地感到，国家在此设立国家公园意义重大。不仅是筑牢海南绿色生态屏障的关键举措，更是保护热带雨林生态系统原真性和完整性的有效途径。中国热带雨林资源稀缺，主要分布在海南、云南南部、台湾南部、广西南部及西藏东南河谷地带。建设海南热带雨林国家公园，集中连片整合自然保护地，创新保护管理体制，实现统一规范高效管理，实施整体保护、系统修复和综合治理，从而实现珍稀自然资源的世代传承。同时，建设好海南热带雨林国家公园也是拯救中国热带珍稀濒危野生动植物资源的迫切需要，更是探索将“绿水青山”转化为“金山银山”路径的具体实践。建设海南热带雨林国家公园，整合多个单一自然保护地，修复热带雨林生态系统，建设生态廊道，有利于保护生物多样性、抢救濒危物种、维持区域生态平衡。建设海南热带雨林国家公园，有利于正确把握生态保护与经济发展的关系，增强生态系统服务功能，健全生态保护补偿制度，促进当地脱贫，走出一条生态优先绿色发展的新路子。

海南热带雨林为采风团成员带来诸多创作灵感和创作激情，相信每位作家都会有感而发地投入到下一步的创作中，讲好海南热带雨林国家公园故事，以文学助力祖国生态文化建设。

10 月 14 日一早，我怀着不舍之情和团长匆匆告别。

在从海南热带雨林飞回北国春城的飞机上，我眼前不断涌现出一周来接触到的海南热带雨林国家公园各级领导、专家和护林员忙碌的身影，尤其是那几位苗族、黎族护林员朴实厚道的笑脸，一直浮现在我的眼前。我想，有了平凡奉献的他们，未来的海南热带雨林定会更加生机盎然，枝繁叶茂。

2023 年 11 月 15 日于长春听溪阁

作者简介

王怀宇，编审，中国作家协会会员，吉林省作家协会副主席，吉林省文学院院长，吉林省小说委员会主任。在《小说月报》《小说选刊》《长篇小说选刊》《新华文摘》《中华文学选刊》《中国作家》《十月》等文学期刊发表小说五百余万字。出版长篇小说《血色草原》《风吹稻浪》《芬芳大地》等七部，小说集《别来无恙》《谁都想好》《小鸟在歌唱》等八部，另有《春去春又来》《平安是福》《风雨稻乡情》《芬芳大地》《我那遥远的红草原》等舞台剧、电视剧、电影、散文作品若干。作品获梁斌小说奖、田汉戏剧奖、冰心散文奖、吉林省政府“长白山文艺奖”等。多篇作品被翻译成英、法、韩等文字。

延边气象，王者归来

袁竣素

自然的风，伴随着新时代的鼓点，唤醒了密林中的生死与繁衍。那里有葳蕤的草木、森林之王的领地，有人间喜乐，亦有吐故纳新与生死轮回……在绵延起伏的长白山脉，那里的物候、物语、自然生灵，正以全新的姿态迎接“王者归来”。

——题记

一

到达延边时，正值秋高气爽。枝头上的绿还在，天幕蓝得纯粹，白云浪子一般幻化无穷，把辽阔的大地衬托得生动、丰富、唯美。

延边有延边的意味，像一件年代久远的青釉陶瓷，有一种端庄的静，静得四平八稳，静得邈远而博大。城市如许，村庄亦如斯。这里的村落偶尔会升腾起几缕炊烟，白水点灯般的，袅袅婷婷的，温润着时光，显得淡定又从容；生活的节奏比南方要慢，就好比南方要种三季水稻，这里种上一季就好。人们似乎更遵循日出而作日入而息的生活规律，慢条斯理，有条不紊；街上的商铺、餐饮早早就打烊了，行人归巢，车辆熄火，街道空荡荡的；晚上九点刚过，各处的灯火就开始陆续熄灭，城市、村庄、田野便进入了催眠状态。而在南方，这个时间点人们才开始出来活动和消夜。

许是延边地广人稀的缘故，我们经过的街道和村庄，都没有想象中的众生喧哗，树林更是万籁俱寂。我们的车子往东北虎豹国家公园林区更深处走时，林荫道上浓荫渐重，我们的目光也跟着深邃起来，仿佛那是条时光隧道，承载着过去，又伸向无限的未来。浩瀚林海，引发我们的无限遐思，那些被黑熊和棕熊掏空的树洞，填补着秋天的深沉，苍翠挺拔的红松直耸云天，松塔开始成熟，散发出迷人的松香……我却在心里思忖着，在我们经过的每一片树林，真有一双淡蓝色的眼睛在窥视与追随着我们？每次看到“虎豹出没注意安全”的警示牌时，我们都有种莫名的激动，因为我们穿过的是老虎的领地！传说猫是老虎的师父，把本领都传授给了老虎，唯独没有教老虎爬树。实际上，老虎会爬树，因为身形与体重，只是没有猫那么敏捷。所以猫是不与虎为伍的，它选择跟人类居住在家里，享受家的安宁，老虎却仗着一身本领，喜欢“攻城略地”，占山为王。当然，我们从四面八方聚首东北，来到延边，就是奔着野生东北虎、东北豹来的，一路上聊的内容也是虎豹。我们知道，中国是老虎的发源地，与河山壮美、资源丰富息息相关，约有二百万年的历史。中国曾有五个虎亚种，但由于森林的砍伐严重，狩猎泛滥，自然环境的破坏，许多珍贵的动物物种开始逐渐走向消亡。二十世纪末，有两种野生虎已经灭绝，剩下的三种不超过100只，东北虎仅剩下不足20只。十九世纪末至二十世纪初，东北虎就开始逐渐减缩，仅分布于俄罗斯远东地区、中国东北地区和朝鲜北部山区。十九世纪末，全世界东北虎的总数2000—3000只；二十世纪三十年代，全世界野生东北虎约有500只；1940年，俄罗斯远东地区只剩20—30只；1999年，黑龙江省野生东北虎仅剩5—7只……

偌大的群山，广袤的土地，难以追踪到森林之王的踪迹。当动物不再与人类共享地球资源，大自然里没有了动物的繁衍生息，不仅是森林的资源空缺，也是人类巨大的损失！尤其是珍稀动物野生东北虎，它们的寿命一般是二十年左右，公虎的寿命比母虎还要短。25% 的老虎活不过二十年，而能活到三十年的老虎更是罕见。随着森林面积的缩小，食物链的破坏，野生东北虎难以繁衍生息，一旦灭绝，便会永远消失。

现实的严峻，让人们开始思考，人类与自然生灵的相处和共生，平衡与调和的生命关联，以及人类与地球同频共振的自然命题。野生东北虎别称西伯利亚虎，是国家一级保护动物，因其在食物链的最顶端，是现存体重最大的肉食性猫科动物，大的有六百多斤重。而这些在世纪之初就濒临灭绝的野生东北虎，它们生活的家园环境，可以说是整个动物链中条件要求最高的，要最完整的森林体系，才能成为“森林之王”的最佳配置。

而今，环保知识普及，人们已经意识到人类与大自然和谐相生、相互依存的关系。在时代新风的吹拂下，山青了，水绿了，森林里那些濒临灭绝的动物也接续了它们的“香火”……聊着这些的时候，不禁想起“武松打虎”的故事来。那个时候，虎被人们叫作“大虫”，因为太过凶猛，人们不敢靠近，路过它们的领地，都要结伴绕道而行。

其实，老虎是很聪明的动物，也很有灵性，知道自己离开了森林的庇佑，也就失去了王者的威严，就好像狮子的领地在非洲草原，与老虎在不同的领地中各自为王，井水不犯河水。老虎的领地意识是很强悍的，可以围绕自己形成一个 1000 平方公里的捕猎区域，在它梭巡的领地里，只允许雌虎和它的孩子在附近活动和狩猎，如发现其他雄虎出现，就会全力驱逐其出界。所谓一山不容二虎，说的就是老虎占山为王的领地意识吧。

车内，随行的同伴不时地感慨着：“要是能在这里看到野生的东北虎、豹，那真是不虚此行了。”“真的，说不定就能不期而遇呢。”听着是天方夜谭，却道出了大家的心声。其实，大家希望能有这个眼缘，一睹王者风采，可是，如果老虎真在马路上挡住我们的去路，就不知道会是怎样的场景了。人就是这么个复杂的动物，说出口的话，有时候却是当不得真的。再就是，动物的耳朵与嗅觉非常灵敏，大自然赋予了它们天然的敏感神经与求生技能，当意识到危险来临，早就逃之夭夭了。

在大家的猜测与笑谈中，司机旁边的东北小伙真就给我们看了一段野生东北虎的视频，时间显示是去年冬天，我们轮流目睹了森林之王的真颜。还真别说，虎王就是虎王，它离汽车也就百米左右，居然自信满满地在那里踱步，也许是不饿，或许是不想攻击人类，当它与人的眼睛对视时，面对汽车这个庞然大物，也没有丝毫的恐惧和慌乱。汽车从它的身边驰过，它只是趴在雪地里，用淡蓝色的眼睛注视着，两只小巧的耳朵衬托着它迷茫的眼神，仿佛在说，朋友，别跑这么快呀，陪我玩玩呗，多好的雪呀。回头一看虎王的萌态，让人忍俊不禁。

其实，老虎只要食物链充足，一般不会下山袭击人类，它不喜欢人的气味。也许有一天，人类与老虎在擦肩而过的瞬间，对视一眼，看到的是彼此的王者风范，那该多好。我想，若是人类与森林之王建立了如此的默契，那真是自然与人类的最高境界了。

二

长白山位于吉林省的东南部，山脉绵延起伏，贯穿整个延边州，在地理位置上跨越吉林、黑龙江、辽宁三省，与朝鲜、俄罗斯毗邻，属流水地貌、喀斯特（岩溶）等地貌特征，这些得天独厚的地理与环境优势赋予了这片土地神奇的能量。这里河网密布，松花江、图们江、鸭绿江、绥芬河四大水系皆源自长白山区，野生资源丰富，尤其是其红松阔叶混交林带、云冷杉（暗针叶林）林带等环境是东北虎和其他动物喜欢筑家生活的地方。这些林区往往古树参天，水源丰沛，植被环境良好，这种原生态条件给这里的生灵提供了天然的养料，缔造了一个动物王国的“乌托邦”。

在这神秘的自然地带，诗意的萌发，情感的阀门，往往就是一个瞬间。一棵树，一泓清泉，一只受伤的小鹿，或是那隐藏在时光深处的眼神交流，都能触动心弦，引发联想，赋予自然灵魂生长。

我们的车子穿过街道、村庄，还有原野，在东北虎豹国家公园的林间小道上奔驰，许是空气湿润、绿化好的缘故，居然没有想象中的热浪翻滚、尘土飞扬。那些深沉的绿，在阳光的过滤下，斑驳、跳跃、沉静，像一只温暖的手掌弹奏出天籁之音，一切都是那么干净而明亮。

从吉林长春到延吉、汪清，再去珲春的途中，我们沿着延边一带，向图们江下游进发。珲春是地处中、俄、朝三国交界的边境城市，在东北虎豹国家公园里面，是虎豹出没最多的地方。那里天然的长白山脉的地质、气候、环境等条件造就了虎豹喜欢蹲守的家园，在人类的参与和保护下，建立起了自然环境中的动物、植物的完整链条。人类的参与，更加完善和保护了动物王国与森林家园的和谐相生。

一路上，我们经过许多茂密的树林、乡间的小道，空气中似乎总能闻到松油的清香。车窗外，茫茫林海，成片的稻田、玉米，在蓝得令人流泪的天幕下一望无际，气势磅礴，让我们领略到边陲的广袤与邈远。那金黄而雄浑的气势席卷着一江秋水，在微凉的萧萧风声中，落叶还未能成堆，但已然不见候鸟的行迹。

我还在感叹着延吉的长白山人参、汪清夜晚的清冷，司机旁边的东北小伙丢给我们一袋炒熟的松子，给我们分食。我还是第一次见到这种从松塔中出来的果实，肉身个儿比在南方超市买到的要大，要新鲜，却没有开口。那坚硬的外壳，严丝合缝，让我没有地方下嘴，不得不佩服松鼠的牙齿，它那小巧的嘴巴里居然有这样令人羡慕的“武器”。来自陕西的张艳茜教授与福州大学的施晓宇教授却啃得甚为欢快，有滋有味，看得我目瞪口呆。

这一路，我们霸蛮要国家林草局的航宇老师做这个团队的团长，他在京城生活了十几年，仍然乡音难改，用一口地道的陕北口音模仿着东北话，幽默而风趣，尤其是学那句“老老后了”，成为大家的口头禅。每到一个合乎时宜的节点，总要蹦出来一句“老老后了”。惹得车内笑声爆棚，让我们在东北虎豹国家公园各局之间穿梭时，忘记了时间，消除了沉闷，气氛轻松愉悦，又妙趣横生。当然，开心一隅之后，我们正儿八经地进入工作状态时又是极为严谨与认真的。当那支花样年华的女子巡护队进入到我们的视野时，我相信，我们每个人心里多少都会碰撞出一种生活的激情，或者某种精神上的震撼。

这支平均年龄在二十多岁的女子队不仅要有保护野生动物的爱心，还要每天上山巡逻几个小时，为了防止迷路，身上都要带着干粮。在森林里，她们娇嫩的皮肤要经受马蜂、蚊虫的叮咬，最可怕的是熊和野猪，遇上了不能慌乱和瞎跑，要会隐蔽自己和求救。所以在巡逻的时候一般是结伴而行，不能落单。她们的冒险精神，既是亮丽的林区风景，又让人感佩不已。她们日复一日的坚守，风雨无阻，给这块土地输入了新鲜的血液，让森林焕发勃勃生机，野生动物资源慢慢复苏，尤其是东北虎和东北豹数量的攀升，让我们对这些坚守在林区一线的工作人员刮目相看。她们日出月白，默默付出，用平凡的朴素、心灵的高贵、对大自然的热爱，营造了一片欣欣向荣的自然风景，给“王者归来”提供了天然的生态环境，令人油然而生敬意。

在汪清局、绥阳局的电子屏幕上，我们见证了野生东北虎、东北豹在林区活动的真实场景。汪清局林业区架设了 6184 个红外线相机，也就是说，在这片森林活动的动物，几乎都在林区工作人员的监护之下。在红外相机拍摄到的受伤、生病的动物，都会得到林区巡护人员及时的救助。在红外相机的自动摄像中，我们看到了迁徙中的棕熊家族、奔跑的马鹿、梅花鹿，敏捷的原麝，灵巧的猞猁、紫貂，黑黄相间的黄喉貂，来去自如的东北豹，等等。

东北虎的与众不同给我们留下了深刻的印象，它的出镜有着非同一般的明星范儿，它敏锐的头脑，龙行虎步的形态动作，威严的神情，都弥漫着王者的贵族气质。当它发现了红外相机，那种惊愕而茫然的表情，表现出高度的警觉。有意思的是，它对着相机观望一阵，对相机自拍时闪烁的光源，沉吟良久，有点百思不得其解，当它适应了绑在树上的“天外来客”的存在，确定没有危险时，居然对着相机摆起 pose 来，时而摇头摆尾，时而缩着虎爪半蹲，时而迎着相机前进又退后，展现它的各种造型，萌态十足，让我们过足了眼瘾。在相机自动摄像的网络输送中，我们还看到了东北虎对着镜头摇着屁股排便的情景，拉完之后，又用爪子扒拉着土块，把自己的粪便掩埋好。我原以为是东北虎懂得讲卫生，知道净化自然，经林业人员解说，才知道这是它为自己的领地做的标识，它走过的地方都会留下自己的气味。

动物真的是很有意思，也很聪明，它们往往有自己的生活哲学，有着属于自我的辨识度和思考意识。尤其是老虎，不仅有威猛的力道，还具有人类大脑的智商，也许正因为它的智勇双全，才奠定了它森林之王的地位。据国家林草局官方公布，目前，野生东北虎已经衍生到 50 只，野生东北豹 60 只。当我们对这组数据表现出疑惑的时候，工作人员告诉我们，之所以有这样精准的数据，不仅仅是红外相机的监测和辨别，主要是它们身上的皮毛纹理就好像人类的指纹一样，是独一无二的，根据它们身上的纹路和毛发结合粪便的检测，就能精准地掌握到东北虎、东北豹的繁衍数据。原来如此，我们这才释然一笑。

看着这些野生动物在大自然的真实流露，我们不得不感叹天地与自然的伟大杰作，这些自然之子吸天地之精华，与自然共舞，才有了这世间的万物生长。我突然想起延边的岁月静好，对比这森林里动物王国的喧腾，这生活在不同区域的静与动、昼与夜，上演的正是人间的清欢与自然和谐之本真。

三

也许，人与动物的爱恨情仇，是一种说不清楚的尘缘；爱与恨，情与仇，有时候就在尘与土之间，在生命与生命的对抗、尊重、和解之中，在一次眼神的交流之间，在时间与自然的循环之间……

在东北虎豹国家公园各局之间的迎来送往中，那些亲切的面容、朴实又铿锵的话语，逐一清晰，尤其是从猎人转型到森林巡护员、志愿者的老李。他颇具传奇色彩的猎人经历吸引着我们，从打猎上瘾到痛恨对动物的无情杀戮，自愿上缴了猎枪，加入保护动物与环境的队伍，他朴实而真诚的自白，黧黑又堆满岁月印痕的面庞，在我们心里留下了一副东北汉子形象。从他娓娓道来的叙说中，我们懂得了他与动物的某种“亲缘”，对野生东北虎有了更为鲜活又动感的认知。

野生东北虎有着几岁孩童的智商，不仅有人类的思考能力，更有威猛的力道，一只脚掌的攻击力有一吨以上，足以掀翻一辆小车。它赖以生存的家园是森林，一般不会离开树林活动，它熟悉这里的草木与每一寸土地，只要人类不侵犯它的领地，东北虎乐于驻守自己的王国。

所谓靠山吃山靠水吃水。老李说，在二十世纪八十年代左右，这里的村民有很多是靠打猎为生。他们经常上山放套，布置动物陷阱，由于山上野生动物多，常常能逮到猎物回来给家里改善伙食。但他们也懂得给幼小的动物放生，给怀孕的雌性动物放生，以接续森林的食物链，要是赶尽杀绝，那来年就很难再逮到猎物了。尽管这样，还是侵犯了森林之王的领地，毕竟是人们从它的嘴里夺食，东北虎就开始下山偷袭了。村子里的人都养了狗看家，但是老虎是狗的天敌，一闻到老虎的气味，狗都吓瘫了，叫都叫不出来。

有户人家养了 20 多条猎狗，全被老虎吃掉了，那户人家又气又恨，心疼呀，可又无可奈何。村民们商量着一定要抓住这只偷袭的东北虎，但是这只虎很狡猾，每次布下陷阱，它都没有上当。于是，人与动物的较量开始了，大批的猎人带着武器上山，但都无功而返。老李深知动物的习性，在森林里跟动物斗智斗勇几十年，已经混得跟他家里一样熟络，他一上山从不会空着手回来。老李跟东北虎一样喜欢独自行动。功夫不负有心人，有一次，他终于发现了东北虎的脚印，跟着脚印进行追踪。

每天早出晚归，家里人都问他干吗去了，他都没有透露自己的行踪，好似这一说道，森林的风就会把消息捎给东北虎一样。他这样神秘又小心翼翼地追踪了半个月，还是没有找到老虎的窝点，也根本不知道东北虎的家是个什么样子。东北虎如神龙一样，见首不见尾，又好似凭空消失了一般。猎人们都劝他放弃算了，许是老虎在跟他玩躲猫猫呢，“你要找我，我偏不让你找到。”又或许老虎知道自己犯了众怒，害怕这些猎人人多势众，不敢再露面呢？再者，老李总是单独行动，人在明处，老虎在暗处，要是它来个出其不意的偷袭，最后吃亏的还是人。

老李偏不信邪，仍然一个人进山，顺着老虎的蛛丝马迹追踪下去。

在偌大的森林，没有经验的猎人走远了，很容易迷失方向，即使带了猎狗，弹尽粮绝时，遇上虎、豹、黑熊、棕熊、野猪这些凶猛的动物，也没有什么战斗力。猎狗当然是会忠诚护主的，最后的结果是主人和猎狗都难以生还。若是遇上熊和野猪呀，它还会狗仗人势地狂吠几下，若是遇上老虎，猎狗当场会吓瘫，完全失去攻击力，连声音都会被老虎镇住，发不出来。但老李是不怕的，他整日地在这里出没，已经跟这里的动物混得“老熟”了。说不定它们已经把老李当成是森林里的一头“猛兽”了，而且是它们的克星。

他手中的猎枪和砍刀让它们望而生畏，比起老虎，也许它们更怕老李手中的武器，老虎来了，它们还可以扑腾几下，还有机会逃生，而这支深不可测的猎枪不知道隐蔽在哪里，枪声一响，足以让它们毙命。就连老虎有时候都奈何不了的大野猪，老李用一把锋利的砍刀，就结果了它的性命。俗话说“一猪二熊三老虎”，说的是野猪对人类的攻击与伤害排位第一，熊排第二，老虎排第三。所以不到万不得已，老虎一般是不会攻击人类的。

那种几百斤重的大野猪，它们喜欢经常用身体在红松树上蹭，把成熟的松塔震落下来，吃里面的松子。在它们用力蹭树的时候，身上的鬃毛会裹上一层又一层松油，日积月累，身上的皮毛与松油就会像铁锻打过一样，融合一体，变成了铠甲一样的护身武器，不仅老虎咬不进那层钢铁般的盔甲，甚至能刀枪不入。它两根长长的獠牙也不是吃素的，遇上这样的野猪，老虎这只“猪倌”也得让它三分。

老李与那只几百斤重的野猪决斗时，没有用猎枪，而是用的砍刀。他知道猎枪打出去的子弹是线形的，很难斜插它的软肋。对付这种全身覆盖着松油“铠甲”的野猪，必须近距离地决斗，需要足够的胆量与勇气。老李不愧是经验丰富的老猎手，有勇有谋，胆识十足。在野猪纵身扑来的瞬间，老李用砍刀往它的腹部顺着肋间斜插进去，这一刀是很有技术含量的，必须把握好分寸，必须看准肋间部位，刀口必须斜插而入，不偏不倚，恰到好处。一刀下去，野猪就没有了反抗能力。

再聪明、再凶猛的动物肯定是斗不过人类的大脑的，当老李放倒了那只巨大的野猪时，也许躲在暗处的动物都目睹了这场决斗，也许他追踪的那只东北虎也看到了，看到了这个动物王国的“克星”的可怕。它是明智的，与猎人周旋了这么多年，较量了这么多年，同时也锻造了它的生存智慧，面对如此强大的对手，这只百兽之王、森林之王也许伤心地选择了离开。它已经统治不了这块土地上的“子民”，它的家园梦被这个能在“虎口拔牙”的家伙毁灭了。

然而，老李却失落了。他最终还是没能追踪到那只东北虎，他的对手退出了这片林区，就意味着它的主动放弃与妥协。老虎的退场，也意味着这片树林的动物正在日渐退出人们的视野，这里的食物链已经被严重破坏了，无法满足老虎的捕食了，这片树林的生命气息濒临灭绝，大自然和人类也将要失去动物王国陪伴的乐趣了。

老李再也不打猎了，但仍然坚持上山，带着后辈青年教他们在森林里清除动物陷阱，给动物解套。老李讲述自己的故事时，毫不留情地批判自己，他说自己有家庭，也有孩子，却没有顾及动物的感受，动物也有自己的父母、孩子和属于它们的家庭，而他却让它们流离失所，骨肉分离，甚至是全家灭绝。现在想来，真是太残忍了，其实动物是很有灵性的，它们的生命也是生命，它们也有爱恨情仇、悲欢离合，甚至懂得感恩。

我们从他湿润的眼眶、动情的倾诉中，感知到他在时代新风的洗礼下，对生命、对自然敬畏的态度；感知到那只被他追踪、逼走的东北虎，成为他一生中不能原谅的罪过与遗憾。也许，每个人都有自己内心的死结，情感上的坎，我们相信，老李一定在心里有着某种情结，在等待他心中的“王者归来”。

四

我们从珲春到黑龙江的穆棱市的过程中，在东北东部的中朝边境绕了一大圈，经过长白山支脉老爷岭等地，到达穆棱林业局。沿途看到长白山下种植的人参、黑木耳，还有水产，让我们耳濡目染到这片土地神奇的蕴藏。东北可谓地大物博，由于地理位置与气候环境的影响，让这片土地光照充足，水源丰沛，各种野生资源非常丰富。

记得在延边的磨盘山村，一大清早，就有村民从山上采了带着露珠的松茸回来。我还是第一次见到连根带土的新鲜松茸，那些撑开伞般伸展的大松茸、浑圆饱满还没长开的小松茸，身子白皙，顶上呈褐色，肉乎乎的，煞是可爱。松茸对成长的环境是非常挑剔的，一般难以人工培育，通常在赤松、偃松和铁杉的根部寄生，是一种纯天然的珍稀名贵食用菌类，被誉为“菌中之王”。能在这里偶遇到采松茸归来的朝鲜族大婶，听到她们采松茸的故事，让人既紧张又刺激。

这松茸长得珍贵，采回来也是颇费周折，还要有好运气。在松茸生长的地方往往是高大、有一定树龄的树木，也是黑熊和棕熊喜欢掏洞筑家的地方，要是碰上了黑熊，得有经验才能逃生。据说有个大婶在采松茸的地方，看到了一只黑熊的幼崽，那只幼崽也许是第一次见到人类，吓得哇哇大叫，黑熊妈妈闻声从远处赶来。幸亏大婶隐蔽得及时，不然会被它撕得粉碎。黑熊喜欢攻击活物，运气不好碰上了，不要瞎跑，找个隐蔽之处先藏好，再慢慢退出它的视线范围。熊的视力不是很好，但嗅觉很是灵敏，看着这么个笨拙的动物，惹恼了它，可不是闹着玩的。

我们这个团队里，来自湖南的小关最小，“00 后”颜值女孩。许是缺觉，清早刚上车，倒头便睡，下午再上车还是睡，但我们聊到哪里，她都知道，关键时刻还会应和一下。看着有点呆萌，又很机灵，我们都喊她“小狍子”。小狍子在森林中应该是食物链的最低段位，没有攻击能力，还有点傻乎乎的。要是遇上了虎豹，它还要先愣怔一下，仿佛脑袋里缺根弦，看到庞然大物逼近，才会意识到危险，所以是其他肉食动物的美味。当我们喊小关“小狍子”的时候，她也是这样的表情，忽闪着一双长睫毛的丹凤眼，愣愣的，要蒙个几秒，才会恍然大悟地拍拍脑袋，引得我们哄堂大笑。这个时候，就会想起去绥阳局的路上，在林区小道，我们的同伴小付和李谦突然看到一只野生狍子，喊着司机开慢点，大家都拿出手机去拍，能看到野生动物在树林里活动，太珍贵了！我也赶紧拿出手机去拍，东张西望地，也没有看到那只狍子的影子，同伴们都说看到了，说着它的体形和大小，棕色的身体，在树林里一晃眼，就跑开了。我遗憾地摇摇头，一车人，连小关这只“小狍子”都看到了，唯独我错过了那个珍贵的瞬间。我心里嘀咕着，还说狍子傻呆，才听到我们的声音就赶紧逃开了，它也是蛮机灵的嘛！幸好，绥阳局那只被巡逻的工人捡到的野生小狍子弥补了我的遗憾。我这才有机会仔细地打量它，原来狍子长得像鹿，只是没有鹿那么高大，也没有鹿的那两只角，身上也没有斑纹，全身是棕黄色的体毛。但它的眼睛很像鹿，是那种含羞型的，怯怯的味道，神情之间像个羞答答的小姑娘，两只耳朵不大，配上它的小脑袋，显得眉清目秀。由于在人工饲养下长大，动物的野性已经消磨殆尽，仿佛跟人类有了亲缘关系，我们给它喂食，抱它，它都不会反抗，很温顺，像个被宠大的孩子，与森林里的那只野生狍子全然不同。看着这只被我们抱来抱去的小狍子，突然很担忧，要是把它放归自然，它该要经历怎样的磨难！在弱肉强食的森林中，它随时会被其他动物吞食。而森林才是它成长的家园，只有身处在那些时刻面临性命攸关的环境中，才能调动起它所有的神经系统，锻炼它的生存能力，保存生存实力。即使被虎豹捕杀与吞食，也是它的宿命所归。在这里，众生平等，它跟梅花鹿、羚羊、原麝、紫貂、猞猁等动物一样，在自然中诞生，又在自然中消亡。如果没有人类进行人为的破坏和干预，这些食物链会自然接续下来，在满足虎豹的捕食之后，仍然会有一条完整的食物链存在，并且活力十足，生生不息。

穆棱局是我们此行的最后一站，也是我们真正接近自然，走进原始森林的一站。在红松母树林里，我们看到许多高耸入云的百年红松、椴树、白桦树、水曲柳，还有许多不知名的树木，郁郁葱葱，苍翠如盖。走进更深处时，我们发现里面有好些被狂风暴雨连根拔起，或是雷电击倒的上了一定年岁的红松，还有其他不知名的大树，它们也要经历自然灾害和生老病死。它们的身体倒在森林里，枝干枯萎，有些已经开始腐朽，身体上还长着云朵般的蘑菇。而随着风雨侵蚀和时间推移，最终化为泥土，成为森林的养料。就跟人类一样，生命随风而来，又随土而去。正是这种自然的循环，恢复了森林的原生环境，给了动物王国的植被与生存的乐土。这个时候，我突然想起十八世纪法国博物学家、作家布封的巨著《自然史》，这位像大自然一样伟大的天才，很早就在寻找自然与人类的平衡关系，发现动物与人类的和谐相生与“亲缘”所在。为人类的未来开辟了一条回归自然的生命探索之路。

如今，时代召唤，新风吹绿大地，在国家林草局的重磅力度之下，全国生态环境保护在行动，千里江山，逶迤磅礴。长白山自然保护区总面积有196465 公顷，森林覆盖率达 87.9%，野生重点保护动物增至 58 种。在这里，拥有世界上保存完整和极具代表性的温带原始森林生态系统，是濒危动植物不可多得的重要栖息地，被誉为“物种基因库”和“生态博物馆”。2023 年 7 月，被授予“世界最佳自然保护地”称号。

也许，时光的弹性也是会生长的。我从穆棱局带回去的那几个松塔，至今还在阳台上，它那宝塔般层层递进的外观，封存着我与自然的那段鲜活又刻骨铭心的记忆。许是离开了自然环境的天地之气的滋养，松塔颜色已经从青绿色变成了深沉的黑褐色，我仍然舍不得剥开，去看看里面饱满的松子。无事的时候，我会去阳台上望着松塔发呆，抚摸那变得坚硬和萎缩干瘪的外壳，松香的味道还在，覆盖在上面的松油已然风干，却仍弹性十足。那温润的手感，能无限伸缩的弹性，好像有着时间与空间的魔法，能让我沉浸在自然的风中，想起延边气象，体味万物生长，抵达自然与人类气场的“王者归来”。

作者简介

袁姣素，中国作家协会会员，湖南省散文学会秘书长。著有长篇小说《我是一个兵》《白驹过隙》，小说集《飞翔的嗥叫》，散文集《毛边的月亮》，诗集《素爱》《月亮的指痕》等。获《人民文学》征文奖、《作品》《西北军事文学》杂志年度优秀作品奖、第二十五届东丽杯鲁藜诗歌奖、第三届“潇湘杯”网络文学创作大赛奖等。有作品入选各种选本选刊。

散文

原来武夷也姓“赣”

韩小蕙

正是他们和保护区的所有生灵，共同发力，举起了座座山峰，举起了道道彩虹，举起了高天厚土，举起了古往今来，举起了千秋万代。

像高举着一面辉煌的旗帜，他们把整座巍峨的武夷群山，高高举向苍穹。

一

中国的大名山实在是多，即使如此，武夷山肯定也是在列的。然而我敢说，99% 以上的国人都会认定武夷是福建的山，绝无几人知晓它居然也姓“赣”，因为该山有 21.8% 的面积是属于江西省的。而且总面积 1280 平方公里的武夷山国家公园，一峰连绵一峰，一岭接续一岭，无数奇峰林立的山头中，最高峰黄岗山是在江西界内，海拔 2160.8 米，不仅是武夷山众峰统领，而且在我国东南诸山之中，也有雄踞第一的威名。

这个明摆在共和国台面上的事实，为什么没几人知道呢？这真是个谜。

早年我是到过武夷山桐木关的。桐木关是武夷八大关之一，雄踞闽赣两省交界处，通关盘山而上可至黄岗山顶。现在的关楼是一个不太高的中式建筑，下面中央是一个倒 U 形门洞，上面站着一个双翅翘翘的大屋顶，形象有点普通。那年我是从福建那边到关参观的，当时还有人说，“大家都跨过去站一站啊，就算到江西地界了”。可惜后面的话他没说，我们大家也都没往深一层想，那不就是原来武夷也姓赣的红土地之省吗？

今天这一趟走到铅山县，才得知赣武夷的三代老表们，为这片国家自然保护区（现已升格为国家公园），做出了多么巨大的贡献！

二

桐木关城楼下，簇新的公路像山间溪水，仿佛带着哗啦啦的歌唱欢畅地流过关门。两旁高立的山头上，油桐、青竹、绿藤、碧草、翠苔、鸟语、花香，景致完全是无缝衔接，大自然才不管你是姓“闽”还是姓“赣”。然而，增加了人的因素，俨然就觉得是两个不同的世界了。

两辆“闽”字号卧车一先一后开进关来，小心地停在山崖旁。车上下来一大家子老老小小，兴奋地在刻有“桐木关”的大石碑下照相留念。孩子跳，大人叫，老人笑，热闹了一大阵，很是亢奋。然后一群人恋恋不舍，一步三回头地钻进车里，卧车发动，倒退，掉头，回到福建那边去了。

——却原来，这边有一片山崖做成的大墙，上书斗大的红字“未经批准，禁止任何人进入自然保护区的核心区”，下面是同样鲜红醒目的英文标识。回头看，穿着森林警服的工作人员，正一丝不苟地站在岗亭前，一丝不苟地检查核验，一丝不苟地严阵以待，一丝不苟地准备出列，就像将要冲出战壕的将士。

——却原来，这边的关楼上，还有一层楼高的一排黑体字“江西武夷山国家级自然保护区”。那字相貌很凶地，从高高的城楼上压下来，形成一种不怒自威的压顶之势，很有一种张飞喝断当阳桥的不可冒犯的凛然。

——却原来，关楼下面的岗亭旁，还立有两大块一米多高的牌子，红底大黑体白字“禁止松材及其制品进入武夷山国家公园”，“非法买卖调运松材线虫病疫木是涉嫌犯罪行为”。我虽不太知道什么是“松材线虫病”，但可想而知，这是对林木非常严重的一种危害，同时也能触类旁通，联想到其他一切病虫害。这两块牌子虽然只有一米多高，但也给人一种泰山石敢当的威严感，亦让我看到保护区“双肩”上的重担！

——却原来，我们今天得以进山采访，也是提前多日就递交了申请，经过层层领导严格审批的。“政审”，让我想起了中国人民生活中避不开的这个词，这是沉甸甸的，代表着威严、纪律、约束、法律、信任，鉴定你是一个好人还是坏人的极其严肃的大词。

——却原来，在这样极端严苛的“政审”下，赣武夷这片自然保护区，每天只允许五辆车上山，多一辆都不行。为什么呢？是怕惊扰到山上的精灵们。

三

我替江西武夷山国家级自然保护区的精灵们幸福着。

——你看，那边兴高采烈来的是一只黑熊，看来它是惯犯了，胳膊一抬，冲着保护区饲养的蜂箱伸出毛茸茸的大爪子，轻车熟路地一提拎，就把整个箱子抱走了。它知道里面有自己最喜欢吃的蜂蜜，今天又可以美美地大“甜”一餐了。

——你看，那边奔来了一头野猪，小而窄的头颅里面，不知在打谁的主意。全身黑毛厚厚的，像穿了好几层绒衣，个头儿真不小，以至于让我露了个大怯，以为它是黑熊，从此落下一个“指猪为熊”的笑柄。

——你看，那边蹦跳着来了一只小鹿，像一个娉娉婷婷的少女，机机警警地抬头看看四周围，然后才放心地翩翩起舞。不，它哪儿是小鹿，而是武夷山特有的黄麂，它可珍贵呢，是国家级保护动物。比它更珍贵的是它的小弟黑麂，这顽皮小弟个头大，胆子却特别小，娇生惯养到白天根本不出门，只藏在山洞里吃斋，念不念佛谁也不知。因为它们的数量太少了，研究数据非常缺乏，因此被称为“世界上最为神秘的鹿科动物”。它们和大熊猫一样是中国特有的物种，当然绝对是国家一级重点保护，亦被称为“黄岗三宝”之一。我最喜欢的是它们的发型，天然地呈怒发冲冠之势，朝天支棱着，像火焰一样，也不知它们愤怒什么？对谁愤怒？干吗要愤怒？

——你看，说曹操，曹操就到了，“黄岗三宝”之二的黄腹角雉来了。真是傲慢啊，迈着帝王般的步子，真有点像拿破仑。当然我说的是雄性雉，它们头上竖着两根蓝色的角，像古埃及皇冠上的翎毛，在今天来说更像路由器上的两根天线。身上披着华美的羽毛，仿佛帝王的大氅。最为奇特的是胸前吊着一个翠蓝底色、上面齐整排列着一指宽红色条纹的肉裙，呈 U 字形，长至肚腹，花环一样盛开着。奇妙的大自然真能把人惊倒，这种造型，不能不让人立刻联想到奥林匹克运动会的颁奖仪式，获奖的运动员们往往伸着脖子，让颁奖者把缀着奖章的金红色绶带套在他们胸前。有样学样，你不能不承认，我们愚笨的人类，真的可能就是跟黄腹角雉这可爱的小鸟学来的。不过“黄腹角雉”这名字读起来真有点拗口，所以当地人更愿意称它们为“角鸡”“寿鸡”。它的个头比家鸡稍大一点，是 1857 年由英国人 Google 在福建西北部发现并命名的（我说这名字怎么这么别扭呢，敢情是老外的洋腔洋调）。目前这“鸡”在世界上只有 4000 只左右，零星分布在我国湖南、江西、浙江、福建、广东、广西等亚高山地区，珍稀程度堪称“鸟中大熊猫”。由于它们的最大密度种群在黄岗山核心区内,因此江西铅山县(赣武夷)被命名为“中国黄腹角雉之乡”。

——你看，白鹇也迈着优雅的步子走来了。如果说黄腹角雉是皇帝，那么白鹇就是皇后。它从头上的红顶子一直到长长的尾羽,披着一件雪白的斗篷,覆盖着肚子上的纯黑羽毛。再如果说黄腹角雉像拿破仑，那么白鹇就像伊丽莎白女王，娴静从容，心态特别好。我记得曾在福建太姥山的茶丛中见到它,当时手心里托着几粒花生米，它就温良地前来啄食，不急不躁，不争不抢,那时我就爱上了它。赣武夷白鹇比太姥山的要大一些，羽毛更干净，红黑白分明，大概是远离人类的原因。

——你看，不得了了，所有的鸟儿似乎都听到了信儿，纷纷都赶来了,宛如过去闭塞乡村里的大姑娘、小媳妇围观看热闹一样。光国宝二级的就有凤头鹰、大鵟、普通鵟、勺鸡、褐林鸮……还有斑嘴鸭、环颈雉、翠鸟、冠鱼狗（是鸟不是狗哈)、黄冠啄木鸟、家燕、烟腹毛脚燕、白鹡鸰、红嘴蓝鹊、北红尾鸲、红尾水鸲、红嘴相思鸟、黄颊山雀、黄眉林雀、冕雀……最后,和黄腹角雉同等级的白颈长尾雉也耐不住寂寞，终于放下国宝一级的高贵架子，加入了这场森林大狂欢。你就看吧，头顶上，百鸟展翅舞翩跹;你就听吧,众喙放声齐歌唱，本来大山里就绿树婆娑，光影迷蒙，这一下更成为童话世界了。

于是从四面八方、大山深处，又跑来更多看热闹者。不，准确地说，是赶来了更多参与热闹的动物，除了怒发冲冠的黑麂和呆萌可爱的小黄麂，还有藏酋猴、黄猴貂、中华鬣羚、毛冠鹿、豪猪、果子狸、猪獾、鼠獾、华南兔……今天这是怎么了，是动物们的六一儿童节吧，众生平等，和睦相处，一个比一个玩得高兴，直看得我目眩神迷，陷入了一种真想投身其中的冲动。

这真是个让人艳羡的生灵仙境啊，大山里还有着多达5000多种植物呢,植被分布的海拔梯度由低向高，依次为常绿阔叶林、针阔混交林、针叶林、中山矮曲林、中山草甸，是中亚热带最典型的植被垂直带谱。还有几百种漂亮得像七彩霞光般鲜亮的昆虫。还有我不愿提及名字的“五毒”，它们虽然相貌丑陋，但也是大自然之子，它们生猛的存在也是环境上佳的证明。可惜我不能再写下去了，因为还有更重要的事情要讲。

四

赣武夷的大山林中，也并非满目皆绿。当然绿色是背景，是基调，是主旋律，而参与演奏这场绿色交响曲的，还有雪色的条条山溪，金色的斑斑阳光，树影间露出的点点蓝天，以及雨后横跨山崖的煌煌彩虹。负氧离子之多不用说了，人人的肺都被洗得清清爽爽，连说出来的声音都变得脆甜脆甜的了。

——我们沿着他的足迹，在大山里寻寻觅觅，他是辛弃疾，这条路是他当年走过的。

苏轼、辛弃疾是我心中的两位大神。我最崇拜“大江东去，浪淘尽，千古风流人物”的豪迈，苏东坡的豁达可说是人而为人、笑对人生的最高境界；我更景仰“想当年，金戈铁马，气吞万里如虎”的壮怀，辛弃疾的家国情怀永远都在子孙万代的心中熊熊燃烧。稼轩先生的一生，首先不是文人，他也并不想做个“一代词宗”，那是他看不上的轻飘飘，他二十二岁就结集了 2000 多人投入抗金的战斗，曾带着几十名亲兵闯入数万金兵的大营，将叛徒张安国捉了回来。可惜他被偏安江南的南宋小朝廷不容，四十二岁起就被免掉官职，在江西信州（今铅山一带）闲居了二十多年，终老在这里，至死也未看到北国收复的那一天，也再未回到出生地山东老家。他把自己的忠骨，永远地留在了赣武夷青山怀抱的瓢泉。

我们在先生的墓前肃立，献上三炷香，饮尽一杯酒。一片云彩飞过，遮去阳光，“沙沙沙”洒下一阵英雄泪。“我见青山多妩媚，料青山见我应如是”；“陌上柔桑破嫩芽，东邻蚕种已生些”；“稻花香里说丰年，听取蛙声一片”；“大儿锄豆溪东，中儿正织鸡笼。最喜小儿无赖，溪头卧剥莲蓬”；“谁家寒食归宁女，笑语柔桑陌上来”……以前背诵辛词时，这些句子都不是我特别喜欢的，因为觉得太闲适、太烟火气了，远不如他的“把吴钩看了，栏杆拍遍，无人会，登临意”。如今才明白，原来这是被闲适的稼轩，被迫从将军变身为文人的稼轩，被“凭谁问，廉颇老矣，尚能饭否”的不甘的稼轩。

蓦然回首，历史多数时候是不道德的，个人只是微尘一粒，若不幸赶上暗黑时代，即使“弓如霹雳弦惊”的大英雄辛弃疾，也只能无奈地“倩何人唤取，红巾翠袖，揾英雄泪”！

——我们沿着他们的足迹，在大山里寻寻觅觅，他们是朱熹、陆九渊、陆九龄、吕祖谦，这条路是他们当年走过的。

朱熹是南宋时期的大哲学家、教育家，被称为理学大师，其学术思想在中国文化史和思想史上卓有地位，后人评价甚多甚高，此处无须多说。陆九渊的头衔也是南宋时期著名哲学家、教育家，被称为“心学之魁”，他的心学说“主要强调人的本心作为道德主体，自身决定道德法则和伦理规范，使道德实践的主体性原则凸显出来”，恰与朱熹的理学说分庭抗礼。精彩的是浙东学派代表人物吕祖谦，还嫌事情闹得不大，于南宋淳熙二年（1175年），特在赣武夷山脚下的鹅湖寺设了一个局，请朱熹、陆九渊当面辩论，还请来饱学之士陆九龄助阵。史载，四位学问家相与激辩，众多文化名士座下旁听，场面盛极一时。朱说朱有理，陆言陆有道，话锋锐利无比，气势夺人心魄，最后谁也没能说服谁，留下了“理学”与“心学”共存的局面，也流传下史称“鹅湖之会”的佳话。善哉，古往今来，我中华有多少大神级别的精英，又有多少卓然不群的才人，然而哪一个也不可能穷尽真理，因而只能共存，“顿渐同归”，各自贡献出个人的一点认识与发现，涓涓细流，汩汩流淌，从而汇成浩浩汤汤的文明的大河，滋润和哺育民族的子子孙孙。何况目送青天，横览大地，世界各民族亦都创造出了辉煌灿烂的文明与文化，薪火相传，共荣共生，才使我们这个星球能够筚路蓝缕地走到了今天。

如此说来，“鹅湖之会”具有了更深广的意义，四位学问大家不仅擦出了学术火花，更碰撞出人类文明之花。四子后人在此建立起“四贤祠”以为纪念，经过千年以来的演变，今天此地已成为供人参观游览的“鹅湖书院”，全国重点文物保护单位。

古人真有眼光，专会选择好风景好风水，书院背靠连绵青山，被远远近近的绿树环抱着。最外面的大门楼上，依然高悬着古意盎然的“鵝湖書院”四字，一看就非今人所书，据传是清代铅山县令李淳所题。书院内的四贤祠、御书楼、文昌阁、讲堂、碑亭等处，亦在在都有题匾，比如“斯文宗主”“窮理居敬”“敦化育才”“繼往開來”等，一匾匾也都是古雅沉静，遒劲厚重，全无浮躁与浮华之气，不由不让人心生敬仰，浮想联翩。

是，一切都还对着。整座院落仍完整，全部建筑依然在，其森森古意、琅琅书声、烨烨精气神儿，也都还像庭院内的老树一样，挺着腰杆，开阔胸襟，不卑不亢，沉稳有度地挺立着，向后来人讲述着诸子先贤们的谆谆教诲……

——我们沿着三位大师的足迹，在大山里寻寻觅觅，他仨是白居易、王安石、李商隐，这条路他们当年都来走过。

白、王当年是什么心情，因为丢失了他们的诗文，已渺不可考。唯有李商隐，这位中国最早最优秀的朦胧诗人，留下了一首《武夷山》：

只得流霞酒一杯，空中箫鼓几时回。

武夷洞里生毛竹，老尽曾孙更不来。

这是什么意思？一千个人里面有一千个哈姆雷特，对照他的“沧海月明珠有泪，蓝田日暖玉生烟”等朦胧诗句，很难言说他的真实心情究竟是什么，但至少从字面上看不出“正能量”。李商隐这个文学气质一流高端的大才子，只因无意间卷入党争，致使一生不顺，困顿坎坷，有时竟到了吃不上饭的极贫地步，简直比杜甫活得还悲苦。他哪儿有心情像今天的我们，不断高声地歌吟山高林密，颂扬潺潺流水？

然而重要的，是他来过，让赣武夷更多了一个支点。

五

对，支点。伟大的阿基米德曾说过:“给我一个支点，我能撬动整个地球。”

——我在空寂无人的大山里, 踩着坑坑洼洼的土路, 深一脚浅一脚地行走。

路只有两米多宽，地面上的成分是土和碎石渣，时不时还会被大一些的石块绊一下。这种路，二十世纪八十年代以前很普遍，这几十年已经渐渐陌生化了。走得我的膝盖好辛苦，脚好疼。

为了不干扰动物们、昆虫们、植物们的生活节律，保护区里坚持不修新路。没有文件硬性规定, 这是守护者们自己的选择。结果, 辛苦的是他们自己，困难的是他们自己，麻烦的是他们自己，但是他们心甘情愿。如今这里的守护人已经薪火相传到第三代，三代人坚守着相同的“支点”。

程林，保护区科研管理科科长，算是“护二代”。恰好姓了一个“程”，父亲给他取名“林”，谐音“成林”，表达了“护一代”的所想所愿，令人眼眶发热。程林在这样的氛围中长大, 出去上了几年大学, 选择的是植物学专业，毕业后就立即回来了，所学所用，用武之地上展开了英雄的功夫。没学过的比如昆虫学和动物学，在保护区这所大学校里自学。十多年下来，天上飞的，林里跑的，地下扎根的，差不多所有的生灵都跟他熟了，以至于有一次，一条剧毒的竹叶青跟他猝不及防撞了个脸贴脸，竟然没咬他就滑走了。万物有灵，其实无论是他，她，它，内心里都明白谁对自己好。程林笑称自己是被剧毒蛇亲吻过的人，我定定地看着他平静的脸，思忖着他的“支点”在哪里？

——我在空寂无人的大山里，踩着坑坑洼洼的土路，深一脚浅一脚地行走。

在保护区最著名的铁杉树王面前，我虔诚地站住了，双手合十。这株王者，已达近五百岁高龄，主干笔直笔直的，顶端直插青天，仰头看不到它的梢头；树腰以下又直插向下面的悬崖，俯身看不见底，只看到袅袅云雾升腾着，让人头晕目眩。最漂亮的是它一条一条“手臂”，错落伸展着千手观音一样的造型，因而也真得到了这个美名。在这位“观音菩萨”身后，率领着一眼望不到边的铁杉军团，一株株像阵仗里的士兵，挤挤挨挨地密集排列，一个军团接续又一个军团，乃至于方圆 400 余公顷全是它们的军营。南方铁杉为松科铁杉属下的一个变种，是我国特有的珍稀裸子植物，第三纪孑遗物种，被誉为植物界的“活化石”。在我国其他地区只有零星分布，唯在黄岗山区域保留着树龄约三百年的铁杉原始林，因而也是“黄岗三宝”之一。不知为什么，我脑海里浮现出辛弃疾的《破阵子》，不由得吟诵出声：“醉里挑灯看剑，梦回吹角连营。八百里分麾下炙，五十弦翻塞外声，沙场秋点兵……”

一辆小而轻的电动摩托车无声地停在面前，原来是护林员。他们是铁杉以及保护区所有林木的忠诚卫士，一天 24 小时，一年 365 天，天天不停地在大山里巡逻。最早，第一代护林员们靠的是双脚，后来有了自行车，现在换成了电动轻骑。

中华民族从发轫之初，就立下了尊敬树木的传统规矩。华夏民族的人文始祖伏羲，以木德王天下，被称为“木德之帝”。木有何德？孔子曰：“五行用事，先起于木。木，东方万物之初皆出焉，是故王者之，而首以木德王天下。其次以所生之行，相承也。”树木属生长、升发、伸展、舒展、扩展之意，人类的发展亦同。人类离不开树木，地球离不开树木，世界离不开树木。大地上郁郁葱葱的绿树，是荫庇我们千秋万代的自然始祖。

我有点冒失地说：“这么百丈深渊的，即使公开施工，调机械来伐树，都很难做到啊。”护林员严峻地看了我一眼：“嘿，你可小看偷盗者们了，他们的能量大着呢。”我愣住了，想起2021年贵州发生的盗砍古树案，连同一株春秋时代的两千六百岁古楠王在内，一共有30多棵古楠木被盗毁。现在，这看似平静的赣武夷大山里，竟也隐藏着如此残酷的战争呢！是的，这一片千难万难保存下来的铁杉林胜地，已经在大地上站立了千百年，绝不能让它们在我们这个时代消失啊。我定定地看着护林员严峻的面容，思忖着他的“支点”在哪里？

——我在空寂无人的大山里，踩着坑坑洼洼的土路，深一脚浅一脚地行走。

大山突然在这里站住了，眼前的小小山坳里，出现了一排简陋的铁皮房。屋子里有四张上下叠床，简单的被褥，还有一张小小两屉桌，上面摆着一台24寸的老式大肚子电视机。对面是间小厨房，立着两只煤气罐，几只盘子和碗，很简陋，像扶贫前的某家贫困户。

屋外，却赫然立着三块牌子：

◇ 海南师范大学 · 江西武夷山国家级自然保护区 ◇

生态学野外研究基地

◇ 北京师范大学 · 江西武夷山国家级自然保护区 ◇

濒危雉类研究基地

◇ 南京林业大学 · 江西武夷山国家级自然保护区 ◇

生物多样性保护研究基地

虽然经过风吹雨打，牌子都很旧了，褪色，裂纹，蒙尘，然而光彩照人。这排朴素的房子是给来这里搞科研的师生们提供的临时住所，物质条件虽然简陋，但从精神意义上讲，高贵得令人肃然起敬。

空寂的大山，可不是空洞的大山，而是一座宝库。保护区承担的任务多了，护林、科研、教学仅是其中的三大项。仅就科研来说，长江有多少条支流，黄河有多少朵浪花，保护区的科研项目就有多少分支分属。那么人手呢？保护区管理局从上到下，仅有30多人，当然是远远不够的。于是他们无论男女，无论老少，无论是“护×代”，每个人都干成了一尊“千手观音”。

张彩霞，管理局宣教中心一级主任科员，年纪四十出头吧，是风风火火的那种女人，说话干事都直奔主题，不耐烦拖泥带水。她和丈夫是大学同学，毕业后远离山西老家，跟着来到这片遥远又陌生的大山里，并像铁杉一样扎下了根。女儿从六岁起，就经常性地过上了爸妈不在家的日子，现在长到十六岁了，更是自己照顾自己，基本上自己解决一切问题。委屈不委屈？那是肯定的，但母女俩嘴里说出的，都是淡淡的三个字：“习惯了”。

就在我们说话的时候，“小客人”们可来劲了，它们是不知从什么地方赶来的小飞虫，比小米粒还小，劲头却无与伦比的大，飞蛾扑火一般地往我们的衣服里钻，往头发里钻，往鼻孔里钻，往嘴里钻，最受不了的是往眼睛里钻！钻！钻！大概平时太难得见人了，它们死缠烂打，前赴后继，宁死不屈，黏上你就不撒手，不一会儿白色衣服就被“霸黑”了。我们不断地扭动着身体，倒腾着双脚，挥舞着胳膊，严厉地拒绝着这份太过分了的爱情。唯有张彩霞钉子一样站在那里，像一尊刀枪不入的女金刚。我定定地看着她安之若素的脸庞，思忖着这位北方女子的“支点”在哪里？

六

告别的时刻还是来到了。

依依不舍。这会儿，一切都颠倒了过来，我觉得自己变成了那些小飞虫，只想紧紧地黏在保护区的每一株绿树上、每一朵鲜花上、每一片白云上、每一丝雾岚上、每一滴溪水上、每一缕阳光上，以及每一位守山人的心上——正是他们和保护区的所有生灵，共同发力，举起了座座山峰，举起了道道彩虹，举起了高天厚土，举起了古往今来，举起了千秋万代。

像高举着一面辉煌的旗帜，他们把整座巍峨的武夷群山，高高举向苍穹。

2023 年 6 月于北京燕草堂

作者简介

韩小蕙，中国作家协会会员，中国散文学会副会长，北京市东城区作家协会主席，《光明日报》前领衔编辑。

秦岭的美景与奇树

王　蓬

一

秦岭作为东西延绵的巨型山脉，有个显著的特点，北边短促陡峭，于八百里秦川南部边缘拔地而起，造就长安八景之一的“太白积雪六月天”与“自古华山一条路”的雄险奇绝。秦岭南边却逶迤绵长，汇聚无数的涧谷盆地，安顿了太白、留坝、佛坪、宁陕等数座县城和许多村镇。人家散落于山峦、田畴、溪流之畔，牛羊、鸡犬啼鸣于果林、炊烟之处，造就一幅幅世外桃源般的美景与一株株年轮久远的奇树。加之大熊猫、金丝猴、羚牛等珍稀动物悠然生息其间，这也是秦岭南麓成为国家自然生态保护区的一大原因。

倘若乘坐汽车，离开陕南首府汉中，过丝绸之路开拓者张骞故里城固后一直向北，向隔断云天的莽莽秦岭驰去。山岭逐渐高峻，植被逐渐茂密，群山为一片氤氲的雾气笼罩，让人怀疑前面蛮荒得是否还有人烟。恰在这时，万山丛中，闪出偌大一块平原，田畴烟村、鸡啼犬吠，盆地中心，一条青灰的街市，喧嚷着赶集的山民，跟刚告别的汉江原野上的集镇没有什么区别。这独具风姿的街市便是古镇华阳。由于地处穿越秦岭的傥骆古道要冲，自秦汉以降，历代驰驿奔诏，商旅不绝，唐时曾设县级治所。公元 784 年唐王朝发生朱泚之乱，唐德宗带领大批官员卫队沿傥骆古道逃到汉中避难，曾在华阳停留食宿。被多种典籍记载，使古镇入史，备受关注。

华阳虽在秦岭腹地却很开阔，除了古老的街市，还有无数山峦起伏，长满竹树，青绿苍翠。山峦间是层层弯弯的水田，灌满春水，晃若明镜。有炊烟袅袅必有农户，大都坐北朝南居于向阳山坡，屋后修长的毛竹，婀娜摇曳，门前有妖妖山桃，一片粉红；再有池塘一面，游鸭数群；再有水牛蹒跚，农夫耕田……而这一切都笼罩于山区的氤氲雾气之中，恍若隔世的世外桃源！

古镇得力于有南北的两道山岭拱围，形成一块盆地。两道山岭皆高耸入云，一道称牛岭，一道名兴隆岭，海拔都超过 2000 米，兴隆岭更是高达 3071 米，为秦岭南麓最高山峰，与秦岭主峰太白山遥遥相对，被列为构成秦岭的骨架山岭。牛岭与兴隆岭各有风姿，笔者都曾攀爬，留下难忘印象。

去牛岭时值初夏，满山青绿，牛岭脚下，正忙耕种，清澈泛蓝的溪水把块块梯田灌得晃若明镜，有农夫耘田，有村姑栽秧，有池塘浮鸭，有“布谷”婉啼，人家皆掩映于翠竹桃花丛中，宁静得让人怀疑主人没有在家。走近了，才听见女人的说话声，“骕儿、骕儿”的推小手磨声，以及小鸡的啁啾声像溪水般从青绿滴翠的竹林丛中涌出，一时间，把人的心都陶醉了。

乡间土路已到尽头，我们的越野车开进了一家院落。女主人是位年轻的小媳妇，从灶房闪出，手在围裙上擦着，满脸惊喜，接着跑出两个头高头低的男孩爬摸汽车，一下便与我们混熟。听我们要翻牛岭，欢呼雀跃，竟要同行。小媳妇更加高兴，招呼我们下午在她家吃饭，并让孩子上竹楼取下几吊一巴掌厚的腊肉。那情景就好比我们全成了她娘家兄弟，压根不容推辞。我们也从车上搬下啤酒和方便面，气氛更加热烈：“爬山回来好吃腊肉！”大家宛如出征将士，搬扛起摄像照相器材，犹如长枪短炮。向牛岭进发，两个小家伙一溜烟儿冲在最前。

牛岭位于古镇华阳之南。从我们落足的农户院落望去，牛岭仿佛一位须发皆白的历史老人隐现在云雾之中，在向我们拍摄纪录片《栈道》的摄制组招手。

起初，古道虽已荒芜，但轮廓仍很完整，达四五米宽。愈往上行，山谷渐狭，路边林木也愈加苍翠，高大的乔木，密匝匝的青冈，叶片肥大的泡桐，密密麻麻地混长在一起，还有数十丈长的古藤悬挂其间，遮天蔽日，弥漫着一股湿漉漉、凉飕飕的气息。愈接近梁顶，林木愈加茂密，有大片毛竹混长于林木之间。毛竹极顽强，任是山崖石缝皆能生长，道路几乎被挤压成一条缝隙，需用两手分拨毛竹方能行进。让人体味出古人描述道路荒芜时的绝妙："驿道多年失修，梗塞一线，仅供猿狐出没。"这带不知有无猿狐，但因有大片毛竹，熊猫经常出现。北大潘文石教授带领的科研小组便常驻华阳。实在得感激古人选道的智慧，古道并不翻越梁顶，而是在两峰之间的垭口经过。就这，攀上制高点时，大家也都气喘吁吁，汗流浃背。但农家那俩为我们带队的男孩却早已上来玩耍多时了。

熟稔此地的文史专家周忠庆先生介绍，牛岭曾建有一座不小的寺庙，供奉着牛神，故名牛岭。还有一口巨大的铁钟，每敲响时，群山回声，经久不息。铁钟在 1958 年大炼钢铁时被砸碎填了小高炉，动员附近山民搬运数日才完，足见其巨大。根据周先生指引，我们在牛岭丛林中挖出一块清乾隆三十八年，即 1773 年所立石碑，所记为修建庙宇捐赠人姓名，距今已二百余年了。

当我们回至牛岭脚下的农家院落，两个小家伙早已回来通报了消息。殷勤的女主人早把家中大小脸盆拿出，盛满热水，让大家擦把脸吃饭。整整一大锅洋芋竹笋烧腊肉也已香味四溢。确实饿了的小伙子们等不得饭菜上桌，每人自盛一碗洋芋腊肉端在手中。那肉块切得如木梳大小，一拇指厚薄，夹在筷上，并不打闪。这是头年腊月宰杀的肥猪，加入调和作料，熏制而成，为陕南久享盛名的特产，以秦巴山区最为正宗，咬一口油汁长流而不腻，吃一口满嘴留香经年不忘。小伙们吃得兴高采烈，满院像过红白喜事般热闹。主家耘田的丈夫也已归来，是个豪爽的热血汉子，见客人高兴，他更高兴，拿出几瓶白酒，硬要与我们一醉方休。那次晚餐实在痛快淋漓，宾主尽欢。

我们离开时，月亮已经升起，梯田、池塘、农舍、道路都沐浴在清朗朗的月色里。远眺牛岭，在星光闪烁的天幕下，呈现出朦朦胧胧的剪影，但对我们来说，却十分清晰，因为刚刚和牛岭交上了朋友。

二

与牛岭相较，兴隆岭完全是另一种风姿。最初一瞬，便感到一种震撼。哪里去了？秦岭南麓的美丽与温馨，浓绿与斑斓，还有灵活的松鼠，婉啼的水鸟，拖着长长花尾的锦鸡！

逶迤绵亘的山岭，唯剩稀疏低矮的爬柏，呈现出一簇簇严峻的暗苍；裸露的山石显出一道道惨白；山巅则有亿万斯年不化的积雪与巨大的冰川遗迹。没有飞鸟，再无溪流，人有些晕眩，胸腔发闷，生命仿佛已到了最后的临界。

离开华阳仅几个小时，感觉却很久。兴隆岭位于华阳镇北，在华阳远眺，隐匿于云天的一线黛苍便是。此岭海拔 3071 米，与秦岭主峰太白遥相呼应。单听“光头山”“混人坪”这些人迹罕至的去处，就让人发怵。幸喜华阳林场场长郑松峰是我中学同学，眉县林校毕业，又在山林待了二十余年，早成森工专家，参与过北大教授潘文石《秦岭大熊猫的自然庇护所》一书的写作，该书获国家级奖励，郑同学自然光彩。有他做向导，一切不在话下。

越野车离了华阳镇，沿着通向林区的简易公路向北驶进峡谷，一股略带阴森的凉气扑面而来，此处为兴隆岭谷底，分布着密密麻麻亚热带混交林，遍生枝叶繁茂的白杨、漆树、泡桐、核桃，再是藤蔓盘绕其间、遮天蔽日，潮湿得像能踩出水来。涓涓细流就在森林中腐叶苔藓下流淌，汇进谷底的溪水，这是汉水支流酉水上游，哗哗奔窜的溪流不时可见。

车正行驶，老郑却让停下，讲此处有片蓝色海湾，可供观赏。拨开丛林，踩着苔藓下到谷底，人都呆了：只见溪流从前面石崖奔腾而下，吼声如雷，激起成堆雪花，飞玉溅珠，老远便似有雨点落下，弥漫着一片水雾，倒映着五颜六色的彩虹，鲜活灵动，荡魂摄魄。

但那溪流绕个弯随即又平静，大约长期冲刷，峡谷闪出偌大面湖泊，水清亮亮的，无一丝杂染，无一丝尘埃，湖底的岩石、植物都看得清清楚楚。水深，整个湖面又呈蓝色，确实是片“蓝色海湾”，足可以和九寨沟的湖泊媲美。“我们常在这儿游泳，完了就吃樱桃。”老郑指着湖边一棵高大的樱桃树说：“这里气温低，樱桃盛夏才成熟，皮是黑的，吃得满嘴乌黑……”人皆啧啧，口中流着涎水，这又比九寨沟高出一筹了。

简易公路盘旋至千米以上，阔叶林带消失，代之而起的是青冈、板栗、油松、核桃之类，最醒目是片毛竹、箭竹，最宜生长熊猫。事实上，兴隆岭南麓正是熊猫分布密集之处。

鬼斧神工，犹如掌墨师弹出的墨线般齐整，汽车爬到海拔2500米左右，山岭上便只见云杉、冷杉和雪松，一律笔挺。顶着团团黛苍的树冠，宛如出征将士般肃杀，令人起敬。再往上简易公路已到尽头，还可看见高大的红桦，茁壮的躯干在阳光下闪耀着暗红的光晕，向婀娜的高山杜鹃展示雄健，显示着生命的顽强。

但当踩着打山子、挖药汉走出的茅路，接近山顶时，连低矮耐寒的爬柏都看不见了，唯见高山草甸、灌木丛、积雪、冰川遗迹与沙石，让人真正感到一种生命的极限。

站在兴隆梁顶，一切都变得渺小，那些危崖峻岭，大大小小的山峦全像大海波涛涌向天边。一只在山谷盘旋的苍鹰像一只麻雀；停于山腰的汽车则像孩子的玩具；太阳苍白，风也无力，人的思绪也骤然起了变化，刚刚思考过的那些蕴藏深厚、庄严伟大的古栈道、华阳镇、皇帝、大熊猫，突然变得微不足道，唯有兴隆岭如此真实地耸立脚下。

我突然怀疑：假如没有兴隆岭，世界是否还会完整？

三

秦岭腹地不仅有华阳古镇，有牛岭、兴隆岭，还有让人过目难忘的奇树。秦岭因其巨大广袤的身躯成为多种动植物的庇护之地。植物多达1300多种，构成独特又赏心悦目的自然景观。有着“植物大熊猫”美誉的红豆杉，是世界上生长最为缓慢的树种，也是我国一级珍稀濒危保护植物。位于秦岭深处的留坝发现的古红豆杉有三棵，其中一棵树龄已接近千年。胸径达103.8厘米，需三人手牵手才能合围。

另外，我国首条穿越秦岭的川陕公路，亦即今316国道途经的留坝张良庙外还有一棵桫椤树，高20余米，胸径近2米，树冠茂密如伞，能将40平方米的地面遮掩得滴水不漏。此树还恰巧为雪线的坐标，常常是树北为雪，树南则雨。夏天也常以树为界，一边大雨如注，一边却风和日丽。人多称奇。

留坝县境内紫柏山为秦岭九大山岭之一，也是发源秦岭南麓的姊妹河汉江和嘉陵江的分水岭。海拔达2600米，在万山丛中如城堡般耸立，其三面如削，巍峨壮观，自有一种傲视群山的气势。紫柏山因遍生古树，尤多紫柏而得名。极目满山，树木葱茏，遮蔽山峦，无寸尺裸露山岗，无一丝开凿痕迹，生态极好，故能蓄涵水源，有暗泉喷涌，在张良庙后通往陈仓古道途中，紫柏山山腰喷出一股悬泉，如水桶般粗细，飞流直下，喷玉溅珠，汇入紫荆河。

在方圆百多公里，形成独特生态，尤其酷暑，空气湿润清爽，气候凉热宜人，可与庐山媲美。历史上，紫柏山亦是与太白山、骊山齐名的陕西名山。

留坝县处北纬 33 度左右，是银杏树生长优生区，此处有一条可通柴关岭与张良庙的山谷，长达 20 多公里，树木葱茂，尤多银杏，三五户农家点缀其间，清幽无比。每当秋冬，漫生山谷的银杏树叶一片黄亮，如彩旗般装点着山谷。有一段乡村公路两边全种植着银杏树，金黄的叶片仿佛为公路扎起一道没有尽头的彩门。车行其中宛如进入童话世界。有一年陪陈忠实游览此谷，先生亦被感染，称这是“中国最美乡村”。如今此语已镌刻于石，立于古银杏树下，成为永远的纪念。

更为奇绝的是，谷口的石窑坝村有一棵胸径 4.4 米、高约 26 米的古银杏树。林业部门测算，树龄四千年，比西安终南山观音禅寺唐太宗亲手栽种的银杏树早两千六百年！堪称中国西部银杏树王。

早在 1992 年，我随摄制组拍《栈道》时，当地群众就推荐这棵银杏古树。其地距江口镇不远，地当古褒斜要冲，应是见证两汉风云、三国故事的活物。古树耸立在山谷中一片庄稼地里，树干粗壮无比，让人震撼。为拍其“巨无霸”雄姿，我们曾上十人牵手环绕树干。据村民说早年枝繁叶茂，巨大的树冠伸展开去，方圆曾达百米，遮去数亩土地，每年所产银杏多达千斤，树下家家受益。可以想见当年扶老携幼，提筐背篓采摘银杏的欢乐景象。“学大寨”年月，以粮为纲，以巨树叶冠遮阴妨碍庄稼为由，砍去四分八杈树冠，连分枝都有杀年猪用的黄桶粗细。印象至深是树干上有一巨洞，据村民说树干是被雷电击中起火燃烧，树心竟被烧成可容纳数人的空洞。树冠依然勃发新枝，一沟百姓都感叹古树：“命大。”

过后，邻近的一户农家便利用烧空的树洞做了柴房，我们还请那家主妇用背篓进树洞取柴火，两个孩子跟进去也隐没了身影。

1997 年夏，我曾带时任汉中市领导的郭加水、汉中博物馆馆长张保德等来看古树，留坝县领导闻讯赶来，郭加水当即要求留坝县对古树予以保护，后来又拨专款，环绕古银杏树修砌了台阶，围上铁链，立碑保护。近年，由宝鸡通往四川巴中的高速公路恰从古银杏树边经过，汉中市县相关部门与设计施工单位交涉，为古树留下保护距离，也为古褒谷留下一处独特景观。

至于古银杏树，历经了岁月洗礼，吸收日月精华。每当深秋，寒意初至，古老的银杏树上，树叶黄得透亮，黄得灿烂，片片如金，在阳光中闪烁，在山风中战栗，飘落在地，叶似金毯，天然成圈，宛如佛坛，蔚然壮观，亦为秦岭增添一处绝妙景观。

2023 年 6 月 29 日于汉水之滨无为居

作者简介

王蓬，一级作家，曾任陕西作协副主席，汉中市文联主席、作协主席。创作五十余年，结集六十余本书。曾获中国国家图书奖、冰心散文奖、柳青文学奖等多项奖励。系享受国务院特殊津贴专家、陕西省有突出贡献专家。

虎牙（外二篇）

李　谦

在我接到东北虎豹国家公园的任务，于自然保护区内搜集整理东北虎故事时，常在珲春河边游走，其间结识了一个山民老周。老周世居此地，曾为好猎手。如今，老周的主业是种药材，农闲时倒腾山货。老周身高，体壮，暴眼，阔鼻，大嗓门。老周说，在他们屯，他是见世面最多的人。

老周把我让进屋，自己脱鞋爬上朝式大炕，从炕柜里捧出一个外观平实的木盒子，开了锁，打开盒盖，拎出一条银色链子，链子下挂着一颗暗黄色的吊坠。

吊坠大概五六厘米长，管状，末端尖而微弯，颜色暗黄，泊在老周掌纹粗糙的大手里，像古船里躺了一只老螺。

我凛然，条件反射地想起了我的追踪对象——山林之王。

虎牙？我脱口而出，却对自己的眼力并无把握。

我知道，在这片土地上，很多中老年男性喜戴兽牙吊坠。兽牙大都来自本人的猎获物。吊坠的拥有者或是希图得到猛兽武力值的加持佑护，或为纪念从前驰骋山林的时光，或单纯是想炫耀、证明什么。

我之前见过的吊坠材质多为野猪的牙，眼前的，显然不是。何况，它是被老周从炕柜里捧出来的，并没有吊在哪个颈下。以野猪牙之廉而易得，似没必要如此珍视。

老周迅速抬头，眼神充满了惊奇与惊喜。

你个城里人，还认得这！他惊叹。

他不知道，为了书写东北虎，我已经在“虎吧”泡了好几年，连贴吧名都叫“东北虎妞”。

我对虎这个物种的狂热迷恋持续已久，并宣扬得圈子里尽人皆知，此举有助于我保持创作的动力与活力。在对虎的体貌气质、传闻掌故、基因流向……稍有所知后，我甚至敢于在外行面前以小半个虎专家自居，敢于在有关虎的任何话题上夸夸其谈，像得到了它的代言人授权似的。可是，这就能证明我和它有关系很密切吗？我至今也只是在红外相机下、幸运市民们的镜头里一次次遥拜它们罢了，和世上绝大多数人并无二致。在面对他人热切地追问“你写了那么多老虎，一共见过几次野生东北虎”时，总难免尴尬和下意识地掩饰。

掩饰是为了不被人发觉，我的所知其实比他们强不到哪儿去。这样就可以避免我文字作品的生活质感被打折和质疑，我以为。

我和野生东北虎最近距离的接触，是在珲春市自然保护区管理局的展览厅里，如果那也能算接触的话。

我搂着一大一小两只野生东北虎标本合影，深情得近乎贪婪地撸着标本的被毛，有细微的战栗感从指尖传递到心尖。我调动自己的所知，在脑海里拼凑整合出一帧帧清晰的画面：大虎披一身独一无二的王服，拖着带有等比例环状黑纹的粗尾，穿行在林海雪原，身后跟着它亦步亦趋的幼崽；阳光下，大虎小虎一遍遍舔舐着各自的被毛，反复清洁身体；大虎发现敌情，它抬起硕大的虎头，瞪大黄澄澄的虎眼，张开血盆虎口，从虎喉深处爆发出狂风暴雨般的虎啸……

可惜，因为失去了气血的滋养，标本的被毛失去了生命赋予它的润泽明亮，枯涩暗淡得让人怀疑它是廉价的仿真货。它的凸鱼眼当然不是真的，它的薄片大红舌头更假，连依偎在它腹下的那只可爱幼虎也跟它并无关系——幼虎是一场跨国盗猎犯罪行为的罪证，被解救时已然失去了生命体征。把它和大虎组合在一起，只为了更具观赏性和视觉冲击力。作为孤独的王者，能够以这种形式长久相伴，也许还体现出设计者的慈悲。

此刻，老周的掌心里，躺着的是一枚货真价实的虎牙，确切地说，是一颗雄性东北虎的犬齿。根据虎牙出现的时空以及老周的身份，它属于一只野生东北虎的可能性更大些。因为，老周跟我说过，他的父亲、祖父，都是远近闻名的狩猎高手，父亲更是创下过率团队猎杀三只东北虎的赫赫战绩。在长白山地区某制药厂年收购东北虎最高达三四十只的年代，他老人家身披"打虎英雄"的光环，笑傲长白诸峰。所以，老周拥有的是一枚野生虎的牙才更合理。这个逻辑，叫渊源有自、传承有序，就像在西安地下发现古墓，在邙山挖到骆驼俑一样自然。

果然，老周说，这是在他家后山猎获的，一只个头奇大的雄虎的牙。

那时候，我们这里是有老虎的，他强调说。

我能摸摸它吗？我轻声问。

他应声把虎牙递到我手里。

一股凉意沉沉袭来，我悚然而惊。把它托至眼前细看，牙体呈现出玉质的温润，一条银质的雕龙盘旋两圈，包裹住棕色的牙根——不知道有多少动物的魂魄吊在这上面。

我小心地托着这枚虎牙，根据自己东鳞西爪获取的知识点拼凑出的所谓经验，推断与其配套的身架、被毛、趾爪、尾巴……

它被狩猎者从牙床掠下前，经过了怎样艰苦卓绝的雄斗？它倒下时的最后一声怒吼，包含了多少委屈和不甘？它落生这欧亚大陆东缘的高寒地带，带着大自然赋予它的顶级掠食者的使命，漂泊，战斗，寻觅，守护。每一只大爪子的一生，都是战斗的一生。为了生存，它和兄弟姐妹斗，和猛禽猛兽斗，和母亲或者其他拥有家域“领土”的同类斗……胜了，笑傲群峰之巅；败了，安然委于泥尘。各凭武力，顺应天道。它斗不过的只有人，这个在它的基因里打下深深烙印的物种。它的族类雄踞地球两三百万年生生不息，却在工业文明进入地球之后的两三百年内濒临灭绝。它不愿触犯人这个脱离了食物链的强大物种，在沉默中一再出让自己的家域，向山的深处迁徙，再深，更深，直到所有的深邃都变为明亮，所有的安静都噬于喧嚣，它只能忍受不属于大自然的各种干扰，屈居于后山，与人为邻，千般谨慎，最终还是不得不献出自己的犬齿，以它王者的神力和神性加持其上，佑护仇人。

这颗虎牙成为吊坠时，在虎的原乡，已经很难在野外发现虎踪了。华南虎野外灭绝成为我们不敢、不愿、不忍却不得不面对的事实。

这是后山上最后一只老虎。它死了，就再也没有了，现在咱这儿的老虎越来越多，可我们屯的后山，还没回来，老周喃喃地说。

后山，后山，我握紧虎牙吊坠，在心里反复吟哦这两个字，一件前事突然跳了出来。

一年前，我跟着虎豹国家公园管理局珲春局动保协会的会长去养牛大户家走访，了解野生动物伤害赔偿案例并探讨黄牛圈养模式的利弊，交流结束之际，那个一脸纯朴的中年户主突然肃了脸，压低声音说，后山，住着一只大爪子。

他回过头瞄了瞄后窗，就急忙回过头来，那样子，像怕被谁看见似的。

填满后窗的，是一座大山。正当春夏之交，满窗翠色横流，生机勃勃。

大爪子？

那是我第一次听到东北虎的这个称谓：大爪子。

长白山文化空灵神秘，博大雄浑，自然文化遗产丰厚到很多村屯都拥有独特民俗，甚至供奉的山神爷原型也迥然有别。有的供奉挖参人孙良；有的供奉老虎；有的供奉大树；更大格局的，供奉大山。共性的规则禁忌则更多。比如，人进了山，嘴巴就得有个“把门儿的”，因为说啥有啥。你念叨“蛇”，蛇很快就会来你脚下报到；你说“可别麻搭山（迷路）啊”，真的不久就会麻搭山了……给老虎起各种外号，也来源于此。比如我知道的老虎的别名就有：大家伙、大爪子、山神爷、猪倌儿等。

敢情在自个儿家里也得遵守山规，也要以“大爪子”称呼王者。

大爪子，这是老虎的别名里最俚俗也最贴切的吧。众所周知，虎的四肢壮硕，虎亚种里体形最大的东北虎尤甚，幼崽的形体比猫大不了多少，面、鼻渐长，腿脚即初具气象，入手时满满一握，粗大得与身体其他部位不成比例。

我在判断老虎亚种时，经验之一就是看腿爪。东北虎，是名副其实的大爪子。

怕我不信似的，女主人小声补充说，大爪子在咱后山待的时候多些，也走，在周边转转。走了，回来了，屯里人都知道。

是怎么知道的呢？你们听到虎啸了呀？我问，声音不由自主也压得低低的。

两口子一起摇头说，叫不叫的都一样，反正就是知道。比如这几天，它就在呢。

后山常住一只大爪子，村里人就躲着、敬着后山了，养牛的不去，放马的不去，疯疯张张的狗更不去。后山树上的果，水里的鱼，林下的菜，地上的花，也就由着性子自开自谢，自生自灭。偶有一夜，山风把虎啸熊吼送入村人的耳朵，隐隐约约的，开窗细听，又没了。第二天早起，人们在街上溜达，在小卖店扯闲篇儿时，就说，昨个儿老虎和狗熊又打架了。再争辩一番谁输谁赢，争到脸红脖子粗还兴许带上点儿赌物。这赌约自然没结果，结果对他们当然也不重要。长白山钟灵毓秀，每一条河汊儿，每一道沟坎儿，都储藏着满满的故事，能被人类用眼睛和耳朵记录下来的，又能有多少呢？何况，他们和虎、豹、熊、马鹿、狍子在同一片土地上的交集，也只限于虎豹之声相闻罢了，你别来惹我，我也不去招你，老死不相往来，各自过好这一生。

有老猎手看到过后山这只大爪子的足迹，或于便于雄视的岗梁，或于覆盖积雪的冰河，都叹息着说，这大爪子，真不愧叫大爪子啊。

有大爪子驻守，山就更具神性和灵性，人对山就更多一份敬慕畏惧。人们采山菜、抬人参、打松塔，都不敢耍单帮儿，人多胆气才壮。可有时走着走着，会突然浑身寒毛直竖，上下牙忍不住咯咯打架，老林子里的风声唰啦……唰啦……卷来寒气，这是大爪子就在附近，恼火被人扰了清净，用尾巴横扫灌木长草，发声驱赶人呢，这时候得赶紧跑路，有多快跑多快，因为“在你看到老虎一眼的时候，它已经看了你一千眼”。而有时候，人的身上刚抖几抖，心就不慌不躁了，那是大爪子心情不错，愿意倒避着人，藏躲起来，让自己的气息还没有形成慑人的场就随风散了。

一切全凭它们高兴，因为它们是大爪子。

被大爪子的气息封印住的地方，狗不咬狂，牛马家畜安安静静。夜里小孩子哭闹，大人吓唬一句：大爪子来了！小孩子的哭声立马憋了回去，没一会儿就睡着了。总之，后山常住一只“大爪子”，这里的林木更幽深了，这里的天籁更空灵了。如果有城里客人来屯里，村民们用神秘邈远的语气，小声说：在咱们后山呀，住着一只大爪子……城里的客人没准会笑起来，说一句，你们长白山的人，还挺会讲故事。

没人看见那只大爪子，它活在每一个村民的心里。

我肃然而起，透过后窗遥望后山，汹涌肆虐的绿潮水一样扑过来，扑过来，浓稠得如凝固了一般，除去大地与天空的边界鲜明得整整齐齐，山与山的边界就很难分割，只能凭感觉描画出后山的轮廓。哪一蓬绿的下面，藏着那只大爪子呢？

返程经过后山，正是下午两点多钟，按照虎的生物钟，这会儿它大概率是躲在一个干燥凉爽的地方，呼呼大睡。要不要叫停车子，在山脚转转？深深地吐纳几回合，呼吸大爪子呼吸过的空气，完成和大爪子的“相拥”？

会长正色制止了我的异想天开，绝对不行！车子箭一样蹿了出去。我痴痴地凝望，直到后山被我们甩到身后，淹没在一重重的绿浪里……

它会回来的，入住你们的后山，早晚的事儿。我抚摸着虎牙吊坠，对老周讲起了住在另一座后山的另一只大爪子。你看，它如今在后山活得挺好呢。

因为，在这片吉山吉水吉地，保留了 1.46 万平方公里的狭长地域净土，林木蓊郁，水草丰茂，有蹄类密布。土地证的持有者们放弃跑山，圈牛于棚，还山于虎，五十几只（2023 年的统计数据）大爪子和六十多只“二爪子”（东北豹）在东北虎豹国家公园里肆意徜徉，繁衍生息。

眼前这位拥有一枚野生虎牙吊坠的老周，不是也早就放弃行猎了吗？他种植药材，倒腾山货，遵纪守法，“凡是能跑能蹦张口喘气的，我看都不看它们一眼。拿我该拿的，就过得挺好”。

看来，一座座“后山”恢复原有的老秃顶子、卧虎山、老牛背……的正名，已为期不远。“后山”的命名本身，涵括的就是闯入和侵占。现在，人已经渐渐淡出，离开之前，还尽量抹掉所有痕迹，恢复成他们来之前的样子。

我把吊坠小心地交还给老周，他小心地把它放在木盒子里，锁好。

这么稀罕的东西，白放着，不可惜吗？还是想留给儿子、孙子戴？可真是个稀罕的东西呀。

我试探地问。据我所知，象牙雕不经常保养，会开裂，会“笑”。虎牙不知道是不是也这样。

因为，在这片土地上，很多中老年男性喜戴兽牙吊坠。兽牙大都来自本人的猎获物。吊坠的拥有者或是希图得到猛兽武力的加持佑护，或为纪念从前驰骋山林的时光，或单纯是想炫耀、证明什么。各有缘法，各有其道。

不，我不会戴它。也不会让我儿子、孙子戴。

老周摇摇头，小心地把盒子放回炕柜里，合上了柜门。

兽道·猎道·人道

你能看见吗？那些道。

老猎人手指前方大声地问我。夕阳为雪色大地涂抹上一层淡淡的橘红，在他的瞳仁里交叠出一粒金色的光斑，像一束跳荡着的小小火苗。

我收回了凝注在老猎人侧脸的目光，瞪大五百五十度近视的双眼眺望远方，如他一样。

这个冬天，雪少得可怜。雪是东北之冬的灵魂，在少雪的冬天，城市裸露在凛冽的寒风中，肌体上的疤痕、残缺无所遮盖，看上去脏污又寒碜。山里则好些。作为一个年轻的、典型的火山地貌区域，长白山的山体植被密布，为山保留了一点儿基本的体面。

像是为了迎接我的这次到访似的，一早竟然落了一场雪，尽管雪量少到只能为脚下的枯草落叶覆盖一层薄纱，远形不成林海雪原的气候气势，却也能带给人一些慰藉。

有雪也没用，以我的眼力，要从这薄薄的落雪上找出道路，可就难了，何况听老猎人的意思，眼前的道路分明不止一条、两条，不近视也不行。

老猎人的目光从远方收回，聚焦于杂乱的矮灌木，落到眼前、脚下。他拔腿前行，一边指点着告诉我，这是虎道，这是鹿道，这是猪道，这一条条的都是兔子道。

我更加努力地放大瞳孔，试图从脚下辨认出或梅花或蹄夹的能够连接成线的痕迹，直线也行，曲线也可，清晰最好，模糊也聊胜于无，却仍然只找到一堆寂寞。

山牲口和人一样，各有各的地盘，各走各的道，谁也不碍着谁。我只要站在山里，四外一望，一条一条的道，就在我眼前展开去呢，像画在山林里一样清清楚楚，他说。

我向最后一次辨认发起冲锋，希望目光穿透眼前重重叠叠的屏障，在浅而薄的白色上切割出一条条一道道横的经纵的纬，区分出虎道的堂皇，鹿道的曲折，猪道的横冲直撞，兔子道的密集繁复。可是我能找到的，就只有那条弃用已久的运材公路，蜿蜒出没多远，就被一座横向山峰拦腰切断。因为早就丧失功用，从无修缮养护，运材公路狭窄破败，坑洼密布，让人很难想象它曾经的繁忙与荣光。

我狼狈地败下阵来，在我多次采访过的老猎人于贵尘跟前。

打了几十年猎，我一次都没见过老虎。于贵尘说，声音不喜不怒，平静如水。

作为一个在东北虎之乡——珲春市有过长达三十余年行猎经验的“猎神”式人物，不曾有过跟兽中之王的邂逅是幸？抑或不幸？于贵尘不作答，眼神掠过短暂的迷惘。他是想起了持一柄时价 108 元的“撅把子”猎枪，驰骋老家蛟河林海雪原的风光？还是曾在二十一天里套过 187 只野兔的赫赫战绩？抑或三十多年里猎杀了上千只熊猪狍鹿、自身却从未受丁点儿损伤的“平安着陆”……

他不说，我不知道。

我知道的是，在行猎生涯中，他从没放弃遵奉内心的“猎道”——他不打虎豹的主意，那是供奉在他心灵圣殿的山神爷爷；他不打狐狸、蛇、黄鼬，因为在他眼里它们都“有灵性”；他打大不打小，为山牲口的繁衍生息留足种子；他在每年的腊月二十七，进山捡干净自己下的猎套，因为“山牲口一年到头担惊受怕的，不易，让它们也过个消停年”……

与所有出生于二十世纪五十年代的农民一样，于贵尘的文化程度有限。这导致了他这大半生，身份从山民到猎人再到果树技术员，转换之间无所谓圈层的提落升降。可这不影响他拥有情怀和底线，行事不肯背弃心中的“道”。在他还没听过“敬畏之心”这个成语的时候，就已经懂得了敬畏。只是在那个生态意识还没有普及的年代，面对父母的养老医疗、儿女的教育婚嫁、日常的衣食住行……他的情怀惨淡维持，他的底线一降再降。毕竟，活着不易。

可是情怀这东西，有和没有毕竟不一样。基于对他的了解，东北虎豹国家公园管理局珲春分局组建民间“护虎队”时，向于贵臣抛来了橄榄枝，邀请他担任清山护虎总顾问。于贵尘的第一反应是惊诧，惊诧于为啥选中的是自己？他一个向大山索取了大半辈子的猎人，和生态环保可是半毛钱关系扯不上啊！得知是因为自己狩猎经验丰富、名气最大时，他的第二反应是“老脸臊通红”。

那时，于贵尘居住的荒山沟村的山民们，大都已经具备了初步的生态意识，于贵尘也不落后，他不但告别了狩猎生涯，跑山时还留神盯着猎套、猎夹，见了就会解下来捡起来，把套子一撸到底，挂到树的高处，以警示下套人。

具备意识和自发行动是一回事，做官方的动物保护宣传领头羊又是一回事。打了一辈子猎，两只手的每一条掌纹都浸满了山牲口的血，无论咋清洗都能闻到一股血腥味儿，现在转个身就去保护动物了，自己这老脸，还要不要！这嘴，咋张得开！老哥们知道了，笑掉大牙不算，二牙也得当啷着！

放下屠刀立地成佛需要机缘及时间，谁尴尬谁难受。

可是那夜，于贵尘失眠了，闭上眼睛，眼前就出现成百上千对眼睛——

黄澄澄的、黑漆漆的、湿漉漉的……野猪的眼，黑瞎子的眼，草食动物的眼……每一双眼睛里都流露出对死亡的恐惧，对人的乞怜。每一次他持着扎枪扎向它们的要害时，它们就那么瞪大了眼睛，眼巴巴望着他，很多眼睛里还包着一汪泪。现在，它们扎堆找他讨债来了。

原来，不仅狐狸、蛇、黄鼬才有灵性。

都是一条命，凭啥人家就该你吃！造孽造孽哟！笃信佛教的妹妹不止一次的劝诫也来剜他的心了。

于贵尘泪流满面。生平第一次，他觉得自己有罪。

鸡叫了，在他折腾了大半夜，即将蒙眬成眠之际，一声兽吼响在耳畔，他激灵一下翻身爬起，于刹那间灵台清明。

巡山去吧，护虎去吧！不为名利别怕砢碜，这大半辈子，你欠下的债，总得清一清吧！

虎豹局的人说得不会错，保护动物、爱护动物，是更大的“道”！

于贵尘已经很久没有进山了，自从禁猎以来，他就不大敢踏进他这个天然大后厨。山野深处弥漫着的山牲口的气息，一条条兽道上密布的山牲口的足迹，都能轻而易举勾动他的“心魔”，让他犯瘾、抓狂、心刺挠。可是这一次，他敢于带着呼呼啦啦的志愿者团队，闯进大山了，因为他已经贴上了珲春市动保协会巡山清套总顾问的标签。他的脚力还在，他的眼力更佳。他站在山巅，一条一条纵横交错的兽道在他眼前伸展开去，一个个张开罪恶之口的猎套明晃晃躺在兽道一侧，每一个套子里都闪动着一张老伙伴的脸。每一张脸都在笑，揶揄的笑，嘲讽的笑。

一样打了一辈子山牲口，谁不知道谁呀。老了老了，你这是扯的啥景儿？

套子也在群嘲他。

前儿还下套子呢，今儿就清套子来了，变色龙都服你！不嫌砢碜你就来呀！

他带着人扑上去了，稳、准、狠，在盗猎行为猖獗的春化镇，一天清出了三百多个猎套。

捋着一条条兽道，他从少年意气跑到白发苍苍，他的追踪对象从山牲口到狩猎工具，一笔一笔，都被他记到了账本上。账本的前半本都是 + 号，账本的后半本是一个一个的－号。

假如每个套子都能套住一只活物，我找到一个套子，就等于是救下一条小命。李作家你帮我算算，到我跑不动山的时候，我的罪，是不是能赎得差不多了？

他这样问我，眼神亮亮的，充满了希冀。

我肯定地点了点头。

虎　剩

多年以后，已经老迈不堪的曲双喜提起那一天，仍然心有余悸。在他已经接待过无数来访者，在他已经重复那段经历到口脑迟钝，在他的后老伴儿逐渐失掉了对来访者的敬畏，开始小声提醒他要收采访费的时候，提起那一天，他仍然心有余悸。

作为一家六兄弟中狩猎技术最高、名气最大的一个，曲双喜终生难忘那一天的惊喜与惊悚，生机与危机。

可那原本是多美好的一天啊，对于职业猎人来说。

2002 年的那场大雪足足下了一天一夜，曲双喜守着噗噜噜作响的火炉，凝望窗外棉絮一样漫天扬撒的雪花，心内涌动着一股气流，这气流蹿到哪里，哪里就胀鼓鼓、热乎乎的。他踱到窗前，盯着院子里厚可盈尺的积雪，恍惚间看到雪地上一颗一颗的脑袋，看到那些脑袋上一双双湿漉漉的仿佛随时会流泪的眼睛。那一刻，在曲双喜眼里，雪地上的每一颗脑袋都已标清了价格。作为一个基因里种植着“靠山吃山”理念的老猎人，那数字的分量足以压倒国法。

下吧，下吧，再下大些吧！你这雪！

新雪轻软，蓬松，大长腿的草食动物出来觅食时，四肢甚至全身都会陷进积雪，拔不动腿，迈不开步，前进不能，后退不得。雪平面上，就只能看见一颗颗动物们的脑袋了。

这是属于狩猎者的狂欢节，不需要猎套扎枪，不需要辛苦遛套，收获山牲口“就跟在菜园里捡大萝卜似的”。

雪停了，雪量达到了令曲双喜满意的厚度。他拜祭过老虎山神，测算了一下自己和大萝卜的距离，会合了来自黑龙江五常县的伙伴尹石钟，一起滑进他们的大菜园子。雪橇是自制的，雪杖是自制的，使用起来驾轻就熟。

他们滑行在茫茫雪原，感觉自己是一位技术高明的船长，驾驶快艇航行在白色的大海里，又像在御风而翔。

一只决定曲双喜命运走向的马鹿出现了。它沉陷在深深的积雪里动弹不得，惊恐地注视着向它飞来的人。

猎获瞬间完成，二人熟练地肢解了猎物，把分得的鹿肉放进各自的背筐，掂掂重量，决定返程。

滑行到林业局清过雪的路段时，他们摘下了滑雪板，迈动双腿，“也就才走了几步的光景”，突然有风来袭。迅猛的，冰冷的风；起自身边的，非经空气流动产生的风。曲双喜还来不及看清这风的来处，耳边“咔嚓”一声，随即，他飞了起来。

感觉到自己被拖着在雪地上平飞，他睁开眼睛，看到拖拽自己滑行的是一个黄乎乎的庞然大物。是老虎！巨大的惊恐和求生的本能掠走了他的大部分意识，他只会机械地重复一句话：山神爷爷，我刚还给您老上供磕头，您老别吃我，求您老饶命，饶命啊！

他听不见自己喊出口的是什么，只是一遍又一遍重复着，呼号着。忽然，他的右臂一松，身体一顿，停止了向前疾飞。他明白，山神爷爷放过他了，为什么放过他，他不知道。他跟头把式地爬起来，左手托着血淋淋的右臂，踉踉跄跄奔向求生之路。

“山神爷”不屑于再搭理他，吞吃起散落在地上的鹿肉块。

那一刻起，曲双喜成为“虎剩”。

山里人喜欢为那些从猛兽口里逃出命的人冠之以“×剩”的绰号，只陈述事实，无贬义。虎剩、猪剩、熊瞎子剩……以熊瞎子剩最多，主要特征是毁容，曾有一位幸存者只剩下半张脸，在尝遍人间悲凉中度过余生，其遭遇说生不如死也不为过；以虎剩最少，因为虎太少，也因为东北虎内向、多疑的个性。东北虎的个头虽然是虎亚种里的“大哥大”，可是在“凶残、嗜杀、攻击性强”这些猛兽的个性特征里，它远逊孟加拉虎、华南虎等。不到万不得已，东北虎宁愿避着人类。

曲双喜的伤口慢慢愈合，右臂留下的几个深陷肉内的疤痕，不仅仅是他虎剩的证明，还给他带来了严重的后遗症——它再也使不出力气了。它只履行为主人撑持基本门面的义务，徒有其形。

报应，这是报应，这辈子杀生太多，山神爷惩罚我了。曲双喜喃喃地重复着。在他和尹石钟因犯了非法狩猎罪，分别被判处有期徒刑两年和一年，并处三千元罚金时，他重复这句话。在监狱服刑时，他重复这句话。这个因果循环式的结论，在监狱里每周上的法制课上和管教们有针对性的帮教下，才逐渐淡出了曲双喜的意识，取而代之的，是生态理念的生根、发芽。

出狱后，曲双喜再也不会多看一眼“小菜货”们，他再也吃不动狩猎这碗饭了。他垂着残臂，开荒种地，采山菜菌菇，活得踏实安稳，波澜不惊，淡然面对一拨又一拨的来访者。在老伴儿勇于表达不满并试图收取采访费时，他满心不乐意，却也不愿惹怒老伴儿，他会想办法找借口带访客出去，在老伴儿监控不到的区域配合完成对方的任务，无论对方是记者，还是作家。因为在他眼里，“都一样的，都是对生态环保大业的支持”。就像他主动联合周边村民成立了三支反偷猎巡护队，定期巡山护林一样，具有积极的价值和意义。

防火、宣教、清山清套、看护红外相机，主宰了他相当一部分的农闲时光。

二十年里，他从未拒绝过任何让他重温余悸、撕开伤疤的来访者，他也并不记恨那头无故致残他的老虎。

后来我才知道，它是被猎套套中了，勒断了喉咙，才报复人的。咬了我之后没几天，它就死了。可怜的山神爷爷啊。

如果它没受伤，如果我俩没闯进它的地界……

老人微笑着缓慢摇头，轻轻抚摸着那条软塌塌的右臂。

勒伤老虎的套子是不是曲双喜下的，他无从判断。但是，套子的主人是他，是尹石钟，还是其他哪位老伙伴，又有什么区别呢？在生态环保理念替换掉“靠山吃山”，根植于他内心的时候，他就已经完成了和那头改变他命运的老虎的和解。

作者简介

李谦，原名李燕，中国作家协会会员，吉林省作协签约作家。主要作品有生态长篇小说《与虎为邻》《虎王归来》，长篇儿童文学《阿玛的山》《虎牙》《大风口》《滚大冰》。曾获得中国民间文艺山花奖、中国人口文化奖、长白山文艺奖等。

秋天，在热带雨林穿行

付如初

据说，热带雨林是没有季节的，我们这些习惯四季分明的北方人带去的季节感会落空，但从落地海口、出了机场的门开始，我就无比喜欢这种落空——满眼的绿，鲜翠欲滴的绿，豪放舒展的绿，让人顿觉生命有从不懈怠的饱满蓬勃，大自然有毫无保留的赤诚坦然。一个北方人为秋冬准备的眼睛瞬间重返夏季，一个城市人被钢筋水泥驯化的感官立刻按下重启键。

语言学家说，一千多年词汇和语法都鲜有变化、在欧洲有“最保守语言”之称的冰岛语中，有 45 个描绘绿色的词。之后在海南的每一天，我都希望自己能会用这些词，用以形容我在海口街头、五指山脚下、鹦哥岭、霸王岭、三亚西岛看到的那么多的绿：棕榈的绿、芭蕉的绿、龟背竹的绿、凤尾蕨的绿、阳桃树的绿、“五指神树”陆均松的绿、藤蔓的绿、苔藓的绿、珊瑚的绿，还有长在树上的兰花叶子的绿，瀑布落下之后的湖水的绿。作为社会的参照物，“自然”以如此具体、如此鲜活的“海南绿”呈现在眼前，让人身心松弛；而单调和丰富在色彩中的辩证统一，没有哪里比“海南绿”体现得更为淋漓尽致，让人惊叹。

五指山的博物学

在五指山的热带雨林中穿行，除了感到自己词汇的匮乏，就是深感自然知识的欠缺。雨林里的原生植物如此多样，雨林里的鸟叫虫鸣如此动听，抬头低头，眼前皆是陌生又洒脱的美，一切都和我们曾经在探险家的镜头里看到的亚马孙丛林的情境相仿佛，以至于心里会忍不住期待，此时如果有画外音，告诉你眼前的是什么树，耳边叫的是什么鸟，脚下默默开着小花的是什么植物就好了。或者，如果有一个资深博物学家与你同行，那触目所及的自然就绝不会还停留在“沉浸式几日游”的层次了。

或许，对自然知识，我们从来就缺乏体验式的记忆，自然也更多的是以或提供食物，或提供休闲的功能性，出现在人们面前。我常想，如果以对自然的感知能力为标准，世界上的人或许也可以分为两种：一种是自然性的，见到植物就渴望了解它叫什么，开什么花、结什么果，有没有毒，然后积累越来越多的博物知识；一种则是社会性的，看到花花草草，只会说“哦，真漂亮”，“哦，原来世界上还有这样的植物”，此时即便有人告诉他/她这叫什么，恐怕脑容量也不够。我大概就是后一种。

在这样的情形下，您就可以想见，当我在五指山下的雨林里终于认出了自己叫得出名字的“滴水观音”时候的惊喜。与办公室的养殖版不同，雨林里自由生长的滴水观音简直像一棵棵树，一片叶子足以覆盖办公室的整株植物，那巨大号的肥叶肆无忌惮地伸展着，聚在一起有如树冠一般。

除了狂放的阔大，它的叶子上还常见有一个个的圆圈，圆圈个个规整，如圆规画出来一般，而且排列有序。当地的讲解员满足了我的好奇心：滴水观音还有一个名字叫海芋，而给它的叶子上画上空心波点图案的，是一种叫锚阿波萤叶甲的昆虫。这种昆虫喜欢以它的叶子为食，而海芋为了防止自己被吃，就在叶脉的维管束里储存了很多毒素。然而，聪明的锚阿波萤叶甲很快就学会了防毒大法。在吃进肚子里之前，它们先耐心地在海芋叶子上刻圆圈，所刻之处，叶脉尽断，毒素无法输送，而圆圈里已有的毒素不至于使它中毒。

想象一下，每天晚上 9 点左右，溽热退去，清爽来临，锚阿波萤叶甲就出来吃晚饭了。它的食物跑不掉，只能等在那里，用微弱的防御系统磨炼一下天敌的耐心，给它增加一道“好饭不怕晚”的工序。当然，有劳动就会有收获，有劳动也就有审美，这画圆圈的麻烦同时成就了锚阿波萤叶甲的千古美名——昆虫中的几何学家。

无独有偶，我们还发现了浑身长满了刺的木棉树，为了防止被野猪等动物啃咬树干，它们冒着变丑的风险给自己添加瘤刺作为盔甲，以确保枝头木棉花摇曳，确保有朝一日种子能够播撒。讲解员说，它还有一个别名叫“鸟不站”——在荆棘中立足？有那么多更好选择的海南的鸟可没有那么傻。舒婷在带有女性主义色彩的宣言书《致橡树》里说：我如果爱你，“我必须是你近旁的一株木棉，作为树的形象和你站在一起”。原来这果决坚毅、自强自尊的背后，有刺的护卫！

弱者防御而强者攻击，尽管我们早就知道自然界的丛林法则里面，优胜劣汰是最残酷的规则，每一种生物毕生的努力都是为了保全物种、防御天敌，但看到如此规整有趣的圆圈和瘤刺，如此曼妙可爱的波点叶子和高空花海，听到如此动人的斗智斗勇故事，体会到大自然里，几乎是悄无声息的残酷生存竞争竟能以如此富有美感的形式展现在我们面前，心里还是会对造物的神奇和万物有灵的智慧生出无限的赞叹。身处其中而能感知这一切，我们何其有幸！

鹦哥岭瀑布花絮

据说，热带高水平的生物多样性使得植物更容易遭遇疾病的挑战和动物的袭击，于是植物们不得不建立具有保护作用的化学武器库。这武器库就包括有毒的汁液、奇特的外表和刺激性的气味——难怪香料主要产自热带——

这都是物种的防御机制，也是多年来与天敌共生共处的“知己知彼”。

有生物学家说，尽管我们从自然中知道了天敌和猎物的无尽冲突，从社会中知道了个体必须通过不断竞争脱颖而出，但异常激烈的达尔文主义的生存之战却并没有把生命割裂成原子，物竞天择也没有创造更多的敌意，相反，在对立共生中，它创造了一个熔炉，熔化了个体之间的壁垒，焊接了一个坚固而多元的网络，这网络在森林中体现得最为明显，也恰恰是森林的精神、自然的精神。

无论如何，知己知彼都实在是克服恐惧的强大底气。与锚阿波萤叶甲优游从容地把圆画到最圆，仿佛嘴下的每一个刻痕都代表着内心稳稳的节奏相比，我在鹦哥岭与蚂蟥的遭遇实在是令人捧腹的花絮。

决定去看鹦哥岭瀑布是在阴沉的下午，已近黄昏，但一行人跃跃欲试，纷纷表示，下着雨的“雨林”才是真正的“雨林”——其实热带雨林的“雨”并非天公所为，而是叶子雨——小雨里在雨林中行走才是深度体验，带着文学性的浪漫。而因为有当地引导员的陪伴，几乎对雨林一无所知的我们也毫无惧意。

果然走了不久就下起小雨，每个人的头发都淋湿了，但因为耳边的瀑布声越来越近，没有人想停下脚步。而且，雨中的雨林行走真的太美好了，海南绿随时诠释着什么叫“鲜脆欲滴”，巨大的藤蔓纠缠环绕不见来处不见归处，更强化了雨林的野生气息和梦幻气息。在这样充满“野性”的山间行走，心里装满有向导、有伙伴的底气，眼前是迷蒙润泽的雾气，呼吸间是湿漉漉的空气，即便快走几步有了深重的喘息，胸肺间也全是盎然舒爽的豪气。就这样一路看着、听着、赞叹着、期待着，循水声奔瀑布的方向而去。

瀑布果然值得奔赴，虽然不似名瀑布那般“飞流直下三千尺”，却自有一番绿色映衬下白练自天垂般的壮美。在这样的壮美面前，“逝者如斯夫”的感叹不会激发绵长的忧伤，反而会激发上天入地、此生无所限的豪迈——有天空参与的地上悠思，在巨大空间落差中被感悟到的时间，都倏然变得开阔明朗起来。

依依不舍中下山的时候，前面的人故意忽然摇动小树，然后快走几步，让树雨纷纷，落在后面人的头上，一路上随雨落下的，还有我们心扉大开、毫不设防的欢声笑语——自然果然是能让人返璞归真的，难怪梭罗能在荒野中看到希望，这是一种人类能摆脱异化、重回本真的希望，是“天地与我并生，而万物与我为一”的希望。顺便说一句，到了海南我才感觉，梭罗的中文名当初实在应该翻译成“桫椤”更符合中文的“信达雅”。

虚惊发生在归来之后。约定晚饭前洗漱休整，我也忍不住趁着短暂的休息间隙穿上了带去的唯一一条裙子。正要出门，微信群里出现两张照片：一个是黑色小虫子的，另一个是红色的、被咬的印记。发照片的同行团友周老师说：只找到这一只，另一只不知道在哪儿。我不明所以，放下手机的同时目光向下，刚刚洗完澡的脚腕上居然鲜血淋漓！“黑色的虫子也在我身上！”从小就怕软体动物的我，完全不认识蚂蟥的北方人，第一反应就是冲出门，“救命”脱口而出。

团友徐教授首先夺门而出，随后是团长航宇，两位男士的冷静和淡定，很快打消了我的“蚂蟥恐惧”——蚂蟥吸完血之后，早已心满意足跌落，并不会如东北王老师“普及”时所说，会钻进肉里。而周老师找到的那只，显然还没吃饱。

饭桌上，“救命”成了笑话，给原生态的食材增添了一些外来者“人生地不熟”的笑料。向导说，雨林里蚂蟥咬人是最常见的，蚂蟥怕盐，护林员进山，一般都会随身带一小包盐，一旦发现蚂蟥上身，抹一点点盐，蚂蟥立刻松口。而被蚂蟥咬过之后，贴上抹了盐的姜片，皮肤能快速修复。随即，他跟服务员说：拿一点盐，拿两片姜来。不久，服务员端上来的居然是一锅姜汤，她以为一行人淋了雨，又要盐又要姜，这是要喝汤驱寒——在当地人那里，蚂蟥咬是不需要那么兴师动众的。一桌人又是一阵哈哈大笑。

霸王岭的“爱情”

作家描摹雨林或者森林，总是会选护林员作为主角。无论梁晓声写中国东北森林里的知青护林员，还是莫泊桑写法国私人狩猎场的退伍军人护林员，都是在源于生活、高于生活中，给予这个带有些许荒野色彩的社会角色以浪漫的关注。我们接触到的雨林护林员，也有文学中描写的那些特征：质朴中略显羞涩木讷，言谈中尽是充满家园意识和守护意识的恪尽职守。

在防止偷猎和盗伐方面，显然他们不可或缺，也功不可没。土生土长的优势让他们成长为田野学者、一线博物学家，他们深谙雨林脾性、认得草木虫鱼、懂得鸟鸣猿啼。显然，他们跟雨林的一切生物一样，是雨林的主人，是雨林生态网络中的重要一环。然而，职业之外，他们又是儿子、丈夫、父亲，农忙时割胶、种田，休假时接送孩子，亲人团聚时听故事、讲故事。

在他们的记忆里，中国特有的珍稀鸟类——海南山鹧鸪的故事最令人心醉神迷。在他们黎族的传说中，海南山鹧鸪是爱情鸟，也是忠贞之鸟。故事还是与天仙配有关。传说七仙女下凡人间，和董永生儿育女之后，母命难违要返回天庭之前，曾百般恳求，王母也是百般刁难，比如让董永挑拣黑芝麻和白芝麻，于是，成群的海南山鹧鸪就来帮忙。在他们传承的故事里，鹊桥也是海南山鹧鸪搭成的。

在霸王岭的标本博物馆，我们看到了长相憨憨的海南山鹧鸪的标本。这是一种漂亮的鸟，脖子上一圈靓丽的羽毛像围了一条爱马仕橙的围巾。据说，它们常常是成双入对或者四五只一起出现，产卵的时候也是每个窝里两枚——爱，毕竟总是以陪伴为第一要义。

当然，霸王岭的大牌明星不是海南山鹧鸪，而是海南长臂猿。这种世界极度濒危的四大类人猿之一，猿如其名，长长的手臂让它们在树枝间飘来荡去，其娴熟自在程度不亚于优秀体操运动员。当然，我们是无缘亲见的，只能从仿生学的摄像机拍摄的画面中，欣赏它们矫健的身影。看着这种高难度的空中翻腾在它们如履平地，我忍不住想，倘若我们真的是它们进化而来，那失去了在半空中来去自由的能力，不知道到底是“进化”还是“退化”。

有意思的是，海南长臂猿保持着家族群居的状态，尽管通常是“一夫二妻”，但也是专情而守承诺的动物。它们觅食、生育、养育、避险，各司其职，家庭和睦有序。自然秩序中，三角是最稳定、最牢固的结构，然而在人际关系中，三角却常常是悲喜剧的来源。或许，重要的不是一夫一妻还是一夫二妻，重要的是人性多变。从这个意义上讲，我也无法确定从能够稳定三角关系的“猿性”到无法维护好双边关系的“人性”，到底是“进化”还是“退化”。

短短六天，海南向我们尽显造物的神奇，尤其是对初次到海南的我而言，这热带风情中的每一处细节，所遇之人的每一份热情，都饱含着惊喜。在这种神奇惊喜的连连击打中，当我们再看到千年树王，看到三亚西岛上的珊瑚在养殖箱中美得妖冶的时候，都变得平静沉稳起来。看来，见识和眼界并非只是拓展了人生经历的边界那么简单，还有植入内心的情感沉淀。而这每一分沉淀，于我都是巨大的收获，如秋天般的收获，只是，这一个秋天是绿色的——它的另一个名字是“海南绿”。

作者简介

付如初，文学博士，人民文学出版社编审，青年文学编辑室主任。曾出版《莫言的小说世界》《大声沉默》。获中华优秀出版物奖优秀出版科研论文奖，中国编辑学会学术论坛论文一等奖，中国出版集团十大优秀编辑、第一届编辑“工匠”奖·十佳编辑等。

热带物种

温亚军

来海南，最值得关注的肯定是热带植物。椰子、棕榈、木棉、苏铁……当然还有三角梅，这些独具海岛风情的树木随处可见，呈现出亚热带季候植物的丰富性。我这样的北方人，来到五指山热带雨林，犹如进入巨大的植物迷宫，高大神奇的树木、别具一格的植物名称，让我眼花缭乱。据说五指山有 6000 多种植物，满山遍野的奇花异木，根本使人无暇顾及歌曲《我爱五指山，我爱万泉河》里唱的那些美景，心思全被新鲜、独特的树木吸引住了。比如说，在北方见惯了的灌木酸枣刺，在热带雨林就化身为又高又壮的大树，而且树身上没有一根刺；再比如无花果，树身高大雄伟，树冠如巨伞，树叶宽阔厚实，看上去与北方的无花果树是完全不搭界的两类树种，却结出同样的果实，味道居然极其相似，神奇得让人难以相信事实。不知道这些树木南北方的差异竟然这么大，事实就在眼前，置身于完全陌生的林木之中，除了感叹热带物种的博大精深，更想了解那些珍稀的树木。

海南黄花梨是首选只选。对黄花梨倾慕已久，十多年前收藏界突然爆发海南黄花梨热，绝对不是偶然，实质上海南黄花梨在世界上独一无二，它的材质细腻、纹理美观，优于其他热带国家的同科材质，所以它的价值已远远超越了黄金。在省林业局的院子里，观赏到一棵百年的黄花梨，当然，它被高高的铁网圈住，像博物馆保护罩里的文物一般，只能远观不能近距离接触，由此亦可见它的珍贵稀有。这次，我才知道海南黄花梨，真正的名称是“海南黄檀木”，主要生长于吊罗山尖峰岭低海拔的平原或者丘陵地区，而且阳光、水分极其充沛。以普通树木的要求，这该是恣意生长的条件，可是，黄花梨无视这般优渥的成长环境，生长非常缓慢，其木质瓷实如铁，它的品质一直位列我国五大名木之首。海南黄花梨优于其他同类的特点就是纹路细密不乱，如行云流水，洒脱隽美，经过加工成家具，可以看清任何一条细密的生长纹理，便是结节处的纹络也是清晰、紧致的，没有交叉的混乱状，这是其他任何木材都不具备的肌理特征，所以它独一无二。用它做成的生活器具，线条简洁明快、富丽堂皇，且色泽深沉华美，典雅尊贵，持久耐用。真正的黄花梨木材只取精华部分——木芯，为红褐色或紫红褐色，坚硬紧实的材质经过打磨后，表面毛孔基本没有了，还增加了反光感，不用给它上漆，就能透出荧光来，打蜡后又有了半透明的琥珀感，温润如玉，有种返璞归真的自然本真，加上它色泽柔和，且有淡淡的香味，容易进行深颜色和浅颜色的搭配，能表现出浅黄、深黄、深褐色甚至紫色，久则变为暗红色，常含有深褐色条纹，光泽越发锃亮。

近些年，仿古家具悄然兴起，作为家居使用或者陈设，已成为一种时尚，大量的仿古家具进入多个家庭。许多人对家具材质的看法就是物尽其用，因黄花梨具有宁静、沉重的特点，优美、沉稳雅致的色泽，故而适合用在礼仪性的陈设上，更适用于镶嵌，像仿明清家具中圈椅的扶手，与皮肤直接接触的部分，用海南黄花梨，能让人体验到婴儿皮肤般细腻光滑、柔软舒适的独特感受。黄花梨能长久地散发出清幽的木香之气，所以它还叫“降香黄檀”，传说焚烧此香可使神仙感应，降临人间，故名叫降香。降香是味传统中药，能活血化瘀、镇痛，多用于冠心病和跌打损伤的镇痛作用。降香黄檀具有这个树种独特的香味，不像沉香那样浓密而且香味持久，是种自然香，淡薄却能让人闻后久久回味的那种。当然，也有千年难遇的老树材质做的器具，哪怕打上蜡也难封住它的幽香，而且越老越醇，这是百年沉淀下来的香气，珍贵至极。目前，海南野生黄花梨基本已经枯竭，为保住这个珍稀物种，林业部门正在组织力量加大种植力度。在鹦哥岭的原始热带雨林边上，有幸见到人工种植的大片黄花梨树，风雨中的树苗只有拇指粗，却绿树成荫，长势喜人。

霸王岭林区是海南热带雨林的典型代表，气候温和，雨量充沛，动植物种类繁多，生态保护系统完整。进入霸王岭热带雨林，空气里充盈着湿润的树脂香气，林间流露着薄薄的雾岚，轻轻地飘荡在山谷和树木之间，犹如仙境一般。霸王岭森林公园有两棵树，吸引不少游客前来观瞻，它们就是护林人员给封的“树神”与“树王”，皆是陆均松树类，树龄全在一千六百年以上，树身高达 30 余米，树冠直径也有 16 米，是目前原始热带雨林中发现的最大树种。这个蕴藏着无数百年不朽良木的绿色宝库，珍稀树种太多了，如子京树、檀香树、沉香木等有 27 种之多，最典型的当数坡垒树，又名海梅树，是国家一级保护植物。还有油丹，它树身高达 25 米以上，叶子基本上聚集于枝顶，为长椭圆形，目前是国家二级珍稀濒危重点保护植物。再就是桫椤，它属于蕨类植物，被称为“树蕨”，与恐龙时代同时存在，目前属国家一级保护植物，是名副其实的“时代活化石”。对于树木植物，我有种天然的兴趣，但这种兴趣，可能也仅限于日常中对它们的形态，抑或色彩不一样的关注而已，来到热带雨林之后，才意识到自己对自然偏安一隅的认识是多么狭隘。

在海南，还有一个物种颠覆了我的认知，它就是珊瑚。

珊瑚是海里生长的无脊椎动物，它们的美丽外表与生俱来，可以说，没有哪个海洋生物能与它们相媲美。而且珊瑚繁殖能力极强，它们是腔肠类动物，群居的珊瑚虫主要生活在浅海水域，它们能附着在海底或者岩石的表面上，其管状体外壁会分泌出石灰质，用来形成包围软体的外骨骼，它们的骨架连在一起，肠腔通过小肠系统连成一体。从表面上看，它们有许多嘴，其实它们只有一个胃，用来消化各个嘴吮吸进来的食物。时间久了，这些骨骼能像树一样不断长出分枝，从而长成大片的珊瑚丛，所以，它有海洋中的热带雨林美称，是热带海洋里重要的生物资源之一。我所接触到的珊瑚知识，很大程度来自数次在海洋博物馆里的展览，它们色泽艳美，姿态摇曳，与海边购买的珊瑚石动静有别，一样赏心悦目。可令我实在没想到的是，珊瑚虫能造礁石，也就是说，久而久之，珊瑚虫能造出岛礁。珊瑚礁分布在热带海洋的海岸、岛屿周围，以珊瑚外骨骼与石质藻类、贝壳等为基础，长期堆积因而形成了礁石。

曾几何时，达尔文曾对珊瑚开展了相当深入的研究，不仅指出了珊瑚礁发育的正常规律，而且用“地盘沉降”学说给予了一定的科学解释。达尔文首先把珊瑚分为岸礁、堡礁和环礁三种类型，并且明确论证，自岸礁到堡礁，再由堡礁到环礁是一个连续发生的过程，即“当火山岩地层这个岛屿的基地，在每隔一段时间逐渐下沉的时候，造礁珊瑚虫继续向上建筑珊瑚岛”。就是说，人类必须把一个珊瑚礁，看作一座被亿万个小建筑师托举升起来的礁点，它表明在某个地方有一块以前的陆地躺在海水下面，被埋藏在大洋的深处。为此，好多珊瑚礁下发现了大量的火山残存物，验证了达尔文的这个学说。当然，海平面的变化对珊瑚礁的形成，也起到了重要的作用。

珊瑚礁是海洋世界物种最多的生态系统，也是重要的渔业资源，对全球生物多样性的保护具有非常重要的意义。人类觉醒到珊瑚的重要性，林业生态部门已制订了有关保护方案，而且早就进入实施阶段，在三亚的西岛上建立了珊瑚活体监测、研究中心，以及水下保护、抢救补种基地。西岛四周海域有丰富的珊瑚资源，尤以东西侧、南侧海岸最多，有扇子、鹿角、葵花、红珊瑚等诸多种类。许多人都知道，大气中的二氧化碳、甲烷等废气体，由于在阳光作用下，具有强热能红外线的不断吸收，加之这些气体像花房温室一样具有一定的保温作用，久而久之，便出现了地球变暖的超常现象。珊瑚在造礁的过程中，它们其实和陆地山川上的森林一样，能够吸收大量的二氧化碳等废气，进而减缓了大气层的“温室效应”。如今，三亚的空气清新宜人，是不是与珊瑚礁有关？不得而知。

不过，坚硬的珊瑚礁是海岸的保护神，它们可以阻挡惊涛骇浪，护卫陆地、沙滩、良田等免受海水的侵袭，所以被誉为海上长城。它跟红树林一样，可以减缓海啸和洪水的冲击力与破坏力，在海岸线上形成一道天然的防护堤，起到保卫陆地、造福沿海居民的作用。

珊瑚，是神奇的物种。

逐竹记

温亚军

一

穿越秦岭是我多年的梦想。故乡在秦岭北麓的黄土高原，八九岁时跟随父亲去山里背柴，其实去的是秦岭余脉的小沟壑。半夜摸黑上路，天光放亮时，腿疼得走不动了，还在山外面转悠，连秦岭的小沟壑都没进入呢，望着近在咫尺的崇山峻岭，心想着秦岭太大了，山里面到底是啥样子，有没有人呢？

后来，才知道秦岭深处不但有人家，还有很多县城：太白、凤县、佛坪、洋县等等。更重要的是秦岭山里有大熊猫、金丝猴、朱鹮、羚牛等一级珍稀保护动物。这些动物在秦岭四宝科学公园见到了真面目，尤其是那只棕色大熊猫，它跟黑白相间的普通大熊猫体形、神态无异，只是毛色不同，世界上独一无二。据说，2019 年甘肃的熊猫保护区红外相机又拍摄到一只纯白色大熊猫，一时间引起各界高度关注，专家们的论点繁多，且各执一词，使白色大熊猫又增加了一层神秘色彩。大熊猫本身就够神秘的，已在地球上生存了八百万年，被誉为动物“活化石”。从濒临灭绝的自然物种到人类采取有力挽救、保护措施，截至 2019 年 11 月 12 日，最新统计数据显示，全球圈养大熊猫数量已达六百余只。第三次全国大熊猫野外种群调查，全世界野生大熊猫已有 1600 只，现存的主要栖息地在陕西、四川和甘肃的深山老林。因为物种稀少珍贵，1988 年大熊猫被列为我国一级保护动物，同时是世界自然基金会的形象大使，也是世界生物多样性保护的最高级别物种之一。

初夏时节，从西安乘高铁向秦岭进发，沿途皆是高山深谷，本以为会看到秦岭的本来面目，谁知高铁一直在隧道里穿行，偶尔能见一丝天光，也是秒闪而过，根本看不到山里的风景。四十分钟后，进入秦岭腹地——佛坪县，这里是国家级野生大熊猫的保护区，自然资源丰富，植被密集，环境优美，尤其是大熊猫最爱吃的箭竹，生长茂密旺盛，遍布高山谷底，适宜野生大熊猫繁衍生息。

大家都知道，大熊猫以食竹为主，可竹分许多种类，像那些粗壮的毛竹、木竹，大熊猫只吃它的鲜笋，真正爱吃的只有箭竹。看到丛生的大片箭竹，以我狭隘的理解，箭竹细小低矮，便于大熊猫采取，也好咀嚼，所以才爱吃吧。防护区的蔡琼主任说，这只是一个方面，箭竹里含有大熊猫需要的营养更高一些。但是大熊猫体内没有过多的能量贮存，为了保存能量，大熊猫必须控制能量消耗过大的活动，因此，它们喜欢在平缓的地方行走，避免爬坡，平时也只在一个很小范围里活动。大熊猫除吃竹子外，也吃一些杂草等其他植物，但进量极少，动物园为保证大熊猫身体健康，经常会搭配一些苹果、蜂蜜之类的营养品，以延长它们的寿命。

大熊猫的消化道保留了祖先的特性，与肉食类动物相似，有着相对较短的消化道、锋利的犬齿、单室胃，没有盲肠。在漫长的进化过程中，逐渐演变成以高纤维竹子为主食，适应以竹为生的进食结构特点，如咬肌、齿冠齿突极其发达，前爪除有五趾外，还演变出一伪拇指组成对握结构以便于握住竹子撕咬。它们吃进去的食物在体内停留时间很短，许多营养来不及吸收就排泄出来了。不知大家注意到没有，动物园里熊猫馆几乎闻不到臭味，它的粪便大多是还没消化的竹子，竟然能闻到淡淡的青竹味道。据说，熊猫的粪便经过处理后还能制造成上等的宣纸，由此可见，熊猫的进食结构是何等简单便捷。

关于大熊猫的食物链，想必人类已做过多种试验，所以，保护大熊猫，首先得保护箭竹，它的好坏直接关系到大熊猫的生存。蔡琼说，大熊猫是逐竹而居，秦岭山里的气候、土壤适合箭竹生长，所以才成为大熊猫的生存乐园。而且，大熊猫皮糙肤厚，皮最厚处可达 10 毫米，身体不同部分的皮肤厚度也不一样，体背部厚于腹侧，体外侧厚于体内侧，皮肤的平均厚度约为 5 毫米，有一定的耐寒性。野生大熊猫在冬春季节下山来吃谷底的箭竹，天气稍热，像眼下这种气候，它们受不了闷热便爬上峰顶寒凉处避暑，这时山顶上的箭竹正是鲜嫩的时节。随着气候和食物分布的变化，大熊猫有垂直迁移习性，夏季上移高山、撵笋觅食，秋冬高山积雪时则下到中低山谷地带活动。

因此，蔡琼给大熊猫的这种转场觅食创造了一个词——转竹。倒也挺贴切的。

初夏这个时候来佛坪，很难看到野生大熊猫，站在熊猫出没的秦岭深处，眼前是熊猫喜食的成片箭竹，身后是中国南北分界的高大山脉，心里感慨颇多。终于穿越了南北分界线，实现了进入秦岭腹地一探究竟的多年梦想。所以说，这趟寻踪国宝之旅，非常值得。

二

最先发现大熊猫的地方，是四川雅安的宝兴县。这个县与陕西的佛坪县一样，藏在大山深处，这座山叫夹金山，同样山清水秀，植被茂密，生物多样性非常明显，尤其以大熊猫喜食的箭竹为盛，满山遍野的箭竹，甚是壮观。野生大熊猫出没的地方森林茂盛，竹类生长良好，气温相对稳定，山石空隙里有大熊猫藏身处和哺育幼崽的巢穴，关键还得有“说走就走”随时迁移的先天条件。夹金山里自然环境极其优越，因此，这里被称为大熊猫的故乡。

1862 年，法国传教士阿尔芒·戴维在中国居住期间，听闻宝兴县动物种类居多，便从上海来到宝兴县，担任穆坪东河邓池沟教堂的第四代神父。如今，这个教堂还保持着原貌，从外观看，教堂与我们见过的教堂大相径庭，没有一点教堂的影子，倒像一座木质结构的巨大四合院，可以想象当时的社会环境不允许建造尖顶的教堂。就这样，戴维还是在这座大山里扎下了根，直至七年后的一天，他在大山深处人家里发现一张黑白相间的动物毛皮，惊讶之余，他激动得忘乎所以，那种心情绝不亚于哥伦布发现新大陆。多年研究野生动物的经验告诉他，农家墙上的这个动物可能是动物学上一个非常奇特的新品种，或将填补世界动物史上的空白。为了得到这种从未见过的动物，戴维雇佣了 20 多个当地猎人展开搜捕。于当年的 5 月，戴维终于捕到农人口中的“竹熊”，依据表面形象，他把“竹熊”改名为“黑白熊”，这个称呼贴切而可爱，也是大熊猫第一次被正式命名。戴维把这只黑白熊悉心饲养了一段时间，决定将它带回法国。那时候，我们国家的动物保护意识不强，尽管西方人已寻求大熊猫半个多世纪，并且知道它是濒临灭绝的珍稀动物，可中国人对大熊猫的了解几乎为零，猎人可以任意捕猎这种食竹的动物，因此没人阻止戴维的行为。可这只“黑白熊”经不起山路的颠簸和气候的变化，还没运到成都就奄奄一息了，戴维只好惋惜地将这只“黑白熊”宰杀后，把皮制成标本，送到法国巴黎的国家博物馆展出。后经博物馆米勒·爱德华兹先生研究论证后认为：它既不是熊，也不是猫，而与中国西藏发现的小猫熊非常相似，是另一种较大的猫熊，便正式命名为“大猫熊”。就是说，大熊猫的名字也是外国人给起的。

当时，大熊猫的发现在西方引起巨大轰动，从此，一批又一批的西方探险家、游猎家和博物馆标本采集者，不远万里来到中国，试图揭开大熊猫之谜并猎获这种珍奇的动物。其中包括美国罗斯福总统的两个儿子西奥多·罗斯福和克米特·罗斯福，他们到戴维发现大熊猫的宝兴县搜寻了几个月，一无所获，然后又来到大凉山，在越西县终于找到一只大熊猫，他们猎杀后，作成标本带了回去。这一消息传出，德国、英国等其他国家的探险家都来猎获大熊猫，他们从中国猎人手中收购了不少。一时间，不少西方国家的博物馆里都有了大熊猫标本，但他们始终没能捕获到一只活生生的大熊猫带到西方去。

三

中国人对大熊猫的认识由来已久，早在文字产生初期就记载了熊猫的各种称谓。《书经》称貔，《毛诗》称白罴，《峨眉山志》称貔貅，《兽经》称貉，李时珍的《本草纲目》里称为貘。大熊猫的历史也源远流长，迄今所发现的最古老大熊猫成员——始熊猫的化石出土于中国云南禄丰和元谋两地，地质年代约为八百万年前中新世晚期，在长期严酷的生存竞争和自然淘汰下，和它们同时代的很多动物都已灭绝，但大熊猫却是强者，处于优势，成为“活化石”保存到了今天。

只是，野生大熊猫由于近亲繁殖严重，使得他们致隐性基因的纯合，后代生命力比较薄弱，甚至畸形或致死率越来越高。这种现象在动物园人工饲养的大熊猫中，也严峻地存在着，大熊猫有着它们繁衍后代的规则，人工的干预导致它们在交配方面有些别扭。所以，早些年大熊猫的种群维持和发展异常艰难。

在荥经县熊猫貘貘家园了解到，大熊猫喜欢在自然界不受约束地生活，不愿困在人类设置的巢穴——动物保护园里。但是，野生大熊猫有着难以置信的聪明才智，它一旦身体不适或者遭遇意外，第一时间会来到人类居住地寻求帮助，它们对人类没有丝毫敌意，是不是知道人类不会伤害它才会这么做，就不得而知了。大熊猫性情温顺，初次见人，常用前掌蒙面，或把头低下不暴露真面目示人。它们很少主动攻击其他动物或人类，在野外偶然相遇时，总是回避。国家熊猫保护区在貘貘家园专门设立了熊猫放归自然点，将那些跑到农户寻求帮助的野生熊猫接过来，经过专业医疗救助，使其身体彻底恢复健康后放归大自然。这个点选择在大熊猫最喜欢的高山地区，自然环境优美，资源比较丰富，只是距离人居住的县城很远。连绵不绝的盘山公路，还有 2400 多米的海拔，使我们的心肺功能难以承受，连我这个走遍高山大漠久经考验的老兵都晕车了，可以想象驻守在放归点的工作人员吃了多大苦，克服多少家庭和社会的多重困难，才坚守了下来。

环顾放归点四周，树木林立，箭竹苍翠，环境幽静，这里的确是大熊猫回归大自然的好去处。保护世界珍稀动物，为了国宝繁衍生息、永世长存，促进生态系统的平衡，保护文化遗产，大熊猫保护人员忍受着常人无法忍受的寂寞辛苦，还有高原缺氧的袭扰，在此，向默默无闻的你们致敬！也向可爱憨厚的大熊猫们致敬！

作者简介

温亚军，陕西岐山县人，中国作家协会会员。出版有长篇小说《西风烈》《无岸之海》《伪生活》等，小说集《硬雪》《寻找大舅》《驮水的日子》等。作品获第三届鲁迅文学奖、第十一届庄重文文学奖、首届柳青文学奖、北京市政府奖，以及《小说选刊》《中国作家》《十月》《上海文学》等刊物奖。部分作品被翻译成英、日、俄、法等文。

什查山谷的夜晚与清晨

周华诚

一

听到第一声猫头鹰叫的时候，符建灵已经在橡胶林里忙碌很久了。他戴着头灯，手执胶刀，锋利的刀口铲开橡胶树皮。嚓，嚓，嚓，声音清脆。胶刀过后，封存在树皮里的乳汁立刻冒了出来，逐渐汇成一条白色的细流，滴落胶碗中。

虫声喧闹，反而衬托出夜的安静。猫头鹰的声音听来可怖，在凌晨一两点钟，尤其令人胆战。橡胶林静静的，处在什查山的山谷之间。这里属于热带雨林国家公园的一般管控区，山谷中没有一户人家。符建灵凌晨一点多钟从家里出发，开摩托车十多分钟就进了山。在什查山谷中，符建灵有一千棵橡胶树。每一棵橡胶树的所在，每一条弯曲的林间小路，他都在黑夜中走过千百遍，因而无比熟悉。

黑暗聚拢，一盏头灯用光线劈开笔直的道路，照亮树木汁液饱满的地方。胶刀一刀一刀割下去，汁液一点一点汇聚起来。

猫头鹰又叫了。猫头鹰的学名是鸮。黄嘴角鸮的叫声非常独特，声音是连续上扬的双音节的金属呼哨音。褐林鸮的叫声如啼哭。领角鸮的声音更加奇特，呜，呜，呜，呜，呜，一分钟叫四五次，这声音，有的人说像是“鬼哭”

又像是“鬼笑”，不熟悉山里生活的人，听了一定会毛骨悚然。老人家说，“不怕夜猫子叫，就怕夜猫子笑”，三更半夜的，领角鸮在低矮的树梢上蹲着，暗夜之中悄无声息，突然，它“呜”的一声叫起来，然后张开翅膀像幽灵一样飘忽飞起，真是恐怖极了。

只是，符建灵一点儿都不怕。这片山谷的一切，他早已熟悉。不仅这片山谷，整片国家公园鹦哥岭片区的山林，一草一木，飞鸟走兽，他都无比熟悉。他在元门管理站当护林员已有十年零几个月了，他知道这叫声就是鸮，不管是领角鸮、褐林鸮、栗鸮、黄嘴角鸮，都是夜行动物，只是叫声难听一点而已，并没有什么好怕的。

符建灵生于1986年，家在海南黎族自治县南开乡什才村。农业学校毕业后，他到三亚种了两年兰花。后来看到保护区在村子里张贴招聘广告，他就当即报了名，成为海南热带雨林国家公园管理局鹦哥岭分局南开管理站的一名护林员。

南开管理站，去年十月份并入元门管理站。包括站长在内，站里一共有71名工作人员。当护林员有一点好，不用离家跑到很远的城市去，只在自己的家乡，既有一份工作，又能照顾家里，照看到自己种下的那些橡胶树。更重要的是，符建灵喜欢山野，喜欢雨林，从小又对动物特别感兴趣，什么飞鸟爬虫，他都能用黎乡土话叫出来。

一种动物，一种野草，一旦你叫得出来它的名字，你就会觉得它亲切了许多，就像是老朋友一样。所以，那些他暂时叫不出名字的，他就会找到村里的老人家刨根问底，时间长了，山野里的一切他都熟悉了。后来，他当了护林员，又跟着来考察的专家们学，回去又对着书本学，他发现，山中万物都有一个无比准确的长长的名字。

海南热带雨林国家公园，是我国首批设立的五个国家公园之一。这里的热带雨林是我国分布最集中、类型最多样、保存最完好、连片面积最大的大陆性岛屿型热带雨林，是岛屿型热带雨林的代表，也是热带生物多样性和遗传资源的宝库。热带雨林中，鸟的种类十分丰富，这里可谓是鸟的天堂。鹦哥岭，又是海南岛鸟类最丰富的林区之一，是保护海岛鸟类多样性及资源的重要区域。

在鹦哥岭片区，已经被记录到的有 250 种鸟类，其中留鸟有 146 种，候鸟有 104 种。这么多的鸟，叽叽喳喳地在雨林中鸣叫起来，简直就是海南热带雨林鸟类的一支交响乐团。从早到晚，不同的鸟儿，会在不同的区域出现。

符建灵有一项神奇的本事，就算看不见鸟的模样，光听听它的叫声，也能辨别得出是哪一种鸟。至少七八十种鸟的名字，他闭着眼睛都能说得出来。

这么多鸟儿里面，符建灵最喜欢的，还是海南山鹧鸪、海南孔雀雉。山鹧鸪，以曲声为名，它的叫声独特，“咕咕咕”“鹧鸪”。还有一种声音，“啾”“啾”“啾”。这是一只雄鸟和一只雌鸟，雄鸟在呼唤雌鸟。雄鸟和雌鸟安安静静地谈着恋爱，窃窃私语，会叫得比较欢快。但是你一旦靠近，鸟儿受到惊吓，就听不到它们的叫声了。还有海南孔雀雉的叫声，有点奇怪，像是松鼠在叫，“咕咕”“咕咕咕”“咕”，也不怎么好听，但它外形很漂亮，也是国家一级保护动物。

有的时候，为了录下鸟叫，符建灵还夜宿山林。隔着几十米远，听到一种鸟叫，就蹑手蹑脚地循着叫声去寻觅。听鸟不能多人一起行动，人多了动静太多，容易让鸟受惊。只能一个人悄悄前行。

海南孔雀雉在晚上六点半开始叫，七点就停了。天热的季节会叫得晚一些。但每晚一般只叫三次。符建灵去找海南孔雀雉，隔着大概两三百米，朝着叫声方向靠近，走了一段，它就停了，符建灵也就只好坐下来，等待它再一次叫起来。当它又开始叫的时候，符建灵就迅速辨别方向，努力靠近一点。如是者三，最终在隔着三五十米的地方，录下了海南孔雀雉的声音。海南孔雀雉晚上是站着睡觉，蹲下身子，双爪抓着树干，腹部贴靠自己的脚。这种姿势，很可爱，不知道它怎么平衡感那么好，睡觉也不会掉下来。

雨林里的生灵众多，光是蛙类就有 39 种。符建灵听到过的至少有十几种。泽陆蛙，一听就听得出来。花姬蛙，海南溪树蛙，小湍蛙，锯腿原指树蛙。每一种蛙类，叫起来都有区别。完全无法想象，个子小小的蛙类，叫声居然那么大，可以响彻山谷。

静夜之中，还能听到松鼠和赤麂的叫声。松鼠，至少有五种松鼠，符建灵听得出它们各自的不同。赤麂的数量很少，但偶尔也能听到。每当听到赤麂的叫声，村子里的老人家就会说，呀，明天要下雨了。赤麂是老人家的天气预报。山林里，各种各样的生灵，都会在夜晚发出属于自己的声音，昆虫就太多了，暂且不提，即便是野猪，也会发出自己的声音。

此刻，夜正深。符建灵专注地忙碌着，他一棵树一棵树地工作，割胶，从凌晨一点多钟开始，一直干到清晨五六点钟，每晚要割 400 棵树。

在这个枯燥的过程中，猫头鹰，黑冠鳽——这些夜行动物，都会用叫声陪伴他。时间长了，它们都仿佛已是符建灵的老友。

二

凌晨三点多钟，什查山谷中又响起了一连串“啊呼”“啊呼”的声音，有点像是老虎的喘气声。符建灵知道，这是黑冠鳽在叫了。

黑冠鳽，当地黎族老人叫它“嗡如”，是一种夜鹭，也是夜间行动的鸟。它的身体深红褐色或是黑色，头顶有一顶黑色帽子，姿态优雅。黑冠鳽的叫声，听起来有些粗哑，“哦”“哦”，或是“呱”“呱”，大概每隔一秒多钟，它就发出一声，通常也是在凌晨。一连串的深沉的叫声，极为特别，起先符建灵也不知道那是什么鸟，后来他把录下的鸟叫发给专家辨别，也询问了村里的老人，才确认了这种鸟儿叫黑冠鳽。

为了熟悉每一种鸟叫，五年前，符建灵从鹦哥岭管理站借到一支录音笔，他上山的时候，就把鸟叫声录下来。借着搞野生动物大调查的机会，他一有空就辨认动植物的特征，想法子记住万物的名字。

有时候，为了录下一种鸟儿的叫声，他坐在林子里，藏在草丛中，有时一躲就一个多小时。有些鸟儿生性羞怯，非常警觉，如果有人经过，它就吓得飞走了。符建灵必须耐住性子，悄无声息地隐藏林中。

雨林中的生物很多，山蚂蟥、马蜂、毒蛇，不知道什么时候就会遭遇。热带雨林中的山蚂蟥个头非常小，常常攀附在路边的野草上，它们对于人的气息极为敏感，只要人从旁边走过，它们就会以迅雷不及掩耳的速度攀上衣服，进而贴上皮肤吸血。一般人对蚂蟥觉得很是恶心，但对于护林员来说，山蚂蟥实在是家常便饭，也是最为微小的困扰。有时一趟山林巡护下来，身上被蚂蟥叮了十几处。

作为护林员，符建灵的主要任务是森林管护、防火、宣传、协助科研等工作。符建灵和同伴们一起，每个月有二十二天上山巡护。有时会背着 20 多公斤重的装备，一天徒步行走几十公里。

一年之中，大规模清山活动要组织三次。大规模清山，参与人数比较多，一次上山要四天三晚，其间要翻山越岭，穿越雨林。小规模清山，是三天两晚，每个月都有。清山巡护，主要阻止非法侵占林地、破坏生态环境等，也清除非法盗猎动物的绳套、猎夹等。从前有些人会偷猎盗猎，近些年几乎已经绝迹，民众对于生态保护的意识，到底还是大大增强了。

热带雨林山高林密，路途湿滑，摩托车是护林员们的主要交通工具。但摩托车一般只能开到山脚，再往丛林中去，都得靠脚力。护林员们爬山都很厉害。背包里的装备，有帐篷、睡袋、手电筒、GPS 定位仪、相机等工作设备，还要有食物、锅具等生活设施，以及蛇药、感冒药、止痛药等药物。长年累月在雨林中徒步，护林员们都练就了一身翻山越岭如履平地的好技能。

林子里毒蛇也很多，最常见的毒蛇是竹叶青。所幸符建灵并没有被竹叶青“亲吻”过。有一回，他在专注地录鸟叫声，一条绿色的竹叶青，无声地游过脚边，吓了他一跳。但他没有动。遇到毒蛇，你要是动一动，它反而认为你要攻击它。你不动，它感觉没有威胁，也就悄悄溜走了。

林子里更多的是神出鬼没的胡蜂。有时候胡蜂的“杀伤力”丝毫不逊色于一条蛇。有一次，符建灵在山上听鸟叫，遇到黑领噪鹛。这个鸟有一圈黑领，经常群聚喧闹，一只鸟儿鸣叫，其他鸟儿也跟着高声鸣叫起来。黑领噪鹛在雨林中也算比较常见，只是符建灵没有录过音，他听到黑领噪鹛的叫声，就举着手机专注地录起音来。结果，一只黑盾胡蜂不期而至，一针蜇到了头部。黑盾胡蜂在大型胡蜂里面，毒性不算非常大，但也是危险的蜂类，被它蜇伤也不是闹着玩的。那次是早上八点多蜇到，不巧忘带蛇药，这下惨了，回到驻地帐篷，头晕晕沉沉，后来就像被锤子砸脑袋一样疼痛难忍，一直躺到下午六点，才终于缓解。这几年，符建灵说自己跟胡蜂结下了“梁子”，三年被蜇了三次，一次蜇到脚踝，一次蜇到胸前。蜇到脚踝那一次，脚肿了一个星期。

护林员上山的时间比较多，早上八点钟出发，傍晚四点多下班，有时也会晚一点，六点多下山。每天翻山越岭，要走很多路。白天要上班，符建灵就利用晚上的时间来割胶。这 1000 多棵橡胶树，是符建灵增加家庭收入的方式。护林员的工资每年都在涨，现在加到了 2000 多元。妻子是本地人，在家务农，孩子今年五岁。孩子慢慢长大，要用钱的地方多，柴米油盐也贵，还是要靠种橡胶来贴补家用。

每天晚上，他八点多钟就睡了，定个闹钟，一点多钟起床，去橡胶林干活，一般会在早上五点多割完。然后把胶水收在桶中。四、五、六、七这几个月，割完就要马上去收胶，要不然容易在碗里结块，那就卖不出好价钱了。

十月到十二月，胶水滴得很慢，要八点多去收。一月到三月就停割。割胶的时间，也要跟着季节走。他靠割胶搞经济，一年能割三吨胶水，橡胶的收入是 10000 多元钱。

1000 棵橡胶树，是符建灵亲手种下的。产胶的大概有 800 棵，每棵树每两天割一次，今天是这一批树，明天就换另一批树。每一棵橡胶树上都有无数的刀口，像是日子留下的痕迹。下雨天不能割胶，也不能上山巡护，符建灵就会迎来难得的休息的时光。

三

天一点一点地亮起来，晨曦把什查山谷涂上了一层明媚的颜色。许多人一定不知道，唤醒什查山谷的第一声鸟鸣，是由哪一种鸟儿率先唱出的。但符建灵知道——每天早上五点半，第一个叫醒整座山谷的，就是黑枕王鹟。

黑枕王鹟，不懂睡懒觉的鸟。黑枕王鹟身形小巧轻灵，在橡胶林和远处灌木丛中振翅跳跃，黑色和蓝色的羽毛闪耀着光泽。美丽的黑枕王鹟，它们单音节的叫声如此清脆，像是清晨的呼唤，把符建灵叫得精神一振。

黑枕王鹟叫了一分钟左右，紧接着跟上的，是白腰鹊鸲。

白腰鹊鸲的歌声嘹亮婉转，悦耳多变，当它开始歌唱的时候，一个生机勃勃的清晨算是拉开了序幕。

每当黑枕王鹟和白腰鹊鸲开始鸣唱，符建灵在橡胶林的工作基本就要结束了。有时候是五点多钟，他终于带着些微的疲累，在橡胶林子的工棚里坐下来，短暂地打个盹，等待天亮，也等待胶碗中的液体汇聚而成。到六点来钟，他又会逐一把胶碗中的液体倒入桶中。

这是快乐的时刻。每一棵橡胶树都向他交付了自己的诚意，他可以收集到四五桶胶水，每桶有 40 斤。如果是十月到十二月，产量还会更多一些。这是对他一夜辛勤劳动的回报。此时此刻，黑枕王鹟叫了一会儿，白腰鹊鸲紧接着又叫了一会儿，符建灵知道，接下来就会有一场鸟儿大合唱的集体演出奉献给他——

淡眉雀鹛，褐顶雀鹛，黄胸绿鹊，栗背短脚鹎，橙腹叶鹎，红头穗鹛，长嘴钩嘴鹛，棕颈钩嘴鹛，斑颈穗鹛，古铜色卷尾，灰树鹊，叉尾太阳鸟，朱背啄花鸟，苍背山雀，白头鹎，黑短脚鹎，红翅鵙鹛，蓝背八色鸫，绿翅金鸠，白腰文鸟，白额燕尾，白喉冠鹎。

“一共是 22 种鸟儿。”他说。

符建灵叫出了每一种鸟儿的名字。“每一天我都叫出它们的名字。”一个沉迷于劳作的人，就这样分辨了清晨的每一种鸟鸣。

整座山的鸟鸣，汇成了一条清晨的溪流。此时，符建灵一点也感受不到身体的疲惫了。整座山的鸟儿已经醒来，不遗余力地向勤劳的护林员奉献了自己精彩的演出。

符建灵不禁为自己脚下的这一片热土感到自豪。它是如此丰富，如此富有生机。这座热带雨林国家公园，拥有国家重点保护植物 149 种，其中国家一级保护植物 7 种，坡垒、卷萼兜兰、紫纹兜兰、美花兰、葫芦苏铁、海南苏铁、龙尾苏铁等；国家二级保护植物 142 种，海南黄花梨、土沉香、海南油杉、海南韶子等。

说到动物，这里有国家重点保护野生动物 145 种，其中国家一级保护野生动物 14 种，如海南长臂猿、海南坡鹿、海南山鹧鸪、穿山甲等；国家二级保护野生动物 131 种，主要为海南兔、水鹿、蟒蛇、黑熊等。

这里还有全球最濒危的灵长类动物——海南长臂猿，作为全球唯一分布地，这里的长臂猿数量是 6 群 37 只。

长臂猿在霸王岭那边。有一次，北京来的专家邀请符建灵一起，在霸王岭合作搞鸟类调查，因为符建灵懂鸟。那天清晨，七点多钟他们去寻鸟，无意之中听到远处有长臂猿的叫声。远远望去，100 多米外的地方，一棵巨大的黄葛榕树上，果实正成熟，大概有七八只长臂猿正在树梢美美地享用早餐呢。

太幸运了，很多人专程去探寻神秘的长臂猿，十几年都难得见上一回，符建灵去一次，居然就遇到了——这不是大自然的恩赐又是什么？

所以，符建灵总是很感激。闻声辨鸟的能力固然令人羡慕，但符建灵觉得，自己不过是向大自然学习而来。最值得骄傲的，难道不是大自然本身吗？那么多的鸟儿，各有各的叫声，各有各的好听，活出了各自的精彩。所以，这一份护林员的工作，符建灵是打心眼里热爱。

太阳出来了，什查山谷已然布满透明的晨晖。七点多钟，符建灵骑上他的摩托车，车两侧绑着沉甸甸的收获，在一整座山谷的鸟叫声中，他行驶在回家的山路上。

2023 年 11 月 12 日

作者简介

周华诚，中国作家协会会员，浙江省作家协会散文委员会成员，衢州市作家协会副主席。在《人民文学》《中国作家》《人民日报》《光明日报》《文汇报》等刊物发表作品数百万字。出版有《不如吃茶看花》《德寿宫八百年》《流水辞》《春山慢》《寻花帖》《廿四声》《陪花再坐一会儿》等。作品被选刊转载，并收入各种年度精选本。获三毛散文奖、浙江省优秀文学作品奖、中国自然好书奖等。

武夷山组曲

张华北

晨光里，新一天的光焰柔和地洒向高低参差的楼宇、洁净的街道，在这中国最有魅力城市里，各种树木花草把街道两旁染得翠绿和绚烂，樟树下的光是星星点点的，走过时自然有踏着一路金箔的惬意。白云现出一片片透薄的鱼鳞状，很难遮掩天际蔚蓝的底色。

武夷山 生态之重

远望武夷山，天岭交气，峰峦苍蓝，山廓如波浪涌起几处波峰又下滑远去，衔接另一波峰。村落由三五层小楼组合，青树翠蔓里露出半楼的身影。远处连片的茶园翠色，近地的稻田葱郁。农人驾手扶拖拉机涌起水田的泥浪，去岁稻茬被翻倒进泥水。鱼塘映照出远的山形、近的农人。

进山的路顺山溪弯转，在山体旁勾勒出一个个 S 形态。苍松、毛竹或高扬或斜伸枝干，试图为车辆和行人以及树下的小草、生灵遮挡一些暑热。从树丛望出可见山溪，裸露的灰白石头挤着一道清幽的水流。弯转处河滩宽阔些，水流得以冲开分割二三片石滩，再合流一处。

桐木关陈旧的弧形拱门墙上两层新的关楼高耸，红瓦作顶，两旁山形较陡峭，显示出关卡的威严。关内侧的保护站房屋则是现代的建筑格局，路一分为二，交叉处一块近约 5 米的巨石竖立，上小下大，中上处由右向下斜削一层，俨然一只站立的大熊，上刻有“中国武夷黄岗山”。右边的路可通向黄岗山山顶。

路边一块石碑说明了此路不凡的来历，1978 年开山筑路，由此上山，在巉岩危崖、深涧险壑旁，在古木参天、鸟兽出没里，劈山开路，不畏艰辛而成。

武夷山，雄踞中国东南，如一只鹰腾空云霄，在你眼底，可以将这座雄伟的山脉看成一只坐虎，面向浩瀚大海侧身欲奔。国家公园承载着自然生态、自然文化遗产保护的重任。2016 年，武夷山进入试点行列。那些黑熊、黑麂、白鹇、蛇、鱼和千千万万的动物是欢欣的，那些松树、樟树、铁杉、红豆杉和漫山遍野的植物是快意的，不再为枪弹惊扰，不再为斧锯无情斩伐担忧。它们在这完整的生态系统中享受着自然的恩赐。1999 年，武夷山以其丰富的生物资源和人文步入世界文化和自然的双遗产行列。2021 年，在《生物多样性公约》第十五次缔约方大会领导人峰会上，习近平主席庄严宣布，武夷山等五个国家公园已建立在中国。

由桐木关换乘越野车，小公路仅能容一车之宽。左转右绕，路越升越高。车轮在小石子上碾过，石子抗拒轮胎的嗒嗒声不绝如缕。石子路的优点是修筑成本低，雨天照行不误。司机说：核心区是不能修柏油路的，除研究、考察和护林人员外，不能随意进入。左侧是陡峭的坡谷，好在有树木密集挡在崖边。右侧裸露的岩石如猛兽，多有张牙舞爪的神态。由山下起多种的阔叶林，逐渐减少，针叶林增多起来。至半山处，下车俯瞰，武夷大峡谷雄浑壮观，两侧巨型的山体威严峻拔。

亿万年前的中生代时，躁动不已的地壳悍然撕裂一道 80 余公里的伤口，日月轮回，星汉运转。终于，看似低贱的树木、草藤和无尽的苔藓用它们的身躯遮覆伤口，掩饰了苍凉。近山树木隆出团团深绿，竹林扬起的长尾则绿中有黄。群峰峻极，参差百重，远山与天际相接处云雾迷蒙。傍窥黛壑底处，可见村舍三四处，公路如线时隐时现，西北向东南，串联起村落直至峡口。

公路向高处延伸，左侧有石块像城垛，减轻人们对险境的担忧。忽然，路边一只棕黄的如黄狗大小的动物，站在崖边石头旁望过来，决然地向坡下树丛隐去。是鼬还是其他，一时不能辨认。随行的小肖说，在这国家公园，动物是不能伤害的，最珍贵的是黑麂，还有黑熊、藏酋猴。诸多的动物在这森林里占据着自己的领地，或与其他动物相交和相争，延续着自我的基因。

在一处稍宽的路旁，有南方铁杉数株，其中一株紧靠土石路边，高过十余米，四周枝干略略上仰斜伸出七八米，由下至上分枝竟有五六十棵。

铁杉，树中活化石，已弥足珍贵，山中竟有400多公顷，世界罕见。此株已有五百年的高龄，树下小树、草藤簇拥着、护卫着，俨然一尊“千手观音”。山林中，忽听有鸟声越过树梢传来，“叽——嘎，叽——嘎——”，长音加一个短的停顿，难以分辨是何种鸟。大山中，最珍贵的当数黄腹角雉，有人说它是笨拙的鸡，下垂的嗉冠涨得彤红。白鹇，以其优雅、洁净的体态引人注目。它们都难得一见，护林人有时能瞄见它们群来群去的身影。

那是延续三年的生物资源本底调查，那些动植物专家走进深山，把武夷山的植被、高等植物，以及陆生脊椎动物、水生生物，还有不起眼的昆虫、微生物一一清理，点清这个庞大的生态系统家底。那些美丽的黄腹角雉、白颈长尾雉、白鹇，翩翩起舞的金斑喙凤蝶、金裳凤蝶，安闲的大鲵，伟岸的南方红豆杉、福氏马尾杉、罗汉松等国家重点保护物种现身山林水溪。那些深藏在山林中的武夷林蛙、无凹带蜉金龟、武夷山毛泥甲、武夷山诺襀、雨神角蟾、武夷凤仙花等29个新种，玉兔粘猎蝽、裂小蘑菇、亚洲靴耳等12

个新纪录种，还有四川鳞盖蕨、袍波纹蛾、曲星文衣等 100 多个武夷山新分布种如横空出世，加入庞大的 3400 多种高等野生植物、770 多种高等野生脊椎动物和 7900 多种昆虫阵营，惊艳了世界。

山路离峰顶越来越近，车在稍平的路上向前方绕行。终于转过一处废弃的房屋后登上峰顶。山顶四望，豁然开朗。顶峰处是石块天然垒成，草木在石缝中顽强地生出，丛丛绿色遮掩了石的裸露，乌黑之石应感受到草木的温馨。峰顶石堆前三块石碑成品字竖立，右刻“黄岗山”大字，左刻“武夷第一峰”，中碑靠后贴峰顶而立，为书写英文的界碑，以武夷山峰顶为福建、江西两省之分界处，高 2160.8 米，高冠东南 10 省市。

南望，群山逶迤，北望，苍山如黛，峻拔千寻，均在此峰顶之下。山顶多草甸，亦有各色草木。几株矮树，细看是红果树、湖北海棠、白檀、马尾松，野花在路，翠草深茂。由山底到山顶，阔叶林、针叶林、高山矮林、草甸的垂直带谱何其完整。

山坳处有石围，应是雨季时积水的小池，干涸后的泥印，与山顶芸芸众生等待着大雨倾盆的一天。山为水之源，武夷山之东坡，万千沟壑汇水出山入闽江、入汀江；西坡之水入信江、盱江、琴江、贡水，蜿蜒汇聚长江。大山之岭慷慨地将水作了分流。下山时，车行走应比上山轻松，须臾间已下至半山。出桐木关，至桐木村。

武夷山国家公园整合了自然保护区与风景名胜区和九曲溪上游，大部分在福建。首批国家公园，像明珠闪烁在祖国的东南。生态文明维系着国家和民族的进步与发展。“保护自然生态系统的原真性和完整性，给子孙后代留下一些自然遗产。”习总书记一句话点明建设国家公园的目的。

武夷山，此地为古代闽越族居地，因其首领名武夷君而得名。桐木村几个护林员谈起了武夷山的前世今生，巍巍千里武夷山，昔日森林繁茂，山高林密。百兽齐聚山林，虎患也曾危及山下的人类。二十世纪五十年代，打虎队猎手大显神威，深入闽赣山林，华南虎吼叫着倒在惊破长空的枪声下。威猛的虎躲进人迹罕至的深山苟延残喘，1972 年一只华南虎闪现在武夷山，从此销声匿迹。

二十世纪八十年代末到九十年代初，改革开放，燃起当地群众致富的热情。集体的伐木队开进深山，上百年、几百年的树木一片片倒在斧锯之下，一车车木材由山路运出深山。珍稀的红豆杉木一时成为致富的抢手木材，市场链让刀斧手们敢于出手。

直到保护区成立，国家严格管理，天然林保护工程、退耕还林，一个个生态保护举措恢复了山林的繁荣。护林员们家在农村，每月的补贴并不多，年龄、体力、责任心缺一不可，每月不少于十二至十三天的巡山，自己的巡逻轨迹在监控系统随时可见。护林员之苦在于山路的崎岖遥远，常常背干粮上山，踏月色下山。每次巡山，要全副武装，现代化无人机、手机必不可少，一个背包装上干粮、水壶、手电，一把铁登山杖可作防身武器。

蛇药也要带上，这“蛇的王国”名不虚传，蛇类多达 58 种，占全国种数 28%。人常会和土黄色枯树叶里阴沉剧毒的五步蛇邂逅、与粗壮快捷的乌梢蛇侧身而过，稍有不慎会抓握上树上的竹叶青。还有那些凶猛的野猪群会在路上徜徉。

防止茶园违法扩大、森林防火、防盗伐偷猎，作为森林动植物资源的保护神，他们心目中责任如山。护林员几乎家家都有茶园，收益可观，为何愿意当护林员？“我土生土长在这里，武夷山养育了这儿好多代人。我喜欢这里的山山水水，很有感情的。”年龄最大的马辉道出了大家的心声。

洋庄管理站，听副站长马添福讲起护林的故事，2022 年 10 月 11 日，航线上发现烟点，当即组织 80 多人进山，1800 米海拔的森林里，手机无信号，无人机飞不进，在干旱的河床石头间隙中爬行。晚上，20 人的精干队伍连续进山，直至午夜十二时，仍未寻到烟点。直至第三天傍晚五时许，终于在 1400 多米的悬崖峭壁处找到。

烟点是雷击火，枯树燃后倒地，引起地面小竹根等烧燃。次日大部队人马进山，集中人力扑灭火源。山上无水源，由山下背水上山，如杯水车薪。调来直升机，用水袋灭火，无奈从 600 米高处洒水，准确度差，不能奏效，继续人工灭火。森林消防部队扑灭了明火撤离，管理站人员和护林员继续灭暗火。暗火的扑灭难度更艰巨，一片片在地上摸，凡温热处即立即扒开，敲碎树根炭，用水浇灭。调来人工降雨放炮十多发，依然效果不大。队长张国强因野外的露营和每日吃快速面，引起痛风复发，钻心的疼痛使他呻吟不已。人们抬着他前行，直到送来了药得以止疼。

暗火终于找不到了，人们仍在山里又守了三天。整整十天，大山的守护者们坚守的是一份责任。回顾那场灭火，队长满是自豪：“保护绿水青山，是我们应该想的、做的。”

好山好水，古来即得皇家和官方瞩目，施以保护。唐天宝七年玄宗册封武夷山名山大川，并立碑“全山禁樵采”。元宗李璟敕额武夷观改为会仙观，下诏“其山方圆一百二十里，与本观护荫，并禁樵采张捕，违者所司按法施行”。宋元后至明清，茶业大兴，官方发布多次茶令，清代并以摩崖石刻明令。康熙三十五年崇安县衙禁渔令，镌于金谷岩麓平林渡口：“武夷九曲溪，永禁捕鱼”。清乾隆七年崇安县令翟渊因人砍伐白云洞山木，发布禁伐布告，镌于白云岩白云洞之侧。

新中国成立后，1959 年发布《关于保护武夷山风景区的通告》，二十世纪六十年代，武夷山遭不同程度破坏，连城冠豸山原始森林几被砍光。1978 年武夷山北段被列为自然保护区，武夷山开始休养生息。

现代国家公园需要现代化管理手段，一个“智慧大脑”集中在智慧管理中心。大屏幕上，囊括整个绿色海洋的生态系统，与互联网、物联网、卫星遥感、无人机、GIS 等相连接，一个“天空地”监管体系历历在目。那景区的天游峰、云窝、竹排码头、五曲桥、大红袍云台、玉女峰尽收眼底。无人机视频、红外相机监视、巡视员轨迹，还有山水林田湖草的监测犹在眼前。

一座石桥跨溪连接着桐木村，溪中水流浅浅，水由上游一道水坝漫过，垂下一道横溪的水帘。游人携孩童在水溪里，与流水亲近，与卵石戏耍，嬉笑声与水流去。三五猴子散在水边，散淡地看着游人。浓密灰毛围住脸部，眼周彤红，鼻下淡红，与人对视时，那圆圆的眼珠炯炯有神。桥头车场，大猴与群猴，乘人不备夺背包在里面搜寻，一旁冷饮摊的大嫂看不过，抄起一根竿子过来，猴群一哄而散。大猴带小猴敏捷地躲在桥栏杆外，兼顾观察人们的行动。

小溪一侧，自然博物馆，也是一处生物安全宣教馆，把武夷山这动物乐园、鸟的天堂、昆虫的世界、蛇的王国自然价值浓缩一堂，这里可见虎豹的敏捷威猛，鸟儿的斑斓绚丽，蝴蝶的多姿多彩，更可见“腹连金彩、鳞蹙翠光”的蛇威慑之势。

过桥返程时，那白石的雕塑立在路侧石台上，右侧一牛四肢撑地，尾巴内勾，有力地将一猛虎顶立，虎以目灿燃炬，尾剪霜风之势力抗蛮牛，对垒山间，如山石不倒。二兽一横一竖，展示着力量的较量，昭示人与自然的平衡。一道溪流潺潺之声，与人们结伴出山。

山与水　文旅之美

晨间，苍黛的武夷山如龙脊逶迤，青萦碧联，莽苍际天。云流涌起成大片条状，忽然间簇拥成一只巨型翅膀，阳光在上部勾勒出亮彩，竟如展翅的凤凰。

九曲溪由山里转出，溪水看去是自然的绿，应是山里树木芳草倾情染过。棕褐的山峦是浑圆的，山腰竹林如裙裾，山顶的树则是俊美的秀发，近水处又是随意扔下的绿纱。两只竹排顺水悠悠而来，船夫长篙轻点，竹排在水面轻盈滑行，排上的伞红一朵绿一朵蓝一朵，行进在大桥的影子里。转瞬，竹排穿越在桥东露出鲜亮，绕过一湾浅滩，歌声顺水而去。

杉树受阳光的诱惑，笔直向上挺拔出二三十米，毛竹是可以和它们争高的。各色树木不甘示弱，以自己的姿态尽力展示出期待凌空的枝干。临水的一树横出一枝，弯曲凸起处如黝黑劲健的蟒身。

八百多年前的理学大师朱熹是明智的，在这隐屏峰下绿水环绕处修建书院，学子们潜心修学，传承理学的精髓。沿刻有朱熹书写“武夷精舍”古朴的石牌坊，走进复建的院落，昔时书院的残墙两段存留在室内，那里昔日琅琅书声、晨读浅吟曾在这墙上碰撞反弹在林间。

“国以民为本，社稷亦为民而立……”学子在诵读中深植心脾。想来，那时朱熹挑灯夜读，一部《楚辞》每页上蝇头小字注释密密麻麻，那是朱熹最喜读的屈子之诗。八百年后，毛泽东将一部《楚辞集注》亲手送与日本首相田中角荣，向世界传送的何止一书之重，而是如习总书记所言，应是“中华五千年文明中的精华”。

门厅正中，一幅黑墨勾勒的简笔画像，是朱熹面对一面拭擦的铜镜，俯首在纸上画成。他侧面向左，和颜端庄，眉宇间透着沉静与智慧。朱熹是继孔子之后最杰出的理学大家，以儒学融合佛、道，重新树立起儒家思想的正统地位，形成儒学思想文化杰出代表——朱子理学。宋末至清代，影响深远，为东亚文明的重要代表。史学家以“泰山”与“武夷山”赞誉孔丘与朱熹，是两座“中国古文化”之巅。

山有水而得生机，水有山而赋灵性，山与水缠绵成难得的情感。沿溪水行，奇石磊砢。路旁一巨大整石如巨鲸，下部苔藓密布，中部各色杂草，上部树木苍翠，连上更上的阔叶树木。这一方 15 米长、5 米高之石，如一页自然之书，将植物由低等到高级演化成了彩色描绘。扶着石门穿过，踏石阶下行，巨石横陈竖立，山、石在人类的思维下作以好听的命名，仙掌峰、玉柱峰、晚对峰、隐屏峰，云窝、茶洞。

天游峰下仰望，此峰壁立，上接云天，近午的阳光在山壁下投出大片阴凉，游人挨石而倚、席地而坐，闻花香惹柔草，惬意地歇凉。山峰之雄，孤高如屏，峻拔扶云；山峰之古，苍岩旧色，横印层层。

那摩崖石刻“壁立万仞”“仰天弥高”大字雄浑伟壮。若仙人来此，当盘坐山下草亭，抚琴品茗。正是“弹琴喜傍武夷君。轻涛松下烹溪月，含露溪边煮岭云”。若斜风细雨里，那山顶雨水顺那一道道乌槽而下，鸟儿鸣声会带着雨水的清淩。

沿右侧石阶登山，石阶陡峭，在山侧左右交替上行。登临一览平台，倚栏眺望，俯瞰山环水绕，远树芊芊，自有“溪边列岩岫，倒影浸寒绿”之感，对面山竟如一环翠玉链戴在仙山颈项。

想必当初，朱熹授课之余，率学子登上山巅，环视群山曲水，千岩竞秀，丹崖险巇。一首《九曲棹歌》由此心生，写尽亲临景色无限愉悦情怀。数百年后，徐霞客登山赞叹不已：“不临溪而能尽九溪之胜，此峰固应第一也。”

西侧接笋峰一块巨石从上而下剖面，如开天辟地的盘古一巨斧削下，令人望而生畏。九曲溪如一条飘带绕行出优雅的九个水湾，河边的黄竹下，一大群游鱼在游人投影间游去游来，它们发怒时会瞪起红眼睛，这种光倒刺鲃鱼因珍贵而怡然自得。

溪边的路随溪弯曲，至三曲处，水面顿感开阔，浅水里，大人掺杂在儿童中在卵石里戏水。曲水对面，峰矮平浑圆，右望突兀的山即大王峰。左看玉女峰立于岸，山形如数条石柱贴在一起，亭亭玉立，水下倒悬。

山水之美，山水之奇，难怪令唐代李商隐如入梦境，“未到名山梦已新，千峰拔地玉嶙峋”。宋诗人辛弃疾陶醉在烟波碧水，吟出“玉女峰前一棹歌，烟鬟雾髻动清波”。传说那是仙女化身，当初她私自下凡来到此处，人间美景胜过天宫，不愿返回。每日在碧溪里梳洗打扮，在浴香潭沐浴，在妆镜台梳妆。相爱的大王随之而来，相亲相爱，流连于山水间。玉皇怒其有违天条而惩戒，将二人化作玉女峰和大王峰，贴身丫鬟化作铁板嶂横于二峰间。虽是传说，却也令有情男女们唏嘘不已。

竹筏对对往来驶过，在玉女峰下弯过，漂去上游下游。水边一株粗壮枫杨树干弯曲五六米，分枝再上仰，更若探水之龙，任游人树荫下歇息。武夷山人，聪慧地引用千年前朱子笔触，勾勒出玉女峰、大王峰与九曲山水，那武夷山国家公园园徽让人醒目不忘。

人们喜欢“九”这个数字，好用“九”来给山峦曲流命名。九龙窠是峡谷中九座山峰突兀若飞而得名。山谷忽宽忽窄，左侧红崖高耸，右侧则缓坡向上。崖下九龙涧，一步之宽的窄窄小溪。一溪的小水团花盛开，茸球密密，每个小球如小指尖大小，插满绿色小针，人过带走一袭花香。

谷间的茗枞园，茶树小畦相连，两片茶叶状红色标牌上区分了它们的品种，数十种岩茶来自武夷山各地，种植地、叶形和茶香的特质，给予一个个名茶的身份。清秀的水仙、奇兰、白牡丹、百瑞香；醇厚的肉桂、上仰的佛手、尖阔的老君眉；金毛猴比之毛猴更显高贵，半天腰、北斗让人顿感一个魔幻世界；百岁香、千里香、夜来香，犹如茶香扑面而来；大红袍、铁罗汉、水金龟、白鸡冠，显出珍贵，还是小红袍更让人温馨和恬静。

古人品茶已至极致，于是在这岩骨花香的岩石上刻下“晚甘侯”“岩韵”，数百年风雨霜雪，岩茶之韵味未曾消减。宋时，范仲淹来此欣然吟唱“溪边奇茗冠天下，武夷仙人从古栽”。

山坡大红袍处，右崖半山贴山一处磊石砌成一小块梯田，四枞茶树在上连下折处二枞，也有三百六十多年。母树上方有粉花相衬，右下有草藤布满，再上翠竹在山，一山的花草树木艳羡地环伺，茶树前平台下一株一臂可揽的杭州榆张开欢愉的臂膀。平台上一石柱刻记了六株茶树的身世。“倚天独石半壁之间……落土为掌，长出六株茶树。茶树饮露沐风，日晒雾浸，枝干粗拙，叶形娥眉，芽色紫红。”

岩壁上，“大红袍”三字为民国崇安县长吴石仙题勒。大红袍无价，也不定价。其名得来，传为明朝福建举子丁显进京赶考过此，中暑昏厥，得天心寺僧人以茶入药治愈，后丁显高中状元，回天心寺报恩，以红袍披盖茶树，以表谢恩。至明成祖朱棣正式诏封天心禅茶，为“大红袍”正名。昔时每年 5 月，此地专人登云梯上岩采茶，制茶仅区区数两，视为稀世珍宝。

由此返程，一分岔路水漫成滩，20 多石礅弯成一道小桥，踏石过溪可观赏山沟另一处茶园，别有洞天。小路，往来行人是需要互敬互让方可顺利通过，溪水缓缓，清澈得能看见每一粒沙每一片沉叶。水流过芋叶，芋叶片片略向上卷起，小鱼寸许，如一枚枚乌针鲜活在沙砾上，树叶极力遮挡住人们贪婪的目光。

晚间的阳光在溪水上投射出烁金的色彩，河床沿岸的水印显出雨季时山水的丰沛。水面的波浪应是卵石激起的笑颜。翠竹茂树，萦环森罗。两岸的绿把河道镶嵌出一弯弯翡翠，溪水流出山间，流出茶山，流向城市和远方。

茶乡情　产业之丰

棕红的木平台上，一块稍加敲打修饰的方形棕红岩石横立，“燕子窠生态茶园”几个大字清秀，一棵白花檵树张开枝条迎接着游人。扶栏看去，茶园依山而起，一条条绿色是一道道梯田，茶垄横向或竖向排列，茶树中樱花、银杏等树木立在其中，居高临下地与茶树亲和。那突起的山顶向右略略倾侧，左面山脊和右面山脊自然展开拉长，如一只即起翻飞的燕子。古代乡民的想象是丰富的，给予山清水秀之地以最恰当的命名，这里自然被称作燕子窠。

山顶处，生长的树木为山戴上绿幛，勤奋的天公每年把 1000 多毫米的雨水洒向山林，树叶杂草腐蚀的有机质浸润茶园，茶园之下又有林地和绿草相托，有机的生态环境让茶园在润泽里终年保持着绿色。

中国是世界上茶叶生产大国，最古老的茶的记载是在西汉辞赋家王褒的《僮约》，茶的品质因地域气候、土质和制作工艺的不一，创造了诸多的品种。以颜色分类就有绿茶、白茶、红茶、黑茶、黄茶、乌龙茶等，每一类茶又可分作诸多品种。中国红茶种植地分布在多地，武夷山则是红茶的原生地。

沿茶园小公路上行，两旁的丹桂、竹栏杆在路旁隔断茶畦。除农家肥，茶畦间要套种油菜、大豆、紫云英，每到花期后，茶农便将它们翻进土中，腐烂后这最好的植物肥源替代了化肥。茶叶中农药超标也是销售受阻的大忌，2018 年，这片依山的茶园开始了科学的种植，还生态种植于茶园。园内捕虫板、太阳能杀虫灯引诱害虫自投罗网，生态防治虫害、草木共生，不仅让管理成本降低，茶叶的品质也达到最优。

茶畦里，拇指粗细的茶树，叶片向上青翠润亮，已是夏季，茶树最好的生长季节。2021 年春，一个阳光明媚的日子，习近平总书记走进这片茶园，与种茶人亲切交谈，鼓励人们要统筹做好茶文化、茶产业和茶科技这片大文章。两年过去，领袖的余音犹在。山下，一条小溪有些浑黄的水静静在流，穿过小石桥，隐进一溪浓密的树草。一队学生走过小桥，走上山坡，他们是中学生，暑期正是他们考察实践的好时光。

金骏眉红茶的“骏德”商标是雅致的三片茶叶，中叶浅绿而大，左叶深绿而小，右叶更小，三叶如苗向上蓬勃生长，又如在水中飘逸成曲弯的优雅。一栋五层小白楼敞开的门厅，正面即“红茶始祖 制茶世家”的屏风和商标。二楼的茶室背山溪布置，窗外，水溪浅浅，杂生有冷杉的毛竹林茂密直上山顶，兼有几株合欢树上绒花正红，几株芭蕉近水而生，已垂悬出一串串果实。

金骏眉首创人梁骏德，宋末祖上由江西迁居武夷山下，二十余代人以茶为生。直至1949年，骏德与父亲山里种茶，茶叶出山完全靠肩挑，一担茶挑到乡镇要走一天，卖掉后住一晚再回山。如今，山乡巨变，骏德之子梁添梦继承父业，自有茶园200余亩，与农户合作2000余亩，公司带农户制作红茶。红茶的鼻祖之乡即武夷山，桐木村的江氏家族生产正山小种红茶已逾四百多年。

正山小种红茶于十七世纪初远销欧洲，成王公贵族奢侈饮品。梁骏德可谓有心之人，作为正山小种红茶传承人，于2005年研发出顶级红茶——金骏眉。红茶制作是需要五步的，发酵即是关键一步。金骏眉名称寓意也贴切，因茶叶珍稀而“金”，寄希望发展如骏马奔腾而取“骏德”之“骏”，茶形修长如“眉”。茶农将茶叶采下来，那一斤茶叶需要姑娘媳妇们摘掉数万枚嫩芽尖，清明时节做金骏眉茶，到立夏开始做小种茶。

山上砍来马尾松，熏出烟味，而这松烟味便是金骏眉茶的一大特色。已是天命之年的梁添梦，敦实的身材，平头，蓝灰色的短袖衫，晒得略黑的脸上有着和蔼和坚毅，对家族制茶如数家珍侃侃而谈。一个年轻的姑娘倒茶，细心地把每一盏茶端在客人面前。撕开纸袋，红茶条索卷紧，细长匀齐，油润乌黑，芽尖金黄。烟香味、清香味、烟香和果香味，一杯杯香茶琥珀色泽或橙红，甜爽醇和。

在红茶核心区桐木村有茶园1万亩，年产20多万斤鲜叶，成品4万多斤。绝大多数是原种茶。桐木的原种茶树多自然生长，在茶山上沙砾土、烂石土上散生，这里的海拔、经纬度和气候特点适合茶叶的生长。手工制茶保持了传统的茶叶品质。

正山小种红茶独特传统风味来自松烟的熏焙，松林线虫病的蔓延，使外调松材风险增加，为了生态保护，不能让外地松木进入国家公园。可非遗工艺不能失去，骏德公司便与武夷学院合作，探索用松木锯糠做成燃料棒、加烟棒，用于茶坯熏焙，基本保证了红茶风味效果，迎来柳暗花明。如今的茶农每户年收入 10 多万元，昔日的贫穷和落后已一去不返。

竹林围抱的瑞泉岩茶博物馆在城郊，半合的二层楼房，假山、水草、花木装点了庭院。一副春联已褪色，但“山纪云雾水带韵，茶储岩骨茗叶香”散发着瑞泉的茶韵。瑞泉品牌由十九世纪初定静公创建，那“瑞泉”之名来自武夷山中瑞泉岩，清澈的山泉石天赐的吉祥之水泽润着茶园。如今兄弟三人联手制茶，武夷山大红袍、武夷岩茶等珍品红茶出自他们之手。

武夷岩茶，早在一千五百多年前南朝时即有声名。黄氏彦捷公明末清初由江夏迁此，代代研制岩茶，大红袍制作技艺荣列国家级非遗，第十二代传人黄圣亮荣耀地捧起传承人的名牌。瑞泉公司自有和租赁茶山 1700 亩，带动周边茶农茶山 2 万多亩，年产茶 3.8 万斤，建起一条茶农致富之路。

黄圣辉从民间收集了从唐代以来的诸多茶器、茶物件、图画、茶票、世界多种语言文字茶书，不啻中国茶文化一处极好的缩影。唐代以《茶经》为标志，中国茶文化由此定型；宋代，茶文化由官家走进寻常百姓家；元代，直接用焙干茶叶煎煮；明代以泡茶为主；清代则袭用明代，茶中添加滋补药物等。

一幅印制的元代《斗茶图》可称茶文化的专题精品，画上六人，烧水、倒茶、对饮等，画中人物神态各异，动感十足，赏画如闻其倒茶声、品茶声、嘈杂声。

斗茶，讲究水质、茶具，一斗茶之汤色，纯白为上，二斗盏中水痕，先出者为负，无水痕为绝佳。作坊展示室里，水筛、焙笼、焙筛、揉茶笠、揉茶桌、炒茶锅、焙窟一应俱全，茶叶的摇青、炒青、揉茶、走水焙、捡茶、筛簸、碳焙均可完成，碳焙室里，一排炉上放置了茶桶，高温里茶叶卷曲成乌黑的条状。

2015 年，国家领导人胡锦涛来到这里，亲手揉茶、做茶，给茶乡人民以极大的鼓励。茶叶藏室里，百年前出口至香港的茶箱，陈旧的封条、墨写的“捷珍”“武夷名茶”，完整地显示那个时代武夷红茶的身价。茶筒在柜隔里一层层码放，白素木的方盒“大红袍”满满当当。

品茶室长桌上，茶叶在文竹、花盆间绕过堆成一条长龙。摆上的小袋大红袍，那品名已让客人口舌生津，若香妃、坑涧肉桂、素心兰、老寿星、斑竹窠肉桂，茶盏在手，尚未品茗，馨香已盈满茶室。瑞泉的商标也格外有特色和情怀，三道圆弧连成山形，下连潺潺流泉，寓意三兄弟组合创业。

与一身素装质朴的黄圣辉道别，带走小盒特制的赠茶，心中还记住那句：直似贞筠温如瑞玉，澡以春雪澹若涧泉。

由室外的竹林望出去，茶园苍苍，农舍掩映，崇阳溪潺湲，远山如黛。国家公园福建片区内，优质茶园已有近 35 平方公里，年产茶 2 万吨。大自然无私地造就了武夷山，日益优越的自然环境造就了好茶。世界乌龙茶和红茶的发源地，带动着乡村走向振兴。好山好水出好茶，山水无言胜有言，绿水青山怎不就是金山银山。

下晚，远山暗淡起来，云带飘在武夷山上，由初时的淡红渐渐变得浅乌，与山色相融。武夷和园里，站“武夷魂”巨型石雕前，中有长髯老者彭公，坚定目光凝视前方，左为长子彭武一膝重压，一手勇力抓住身下猛虎；右为二子彭夷，双手上举山石。雕塑由古代传说而立，取二子之名为武夷山。开山辟石，拓荒治水、驱邪伏兽、造福万民的先辈精神，又莫不是武夷山人精魂所在。

作者简介

张华北，笔名北夫，散文作家、生态散文作家，中国作家协会会员。有生态散文集《大洼如歌》《大洼行吟》《九秋》《大洼意象》《丹顶鹤的那些事儿》等。第三届冰心散文奖获得者，河北“大洼文学”代表作家。

一段大熊猫踪迹的行旅

苏　忠

横跨陕川甘三省，有一处跨省而建的国家级公园——大熊猫国家公园。在6月，我走过这条与白云相生与清风共鸣的大半截绿道。这条绿道连起的，是大熊猫曾经天然的繁衍走廊。

依然记得，在陕西佛坪凉风垭保护区登上瞭望台的那个下午。当爬到最高处，漫山的草木在视野里瞬间铺开，郁郁葱葱。蓝天之下，似乎一切在倒进中，显得有点恍惚。一群人的欢笑间歇，突然有虫鸣声不约而同在脚底响起，沉闷，阔大，与清风一同把瞭望台微微摇晃。护林人说，眼前的这块山地，有100多只大熊猫出没其中，长江黄河在山的两边，南与北沿秦岭分界。风很凉快，有淡淡的绿，我深深吸了口气，听到内心有声音在撞击，那是一种故事里的青烟过后，跋涉而来的诗神在敲门。

似乎横空出世的大熊猫国家公园，非常年轻。2021年10月才成立，把之前分属各省的各处保护区，将人为分界的高山深谷及原始森林连成一片，给大熊猫一个能自然流动的家园。整个国家公园占地约2.7万平方公里，海拔2000—3700米，温度常年在20℃以下。因为这个公园的形成，我们有幸沿着大熊猫真实的生活轨迹一路走来，体验到自然的优美与野性。由于国家公园的存在，一些被交通阻隔的地方，通过开挖隧道、铺设熊猫走廊等形式，使得之前分隔的13个大熊猫局域种群得以连通，破解了大熊猫近亲繁殖，

“通婚”难的问题。因此，这不是简单的加法，而是在做好各自的前提下，互通有无，打通关节。更重要的是，由此辐射保护的动植物资源不计其数，比如川金丝猴、云豹、朱鹮、绿尾虹雉、东方白鹳，以及红豆杉、珙桐等国家一二级保护动植物与珍稀物种，也因此打通了生存的“走廊”，在更广阔的范围内和谐共生，相辅相成，从而形成了华夏民族C位上的一块巨大绿肺，它的呼吸、吐纳，是云，是水，是古老时间的重生，滋润了一方土地一方人。

秦岭国家植物园也是这绿肺的组成部分。它本身就是占地面积全世界最大、世界生物多样性的重要区域之一。在这里的标本馆，我看到一张图表：大约一百万年前，大熊猫的生活轨迹曾远至北京、广西、河南等，遍及我国东部、南部与中部地区，以及越南、泰国等地，随着气候变化与人类活动造成的影响，大熊猫活动区域逐渐萎缩至陕、川、甘三省的崇山峻岭深处，成了濒临灭绝的物种。

如今纸面上的图表、数字，难以在我的想象里重构一种食肉动物，曾经勇猛无匹的“食铁兽”，如何在漫长岁月中，穿过多少风雨雷电与弱肉强食的碎片，才演变成了如今呆萌的食竹娃娃。

不远处，秦岭大熊猫研究中心里孩子们的阵阵惊叫，将我从失神中拉回。跟我们印象中黑白配形象不同，那里有一只据说是人类豢养的唯一的棕色大熊猫，它蹒跚到哪儿，孩子们就跟到哪儿，前排目不转睛，后排踮起脚尖。领队老师说，知道秦岭大熊猫和四川大熊猫有什么区别？孩子们瞪大了眼珠——大熊猫还有不同吗？老师不紧不慢地说，四川的大熊猫头大牙小，看起来更像熊，秦岭的大熊猫头小牙大，而且更丰满，看起来更像猫。这种生动的介绍，使我这种看大熊猫模样都大同小异的外行，也能仔细了解观察大熊猫的细节之处。喜欢，就会继续认真听下去，一群笑嘻嘻的脸庞跟着话筒在移动。老师又讲道：棕色大熊猫目前只在秦岭地区有发现，估计是物种演变过程里发生的变异，但还没有权威的解释。当时我就想，那当初的大熊猫，是否还是如今的一身黑白制服、一副墨镜的扮相？

四川宝兴是世界上第一只大熊猫的发现地，也是大熊猫国家公园的组成部分。据记载，1869 年 2 月法国人戴维来到宝兴邓池沟天主教堂任第四任神父。该教堂是法国远东教会在川西秘密修建的天主教堂之一，由于被深山密林庇佑，多次躲过摧残，至今廓形完整，现挂有大熊猫展示牌匾。戴维也是个博物学家，到了邓池沟后，他雇佣当地猎人帮助收集动植物标本。当年 3 月，戴维在山中考察时，在当地人家休息，一张挂在墙上的黑白相间的毛皮引起他的注意。这种毛皮在传统博物学资料上从未见过，戴维在日记里兴奋地写道："这种动物将成为科学上的一个有趣的新发现。"主人告诉他，这种动物就在山中出没，老乡们有时能撞见。猎人们也告诉他，花点时间能找到这种动物。不久，戴维将费力收集到的两成一幼标本，外加一个头盖骨，运回巴黎，一举轰动了西方，也让大熊猫从此走向世界。

然而，大熊猫的发现并没有给它带来福音，反而激发了人性的贪婪、血腥，一批批的国外盗猎者随后鱼贯而至，仓皇逃窜的大熊猫在刀光剑影与罗网中逐渐销声匿迹。从 1869 年到新中国成立的八十年间，人类用暴力运到国外的活体大熊猫 16 只，大熊猫标本 70 多具。二十世纪七十年代，第一次野生大熊猫普查时，全国仅剩 2459 只。之后的历次普查，更是在 1000 多只徘徊。直到 1989 年被列入国家一级保护动物后，才有了明显改观。

目前全国已建立大熊猫自然保护区 67 处，野生与豢养的大熊猫合计 2537 只。2021 年，国家宣布大熊猫不再是濒危物种，受威胁程度等级由濒危降为易危。如今的宝兴，被称为"熊猫老家"，全县约有 82% 面积被划入大熊猫国家公园。

瓦屋山也是大熊猫国家公园的组成部分，是我们一行的最后一站，可能也是整个公园中最“神秘”的部分。瓦屋山海拔2830米，历史上曾有“妖山”“迷魂凼”之称。明万历年间开始，曾被跨朝代封山达四百多年。近代以来，不断有探险队、调查队等在“迷魂凼”穿越科考时，发现指南针失灵，钟表停摆，人在原地打转，伴有头晕呕吐，许多活动因此宣告失败，还有人因迷路误入其中而受尽折磨或冻毙山中，而被称为“陆地上的百慕大三角”。

瓦屋山的另一面，有“神山”“桌山”之称，四周壁立千仞，山顶是一片多达11平方公里平台，常年云雾缭绕，瀑布高悬，四季皆有粼粼诗意，被英国植物学家、探险家威尔逊誉为“云霭之上一个巨大的诺亚方舟”。这里，也许是人类的险境，却是自然动植物的天堂，3600多种植物，460多种动物，都生活在这里，且常年有大熊猫频繁出没。当地的工作人员带我们上山时，指着山中残存的一些杜鹃花说，如果你们5月来，就会遇见60万亩杜鹃花争相绽放的景象，许多还是百年杜鹃。

在眺望台远观时，远山近水层叠铺展，许多古诗词的意境在脑海生起，风穿过内心将沿途燥热一一清凉。如果说这就是瓦屋山的微笑，那可能是历代隐士画里的优雅一抹。

山中的木栈道，顺着云杉、冷杉的缝隙蜿蜒，一路上看上去影影绰绰。我问工作人员，现在还能遇到大熊猫吗？答曰，这得看时机，有游客散步时撞见过大熊猫。我说野生大熊猫攻击人吗？工作人员说，只要人不主动招惹，不大声喧哗，一般没事的，也没发生过攻击的事儿，倒是有很多和谐共生的欢乐在流传。那时我在想，在人类文明步步进逼时，大自然也会调动自己的洪荒之力，捍卫自己的尊严。尽管山中的神秘现象，有“磁场说”“瘴气说”等，我更愿意相信，有些大自然的自留地，需要人类的敬畏与主动回避。

人，终归是自然的一部分，甚至是小小的一个物种。许多人乐于跋山涉水，喜欢在大自然中放松自己，就是因为我们基因中的自然归属感。在山中，尘间的许多算计都在步行中被踩到脚底，涌上心头往往只有美与善意，还有挂在嘴角的微笑。一直以来，我认可这样的说法，人类是从大自然中来的，我们的天性和潜意识里，与山水有莫名的亲近，动植物更是我们的远房亲戚和一起生活的邻居。在中华传统文化中，山水是我们的信仰，就像星空是人类的律令一样。保护大自然，其实也是保护自己的家园，保护人性中回头的那个岸。在我看来，许多不得已的保护举措，何尝不能视作为人类的曾经过分而赎罪与忏悔呢？

坐在回程的飞机上，我想起在陕西佛坪转车时遇见的一个女孩，说是西安过来的，在植物园大熊猫繁育中心工作，佛坪这边的大熊猫是从那边移过来的，今天是它的生日，她做了蛋糕，特意赶过来给它过生日的。她还满心欢喜地展示了手机里的相片，那是一个竹子状的生日蛋糕。

随着飞机的爬升，在微微战栗中，我听到内心有声音在回荡，几天的行程见闻压缩成了一段梦境，凉风垭的漫山虫鸣又在耳边响起，有些字眼在脑海里自在行走，我打开手机便笺，记下这么几行：

树叶不是不会飞翔，是一页页接着飞
脚底的巨大虫鸣抬高了连绵丘壑
那时我站在凉风垭的瞭望台上
一边是长江，一边是黄河
南与北各自扛起颜色相背而走
无数风声穿过梦中腾出的道路
携带着呼啸、光芒和心跳
吹过我，吹过我，然后永不再见
——风是万物的灵魂

在秦岭，它时常摆脱肉体
以群峰为键盘，敲击分行汉字
独自建造海拔高处的年轮与叶脉
放过冷暖，轻描淡写彼此
好在投影里，取下与时间的相视一笑

——《秦岭之风》

作者简介

苏忠，中国作家协会会员，北京市海淀区作协副主席。出版文学专著十部。

海南散章

徐　良

美丽海南，椰岛风情。

在我记忆里全是文化和艺术符号，五指山木棉树下的篝火，映射着红色革命的风云；万泉河清澈的浪花，讲述着军民团结的故事；椰林丛中的斗笠，衬托着红色娘子军的风姿；天涯海角，承载着无数远行人的豪情；地久天长，寄托着绵绵无尽的生命期盼。然而，当我真正踏上这块神奇土地，所见所识却与记忆大相径庭，夺人的海南之韵，牵魂的海南之美，深深地镌刻在我的心灵。我用粗浅的文字，记录下海南美好而难忘的人生片段……

雨林·瀑布·长臂猿

热带雨林，在我的人生世界，是梦幻般的存在。

亲临这梦幻世界，给人留下无尽的遐想和思考。

海南的热带雨林是海南的代表，而海南热带雨林又是中国的代表。中国有三大热带雨林板块，分别是海南、西双版纳和墨脱，其中又以海南为最。

海南热带雨林是我国分布最集中、类型最多样、保存最完好、连片面积最大的大陆性岛屿型热带雨林，具有中国与世界性的双重意义，海南热带雨林国家公园的建设，使它的价值和地位得到空前提升。它的总面积达 4269 平方公里，占海南陆地国土面积 3.54 万平方公里的 12.1%。

热带雨林不仅是海南的窗口和名片，也是海南美的象征。海南陆地的自然美、生态美、景观美，通过热带雨林得到最集中、最强烈、最鲜明的显现。如果把海南比作一幅美丽的山水画，热带雨林就是其色彩最浓郁、地位最突出、代表性最强的主体内容。遍布其间的奇峰异石、河流飞瀑、花草树木、飞禽走兽将其装扮得生机盎然、气象万千。

采风过程，不仅是极好的学习过程，也是审美发现和欣赏过程。仅仅看那花、那草、那树木的名称，就可领略海南美的根源、海南美的生命活力、海南美的精彩风韵，简直就是一部美学词典。莫非开天辟地大自然就按照美的规律来塑造海南？莫非海南人与生俱来就懂得以美为目的进行创造？

让我们看看这些美丽的名字——

桃金娘、九里香、千日红、长春花、含笑花、朱顶红、红千层、白千层、紫玉盘、鸡冠花、夹竹桃、美丽异木棉、金凤花、凤凰木、含羞草、马缨丹、磨盘草、鹤望兰、荷花玉兰、宝巾花、红背桂、台湾相思、大叶相思、白肋朱顶红、龙吐珠、望江南、文殊兰、大花马齿苋、使君子、粉叶金花、红叶金花、黄蝉花、紫蝉花、黄钟花、鸡蛋花、琴叶珊瑚、火烧花、雅丽皇后、黄帝菊、小天使、小叶冷水花、繁星花、红龙草、红穗铁苋菜、白背叶、倒吊笔、铁海棠、一品红、炮仗花、长寿花、珊瑚藤、人心果、露兜簕、鸡蛋果、海棠树……

桫椤、苏铁、黄花梨、陆均松、坡垒、青梅、红鳞蒲桃、线枝蒲桃、短药蒲桃、白花含笑、红花天料木、海南白锥、贡甲、多花五月茶、海南山胡椒、凸脉冬青、木荷、割舌罗、鸡毛松、山均樟、多香木、猴耳环、厚皮香八角、樟叶泡花树、荔枝红豆、小叶胭脂、琼崖柯、美丽新木姜子、卵叶石笔木、景烈樟、十蕊槭、桃叶石楠、锈毛杜英、乐东似单性木兰、霸王野生茶、鹅掌柴、九节、倒卵叶红淡比、微毛山矾、象腿树（象腿辣木）、吊灯树、伯乐树、皱皮油丹、黄葛榕、见血封喉树、面包树、椰子、油棕……

请问，人世间哪一幅画能跟海南这幅相媲美?

雨林的山，山连山，山拥山，山叠山；雨林的峰，峰外有峰，岭内有岭，峰岭相伴。群山连绵，峰峦叠嶂，郁郁葱葱，通过铺天盖地的挥笔装扮，构成又一幅美轮美奂的水墨画。

这幅画的主题是——山的脊梁，水的风韵，绿的情怀。绿是永恒的底色，岭上岭下，山里山外，远近高低，紧紧地拥裹着你，让你分不清哪是天、哪是地，甚至让人透不过气来，只在天宇间挤出一点点缝隙，指引人探究这梦幻世界的奥秘。穿行在雨林山峦的小道上，一会儿细雨飘洒，一会儿鸟语花香；一会儿烟雾蒙蒙，一会儿光彩斑驳，梦兮？画兮？幻兮？神兮？人被绿色完全淹没，自我被完全绿化，唯有绿装浓裹。

这是我亲身体验到最浓厚、最丰富、最多彩的绿。谷底到山顶，茂密如云团，簇拥垂直堆砌；身前与身后，叠峦如浪潮，汹涌奔腾翻卷。不是云海甚似云海，不是浪潮甚似浪潮。

海南热带雨林里，深藏着世界上最多的绿色。墨绿、墨玉绿、青绿、翠绿、碧绿、蓝绿、粉绿、黄绿、灰绿、褐绿、深绿、暗绿、中绿、浅绿、淡绿、明绿、春绿、叶绿、茶绿、竹绿、嫩绿、苔绿、草绿、茵绿、荧光绿、薄荷绿、孔雀绿等等。哪怕世界上最伟大的画家，最杰出的调彩师，最优秀的作家，也不能画尽其美，赋尽其神，写尽其韵。

有山必有水，有水必有灵。美丽的海南雨林画卷，因为道道峡谷，条条溪流，有了更多的精彩，更美的风韵。那条条溪流，因为水的清澈，才荡漾出明媚的欢唱；那道道峡谷，因为河流盘旋，才充满神奇的魅力，归向远方大海。万泉河、南渡江、昌化江等许多大江大河，都发源于热带雨林的崇山峻岭。雨林之美，其根在山，其韵在水。

最难忘，鹦哥岭高山瀑布。如果说，流水是雨林的生命韵律，那么瀑布就是这生命旋律的最强音。高山与峡谷联袂衬托，流水与飞瀑交相辉映，合奏出海南热带雨林的优美绝响。你听，那是自然的歌声，生命的旋律，雨林的美声合唱。

鹦哥岭瀑布，是我生平见过最高、最壮观的高山瀑布。瀑布在高山之巅凌空而下，如天河决口，浩浩荡荡，灌顶倾泻，喷薄急射。豁然回身直撞百丈悬崖，又横亘腾飞展开，又收缩紧贴绝壁如白练蜿蜒，又散开如雨帘飘荡，又激荡凸岩喷洒珠玉，又聚为飞流直泻谷底深潭。观全景，必得垂直仰望；赏全貌，唯有转身四顾；辨其美，只能屏气凝神。身置悬崖峭壁之间，直指幽邃，震撼森森，畅神夺天。自上而下，万千险峻，右拥古树绝崖，左揽陡岩搏石，中间巨流飞舞。轰鸣若巨雷，翻卷似银龙。其高，其险，其奇，其美，无不让人惊心动魄、荡气回肠。这激越的崇高之美，飞腾的壮丽之美，使每一个人得到空前提高与升华。

遗憾的是，我们没能见到热带雨林的“主人”——海南长臂猿。

海南长臂猿，是海南岛真正的原住“居民”，也是海南热带雨林生态系统完整性和原真性的指示物种，比“大熊猫”还珍贵，是国宝中的国宝。和大熊猫不同，海南长臂猿无法进行人工繁育，它完全生活在热带丛林的大树上，拒绝人类的任何“帮助”，这也是世界各类长臂猿的共性。

海南长臂猿的种群数量，由过去低谷时期的 6 只，经过多年保护已经稳步提高。至目前，也仅为 5 群 37 只，我们只在霸王岭展示中心的监控摄像中，观看到海南长臂猿的生活场景和活动画面。

展厅资料显示，海南长臂猿与人类同属灵长类科目，是当今世界上仅存的“四大”类人猿之一。大约五百万年前，由古猿进化而来，长期生活在热带雨林之中，仅分布于海南，处于灵长类极度濒危动物之首。海南热带雨林国家公园的建设，使海南长臂猿的家园有了永久可靠的保障。衷心祝愿海南热带雨林的“主人”得到充分而全面的保护，能够可持续繁衍而健康生息。

由此，我对海南热带雨林国家公园有了更直观、更深刻的认识。如果拿“国家公园”和“城市公园”进行比较，国家公园的本质就是“自然的自然化”，它以更大的地理空间范围、更广泛的物种类型、更多样的保护功能，充分恢复自然生态的原真性和独立性，是自然规律和自然目的的充分实现。而“城市公园”则是“自然的人化”，是按照人的目的重新塑造了的自然。这里，人和自然尽管和谐相宜，相互间实现了“合规律”与“合目的”的统一，但二者相去甚远，其功能和价值、意义和作用完全不同。

椰林·海滩·珊瑚树

走出热带丛林，我们踏上采风的最后行程。

我们的终点站是海南岛的最南端，也即中国南部最大的海岸城市——三亚。

椰林、海滩、珊瑚树，不仅是三亚的代表，也是海南之美的象征。

过去，那是我远到天边的存在，可想而不可见，可盼而不可期。现在，能亲临其地、身临其境，内心的激动无可比拟，也无法表达。

带着这样的心情，我来到这美丽而神奇的地方。

走进城市，大街小巷，看不够，赏不尽。遍地的花、奇异的树、碧绿的河、湛蓝的天、和煦的风、白色的沙滩、荡漾的大海……别样的天地别样的美，别样的风韵别样的情。

整个城市是花的海洋，绿的世界，美的天堂。男子貌和声轻，女子风姿绰约；椰子树婀娜玉立，油棕树端庄笔挺；马路宽阔景观如画，街道洁净喜迎来客。热带风貌，海洋特色，南国风情。美而宜人，清而悦目，丽而赏心。不禁让人感叹，上天太不公平了，为啥把那么多的美给了海南？又把那么美的风韵赐予三亚？

广袤而壮阔的中华大地，繁荣而昌盛的华夏民族，“幅员之广，郡邑绣错，民生其间异质，土地异宜，风俗异尚，物产异用，贡赋异等，且吏治人文异齐”。古人所述极是。因为中国各地自然地理、气候物产、民情风俗、人文环境等诸多差异和独特禀赋，才使万里神州拥有缤彩纷呈的美丽图景，而共同的人文追求和社会发展，又使人们有了一致的审美创造，这是美的普遍规律。

椰树、椰林、椰岛。椰子成就了海南，海南因椰子而风光。椰树是海南的省树，椰林是海南的标志，椰岛是海南的独称。北连海口，南携三亚，无椰子不成海南，无椰林不尽海南风光、非椰岛难领海南美称。

历史悠久，全岛分布，社会知名，老幼皆宜。观赏价值夺冠，经济效益领先，生态功能突出。生活相伴度春秋，跨越未来舞广袖。椰子、椰树、椰林，是海南人永远的自豪，也是海南岛永恒的标识。

椰树是美丽之树，是海南的“美丽之冠”。椰树之美，美在她的端庄秀丽、轻盈飘逸。正是那一排排亭亭玉立的椰树风姿，一片片绰约婆娑的椰林身影，随着热带温润的海风，飘曳出她的经典造型，展示出无尽的海南风情和魅力。树干笔挺光滑，亲切而骄傲地耸立向上；树枝婀娜有序，疏朗而整齐地结构排列；树冠靓丽昂首，树叶高高在上呈羽毛状向前伸展，像雨伞遮风，又似少女秀发前倾飘散，又似迎宾姑娘挥手致意。迎着和煦的海风，浪漫地与阳光、蓝天、白云、海浪、沙滩构织成一道道亮丽的南国风景线，尽情地展示着海南之美。

椰树是生命之树，是海南精神的象征。它坚韧，可以远行万里，漂洋过海而落地生根、开花结果。相传，椰子的故乡在更远的马来群岛，两千多年前随海风和海洋潮流自己漂浮远行，来到海南破壳扎根，繁衍生息。它顽强，不怕旱涝、不惧盐碱、不畏贫瘠，海岸沙滩、田野荒山、道路河谷、房前屋后，有土就能生根，有缝就可成长。它豪迈，纯净而英气夺人，婉约而吃苦耐劳，挺拔而昂首向天，纵使狂风暴雨，依然不屈不挠，壮丽成长，是海南唯一不怕台风的树种。我想，这椰树的风格，就是海南风格；椰树的精神，就是海南精神。

椰树是奉献之树，是海南的母亲树。椰树要求甚少甚低，奉献却极多极大。它自古以来就与海南人民朝夕相伴，无论在海滨沙滩还是丘陵平地，无论在都市城镇还是乡村田野，到处都有椰树的踪影。椰树浑身是宝，根、茎、叶、花、果、皮，都可利用。椰根可入药，椰干可当建材，椰果可食用，椰壳、椰叶、椰柄等可加工制成勺、绳、垫、筐、刷、扫帚等生活用品和工艺品，椰肉可加工成椰蓉，椰油可制成高级化妆品、肥皂、香料等，细分下来椰子的产品多达 360 种以上，衣食住行无所不及。海南的许多地方，椰子不只是一棵树，而是人们生活中不可或缺的家庭成员，椰树是海南人当之无愧的“母亲树”。

资料显示，海南是中国椰子的主产地，全省椰子林面积为 51.79 万亩，种植面积占全国的 99%，但产量并不能满足国内市场需要。世界椰果进口贸易总额的 47.13% 为中国占有，缺口很大，极有发展前景。

采风团所去的椰子林，在三亚珊瑚礁自然保护区。1975 年，电影《海霞》在这里拍摄，这里不仅是海岛女民兵故事的诞生地，也是她们真实的演兵场。漫步在椰林丛中，迎着大海的波浪，聆听着椰子树叶的沙沙响声，回味着人生和社会生活的历史变迁，自是别有一番滋味。

海南、海南，海外有海，海天相连，永无边际。到了这里，才能体会到海的壮阔，天的遥远，才能体会到天涯海角的人生含义。站在珊瑚礁保护区海岛的高山之顶，向南极目远望，不由让人思考和追问，那遥远的海之南，究竟在哪里？远方海浪和云天交汇处，究竟能否可及？也许永远不会有答案！只有合欢情同与万象，释心怀和与自然，化瞬间为永恒，方能求取超越而获得解放。这是审美的回答。

我在北方的海边城市工作，对大海并不陌生。到了海南三亚，才体会到纯粹意义的海之蓝、天之清、沙之洁，并对此有了新的刻骨铭心的认识。海水蓝得让人心颤、天空清得让人目眩、沙滩白净得让人陶醉，只有在这样的环境里，珊瑚礁（树）——我们的“海洋热带雨林”才能繁衍生息。

珊瑚树，可爱而美丽的珊瑚树。在我的心目中，永远是美的召唤。《珊瑚颂》——那牵魂梦绕、镌刻在心灵深处的旋律和歌词，已经内化为恒定的人生情怀。“一树红花照碧海，一团火焰出水来。珊瑚树红春常在，风里浪里花常开。云来遮，雾来盖，云里雾里放光彩。风吹来，浪打来，风吹浪打花常开……”

然而，现实并非如此。珊瑚标本展览馆资料显示，珊瑚礁是地球上生物多样性最丰富的海洋生态系统，也是全球气候变化最敏感的环境指示物之一，生态要求极高，也极为敏感脆弱。据研究统计，全球约 20% 的珊瑚已经灭绝，全球三分之一的造礁石珊瑚种类面临灭绝的威胁，目前世界上没有保存完好的珊瑚礁，预计到 2030 年，全球接近 60% 的珊瑚将会死亡。在我国，由于多年来海洋污染和人为干扰，大陆沿岸和海南岛周围的岸礁，甚至在离岸岛礁周边，珊瑚覆盖率已经从大于 60% 下降到约 20%，这是非常危险的警示数据。

值得庆幸的是，海南已经在行动。早在 1990 年 9 月，三亚珊瑚礁国家级自然保护区已经成立，这是经国务院批准建立的国家级海洋类型自然保护区之一，具体包括三亚市南部近岸及海岛四周海域，总面积为 85 平方公里。主要保护对象为：造礁珊瑚、非造礁珊瑚、珊瑚礁及其生态系统和生物多样性。在此基础上，海南先后建立了万宁大洲岛国家级海洋生态保护区、海南铜鼓岭国家级自然保护区、儋州磷枪石岛珊瑚礁市级自然保护区和昌江棋子湾国家级海洋公园等，使自然保护地内的海洋生态环境和珊瑚礁得到有效保护。

在珊瑚培育实验中心，经工作人员同意，我亲手触摸了可爱的珊瑚。洗净双手，怀着虔诚的心愿、小心翼翼地伸出一只手，轻轻地、轻轻地靠近这些可爱的国宝，生怕触痛并打扰了它们。就像刚出生婴儿的头发，茸茸的，暖暖的，光滑的，极其柔软，让人心尖尖直颤。这种感觉呼唤起我对自己女儿幼时的疼爱，永恒定格在我的心里。

我们的采风圆满结束了，就要和海南告别了，我能留下什么样的纪念呢？

别样的世界，别样的美丽，别样的风情。这是最简单的总结。我深知，自己的文字远远不能表达海南之美，也远远不能展示海南风情，更难以表达自己这次采风的收获。

美丽海南，椰岛风情。我还能来看你吗？又何时能再相会呢？

请听这热情的召唤——

请到天涯海角来，这里四季春常在。

海南岛上春风暖，好花叫你喜心怀。

三月来了花正红，五月来了花正开。

八月来了花正香，十月来了花不败。

来呀来，来呀来，请到天涯海角来……

作者简介

徐良，作家、评论家，青岛大学教授、硕士研究生导师，从事美学教学和科研工作，兼任青岛东方思想与文化战略研究中心主任。发表学术论文一百余篇、报告文学三十余篇，完成研究专题九十余项，出版学术专著五部、研究专著五部，荣获国家、省、市优秀科研奖、理论创新奖和实践贡献奖二十余次。

诗歌

我是终南

薛保勤

秦岭太白至蓝田段，莽莽苍苍四百里，又称终南山，是大秦岭极为神秘的一段，风光风采，风流风韵……终南捷径，寿比南山，老子悟道，张载立心……人文荟萃，风云际会。

一

我是终南
天下混沌　女娲补天

板块与板块碰撞　挤压　比肩
隆起于亿万年前
鬼斧神工　时空变幻
挺拔　巍峨　奔腾　辽远

神州一横

太白山　圭峰山　青华山　翠华山……
群峦叠翠　群峰汹涌　群龙翩跹
跌宕起伏　浓浓淡淡

回首北望
杜陵原　乐游原　白鹿原　五陵原……
赤橙黄绿　沃野良田　无边无沿
周秦汉唐　一眼千年

哦　这里是终南
沧桑牵着苍茫
久远陪伴悠远
合和南北　丹青长卷

二

我是终南
李白把酒　王维凭栏

黄昏　晚照流韵
氤氲着岁月的绵延
停车凝望　枫林唱晚
清流石上　月洒松间

晨起　朝霞铺彩
滋润着绵延的斑斓
遥看云起　若隐若现
横渠书声　烟雨楼观

太乙天都明明暗暗
人面桃花绿柳带烟
杜甫忘情渼陂湖畔
韩愈曾经雪拥蓝关

哦　这里是终南
文明滋润文学
苍山引领莽原
诗书百代　风月无边

三

我是终南
天地不老　松鹤延年

远眺若仙　静卧似佛
看水是水　看山是山
看水不是水　看山不是山
看水还是水　看山还是山

智者为仙　心静有禅

我就是佛　我就是仙

佛坐胸中　天地达观

仙住心里　天高地远

登顶欲问天

下山事禾田

与天地会晤

将过往检点

哦　这里是终南

巡山　问水　悟道

生命浸润在山水间

四

我是终南

此山无捷径　心远路自宽

世事有冷暖

得失谈笑间

一眼绿　一袖风

一种放下叫终南

一杯茶　一炷烟

一种逍遥叫终南

一片云　一弯月

一种悠然叫终南

一泓水　一竹竿

一种独钓叫终南

一组佛　一群仙

一种雍容叫终南

哦　这里是终南

仙赐一壶酒

送我上终南

醉了终南　美了秦川

天佑终南　久久长安

你的南方与我的北方
——分水岭写意

薛保勤

分水岭在西安以南五十公里的秦岭高处，是南方与北方的分界线。每每从这里经过，就穿越了南方北方，常常怦然心动……

晨光里
我们在这里邂逅
“你好！南方”
“你好！北方”
你带杏花春雨的柔绵
我携千里冰封的阳刚
向前一步 握手 拥抱
共诉久违的衷肠
哦 阴柔与阳刚
其实 我们不远
脚下的这条线

就是约会的地方

夕阳下
我们在这里谈心
“保重！南方”
“保重！北方”
你带着小桥流水的柔婉
我携着江山无限的豪壮
往北　信马由缰
往南 烟雨流香
别忘　你从哪里来
我俩的合和
就是力量

暮色里
我们在这里分手
“再见！南方”
“再见！北方”
你给我温馨
我送你奔放
退一步 挥别　翘望
怀揣梦想　一往无前　走进苍茫

哦　生命就是这样

风雨兼程　刚柔相济　南来北往
记住 你向哪里去
落寞的时候
就来这个地方

北方　南方
南方　北方
水乳交融着温润与阳刚
带着阳刚走天涯
揣着温润返故乡
哦　分水岭
这块神奇的土地
她的名字叫东方

作者简介

薛保勤，诗人，中国作家协会会员，陕西省新闻工作者协会主席。

爱是青色的

——致武夷山国家森林公园

璎　洛

生活总像一片钻不完的森林
里面住满了树和精灵
却互相不认识
当我想寻找大自然时
就投入到森林的怀抱里
在武夷山的森林里
树莓和叶丛之间度过的时光
仿佛飘在云上
悠悠地……
好想在此与世隔绝
任由时间消失
和草木一起抚慰着漫长的光阴
忘了老是什么姿态
只是不断地循环在四季中
许多被人类命名的花草
从不知道自己丑陋或美丽的名字

任由我呼唤了它们多少遍
它们只是安静地等着
像睡美人
发不出动物的声音似乎都是一种赞美
让我们对寂静充满了崇拜之情
世上有多少人努力地静默
哪怕叹息一声都是多余的杂音
但树木之间真的不交流吗
有些枯萎死了
有些繁衍成灾
哪里都有生存的斗争
曾经这里也只剩下茶树
如今依旧很多茶树
但茶树之间越来越多的草木
植物爱好者们记录下了一千多种
一万多种新的物种
保护自然已经成为人类的使命
让武夷山的森林充满清清凉凉的芬芳
抚慰那些卑微的小精灵
安静地住在这童话里
每天吻一吻雨滴
没什么秘密，爱，是青色的……

作者简介

璎洛，原名孟丰敏，中国作家协会会员，中国音乐著作权协会会员，福州市作家协会副主席，福州市政协文史研究员，闽都文化研究会特聘专家。